宋词是一朵情花

玉栽 鲁丹 编著

吉林文史出版社

图书在版编目（CIP）数据

宋词是一朵情花 / 玉裁，鲁丹编著 . -- 长春：吉林文史出版社，2018.6

ISBN 978-7-5472-4659-7

Ⅰ . ①宋… Ⅱ . ①玉… ②鲁… Ⅲ . ①宋词－诗歌欣赏Ⅳ . ① I207.23

中国版本图书馆 CIP 数据核字（2017）第 301122 号

宋词是一朵情花
SONGCI SHI YIDUO QINGHUA

编　　著　玉　裁　鲁　丹
出 版 人　孙建军
责任编辑　陈春燕　曲　捷
封面设计　子　时
出版发行　吉林文史出版社有限责任公司
地　　址　长春市人民大街 4646 号
电　　话　0431-86037509
网　　址　www.jlws.com.cn
印　　刷　北京中振源印务有限公司
开　　本　720mm × 1020mm　　1/16
印　　张　20
字　　数　360 千
版　　次　2018 年 6 月第 1 版　2018 年 6 月第 1 次印刷
定　　价　69.00 元
书　　号　978-7-5472-4659-7

前言

宋朝是中国历史上最为自由的朝代，而文人的自由，也培育了优质文化的佳酿。然而也是因为太过自由，而显得凌乱、散漫，每每励精图治的最后都是人去朝空。

如果非要为宋朝的历史寻找一个可以匹配的标本，应该就是曾卓的那首诗，“一棵悬崖边的树”。她被历史的风吹到悬崖边，因为崖边的晚照、晴空、如茵的绿草、奔流的小溪而变得绿冠成荫。也因为这种滋养，宋朝的大树生长得越来越丰盈。可惜枝繁叶茂的时候，她也负着危险。她总像是即将要展翅飞翔，又像是会倾跌进深谷里一样。“物极必反”，大概就是这个道理。能够明辨这一层，便会对宋朝的风华有了不同的理解。

这是一个自由但也任性，开阔但也禁锢，舒适但也离乱的朝代。盛与衰在此交融，高雅与低俗在这里碰撞，尘世的欲想与来世的幻想在这里纠结。只有美丑并立、雅俗同分的时代，才能够看到如此的妖娆。犹如“绝情谷”的情花，因太过鲜艳、绚烂，所以含着深深的剧毒。很多人都中了宋朝的“毒”，受了历史的蛊惑，受了前人艳羡评论的指引。而宋朝与生俱来的希望是平安，她只愿意在绝情谷底被世俗深深地遗忘，然后体味自己的绽放与凋零。

在宋朝的花园里，凝霜含露，最美的一朵情花莫过于宋词。她占尽园中风情，将尘世的浮名、仕途的追逐、江湖的杀气、女子的娇艳、爱情的甜美，都汇集在词人们的笔下，凝结在一首首的词作中。没有人能够给宋代的飘忽找到合适的注脚，如果非要选择一个具体的意向，那么恐怕也只有宋词了。在宋词中体味其千娇百媚的世间万象，也在缕缕宋词的芳香中，深味人间悲欢离合的爱憎。

宋词里有数不清的繁荣。当年的汴京城车水马龙、川流不息。勾栏瓦肆里的说唱艺术，青楼女子倚门回首的娇媚，集市上的叫卖声、吆喝声、说笑声此起彼伏，连缀成一幅《清明上河图》。

宋词里游走着各行业的精英。寇准、包公、水浒英雄的故事，连同人们的记忆与想象一起被保存下来，尘封在历史的祠堂，活跃在21世纪的荧幕。

琴操、严蕊、李师师们香艳的往事，随着青楼娱乐业的鼎盛，气韵悠扬。

宋词里有沙场的英雄。岳飞的怒发冲冠，辛弃疾的金戈铁马，陆游的王师北定，文天祥的丹心汗青，杨家将与杨门女将……连年的征战造就了时代的英雄，杀敌报国、驰骋疆场，为一朝安逸撑起了和平的天空。

宋词里更有闲雅的情致。文士们入则为官，体会红尘的乐趣；出则为仙，品味玄妙与高远。庙堂上威风凛凛，失意时大不了退守田园。诗词歌赋，花前月下，任谁也无法否认：这是一段最会“谈情说爱”的时光。

宋词像一部神奇的魔法书，轻轻翻开，所有的繁华、璀璨纷至沓来，令人目不暇接。一并涌出的，还有无数的赞颂。学者、文人、先贤，甚至包括外国研究员，都得出共识：愿意用同样的生命来交换那时的流年。

有的人愿意把宋词比为玉兰，说她清幽、高雅，不染凡尘；有的人喜欢把宋词喻为橄榄，初觉生涩但回味隽永。然而，更多的时候，宋词确是一朵情花。她以绝色英姿深深地吸引人们，让喜欢阅读并欣赏她的人，全部中了宋词的“毒”。但即便如此，却有那么多人前赴后继地走在约会宋词的路上。可见，唯有“情”字能让世间人肝肠寸断，却始终执着追求。

目录

如花美眷，似水流年

多情公子空挂念

天涯落寞，心事斑驳

无望复中原，大江东流去

岁月淡美，人生简静

附录

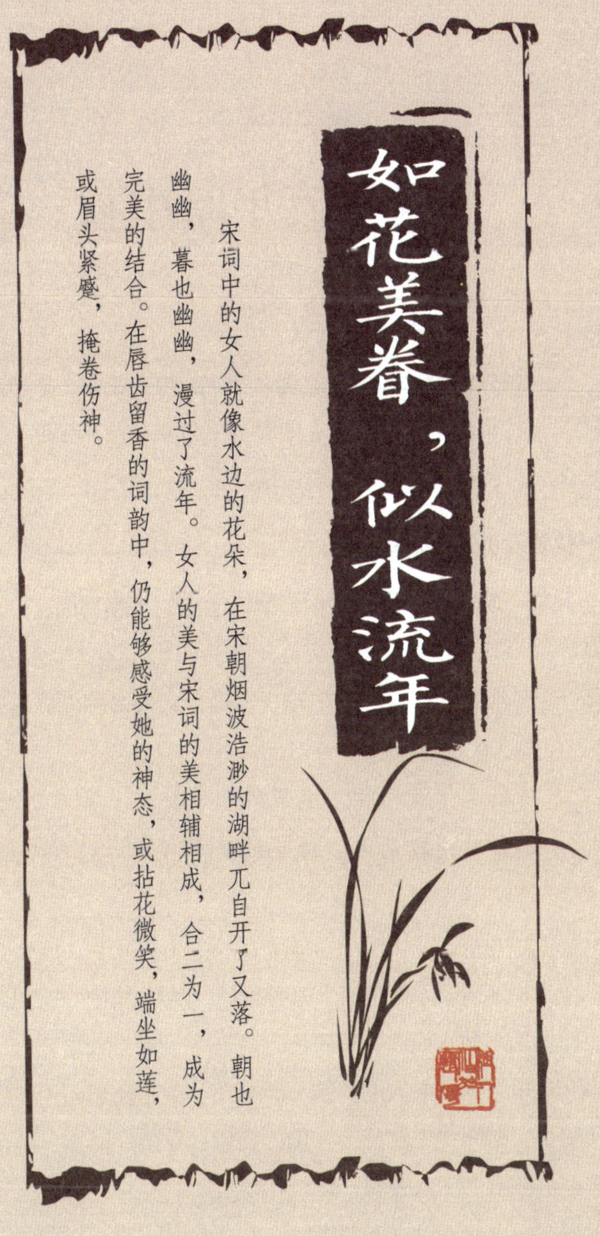

如花美眷，似水流年

宋词中的女人就像水边的花朵，在宋朝烟波浩渺的湖畔兀自开了又落。朝也幽幽，暮也幽幽，漫过了流年。女人的美与宋词的美相辅相成，合二为一，成为完美的结合。在唇齿留香的词韵中，仍能够感受她的神态，或拈花微笑，端坐如莲，或眉头紧蹙，掩卷伤神。

只恐流年暗中换：花蕊夫人

花蕊夫人乃后蜀国君孟昶之爱妃，貌夺花色，才学过人。后蜀亡后，嫁宋太祖为妃。后又相传也与宋太宗生情。能够与三位皇帝前后关联，也算是罕有的境遇。著有《述亡诗》，流传甚广，后世推为佳篇。

一位美女引发的版权之争

那一晚，夜色清凉如水，摩诃池上的水晶宫内，一对儿恩爱的夫妻正在携手望月。微风徐来，水晶宫内沉香袅袅，女子身上的薄纱飘逸出浪漫的闲愁和慵懒。而这份儿情致在情人眼里正是最美的时刻。于是，丈夫饱蘸深情地为妻子写下这样的词句：

冰肌玉骨清无汗，水殿风来暗香暖。帘开明月独窥人，欹枕钗横云鬓乱。
起来琼户寂无声，时见疏星渡河汉。屈指西风几时来，只恐流年暗中换。

《玉楼春·避暑摩诃池上作》

冰肌玉骨，水殿风来，暗香盈盈，明月窥人。不知是怎样的心情惊扰了二人的美梦，让他们乐于披衣而起，在皎洁的月光中，看月看星，看情人的爱，也看自己的心。相知相守是所有情侣共同的梦想，而一句“只恐流年暗中换”又是多么的触目惊心！欢愉如此短暂，时间终究会偷走一切，美貌、尊荣、财富、地位，还有彼此曾经浓到化不开的情谊。在我们的人生里，谁能斗得过时间呢！一个“恐”字带出了多少对现实深深的眷恋和对生命梦寐以求的奢望。

这样的词句，每每读来总是让人充满了感动：中国古典诗词的美丽其实并不在于束之高阁的学术研究，而是在于融化进日常琐事中的情思。这些最美的宋词，是历史长河的博物馆，是永恒时光的刻录机。不管经历多少沧桑变幻，我们还是能够在泛黄的书页中找到让自己怦然心动的共鸣。仅此而已，但已然足够。

关于这首词的版权问题向来有所争议。有人说是后蜀末代皇帝孟昶写给夫人的，名为《玉楼春·避暑摩诃池上作》。还有人说这首词脱胎于苏词，原作不是孟昶，根本就是苏轼所写。

我们能理解前者的浪漫。一个末代国君，无论生活上如何奢靡，政绩上如何不济，但只要他懂得怜香惜玉，疼爱自己的女人，在女人心里，无论犯过怎样的错误，或许都是可以原谅的。如果他能够风花雪月、吟诗作画，那就更是锦上添花的事儿了。所以，浪漫的人一定希望这首词的作者就是孟昶本人。

但是，单就其浪漫的情调来说，后一种传说也同样神秘而凄美。说是在苏轼小时候，有一个后蜀的老宫女（另有一说是尼姑），她曾给苏轼讲过这样一个动人的故事。她说：那时候，后蜀的生活奢华富丽，摩诃池上的宫殿都是碧玉的栏干，镶嵌在玉柱里的沉香随风飘散，宫内轻纱曼妙，皇帝和贵妃琴瑟和鸣，犹如人间仙境。夫人天生丽质、惊艳绝俗，“花不足以拟其色，蕊差堪以状其容”，艳冠群芳、貌夺花色，人称“花蕊夫人”。冰肌玉骨说的正是夫人的美……

“白发宫女在，闲话说玄宗。”历朝历代，斑驳的历史尘埃背后，总是有着一群故事的讲述者，她们将自己的所见所闻，或者只是所闻所想，都编织进自己的前朝旧梦中，将传奇讲成故事，将故事讲成人生，口口相传，代代流淌。轻罗小扇扑流萤的时候，老宫女就讲出这样的故事，她会以怎样的语气来告诉一个孩童呢？带着艳羡、哀婉还是忧伤？又或者平淡如水，就像自己曾经度过的青春时光。

无论如何，这个故事里的爱与美如一颗顽强的种子，开始在苏轼的童年扎根。直到很多年之后，人们读到了他提笔写下的那首《洞仙歌》，才知道原来童年的讲述让苏轼毕生难忘：

冰肌玉骨，自清凉无汗。水殿风来暗香满。绣帘开，一点明月窥人，人未寝，欹枕钗横鬓乱。

起来携素手，庭户无声，时见疏星渡河汉。试问夜如何？夜已三更，金波淡，玉绳低转。但屈指，西风几时来，又不道，流年暗中偷换。

《洞仙歌》

苏轼的这首词较孟昶的词来说，内容上大致无二，但因句式上参差不齐，则更显玲珑飘逸、错落有致。“明月窥人”四个字更将花蕊夫人的娇艳写得月见尤怜。白天衣冠楚楚的夫人，此刻鬓乱钗横，夜晚的娇柔与妩媚反倒更有一番情味。携手望月，月玲珑，心朦胧，此情此景，别无所求。唯一的愿望就是：此刻的厮守不要被流年拆散。

有时候，不禁暗想，何必去在意苏轼写的词到底是一首还是两首呢？与前人扣心呼应也罢，假托他人之名还魂一个故事也罢，岁月如此慷慨，记忆如此鲜活，在这些如梦如烟的词句中，我们能够体味这样一场悲欢离合的心灵之旅，想来也是一件幸事。不妨以欣赏的态度来看待这段故事，好好欣赏这枚别在书页里的书签。

然而，对于孟昶他们来说，故事的结局并不是雾里看花的浪漫，不是戏台上的请客吃饭，而是一场你死我活的争斗。

苏词里的一句“试问夜如何”，这既是当年夜深香浓、佳人解语时的情话，也不失为是对后来故事发展的伤慨，说成是后世捏造的谶语也不为过。几家高楼饮美酒，几家流落在街头。朱门酒肉和路有死骨常常是同时发生的。你砸了别人的饭碗，自然有人来砸你的宫殿。

可惜的是，那些曾经装点了花蕊夫人美貌与美梦的金银珠玉，曾经被奢华地珍藏，后来竟都被无情地砸烂。

砸碎这场繁华迷梦的，是花蕊夫人生命中又一个重要的男人。

人生若只如初见

花蕊夫人的夫君原是后蜀国君孟昶，此人贪图享乐，在蜀地广征美女充实后宫，甚至将嫔妃细分为十二个等级。他每日穿梭于胭脂水粉中，日夜欢歌，装点出一派国运亨通、歌舞升平的景象。虽然也有人替他辩白，说孟昶刚刚继承皇位的时候，也曾重农桑、兴水利，做过很多利国利民的事情，并不是什么昏聩的君王。但却有更多言之凿凿的故事证明孟昶的骄奢淫逸。

相传，赵匡胤带兵灭了后蜀之后，士兵们奉旨去后蜀的宫里收拾东西。在盘点的时候，他们发现了一件“宝物”，赶紧拿来呈给赵匡胤。没想到，宋太祖看了之后，勃然大怒，并将“宝物”打得粉碎。原来，这镶珠嵌玉、玲珑剔透、华美无比的宝物只是一个溺器，通俗地说就是“夜壶”。想那赵匡胤一辈子克勤克俭，虽然做了皇帝，但生活依然十分简朴；却看到有人连夜壶、痰盂都装饰得如此绚烂，当然非常气愤了。于是，

赵匡胤不仅砸了这溺器，还狠狠地下了这样一条论断：“奢靡至此，安得不亡！”细想起来，这话也有道理，连这个东西都用珠宝美玉来镶嵌，那么盛食物的碗还不知道奢华成什么样子呢！管中窥豹，孟昶到底是不是昏君似乎已是不言而喻了。

赵匡胤砸了孟昶的夜壶，砸得玛瑙琉璃俯拾皆是，估计也砸得孟昶心疼不已。但是，有一个人恐怕比孟昶还要心疼，这个人就是花蕊夫人。岂止是心疼，她简直是痛不欲生。赵匡胤砸碎的不仅是一件宝物，还是一个国家的根基，是一个女人全部的梦想和依靠。多少次，花蕊夫人曾进言劝谏夫君孟昶要勤于朝政、励精图治，不要总是安于享乐。但孟昶却总以为蜀国地势险要，易守难攻，无须多虑。结果，花蕊夫人的担心不幸变成了现实。

末代皇帝心中的五味杂陈是可想而知的。但不管怎样，孟昶选择了卑微地活下来，作为阶下囚，作为被宋朝耻笑的把柄、被后代指指点点的背影，忍辱偷生地活下来，领受大宋朝的封赏。在这位曾君临天下的皇帝身上，人们几乎找不到他降宋之后丝毫的反抗，更谈不上顶天立地的男人气概。越王勾践曾经卧薪尝胆，终于在多年后破吴雪耻；霸王项羽兵败后大有逃生的机会，却慷慨悲歌从容赴死。英雄的选择可进可退，可生可死；但却永远不该是醉生梦死。或许，这也正是孟昶不被敬佩和同情的地方。

而在“亡国”这件事上，花蕊夫人和孟昶的态度却截然不同。

孟昶降宋后受到宋太祖的重赏，于是携母亲李夫人和妻子花蕊夫人等家眷入宫谢恩。宋太祖自然也是热情接纳、设宴款待。宴会上，因久闻花蕊夫人才学过人，宋太祖便命她当廷作诗。于是，花蕊夫人沉吟片刻，诵出这样的一首《述亡诗》：

君王城上竖降旗，妾在深宫那得知。

十四万人齐解甲，宁无一个是男儿。

《述亡诗》

当日席间的尴尬，无法想象。试想，宋太祖举着酒杯，笑意盈盈地请花蕊夫人作诗，一定以为这风雅不俗、靓绝尘寰的女子定然是说些莺莺燕燕、你侬我侬的情诗，朱唇轻

启、娇音婉转，想不到流出来的却是如此叛逆的诗句。“君王在城上已经插上了降旗，而臣妾在深宫里却不得而知。十四万的雄兵都放弃了抵抗，那些认输的人里竟然没有一个是铮铮铁骨的男儿。”

孟昶当年，听到这样的话，应该也是如芒在背吧。这二十八个字，字字清新，指向在座的每一个人、每一颗心。无论是谢恩的还是施恩的，恐怕心里都不是个滋味。

有人说，赵匡胤宴请孟昶本就是冲着花蕊夫人的美貌去的，他太想知道人们口耳相传的绝色美女究竟是个什么模样。如果真是这个原因，宋太祖倒是让人同情了。人生若只如初见，当赵匡胤心花怒放地看到艳冠群芳的花蕊夫人时，心中一定涌起了很多的激情与柔情。可赵匡胤等来的却不是美人的低眉颔首、曲意逢迎，相反，他得到的是美人的嘲讽与反抗。这反抗甚至都不曾在她丈夫的身上寻到一丝痕迹。自己心里反复描摹了多少次的相逢，原来竟是这样的结局。这是怎样一种错位的欣赏，又是怎样尴尬的初见啊！

众目睽睽之下，这就是对皇权最大的挑衅。

爱与不爱都是个难题

国破家败之际，一个弱女子本该是满怀对新朝廷的敬畏、如履薄冰地行事才对，却不料花蕊夫人竟然在颓败的废墟上昂然挺立。她像悬崖边的一株野花，像暗夜里的一缕清香，虽然带着些微的寒意，却绽放出最美的光华。在花蕊夫人心里，大抵是没有想要活着走出这场筵席吧。不然，她哪里就敢在众目睽睽之下，没有一丝的胆怯、退让甚至犹豫，就公然挑战宋太祖的权威呢？她恐怕早已抱着殉国的念头了吧。

到底是谁化解了当年的尴尬局面我们无从得知，但有一件事却是可以肯定的：宋太祖原谅了花蕊夫人的顶撞。情到深处，无关对错，也许正是这个道理。亦舒说：“当一个男人不再爱他的女人，她哭闹是错，静默是错，活着呼吸是错，死了还是错。”那么同样的，如果这个男人爱你，他将放下所有的尊严，体味你亡国的痛楚，同情你决绝的姿态，关爱你受伤的心灵，呵护你柔软的内心。花蕊夫人是如此幸运，宋太祖不但没有因为她的《述亡诗》而怪罪她，甚至还对她多了几分爱慕和尊敬。

但是，这似乎并不能改变宋太祖对孟昶的态度。想想南唐后主李煜，也曾对大宋朝千依百顺，换来的也只是宋太祖的一句：“卧榻之旁，岂容他人鼾睡！”由此可以断想，即便孟昶没有这如花似玉的娇妻，宋太祖也是不会放过他的。所以，很多史家都推测孟昶的死和宋太祖大有关系，也在情理之中。

入汴京十日后，孟昶突然暴死，花蕊夫人的命运自然更没得选择了：要么就是和孟昶的母亲一样，绝食而死，为亡国殉葬；要么只能任由命运的摆布，充实大宋的后宫。也许，道学家可以愤愤地说，“忠臣不事二主，烈女不嫁二夫”，为什么她不和孟昶的母亲一样选择殉国，为什么她要这样苟且偷生？

这样的论调，放在讲究三从四德的年代是可以理解的；但在今天看来，这是多么残忍！那样青春正好的年纪，那样出色的才学和样貌，别说她不愿意死，就连我们也舍不得她去死。我们宁愿看着她将惨痛的历史轻轻翻过，哪怕连着骨血，带着皮肉，挺着生硬的疼，也要开始新的人生。

要知道，不管她是贵妃还是寡妇，首先，她得是一个女人。

对花蕊夫人的才华和样貌，宋太祖早已心中有数，入宫侍寝不久后，花蕊夫人便被升为贵妃。想那宋太祖当年也曾一条棍棒闯天下，不图任何私利地护送素不相识的女子回家，留下“千里送京娘”的美誉。说到底，无论如何霸道，骨子里还算是有些英雄气概的。而他的真情和仗义，对已经国破家亡的花蕊夫人来说，也不失为一种新的寄托。

可能很多人受流行影视剧的影响，觉得花蕊夫人嫁给宋太祖后楚楚可怜，勉承恩露，心里必定十分凄苦。实际上，能够吟出“十四万人齐解甲，宁无一个是男儿”的花蕊夫人，性格里总是带着某种刚烈，如果不是对赵匡胤动了感情，而是只有蒙羞忍辱的话，恐怕她未必乐于活在宋朝。

她与孟昶是结发夫妻，固然情深；但赵匡胤赐予她新的生活，未必没有义重。爱与不爱，这种在男人看来无须多想的小事，却是女人生活的全部。

可是，带着对一个人的思念去爱另一个人是多么悲哀的事情。花蕊夫人虽然宠冠大宋后宫，心里却依然止不住对孟昶的思念。她亲手绘制了一幅孟昶的画像，供于室内。料想，夜半无人时，定然是私下拜祭、暗自垂泪的。不料，有一次刚好被太祖撞见，询问之下，她便谎称是可以求子的神仙。宋太祖听后自然十分高兴。

而“张仙送子”一事，后来竟不知缘由地流入民间，但凡求子的女人都要供一幅张仙的画像，香花顶礼，从此络绎不绝。

这世间，络绎不绝的除了女人们对“张仙”的膜拜，还有男人们对花蕊夫人的爱。真是无巧不成书，花蕊夫人生命里出现的第三个男人最后也做了皇帝，他就是后来的宋太宗赵光义。

由于赵光义在继位问题上的诸多疑点，无论是史学家还是坊间传闻，对他的人品都颇有微词。有时候，评判皇室的内务似乎比百姓的家事更为容易：江山、美人，是所有帝王家男人争执的焦点，无论输赢，二者的得失几乎都是同步的。显然，在这两点上，赵光义都跟哥哥赵匡胤有着激烈的“冲突”。于是，赵光义带着自己的怒火与妒火，抢来了皇帝的位置。但遗憾的是，他始终没能抢来花蕊夫人的心。

要知道，花蕊夫人与孟昶是怜而有爱，那是初爱的甜美；与宋太祖是敬而有爱，那是对英雄的敬重。前者只可依偎，后者却可停靠。而女人一旦有了依靠，心里便踏实了，也就不再需要别的人了。所以，花蕊夫人对赵光义，欣赏也许是有的，但恐怕只能是止于欣赏。

蜀道心碎，离恨绵绵

赵光义的人品向来是颇多争议的。这个人先是导演了一出“烛光斧影”的丑闻，名不正言不顺地当上了皇帝，接着又编出来一套“金匮之盟”的闹剧。关于“金匮遗诏”的事，司马光《涑水纪闻》里也曾提到过。说是杜太后病重的时候，知道自己命不长久，便叫来宋太祖，跟他说：“我们之所以能得到天下，就是因为后周是儿皇帝当家，如果是个成年人的话，你又怎么会取得今天的江山呢？所以，你死了之后，要把帝位传给你弟弟，有个成年人来当皇帝，才是国家之福，天下之幸。”母后病危授命，宋太祖当然泪流满面地点头应允。据说，杜太后还让赵普把这些记录下来，藏在一个金柜里，派专人把守。在《宋史》卷二百四十二中可以查到这一事情的始末。

但历史上的重大政治事件似乎都有一个很奇怪的现象：越是编得滴水不漏、言之凿凿的故事，常常越是藏有很深的玄机，有时候，甚至还牵扯出不可告人的秘密。

赵光义继位后，急不可待地修改了老皇帝的年号，俨然一副新君的姿态。而一般来说，新君继位会在第二年开始启用新的年号。可是，赵光义修改年号的时候距离新的一年只差两个月。到底是什么隐秘的心态让他连两个月都不愿意等，而急急忙忙地为自己"正名"呢？又是什么心态，让他后来丝毫不念骨肉亲情而将赵匡胤的几个儿子先后逼迫而死呢？

大概只有一种解释，就是心虚。因为心虚，所以掩饰，一份名正言顺的政权是不需要任何借口来解释的，辩解有时候恰恰是信心不足的显现。

而自从太祖驾崩、太宗继位后，花蕊夫人就如历史飓风中裹挟的一粒尘沙，倏忽间便查不到任何可靠的消息了。这样一位风华绝代的美人，前后曾与三个皇帝有着各种感情夹杂的贵妃，竟然如人间蒸发般不知所终了。

诚然，关于花蕊夫人之死也是众说纷纭的。

在著名的唐宋史料笔记《铁围山丛谈》中，曾有关于花蕊夫人之死的记载。说是太祖在世时十分宠幸花蕊夫人。有一次在射猎的时候，赵光义引弓调矢，仿佛是要射走兽，结果却忽然回身射向花蕊夫人，"忽回射花蕊夫人，一箭而死"。相传，他还顿足捶胸、失声痛哭，冠冕堂皇地认为花蕊夫人乃红颜祸水，皇兄如果沉迷于她，必定耽误国事。作为兄弟，他愿为天下百姓请命，一人承担射杀花蕊夫人的罪责。宋太祖听后并没有动怒，男人要以社稷为重，女人死都已经死了，何必再怪罪自己的兄弟呢。此为花蕊夫人之死的说法之一。

也有其他一些文字记载，认为太祖生病时，花蕊夫人侍疾，结果赵光义来探病，灯下美人，我见犹怜，于是便动手动脚，结果惊动了太祖。第二天早上，太祖竟离奇死去，而太宗顺势登基。至于前一天晚上到底如何"烛影斧声"，只能留给后人去做无限的猜想了。

还有一些小说演义类的记载，认为花蕊夫人当年冠宠后宫，遭到皇后的嫉妒，所以被皇后毒死了。还有人说后来宋太祖不喜欢花蕊夫人了，导致她失宠后抑郁而死。

关于"花蕊之死"历来说法颇多，可任谁也无法找到翔实的史料来为这个传奇的故事做个恰当的结局。

想当日，花蕊夫人痛别国土、走至剑门道时，曾在葭萌驿的墙壁上留词一首：

初离蜀道心将碎，离恨绵绵。春日如年，马上时时闻杜鹃。

《采桑子》

国破、家散、心碎，在离开故国的时候一起涌上心头，离恨绵绵，绵绵不绝。杜鹃的哀号在头顶时时盘绕，这一别也许就是永远……这首《采桑子》用词简单、洗练，通过几个凝神的意象将亡国的惨痛深刻地再现出来。至今读来，仍觉一字重千斤。

可惜的是，花蕊夫人的词还没有写完，就被宋军催促着上路了。于是，这泣血含泪之作，也只能永远停留在上阕，停留在烟尘扬起的历史上空。

但后人的续作也纷至沓来：

三千宫女皆花貌，妾最婵娟。此去朝天，只恐君王宠爱偏。

《采桑子》

明代杨慎在《词品》中对此有过评论："词之鄙，亦狗尾续貂矣。"首先，花蕊夫人能够当着太祖的面写出"宁无一个是男儿"这样的诗，怎么可能会在国破之日，且随行陪伴孟昶的时候，吟诵出向宋主邀约争宠的词呢。而从词风上讲，上阕的亡国之哀与下阕的撒娇之媚也是无法吻合的。所以，下阕词几乎可以毫无疑问地断定是伪作。

想当年，花蕊夫人在后蜀时候所作的宫词，曾是那样玲珑剔透，清新可人。"春风一面晓妆成，偷折花枝傍水行。却被内监遥觑见，故将红豆打黄莺。""新秋女伴各相逢，罨画船飞别浦中。旋折荷花伴歌舞，夕阳斜照满衣红。"那样娇羞、柔美、集万千宠爱于一身的贵妃，曾自由自在地穿梭于宫廷中，笑脸盈盈，美艳如花，让整个皇宫为之生辉。可到最后，她却连写一首完整词作的时间和自由都丧失了。甚至连她何时香消玉殒，竟然也无法查证。这是历史的失职，也是传奇的损失。

历史曾给了花蕊夫人美艳惊人的出场，却没能给她一个善始善终的交代。有时候，甚至期待花蕊夫人就那样遗失在葭萌驿的古道上了，被忽然刮起的一阵黑风，被突然冲出来的一群拦路劫匪……总之，是停留在那通往汴京朝拜大宋的路上了。那个小小的弱弱的背影，如一座清幽的孤坟，便可以永远矗立在离恨绵绵的春天里、蜀道上。唯其如此，她后来的爱与不爱才能不被指摘。

然而，历史终究是一个无限不循环的剧本。对于和历史一同风干的美人，今天的我们，只能叹息着围观。

遥望妩媚亦清香：李清照

李清照，生于北宋官宦之家，擅作小词，词风清新淡雅。父为“苏门后四学士”之一李格非，后嫁徽宗时宰相赵挺之三子赵明诚，夫妻情趣并重，留下很多“赌书泼茶”的佳话。后因李清照先后遭受亡国、亡夫之悲苦，再嫁、离婚之艰辛，词风由此变化，转为深婉凄凉。

小资生活实录

在封建男权社会里，能够为才女争得一席之地，且光芒万丈、千古不散、巍然屹立于词坛而毫无逊色的，除了李易安，恐怕找不出第二个人了。而关于李清照词学的研究历来也颇多。大体上，人们把李清照的词作分为前后两期。早期词作风格柔美、活泼，既有闺中女儿的自由，也有新婚燕尔的快乐。其中最为人所称道的当属两阕《如梦令》：

常记溪亭日暮，沉醉不知归路。兴尽晚回舟，误入藕花深处。争渡，争渡，惊起一滩鸥鹭。

《如梦令》

昨夜雨疏风骤，浓睡不消残酒。试问卷帘人，却道海棠依旧。知否？知否？应是绿肥红瘦。

《如梦令》

两首词放在一起对照，可以比出诸多相似之处。旅游、吃酒、泛舟，第二天睡醒了，伸个懒腰，似乎没能散尽昨夜的浓酒，闲来无事，和丫鬟“斗嘴”，轻松快乐，饶有情趣。第一首小令中说“溪亭日暮，沉醉不知归路”，没有点明是和哪一个亲友出去游玩，但可以从词作中推测，她的郊游无比快乐，“尽兴而归”，恐怕惊起鸥鹭的时候，也同样换来了她欢愉的笑声。

不用上班，不担心迟到，高兴了还可以喝两杯小酒，才子佳人们一时兴起，提笔成文，一场风花雪月的浪漫故事说不定就此发端。以今天的眼光来看，能够随意支配自己的时间，呼朋引伴休闲度假，睡觉睡到自然醒，实在是“乐活”一族。由此看来，李清照既有旷世奇才，也拥有当之无愧的小资情调。

李清照能够在北宋词坛声名鹊起，不仅仅是个人才华的积累，也是历史的一个机缘。她生于北宋官宦之家，是标准的大家闺秀。资质聪慧，再经过艺术的熏陶和洗练，自然萃取出钟灵毓秀的神采。就如同“红楼”中的小姐们一样，个个都是舞文弄墨的行家里手。

可是，在封建社会，女人的“名”和“命”，不仅取决于自己的才华，还常常依赖于家庭和婚姻的支撑。探春才自精明志自高，可惜身逢末世，远嫁之后也只有草草收场。宝钗也是现代知性女子的典范，不料嫁了宝玉，后半生不但要独守空房，再好的诗也没人欣赏了。而中国古代四大丑女，因为才华横溢，嫁的都是位高权重、非富即贵之人，所以全都流芳百世。故而，时至今日，仍然流行这样的观念，“生得好不如嫁得好”。

找到一段美好的姻缘，往往可以成全女人的一生，李清照就是一个成功的典型。

李清照生在士大夫之家，十八岁时嫁给宰相之子赵明诚。夫妻二人志同道合，常常一起勘校诗文，收集古董，既是同舟共济的伴侣，也是志同道合的朋友。有故事说，他们常常于日暮黄昏，饮茶逗趣。由一人讲出典故，另外一人说出在某书某卷某页某行，胜者可先饮茶。据说有一次，赵明诚说错了，李清照饮茶时“扑哧”一笑，弄得茶没喝到嘴里，却泼了自己前襟一身茶水，夫妻乐翻天。由此，也留下了“饮茶助学”的美谈。

当年二人生活，全在情趣之上，辞赋唱和，互相欣赏、爱慕，简直是神仙美眷。用童话故事的结尾来说，“他们从此过上了幸福的生活”。即便夫妻小别，也是相思无尽，那份孤独和寂寞只是一个幸福的少妇对爱情的依恋，所谓“愁绪”寄给赵明诚之后，也就化作了缕缕甘甜。

薄雾浓云愁永昼，瑞脑销金兽。佳节又重阳，玉枕纱厨，半夜凉初透。

东篱把酒黄昏后，有暗香盈袖。莫道不消魂，帘卷西风，人比黄花瘦。

《醉花阴》

据说这首《醉花阴》寄到赵明诚手里后，老赵自叹弗如，惭愧得很。但是男人的自尊激起了他的好胜之心。他闭门不出，谢绝见客，废寝忘食大写特写了三天三夜，高产了五十阕词。然后把李清照的这首混杂其中，请哥儿们陆德夫鉴赏。陆兄再三玩味，认为只三句绝佳，老赵抬眼一看，为易安之作“莫道不消魂，帘卷西风，人比黄花瘦”。当然这只是元代《瑯嬛记》中的一个故事而已。但是，据赵明诚过往行为和与李易安的感情来推测，恐怕明诚君不会像一般男人那样大为不悦，而是会非常高兴娶了一个这么厉害的媳妇。

这大抵非一般男人所能比。

封建社会里男尊女卑，多数男人都瞧不起女人，哪怕这个人是自己心爱的女人，在男人看来也不过是一件玩偶。正因这种观念的横行，所以柳永愿意歌咏青楼女子，并大胆剖白自己的心声，不但遭到了皇帝的鄙薄，也令自己陷入尴尬的境地。幸好明诚、易

安二人均为望族，又是名正言顺的夫妻，而李清照的确才华盖世，深得同辈人的赞赏，所以赵明诚对妻子的欣赏被引为佳话而非笑谈。

作为一代才女，李清照能够生长在宋代，的确是一种福气。

北宋虽然没有大唐的富贵和丰腴，但总算还有自己的特色和风采。宋太祖赵匡胤登基后，曾有一条不成文的规定，“不杀诤臣，不杀读书种子”。文化氛围的宽松加上经济的繁荣，北宋休闲娱乐业十分兴盛，能够生在这种土壤里，多少都有点儿自由奔放的情怀。所以在赵明诚、李清照的身上，人们很容易发现“平等、自由、尊重”等封建社会不常看到的夫妻关系。这当然一方面得益于李、赵二人的才华和气度，另一方面也与北宋的文化环境有关。假如理学的禁锢已然吃紧，估计想互敬互爱也会招来讥笑。

没有史料记载，李清照是如何爱上赵明诚的，因为她的小词写得青涩、矜持，不似卓文君那般激烈。但少女时期的李清照曾写过一首《点绛唇》来描绘当年的初恋：

蹴罢秋千，起来慵整纤纤手。露浓花瘦，薄汗轻衣透。

见客人来，袜刬金钗溜。和羞走。倚门回首，却把青梅嗅。

《点绛唇》

秋千荡后，乍见来客，来不及穿鞋，松散着头发出来，害羞，欲走；又不舍得离去，倚门回首，青梅偷嗅。一场天真、浪漫、纯洁又略带羞涩的初恋就这样生动地跃然纸上。我们无法推测是怎样的相见拨动了李清照的心弦，只约略可见少女的自由，倾心相许似乎暗示了她婚后的幸福。

李清照生活在宋代，就像是21世纪的白领小资，安逸、优雅，举手投足间都透露出时代的妩媚与细腻；即便称不上青年人的精神领袖，但至少也是一部分人所乐于效仿的典型。

那种闲情雅致，犹如在漂亮的咖啡馆里品咂人生的况味，透过雪亮的落地玻璃窗，看街上的熙来攘往，也偶尔观察一下自己是否需要随时补妆。这就是“小资”，有大把的时光来慰藉心灵，只要她愿意，任何情趣都可以栽倒在自己的脚旁。富裕的生活加上满腹的才情，自然是小资中的上品，李清照的青年时代就是这样有滋有味地走过来的。

作为一代词人，李清照能够有如此浪漫的生活，既有自身才华横溢、懂得生活情调的原因，也有社会历史提供的契机。

在历史的螺丝松动的那一刻，宋代的繁华与自由滋养了她的秀美与温柔，给了她怦然心动的爱情、琴瑟和谐的婚姻。

然而，历史似乎是一柄双刃剑，它赐予了李清照中国女子所没有的光环，也给了她无尽的磨难，来考验她的倔强、不屈与坚贞。

留在青州的寂寞时光

天青色等烟雨，而我在等你。——始终觉得这句话是描写李清照的，她思念赵明诚的时候，心里应该就是这番况味吧。

暮色昏黄，多少倦鸟归巢的重逢，多少无语凝咽的别离，都抵不过一场天青色的雨。而李清照正是这烟雨中的红颜，说着景语、情语、香艳语、忧伤语，伫立楼上，凝眸远望。

分别前，他们在乡里屏居十年。公公赵挺之在政治斗争中死去，家里也渐渐衰败。赵明诚的收藏事业不能放弃，也不想放弃。可积蓄不多，又要买金石古玩，他们便决定回故乡青州生活。李清照自然也是全力支持丈夫的。粗茶淡饭，却也相濡以沫。“愿得闺房如学舍，一编横放两人看。”这样的伴侣让多少文人拍案称奇、津津乐道。可是，如此亦师亦友的伴侣，有时常常会觉得他们的友谊多于爱情。美国学者宇文所安甚至能从《〈金石录〉后序》中看出李清照对赵明诚的幽怨，重物轻人的幽怨。

可是，却也有更多人指出，李清照的哀愁并非是因为赵明诚重物轻人，而是因为移情别恋。那首《凤凰台上忆吹箫》就是极好的明证：

香冷金猊，被翻红浪，起来慵自梳头。任宝奁尘满，日上帘钩。生怕离怀别苦，多少事、欲说还休。新来瘦，非干病酒，不是悲秋。

休休！这回去也，千万遍《阳关》，也则难留。念武陵人远，烟锁秦楼。惟有楼前流水，应念我、终日凝眸。凝眸处，从今又添，一段新愁。

《凤凰台上忆吹箫》

这首词正是写于夫妻二人屏居青州十年后，即 1117 年。彼时的赵明诚在结束隐居后即将再次踏上仕途；而彼时的李清照却如词中所写，因丈夫不愿带自己同行正满心愁苦。香炉灭了她不管，被子不叠她也不管，太阳很高了还不愿意起来，起来后又不愿意梳头。任凭贵重的首饰匣子落满了尘埃。心里却只念着一件事：离愁。

欲言又止，欲说还休。

“新来瘦，非干病酒，不是悲秋。”这是多么明确的回答。不是因为病不是因为酒，而是因为思念丈夫。但还是会有误读，甚至有教授说这是李清照喝醉的证据，认为她还曾“浓睡不消残酒”“沉醉不知归路”，说明她是个十足的酒鬼。对于这种以所谓“标新立异”来哗众取宠的论调，还真是有些无奈。

在词的下阕里，李清照说无论如何也留不住丈夫了，从此只有孤单地锁在“秦楼”中。此处，李清照用了一个典故。相传，秦穆公的女儿弄玉和丈夫萧史共居秦楼十年，十分恩爱，后有龙凤来迎他们上天，二人依旧比翼双飞。可反观李清照自己，在青州陪了丈夫十年，等到丈夫终于重踏仕途的时候，自己却不能随行，心里总是会涌起很深的“被遗弃”感。这一切，能够说与谁听呢？大概，只有门前流水，能够见证她的终日凝眸，凝眸远眺，从今以后，又添一段新愁。

关于赵明诚为何抛下李清照独自赴任一事，历来众说纷纭。但绕来绕去，似乎始终绕不过一个话题：赵明诚此时已经变心，除了纳妾外，还养成了寻花问柳的习惯，如果带着李清照，恐怕出入都没那么自由。另有一说，因李清照多年膝下无子，赵明诚受舆论压力，纳妾也在情理之中。事实上，赵明诚纳妾暂时还找不到确凿的史料依据。而且，我们也不能单就他是否纳妾来断定其人品的高下。毕竟，在那样开放的宋朝，流连在烟花柳巷的文人们都可以毫不避嫌地穿梭往来，更别说娶个三妻四妾了，实在是情理之中。

但无论怎么说，赵明诚身上似乎总带着些“以怨报德”的嫌疑。当年，李清照受父亲牵连被遣返乡的时候，赵明诚照旧做着自己的京官；而等赵挺之被蔡京诬陷罢官，赵明诚不得不屏居青州的时候，李清照却不离不弃，以自己的深情和贤惠，始终陪在他的身旁。

遗憾的是，十年的相濡以沫，旷古的才华与性情，仍是挡不住李清照被遗弃的命运。也许，在爱情里，永远也没有“平等”可言。若想伤害少一点儿，就要爱得比对方浅一些。可李清照那样一个至情至性的女人，如何能要求她不去爱呢？这要求的本身，对她也是残忍的伤害吧。

独守青州时，李清照在孤寂落寞中写下了很多词，其中写得最真挚的当属《蝶恋花》。

暖日晴风初破冻，柳眼梅腮，已觉春心动。酒意诗情谁与共，泪融残粉花钿重。

乍试夹衫金缕缝，山枕斜欹，枕损钗头凤。独抱浓愁无好梦，夜阑犹剪灯花弄。

《蝶恋花》

这首词上阕写的是白天的闺思：暖日晴风，柳眼梅腮，春心涌动。可惜，再好的酒意与诗情也没人分享，总归是寂寞的。词的下阕，写自己就那样斜靠在枕头上，即便损坏了头饰也没太在乎。结句“独抱浓愁无好梦，夜阑犹剪灯花弄”更是写得精妙传神。词学家陈祖美先生赞其“虽不像‘人似黄花瘦’和‘怎一个愁字了得’等句那样被人传诵，然而，就词意的含蓄传神以及思妇情思的微妙而言，此句亦颇有意趣。”

最喜欢那句“夜阑犹剪灯花弄”，不知怎的，总觉得很像辛弃疾的“醉里挑灯看剑”。男人报国无门的时候，只能在夜里挑灯摩挲自己的宝剑，那些驰骋疆场的雄壮激烈在心头翻滚，却只能在无奈中夜夜感伤。同样的李清照，抱着对丈夫的思念和孤独的浓愁，实在没什么好梦可做，夜深人静，只好翻身起来弄“灯花”。巧的是，灯花在古代正是喜庆的征兆。作为一个三十多岁的独居妇人，这一行动本身似乎更显得意味深长。那长长的喜庆与热闹的灯花下，映着的是怎样的惆怅与无奈啊。

此时的李清照，上无父亲可依，下无子嗣可靠，受冷落是在所难免的。但少年夫妻，老来做伴儿，总归是个依靠吧。

于是，几年之后，李清照便收拾东西去莱州找丈夫团聚去了。

一样梅花别样情

譬如绘画，少年时的一抹红像跳跃的火焰，能在心里燃起汩汩的热情；而老年时的一抹红，却渗透着夕阳的无奈，残烛的飘摇。生命底色的画布是没有什么不同的，不同的是我们勾描画布时的心情。

毕竟，每个人的生命都沾满了岁月的酸甜苦辣。比如李清照，便在那落雪寒梅的季节，品出了人生的大不同。且看两首梅花词：

雪里已知春信至，寒梅点缀琼枝腻。香脸半开娇旖旎，当庭际，玉人浴出新妆洗。

造化可能偏有意，故教明月玲珑地。共赏金尊沉绿蚁，莫辞醉，此花不与群花比。

《渔家傲·雪里已知春信至》

庭院深深深几许？云窗雾阁常扃。柳梢梅萼渐分明。春归秣陵树，人老建康城。

感月吟风多少事，如今老去无成。谁怜憔悴更凋零。试灯无意思，踏雪没心情。

《临江仙·庭院深深深几许》

很多人都知道李清照南渡前后词风的变化，却鲜有人将这两首词拿来对比。如果将这两首梅花词放在一起，便很容易就能读懂李清照的“生命花期”。

在第一首词中，词人将“落雪”“寒梅”“玉人”三个意象进行了很好的演绎。“玉人浴出新妆洗”恰如“傲雪的冬梅”，洁净中透着清高与孤傲的气质。这首词有两眼“活泉”。一是最后一句“此花不与群花比”，这句话将寒梅傲雪的清冷、卓尔不群的雅致都描绘得活灵活现，栩栩如生。而在这背后，也可以看得出李清照的潇洒、落拓、豪气。在这个女人的心里，她便是她，独一无二的人，不愿也不屑与别人比，这份儿坦荡的自信如梅、如雪、如刚出浴的美人，永远带着自己的清新与洁白。

另一个词眼是第一句“雪里已知春信至”中的“春”字，忽略了这个词，前面的清高和孤傲都是不着边际的了。一切的自信都源于这个“春”字。春天来了，总会有冰消雪融的时候，总会有焕发勃勃生机的时候，总会有春满人间的时候。这是李清照的“春之声”，春天之后我们可以去放歌、郊游、踏青、争渡……所有的期待都源于春天。

而在第二首词中，同样是“柳梢梅萼渐分明”的时候，李清照却已无当年的激情。岁月磨砺了她的容颜，更苍老了她的心。当年那个欢腾在北宋的快乐女子如今已变成南宋的无聊妇人。这其中的况味，绝非“三杯两盏淡酒”便能说清楚的。“春归秣陵树，人老建康城。”溜走的春天可以再回到秣陵的树上，唤醒一树一树的梅；而南渡的“我”却只能老死在建康城，憔悴下去并逐渐凋零。

美人迟暮和男人谢顶一样，都是人生既痛苦又尴尬的事儿。眼见着自己青春不再、容颜衰老，四十六岁的李清照心里翻腾着数不清的无奈和酸楚。“如今老去无成”，似乎隐约透着唐朝诗人罗隐当年相似的心酸，“我未成名君未嫁，可能俱是不如人”。老并不可怕，可怕的是无成。人常说“无志空活百岁”，李清照不是没有志向，她渴望建功立业、驰骋疆场。她能写下“生当为人杰，死亦为鬼雄”这样的诗句，可见对苟安在江南的南宋朝廷是多么的愤怒。

可是，作为一个已婚的中年女人，她没办法披甲上阵亲历战场的雄壮，她能做的只是偶尔发发牢骚，在这绮丽、工整的词牌中写下在现实中无法舒展的悲愤。但也仅此而已，她的性别让她的志向再次尴尬。这是“造化可能偏有意”吗？

一样的梅树，一样的落雪，一样的洁白，却在她的心里留下了不一样的滋味儿。酸甜苦辣，自与别人不同。无怪乎陈祖美先生说：“《漱玉集》中比重最大的咏梅词，假如把它们依次联章，简直可以构成一部堪与两宋之间的三四代皇室的兴衰史相始终的作者的心灵史。”

回头再看那两簇梅花，一簇是青春时怒放的生命，一簇是中年时积压的抑郁。同样的梅花，却分明是不一样的情致。

朝来寒雨，晚来凉风

1129年，即建炎三年，“靖康之难”已经过去很久了，但“靖康之耻”却还烙印在宋人的心里。南宋朝廷自然是极力粉饰江南和平，潜藏的苟安之心已开始微微发作。但在普通人看来，那片破碎的山河实在是一块伤疤，随着朝来的寒雨、晚来的凉风，还不时在心底隐隐作痛。

李清照为躲避战乱，随宋高宗赵构一路南下逃亡。眼见着朝廷逃跑的速度比自己还要快，颠沛流离自是不用多说，等着再打回来重铸山河，恐怕也是一场痴梦。

这一年，李清照饱蘸笔墨，写下了那首著名的《临江仙·庭院深深深几许》。她在整首词的最后，写下了这样十个字：“试灯无意思，踏雪没心情。”横看竖看，这日子都写满了“无聊”。

四十六岁了，在古人眼里，应该也是含饴弄孙的年龄了吧。可那样一个多愁善感又膝下无子的女人，骨子里仍然流淌着脉脉的少女般的情愫。而这情愫向来是不被人所察觉的。在以往宏大的历史叙述和文学概论里，喜欢将她的词左右对切，认为前后两期判然有别，好像南渡之后，李清照已然“大变活人”。

但实际上，李清照不是一块儿“蛋糕”，可以简单平直地将人生一分为二。作为一个多愁善感的女词人，那些潜藏在词句里的很多情愫，其实都是未来生活的“伏笔”。

还是这一年，四十九岁的赵明诚忽然得病，病得那么猝不及防。从赵明诚患病到辞世，短短两个月的时间，李清照便从婚姻幸福的女人变成幽愤愁苦的寡妇。

赵明诚走了，他留下了生前所挚爱的文物和古籍，留下了尚未完成的《金石录》残稿，也留下了共同生活了二十八年的李清照。他带走了李清照的思念与爱情，却唯独没有带走她。而李清照将他的后事安排妥当后，却得了一场大病，差一点儿就随他去。

那一年的梅花依然迎风傲雪，那一年的朝廷依然歌舞升平，而那一年的李清照却就这样失去了赵明诚。孤独人世，她提笔写下这样的句子："白日正中，叹庞翁之机捷；坚城自堕，怜杞妇之悲深。"（《祭赵湖州文》）

如果我们能够读懂个中艰辛，就不难想象李清照日后改嫁的必然。首先，这个国家比她本人更要懦弱，懦弱的另一层含义就是无法依靠。漂泊的经历和飘摇的国家，无法给李清照以安稳的现实感。其次，"不孝有三，无后为大。"在礼教几乎可以吃人的时代，有赵明诚在，可以为她遮风挡雨；无赵明诚在，她只能自己承受被世俗"日晒雨淋"的痛苦。

始终觉得李清照是个简单、坦率的人。她的简单就是对爱情的渴望，还有那骨子里依然涌动的少女情愫。相传，她遇到张汝舟后，曾慨叹"一样的襟怀，一样的才学"。后来，我们知道，无论从胸怀还是才华讲，张汝舟和赵明诚都是无法相比的。但李清照在最初，还是"误会"了张汝舟，以为他竟是"可托之人"。

关于李清照的再嫁，向来有两种说法，一说她并没有改嫁，很多文人站出来为其辩护；又一说她的确改嫁，还曾写过类似悔恨自责的文字。说是李清照再嫁后，发现所托非人，于是愤而同张汝舟离婚，将他告了官。张汝舟的官也是"非法倒卖"而来，李清照这一告必然胜诉，而且离婚后还可以获得自由身。但依据法律，离婚之后，她也要承受两年的牢狱之刑。幸亏亲友及时搭救，只被关了九天就放出来了。获得自由之后，李清照不忘马上写信给亲戚："清照敢不省过知惭，扪心识愧。责全责智，已难逃万事之讥；败德败名，何以见中朝之士。"可以想见，当时的李清照心理压力是多么巨大。

按唐朝律法，婚姻不合的女人是可以离婚的。按宋朝的惯例，女人也是可以改嫁的。范仲淹的母亲也曾改嫁，范仲淹后来金榜高中才回去认祖归宗。但是，以李清照这样的名誉和地位，以四十九岁的高龄再嫁肯定是一片哗然。而一年之中，春天刚嫁秋天就要离婚，定然会掀起更大的波澜。

始终觉得李清照是一个简单到坚强的人。简单的是她只要爱情，坚强的是她只要和自己匹配的爱情。与张汝舟的再婚，在李清照看来，就是她爱情和人生的污点。她拼命擦，反复擦，最后终于擦掉了这个污点，却让自己也脱了一层皮。

如果李清照真的曾经改嫁，为什么许多明清学人还非要站出来替她辩护，说她并没有改嫁呢？原来，明清时候理学盛行，对“改嫁”的责难要超过宋朝数十倍，那些文人希望通过“改写历史”，还后代一个清白而又完美的李清照。可现在看来，这似乎有些迂腐。毕竟，李清照能够穿越千年岁月，仍然光照中华词坛，依靠的并非是贞洁，而是自己的才华。

她便是那美丽的七夕

大约每个人的心里都有一个李清照。或是以“闺情”见长的婉约词宗，或是以“悲凉”立史的爱国词人，抑或也是中国古代才女幸福生活的典范。而所谓典范，其实也无外乎“才、情、趣”这三方面。就李清照来说，才华和深情都是世所公认。而“趣”这一方面，人们对她的评价似乎总有点儿含糊不清。比如，那些媚眼生情、雪腻酥香的文字，常常被认定为李清照的存疑词。其中较有争议的就是那首《丑奴儿》：

晚来一阵风兼雨，洗尽炎光。理罢笙簧，却对菱花淡淡妆。
绛绡缕薄冰肌莹，雪腻酥香。笑语檀郎，今夜纱厨枕簟凉。

《丑奴儿》

这是李清照词中颇有争议的一首，《词林万选》《历代诗余》等都将其划为李清照之作，但《全宋词》将其归为康与之所作。故有词学家评论说，“不类易安手笔”。言外之意，此词“肤浅、荒淫”，怎么能出自李易安之手呢？

这首词题为“夏意”，讲的正是夏天的晚上，寒风冷雨吹走了白天的炎热，酷暑后的风雨让人们在傍晚嗅到了一丝沁人心脾的清凉。此时的女主人公对镜梳妆，深红色的薄绸隐约映衬出白嫩的肌肤。这旖旎的情思，无边的香艳，却只用了四个字来点拨——“雪腻酥香”。这四个字将视觉、触觉和嗅觉的美感同时融合在一起，读来真有口颊生香之感。

下阕的最后一句描绘了女主人公拍着枕席，笑脸盈盈地对“爱郎”说，“今夜纱厨枕簟凉”。就是这句炎炎夏日里的清爽邀约，令很多人读出乱人心志的暧昧。有人就此注释说，李清照本就是个酒色之徒，这词中更是混杂着令人不齿的“勾引”。当然，也有否认者称，李清照的词向来俊美、清秀，断不会出现这等谄媚、俚俗的场景。

如果就字面来解的话，“轻解罗裳，独上兰舟”“露浓花瘦，薄汗轻衣透”等语是否也艳光四射、引人遐想呢？实际上，李清照出身名门，才学和修养都是同辈中的佼佼者，骨子里注定是清高孤傲的。而今，这样的词语出现在她的词中，不过是她轻巧恣意的一次练笔，抑或是幸福时光的调味剂；但绝不是轻薄放荡的佐证。

唐代无名氏在《菩萨蛮》中有类似的句子：“含笑问檀郎，花强妾貌强？”这是女子凝眸深望时的娇语，含笑低问时的羞涩，到底是“花美还是我美”？这时分、这情致、这心思，不管情郎的对答是默契的赞许还是调皮的否定，在她心里都是一样的。她需要得到的不是平白刻板的标准答案，而是此情此景的那份儿柔情蜜意。反观李清照，她手拍枕席，告诉情郎静夜安好，也具有相似的韵味。若花之色、香、味俱全才能引人留恋；作为女子，自然也要才、情、趣兼备，方能如一本百读不厌的书，时常带给人新意和惊喜。所以，虽有很多人对这首《丑奴儿》存疑，但余偏爱之。

李清照另有一首《浣溪沙》，写得也是眼波流转，粉面生情。

绣面芙蓉一笑开，斜飞宝鸭衬香腮。眼波才动被人猜。

一面风情深有韵，半笺娇恨寄幽怀。月移花影约重来。

《浣溪沙》

以“芙蓉”一词代指美貌的女子，并非李清照所开创。白居易在《长恨歌》中就有“芙蓉如面柳如眉”的诗句，以花喻人，既有满面含春的清香，又逢娇花临水的柔媚，真是一举多得的妙用。“宝鸭”本指香炉，此处用来代指从香炉中袅袅斜飞的青烟，衬托着如花笑靥，粉面香腮。

其中这句“眼波才动被人猜”真是写得顾盼多情。心中升腾起的情愫在眼波流转中被轻轻泄露，细小心思就这样轻易被人察觉。其间的辗转缠绵、心如鹿撞，不觉间便跃然纸上，栩栩如生。所以，清代吴衡照在《莲子居词话·卷二》中说：“易安‘眼波才动被人猜’，矜持得妙。淑真‘娇痴不怕人猜’，放诞得妙。均善于言情。”而半方花笺，更将“约重来”的期待与述怀表现得淋漓尽致，生动活泼。

有意思的是，这首《浣溪沙》虽是并无争议的易安词，却和上一首《丑奴儿》有着相似的命运。很多李清照的评述、论注中，几乎都很少有人选这首词入辑。于是，它们只能长久安然地躺在《漱玉词》的角落里，黯然地沉默着。而每每读到这两首锦心绣口之作，总让人不自觉地想起不相关的晴雯来。那样一个标致的主儿，连讨厌她的王夫人都不得不承认她生得比别人好。可越是生得风流灵巧，越是遭人怨妒：那些聪明灵秀的女子，有时总免不了被人斥为“轻佻”；而那些所谓“沉静娴淑”的女子，虽屡屡得到长辈的赞赏，却因失去了灵动与生气，而很少为同辈所喜爱，比如宝钗，比如袭人。

也许，人们面对李清照的时候，也是有着同样想法的：平和中正就意味着沉稳凝练，而娇俏活泼就等同于轻佻肤浅。所以，在描述李清照的时候，人们才会极尽展示其美好、幸福的一面，而忽略她情思荡漾时的欢快绮丽、再嫁他人时曾有过的期待。

今次，择这样两首颇具争议的词入书，只是希望能够透过不同的光线，折射出一个真实的李清照。

北宋末年，李清照曾写下这样的句子：“纵浮槎来，浮槎去，不相逢。”“甚霎儿晴，霎儿雨，霎儿风。”写下这些的时候，李清照正因党派之争和丈夫赵明诚被迫分离。一面是旧党李格非的女儿，一面又是新党赵挺之的儿媳，那人生真如漂荡的木筏，来来往往，却难以安住。而纵观李清照的一生，宛如飘零之花，无奈地随水波流转，何曾掌握自己阴晴不定、风雨难测的命运呢？即便死后，她也留下了众多难以坐实的传说，笑骂由人，便更做不得主了。

有人问，如果将李清照作四季比，应属哪一季？想了很久，就只想起了这首《行香子·七夕》。

草际鸣蛩，惊落梧桐，正人间、天上愁浓。云阶月地，关锁千重。纵浮槎来，浮槎去，不相逢。

星桥鹊驾，经年才见，想离情、别恨难穷。牵牛织女，莫是离中。甚霎儿晴，霎儿雨，霎儿风。

《行香子·七夕》

也许，如此气韵悠扬、钟灵毓秀的李易安，并不能霸道地占有某个季节，而是更像一个美丽的“七夕”：满载着温馨浪漫的秋意，也和着情人节里永恒不变的主题。

瘦削的背影与丰满的传奇：张玉娘

张玉娘生于南宋末年官宦世家，自幼饱读诗书、聪慧绝伦。生前著有两卷《兰雪集》，与李清照、朱淑真、吴淑姬并称为宋代四大女词人。她与表哥的爱情大起大伏，历尽悲怆，感天动地，被称为“松阳的梁祝”。

解香囊，赠情郎

似乎宋代女词人们总是很讨人喜欢。她们如朵朵绽开的情花，鲜艳、饱满，带着丰盈华丽的气度、孤傲不俗的才华；即便落难，也能在兵荒马乱的铁蹄下博得人们的同情。毕竟，世界上美女很多，才女也不少，但能兼容美貌与才情的却并不多。如能在此之外，不但博人同情，且受人尊重，那便更值得铭记了。南宋末年便有这样一位奇女子，她叫张玉娘，饱读诗书、聪慧绝伦，却为情所伤。

张玉娘生于 1250 年，字若琼，自号一贞居士，松阳人。小时候的经历跟所有传奇故事的情节相似：官宦世家的小姐，喜欢舞弄文墨，尤擅诗词，父母宠爱，奉若掌上明珠。相传，玉娘才学震惊一时，有人赞其堪比汉代班大家（指班昭）。玉娘身边有两个侍女，一个叫紫娥，一个叫霜娥，也都是才色俱佳的主儿。最有意思的是，她还养了一只鹦鹉，与两个侍女合称“闺房三清”。平日里，打哈凑趣儿，闲来无事，和很多女子一样，喜欢用文字打发寂寥悠长的时光。有词为证：

凭楼试看春何处，帘卷空青淡烟雨。竹将翠影画屏纱，风约乱红依绣户。
小莺弄柳翻金缕，紫燕定巢衔舞絮。欲凭新句破新愁，笑问落花花不语。

《玉楼春》

长日无聊。

凭楼远眺，试看春何处？烟雨、翠竹、乱红、绣户，剪不断的春愁，丝丝缕缕荡漾在心间。“小莺弄柳翻金缕，紫燕定巢衔舞絮。”莺莺燕燕这个词本就是用来形容女子的，放在这里，既合了情，也合了理。紫燕也好，小莺也罢，都在柳絮中穿梭忙碌，唯有这闲来无事的女词人，凭楼远眺，慵懒地享受着良辰美景。

这样的景色真是一幅绝美的画卷呢。轻轻舒展开，便可以看到玉娘倚楼凝眸，将新写下的句子读给落花听，落花无语，美人浅笑，满世界的莺飞草长，柳动絮飘。暖暖地盛满了一代才女的情趣，生动活泼，兴味盎然。

这样的浪漫似乎是最常见的古典镜头。那些高楼上的小姐，“囚禁”在香闺里，心里的烦闷翻腾出无数的猜想，勾勒着爱情的模样。这想象里，定然少不了一位公子，衣袂飘飘，文质彬彬，风流倜傥。而在张小姐的脑海中，自然也会浮现出他的样子，青梅竹马，情投意合。他叫沈佺，是玉娘的表哥，很小的时候两人便定了亲。

曾有人问，为何古代人的爱情总有那么多表哥表妹爱来爱去的，陆游如此，纳兰如此，很多文人墨客，甚至朝堂政客皆如此。殊不知，在那个封建也封闭的时代，青年男女能够自由相识的概率实在太低了，更别说谈天说地了。但亲戚间便有一个好处，顾忌较少，尤其是小时候。两小无猜，心无芥蒂，那是两个生命最初缔结的约定，随日月疯长，伴天地永长。

能够在最美的年华，结识一个自己喜欢也喜欢自己的人，终归是人生之幸。而玉娘和表哥正是如此幸运之人。

传说是不可靠的，但传说又总是如此迷人。

相传，表哥沈佺和玉娘生于同年同月同日，只是早了玉娘几个时辰而已。话说那沈佺本是宋徽宗时状元沈晦的七世孙，算起来，两家应是门当户对。加上二人自幼一处长大，两小无猜，芳心暗许，两家便索性给他们定了亲，还互赠了信物。

想来，在这期间，鸿雁传书，互诉衷肠，那两个才貌俱佳的侍女必定起了不小的作用。而那只鹦鹉，不知道会不会整日饶舌地叫着“沈公子来了”，惹得玉娘又爱又恨，心如猫挠。

这期间，玉娘还曾亲手缝制香囊送给表哥，并绣诗一首，名为《紫香囊》：

珍重天孙剪紫霞，沉香羞认旧繁华。纫兰独抱灵均操，不带春风儿女花。

《紫香囊》

香囊本是随身之物，古人常用以定情或定意。今玉娘将定情信物赠予表哥，其心意自然是明白剔透的。

世界上的爱情有很多种，但最动人的爱无疑都凝结在一个字上，那便是“独”。目之所触，心之所系，所谓“情有独钟”，大抵都是如此。看别的姑娘只是绣个香囊而已，玉娘却能在香囊上绣诗，丝线缕缕，针针细密，恰如她的情丝万千、柔情蜜意。如此的才华与情趣，也难怪沈佺会对玉娘情有独钟。

但关于沈佺的记载似乎并不多，他的感情、故事，甚至后人的评述，大多是穿插在玉娘的世界里。可我们却非常希望知道这是怎样的一个男子，能够惹得玉娘肝肠寸断、向死而生。有时，不禁暗想，也许他只是个平凡的人，他的与众不同完全是因为这段千古绝唱的爱情。

一场爱情的“大考”

从后来的所作所为推断，沈佺终是寻常男人所无法企及的。

表哥和表妹的神话破灭于沈家的衰微。据说是因为沈佺家道中落，日趋贫困。而以玉娘父母对她的疼爱，自然是不愿意玉娘嫁给破落户的，悔婚之意也就显而易见了。以今天的眼光来看，门当户对虽然未必是最佳选择，但也不能否认玉娘父母的苦心。一个千金小姐如果真的落到寻常百姓家，生活未必能过得圆满。

能够像词人贺铸妻子那样，放下皇族女子的身份，情愿为夫君“挑灯补衣”，自然是因为爱情，但经年累月的操劳有时候也是一种惯性。千万别说你愿意为他鞠躬尽瘁，改变自己的一切。陷在爱情里的人自然觉得爱情是万能的，但进入真正的婚姻生活或许才会慢慢体会出生活的艰辛。他可以买不起玫瑰花，但绝对不能买不起烧饼，基本的生活还是要有所保障。可是，对自幼吃穿不愁的小姐来说，她怎么会明白甜美爱情与艰难生活间巨大的落差呢。试想，一个既养丫鬟又养鹦鹉的小姐，即便她做好了吃苦受罪的准备，张家父母也定然舍不得让她嫁过去受委屈。

无奈，此时的玉娘已然对表哥用情至深，毅然写下这首《双燕离》，显示着自己的反抗，也剖白着对沈佺的情意：

白杨花发春正美，黄鹄帘垂低。燕子双去复双来，将雏成旧垒。

秋风忽夜起，相呼度江水。

风高江浪危，拆散东西飞。红径紫陌芳情断，朱户琼窗侣梦违。憔悴卫佳人，年年愁独归。

《双燕离》

“憔悴卫佳人，年年愁独归。”简简单单几个字，便令这满腹惆怅和悲愤喷薄而出，读来字字惊心。很多词学家的考证，笔行此处便戛然而止，只说张家父母有悔婚之意，于是沈佺因此忧郁而死，并没对故事的始末做详细的注解。

看来，能够用以推动猜测、捕风捉影、复活往事的，也只有那些风干在诗词里的墨痕了。

玉娘的文字似乎触动了张家父母的无奈。于是，他们又向沈佺提出“欲为佳婿，必待乘龙”的要求。没办法，从古至今，丈母娘的刚性需求始终是推动社会发展与个人进步的绵绵不绝的力量与源泉。沈佺为了爱情，为了让自己的爱情得到丈母娘的认可，他

不得不暂别玉娘，随父进京赶考。

对于本无心功名的沈佺，这样的抉择无疑是艰难而又痛苦的。沈佺和玉娘同庚，生于 1250 年，等长大到可以赶考的时候，宋代的历史帷幕已开始徐徐落下。末世将至，王朝将崩，连年战火已经将中原烧得满目疮痍。生逢乱世，再大的野心也只能化成炮灰，在历史的长河中灰飞烟灭。

也许，凭着勇气，沈佺可以领她私奔，让爱的背景淹没在各地逃难的人海中。但玉娘那样气度和情怀的女人，会耻于被人指指点点的。至少，她一定是愿意自己的爱情被父母所接受并祝福的。

他也可以选择更容易的道路去走，比如放弃这门亲事，忘记这个女人。但他做不到。玉娘是自己的表妹，是沈佺二十几年来唯一爱过的女人，从小便一处论诗词，两颗心牢牢地拴在一起，情比金坚，爱比雪洁。月老牵起的红线，系在两个人的脚上，他们前后脚来到了这个世界上，本就是为了寻找彼此的。玉娘舍不得放弃，沈佺也舍不得。

那么剩下便只有一条路可以走了：为爱赶考，为爱远行。

八百年前的时光与今天便捷的交通不可同日而语。八百年前的这一别，山山水水，渺渺茫茫，除了在心里无数次呼唤、梦里无数次相见外，便再无他途。

有时候，真希望沈佺是个任性的男人，干脆不要去考，或者赖在张家不走，守着玉娘，也守着自己的爱情。可是，沈佺终究还是有志气的，也是有骨气的。他可以不为自己求取功名，却要誓死捍卫爱情的尊严。他不能屈膝于他人，让玉娘抬不起头来，虽然此时他已贫困至极。

离别的时候，玉娘拿出自己的私房钱资助窘困的沈佺，并含泪写下这首《古离别》送给爱郎：

把酒上河梁，送君灞陵道。
去去不复返，古道生秋草。
迢递山河长，缥缈音书杳。
愁结雨冥冥，情深天浩浩。
人云松菊荒，不言桃李好。
淡泊罗衣裳，容颜萎枯槁。
不见镜中人，愁向镜中老。

《古离别》

迢迢山河拦不住相思之情，默默青山挡不住相爱的心，松菊桃李都是爱的见证。岁月啊，它是一面光滑的魔镜，我看不到你的脸，却只能看到自己日渐衰老的容颜。

不能让爱情等太久。

揣着玉娘的心意，沈佺就这样踏上了漫长的大考之旅。等待他的是一番锦绣前程，也是一场生离死别。

相思如月月如钩

山之高，月出小。月之小，何皎皎！我有所思在远道。一日不见兮，我心悄悄。

《山之高》

就是这首《山之高》，让无数人为之拍案惊喜，大赞有上古《诗经》的遗风。每次读这首古诗，在“山”“月”“小”“皎”“悄”这些舌尖音中，总能摩擦出汉字的音韵美。仿佛含在唇齿舌间的不是一首诗，而是上古遗留下来的一株野草，和着泥土清冽的新鲜、涩涩的甜美，一同融化在心里，幻化成山月如钩，相思皎皎。

相传，这是饱受思念之苦的玉娘写给沈佺的诗。她心比金坚，操比冰雪，情根深种，绝难更改。故而又云：

汝心金石坚，我操冰雪洁。拟结百岁盟，忽成一朝别。朝云暮雨心去来，千里相思共明月。

《山之高》

这样的情意，送到沈佺的手里，也算是对他莫大的鼓舞吧。沈佺本就是个清逸俊雅、风度翩翩的才子，这样的人去京城应考，如鱼得水，非常顺利地通过了各道关卡，直通殿试，并高中榜眼，题名金榜。

据说，在沈佺应考的时候，他从容淡定，对答如流，且能不落窠臼，令人啧啧称奇。一时间，“奇才”之名，名动京城，人皆赞叹。那时的玉娘该有多么雀跃啊，“乘龙快婿”已如愿实现，从小到大都盼望的爱情终于可以瓜熟蒂落、水到渠成。眼看一段才子佳人的童话即将华丽登场……

可惜，命运的翻云覆雨总叫人觉出世事无常。就在沈佺也以为终于可以和玉娘团聚的时候，却不幸身染风寒。长久郁积在心头的思念也开始转化为浓烈的伤痛，伙同“伤寒”一起作祟，不断折磨着沈佺。眼见着他竟就重症逐沉，病入膏肓了。

这个时候，玉娘的书信飘然而至，她对沈佺说：“生不偶于君，死愿以同穴也。”沈佺看信后，被玉娘这同生共死的情意深深感动，强撑病体，回给玉娘一首五律：

隔水度仙妃，清绝雪争飞。
娇花羞素质，秋月见寒辉。
高情春不染，心镜尘难依。
何当饮云液，共跨双鸾归。

沈佺也知道自己此生恐怕很难再与玉娘团圆，只能一同跨鸾奔月，去阴间相会了。

1271 年，二十二岁的沈佺不幸病逝，带着业已铺开的锦绣前程和无法铺就的美好姻缘。他心心念念地渴望着能与心上人见最后一面，却终于还是病死在赶回松阳的路上。

留给玉娘的只能是永生难忘的创伤。

日子随流水，在玉娘心头悄悄滑过，留下了数不清的划痕。

在《哭沈生》二首中，玉娘这样写道：

仙郎久未归，一归笑春风。
中途成永绝，翠袖染啼红。
怅恨生死别，梦魂还再逢。
宝镜照秋水，明此一寸衷。
素情无所著，怨逐双飞鸿。

中路怜长别，无因复见闻。
愿将今日意，化作阳台云。

《哭沈生》二首

仙郎一去，竟成永别。命运怜我，希望沈郎魂魄入梦，百转千回，可以再度重逢。

寸寸哀愁令人想起离别时的痛、相思时的愁、怀念时的苦，就这样搅在一起，烧得玉娘心如滚火，情似油烹。

词学大家唐圭璋先生曾在一篇题为《南宋女词人张玉娘》的文章中，对玉娘寄予了深切的同情：“我们觉得她短促的身世，比李易安、朱淑真更为悲惨。李易安是悼念伉俪，朱淑真是哀伤所遇，而她则是有情人不能成眷属，含恨千古。”唐先生的一番话入情入理，令人读后顿觉凄凉。朱淑真经历坎坷，只能归结为遇人不淑；李清照虽中道分别，却也曾佳偶天成。唯有张玉娘，在青春正好的年华，遇到了深深相爱的人，却被命运生生地捉弄。

真真是：相爱相逢却相别，怨天怨人更怨命。

沈生死后，玉娘终日以泪洗面，悲不自胜。父母疼惜女儿，便劝她另择佳婿。玉娘却说：“妾所未亡者，为有二亲耳。”意思是告诉父母，本来应该跟随沈佺死去的，但因为双亲尚在，所以自己才留在人间。人虽活着，却早已心如死灰。她决意为沈佺守节，父母就休提再婚的事情吧。父母长叹，只能看玉娘拖着柔弱的身体、病恹恹的心情，苦苦忍受着寂寞的煎熬。

五年后，也就是1276年的一天，时逢正月十五元宵佳节，花灯彩带，男女老少都到街上赏灯游玩。玉娘的父母也要她出去散散心，她却不肯，非要留在家里自得清静。父母不忍勉强，只得由她自己安排。

花市灯如昼，人约黄昏后。元宵节乃中国古代情人节。许多诗词都曾以此为题描摹其中的浪漫：烟月如灯中蓦然回首，车水马龙间擦身而过……多少绚烂情事都在这样的夜晚精彩上演。今夜的窗外，不知多少的姑娘正笑靥盈盈、细语低低。但今夜的窗内，却只有清冷的烛影、孤独的玉娘。

热闹是别人的，她什么都没有。于是，蘸着多年的相思，玉娘写下了这首堪称绝唱的《汉宫春·元夕用京仲远韵》：

玉兔光回，看琼流河汉，冷浸楼台。正是歌传花市，云静天街。兰煤沉

水，瀲金莲、影晕香埃。绝胜□，三千绰约，共将月下归来。

多管是春风有意，把一年好景，先与安排。何人轻驰宝马，烂醉金罍。衣裳雅淡，拥神仙、花外徘徊。独怪我，绣罗帘锁，年年憔悴裙钗。

《汉宫春·元夕用京仲远韵》

在这首词里，玉娘将他人的欢笑与自己的悲苦做了鲜明的对比：春风有意，满满地安排了一年的好事，那些年轻的女人畅饮后，幸福地在花间徘徊，衣裳雅淡、飘逸俊美；而自己，却只能藏在绣罗帘锁后，年年憔悴，憔悴裙钗。青春没有闭幕，但玉娘自己却将欢乐摒在幕外。此时的她，已经是“人未老，心先衰”的衰妇了，满纸呜咽，令人不忍卒读。

忽然，烛影晃动，帘幕轻挑，闪过一个人影。玉娘定睛一看，正是自己日思夜念的情郎沈佺。

窃取长生药，人月两婵娟

据明代王诏的《张玉娘传》记载，沈佺见到玉娘后，嘱咐玉娘说：“若琼宜自重。幸不寒夙盟，固所愿也。”意思是：“玉娘你很自重，我很感谢你没有背叛我们的誓言，这正是我的愿望啊！”玉娘于是指着烛影发誓：如玉娘违背誓言，愿与烛光般熄灭。话音刚落，沈佺突然就不见了。玉娘大悲，很久才慢慢苏醒过来，连连追问：“郎舍我乎？”

不管此传写得如何生动逼真，人们总是知道的，这是玉娘的幻觉。但玉娘却浑然不觉，竟自生起病来，不久即亡。也有一种说法，玉娘并非生病，而是自己绝食而死。不管是哪种传说，总归是玉娘的选择。那一年，她年仅二十七岁，正是一个女人的“黄金时代”。

玉娘走后，父母知道她是因为沈佺而死，于是便与沈家商议，将二人合葬在城旁的枫林，以全了二人“死后同穴”的愿望。她的两个侍女哀伤痛哭，霜娥竟忧伤而死。另一个侍女紫娥也不肯独活，上吊自尽以殉主仆之情。更令人惊叹的是，紫娥死后的第二天早上，玉娘养的那只鹦鹉竟然也悲鸣而死。

“闺房三清”相继离去后，张家将她们陪葬在玉娘和沈生的墓旁，让她们依然日夜相伴，延续这浓深的主仆之情。从此，这里便成为历史古城松阳最著名的“鹦鹉冢”。

彼时的大宋，人们正在硝烟弥漫的战火中逃命，在南宋末日的倒计时中求生，活着尚且不易，哪有过多心思去回味那凄惨绝美的故事呢。

尘埃漫过。

在其后的三百年的时光中，张玉娘生前所著的两卷《兰雪集》就这样始终默默无闻着。

直到三百年后，明代王诏开始为张玉娘立传，她的事迹才开始渐渐为人所知。及至清代顺治年间，方有剧作家孟称舜为其创作《张玉娘闺房三清鹦鹉墓贞文记》，并发动乡绅为其修整墓祠，刊印《兰雪集》。至此，历史方才缓缓揭开披在这颗珍珠上的面纱。

张玉娘的爱情被后人喻为“松阳的梁祝”，很多人对其悲剧的命运扼腕叹息。但更多人却是怀着对玉娘的敬意。这似乎有点儿奇怪，这样一个女子，缘何得到了令人无法释怀的尊敬呢？仔细看来，这赞赏大概含着两种意味：一是她的痴情守节，即所谓贞洁烈女；二是她的英雄气概，即所谓爱国情操。但这两种流行的观点，其实都经不起推敲。

首先是一个“节”字。自南宋起，中国理学开始渐趋繁盛，对女人思想和精神的禁锢也日趋加紧。很多惨烈的“殉葬”甚至“生殉”，都是打着“守节”的幌子，逼女人去死，或者让她们生不如死。而那些“道学者”对玉娘守节的赞颂，很大程度也是在鼓吹和宣扬所谓的“贞操”。说穿了，都是对女人的一种精神压迫。这种节烈观，在今天看来，是应予以否定和批判的。换句话说，任何打着“节烈”旗号对女子的赞颂都是需要警惕的。

玉娘那样一个才貌双全的女子，原该获得更多的幸福才对。她的经历应该得到更多人的同情，而不是赞扬。

至于爱国情操，细说起来，她的确是沾了那么一点儿英雄气。比如那首广为称颂的律诗《从军行》：

二十遴骁勇，从军事北荒。流星飞玉弹，宝剑落秋霜。
书角吹杨柳，金山险马当。长驱空朔漠，驰捷报明王。

《从军行》

这首诗中涌动着金戈铁马、宝剑流星，回荡着朔漠的捷报、冲锋的号鸣。在宋朝江山微倒、大厦将倾的时候，在男人们似乎都已经无话可说、无言以对的时候，玉娘心怀天下，胸藏家国，她的诗无疑是一柄利剑，刺痛了行将就木的南宋。

不能就此断定其血管里涌动着杀敌报国的热情。覆巢之下无完卵，她的激愤是可以理解的，但也仅此而已，绝没有什么誓与国家共存亡的精神。我们非要将其定义为“爱国女词人”的话，倒是我们有点儿自作多情了。须知，她终究只是一个弱女子，死于一场爱情，并非一个国家的衰落。

而纵观张玉娘的词，那些写得最情真意切的并非她摇旗呐喊的爱国者歌，而是那些寂寞枕寒流的日子、青春却憔悴的心情。那才是一个女人真实的全部。

在玉娘的词中，最喜欢那首《水调歌头·次东坡韵》：

素女炼云液，万籁静秋天。琼楼无限佳景，都道胜前年。桂殿风香暗度，罗袜银床立尽，冷浸一钩寒。雪浪翻银屋，身在玉壶间。

玉关愁，金屋怨，不成眠。粉郎一去，几见明月缺还圆。安得云鬟香臂，飞入瑶台银阙，兔鹤共清全。窃取长生药，人月两婵娟。

《水调歌头·次东坡韵》

“窃取长生药，人月两婵娟。”这是多么美好的理想啊，恐怕每一个女孩子的心里都曾藏着这样的憧憬吧。

当年埋葬玉娘和沈佺的“鹦鹉冢”，随着岁月的洗礼，已经显出略有破败的痕迹。但沈家的后人却代代相传，精心守护。因为守着的不仅是一处遗迹，也是一段关于沈家最美的童话。

张玉娘虽然没有嫁入沈家，但在沈家后人的眼中，却俨然是他们沈家的媳妇了。这样的结局，也算是对玉娘最好的交代吧。

坟前清酒，杨柳依依：戴复古妻

在历史上，她没有属于自己的名字，她的词作与人生都像一张透明的硫酸纸，上面满满地写着“戴复古”三个字。自古，贤惠与节烈便是对女人最高的要求。然而，能兼具柔性的“贤”与刚性的“烈”者，却为世所罕有。戴复古妻便是这样的人。

低低哀语悼亡妻

在读戴复古的《木兰花慢》前，并不了解他的故事。只是隐约觉得这首词绝美哀怨、如泣如诉，堪称悼亡词中的翘楚。即便后来知晓了这故事背后的悲戚，也没有因此痛恨这个人，反倒是觉得多了一丝同情。能够用心活过、真心爱过、痛心错过、诚心悔过……总算是对人生最好的报答吧。

莺啼啼不尽，任燕语、语难通。这一点闲愁，十年不断，恼乱春风。重来故人不见，但依然、杨柳小楼东。记得同题粉壁，而今壁破无踪。

兰皋新涨绿溶溶。流恨落花红。念着破春衫，当时送别，灯下裁缝。相思谩然自苦，算云烟、过眼总成空。落日楚天无际，凭栏目送飞鸿。

《木兰花慢》

莺啼啼不尽，燕语语难通。在这个莺莺燕燕的春天，诉不尽的是词人满腔的愁绪。十年来，这一点闲愁，每每伴着春风扬起，扰乱自己的心绪。是什么样的情绪竟然困扰了词人长达十年之久呢？十年，可以让呱呱坠地的婴儿长成茁壮的少年，可以让新绿的小树变得枝繁叶茂绿冠如荫。十年里，他遇过许多人，走过许多路，发生过许多的故事，但他今天却依然被这点儿小愁绪扰乱了。这愁绪是什么呢？——重来故人不见！此时此地，小楼东畔，杨柳依依。当年题诗的粉壁，如今已成残垣断壁。诗无所影，人无所踪；往事历历在目，却又恍如隔世重逢。

春水新涨，绿波微漾，流尽的是落红无数，流不尽的是词人心中的思念与愁绪。红与绿本是强烈的对比色，但古人却能将此两种色调捏在一起，揉出佳句来。“绿肥红瘦”“红了樱桃，绿了芭蕉”，和同眼前的这句“绿溶溶，落花红”，真是将撞色之美发挥到了极致。

写到此处，词人笔锋一转，忽然记起当年临别时，妻子曾灯下补衣，将自己细细密密的心事一针一线地缝在丈夫的衣服里。谁知一别，竟成永恒。如今，衣衫虽已穿破，记忆却日久弥新。相思是漫长且徒劳的苦，云烟过眼，往事如烟。落日里，凭栏无语，目送归鸿，苍茫天地间，自己的孤单和寂寞只能更深地涌向心头。

这首词是戴复古为悼念亡妻所作。故地重游，他那解不开的浓愁就这样此起彼伏地袭来，让人欲罢不能。

颇值得玩味的是，在中国的词史上，最著名的几首悼亡词几乎都是悼念亡妻的，如苏轼的《江城子·十年生死两茫茫》、贺铸的《鹧鸪天·半死桐》、纳兰性德的《浣溪沙·谁念西风独自凉》。他们对亡妻的深沉眷恋和哀悼，穿越了上千年的时光，在今天依然保有永恒的墨香。想那古人，虽可以名正言顺地拥有三妻四妾，却仍然对妻子用情至深；算起来，倒是现下的人们显得薄情寡义了。

又不禁暗想，到底是怎样的女子能够让戴复古十年后仍然念念不忘呢？

原来，“戴石屏先生（复古）未遇时，流寓江右武宁，有富家翁爱其才，以女妻之。居二三年，忽欲作归计。妻问其故，告以曾娶。”这是元代陶宗仪在《南村辍耕录》中记载的故事。说当年戴复古寄居在江西武宁的时候，有一个当地的富翁因为赏识他的才华，便将自己的女儿许配给他做妻子。戴复古在这里住了两三年后，忽然打算离开这里回去。妻子不明所以，问是什么缘故，他这才告诉妻子，自己在家乡已有妻室。

这样的故事放在今天，绝对是一出荒诞的现代剧。曾经山盟海誓、同床共枕了几年的丈夫，却自曝“已婚”。而堂堂一个富家千金，竟然要独自为丈夫的“重婚”买单。

这个惊天霹雳一定震惊了很多人，包括这位女子的父亲。因为爱惜良才，父亲将爱女下嫁给戴复古做妻子，最后却发现换来的只是“欺辱”。不管是哪个父亲，恐怕都会因此勃然大怒。那富翁有钱有势又有理，必然要押戴复古问罪。

而此时，那所谓的“戴复古妻”却并没有为难丈夫。她不但没有为难丈夫，也没有为难父亲，她从中调和，费尽唇舌，终于说动父亲，还丈夫以自由。

把杯清酒，浇奴坟土

据《辍耕录·卷四·贤烈》记载，事发之后，“妻白之父，父怒。妻宛曲解释，尽以奁具赠夫，仍饯以词《祝英台近》。夫既别，遂赴水死，可谓贤烈也已”。

这样一个令人瞠目的故事竟是这种令人震惊的结局。

“戴复古妻”将事情的本末告诉父亲后，父亲大怒。但她却“宛曲解释”。这四个字，如今读来，依然令人心疼不已。这是怎样一个委屈自己的女人啊！对于父亲当年的主婚，丈夫多年的欺骗，她不但没有丝毫的埋怨，甚至还要设法斡旋，以保丈夫周全。临到最后，将要分别的时候，不但赠奁具给丈夫，还写下了情深义重的诀别词《祝英台近》。等到丈夫走后，她便投水而死。世人皆叹其“贤烈”。

女人被赞为贤惠者多，被赞为刚烈者亦多。然则，能兼具柔性的“贤”与刚性的“烈”者，却为世所罕有。

现在，不妨来聆听一下“戴复古妻”与丈夫作别时留下的那首词。这是她留给世界唯一的，也是最后的回声了。

惜多才，怜薄命，无计可留汝。揉碎花笺，忍写断肠句。道旁杨柳依依，千丝万缕，抵不住、一分愁绪。

如何诉，便教缘尽今生，此身已轻许。捉月盟言，不是梦中语。后回君若重来，不相忘处，把杯酒、浇奴坟土。

《祝英台近》

这首词名为“祝英台近”，想想化蝶的悲凉和凄美，仿佛就能预见到“戴复古妻”的命运。她选了这样一个词牌，也许就是故意藏着某些期待和谶语。

上阕起笔，她写下了这样的心情：“爱惜丈夫的多才，可怜自己的薄命，事到如今，已经没有什么办法留着你了。”单是这三句话就已定了全词的基调。爱情是如此神奇，爱她的时候，她是一切；不爱她的时候，她什么也不是。很多由爱生恨的感情其实都是因了“多余”两个字。当戴复古已决计回家，那么再多的挽留也是没有用的。即便父亲治罪，强留他在身边，他的心也不会和自己在一起了。此时的她，在他看来，已是多余。与其如此，不如潇洒放手，做他窗前的明月光，给彼此留个念想儿。

在起笔的这三句里，包含了留恋、忍耐与委屈，当然也有对他人的成全。世间的痴男怨女真该好好默念这三句词，并时时温习一下：要宽容他人，也要放过自己。这里需要说明的是，“多才”一词是宋代情人间的昵称，放在这里，有一语双关的含义。

面对一颗无法挽留的心，“戴复古妻”所能做的，只是展开花笺，忍痛写下“断肠语”。但深入阅读，你会发现，其实揉碎的并非那绵软细腻的花笺，而是女词人一颗浸满泪水的心，这背后藏着的是写作此词时候心里的不忍与不舍。千丝万缕的杨柳，此时都抵不上心里的一怀愁绪。此处若与戴复古十年后小楼东畔的杨柳依依对照来看，物是人非的无奈与伤慨令人不禁悲从中来。

词的下阕说，今生缘尽，无奈妾心已许。当年月下甜蜜时许过的诺言，都是曾经美好的经历，而不是我们的梦中呓语。今当别离，如果他年你重游故地，若还没有忘记我，请浇一杯清酒在我的坟上；九泉之下，我便含泪瞑目矣。写到此处，“戴复古妻”的心意终于明白可见。

原来，她早就决计在丈夫走了之后殉情，此时的她，求死之心已斩钉截铁。不知道当年的戴复古收到这样哀而不怨的词时，心中做何感想。这样的女子，这样的情意，他竟真的忍心离去。

然而，到底是我们小看了这女子。她不但有着惊世的才华，也有着极刚烈的心。她竟自选择了“赴水而死”这样决绝的举动。她不愿做窗前朦胧的白月光，而是宁愿将自己的生命化为一颗赤红的朱砂，钉在戴复古的生命里，钉在她生命之树最后一圈的年轮上。

很多资料显示，戴复古差不多活了八十岁有余。那么，在他后半生的时光里，除了用功学诗写诗、空怀报国志向外，是否会在某个时候忽然想起那个为自己而死的女人呢？有人说不会的，因为除了《木兰花慢》外，几乎没有发现任何怀念的痕迹。

但“当时送别，灯下裁缝”一句应该也是戴复古的切肤之痛吧。一针一线，她细细地将全部的生命都编织进那件春衫里，层层叠叠、绵绵密密。每逢春来，便随着春风杨柳，在他心底荡起如丝如缕的情意。

戴复古“停妻再娶”显然犯了大忌，但后世对他横加指责的人却并不多。有那样一个善良、宽容的妻子，她既然已经为坟头的杯酒而释怀，我们又何苦再去责难她深爱的男人。

遗憾的是，这个苦命的女子，在文学史上查不到任何踪迹，没有她的生卒年，也没有她详细的履历，甚至连名字都无法核查，于是人们只能为她送上这样的名字——戴复古妻。

对这样的称呼，她应该也是颇感欣慰的吧。

断魂千里，犹客南州：徐君宝妻

那首《满庭芳》算得上是对宋代文化最后的闪回与依恋。她生在喧嚣的乱世，本有机会做蒙古人的妻子，重新开始生活，却因不愿屈从而投水身亡。这个叫作徐君宝妻的女人，是宋末词坛最后一张从容赴死的面容。

一位弱女子的残生

说起来，徐君宝真是一个幸运的人。

要知道，在那漫长的古代社会，女人要从父、从夫、从子，总要依附男人来生存。若要青史留名，让后世知道还有个独立的“自己”存在，就必先得生于名门、傍得高枝。当然，如果是才华盖世或经历传奇，此事又另当别论了。

那徐君宝，本是个被宋朝历史一笔带过的人，却因为沾了妻子的光，而被后世屡屡提及。当然，人们嘴里传说的人物并非徐君宝本人，而是徐君宝妻，这个在历史上没有名字，只能被称为徐君宝妻某氏的女人。

现在，我们能够知道的是徐君宝妻乃岳州（今湖南岳阳）人。史料记载只说当年被长驱直入的蒙古兵一并掳到杭州，被安排在韩蕲王（韩世忠）的府里。“自岳至杭，相从数千里，其主者数欲犯之，而终以巧计脱。”也就是说在从岳州到杭州几千里的路上，她多次遭到威胁和侵犯，那个抢下她来的蒙古主帅曾三番四次地骚扰她。但徐君宝妻每每以巧计脱身，想方设法保全自己的名节。书载：“盖某氏有令姿，主者弗忍杀之也。”毕竟绝色英姿，若是平常姿色，主帅早就将她发配到军中充妓去了，何苦跟她在这里兜圈子。几百年的宋代江山已被他们收于囊中，谁还会在乎一个被俘女人的无力反抗呢。

于是，在经历了三番四次的虚与委蛇后，主帅终于发怒了，他要强行施暴，侮辱徐君宝妻。忍耐也是有限度的，现在，这个彪悍的蒙古男人已经不想再周旋了。徐君宝妻心头一紧，知道自己难逃一劫了。略一沉吟，她便心生妙计，以顺水推舟之势，再一次蒙蔽了“敌人”。

《南村辍耕录》载，徐君宝妻知道无法推脱搪塞的时候，便对蒙古军言：“俟妾祭谢先夫，然后乃为君妇不迟也。君奚用怒哉？”意思是：请您给妾身一点儿时间，等我拜祭完先夫之后再做你的女人也不迟啊，您又何须动怒呢？估计是徐君宝妻自从被俘后就没有温言软语的时候，所以今时今日的点头应允，竟让蒙古男人高兴得有些措手不及。“主者喜诺。”不但答应，而且是高兴地答应了她的要求。

随后，徐君宝妻沐浴更衣，焚香默拜，一切都那么彬彬有礼。事罢，她独自向南而泣，并在墙上写下一首《满庭芳》，趁人不备时便投池而死。

有与韩府相邻的人，曾听说有人在哀悼她，因为见到了徐君宝妻所写的那首词，所以很是了解那故事的本末。因以为记，留下这段传奇，讲给后来的人听。

彼时的南宋已经山河破碎，多少公卿将相投降卖国，以保命求安。而这样一个柔弱的几乎被历史所遗忘的女人，却做出了如此刚烈的举动。她不要委身在强权之下，国破无以为家，既然天地间已没有宋人落脚的地方，不如索性一死了之，既殉了情也殉了国，总比留在世间受罪的好。

我们无以推测徐君宝妻在留词诀别时的心情，而任何想象其实都是苍白无力且残忍无比的。她那样一个女子，就这样被掳几千里，却能设法保全古代女子最珍视的“清白”，其中的智慧和勇气，总非平常女子所能比。每次想到徐君宝妻的时候，总是想起香港作家西西的短篇小说《像我这样一个女子》。那篇小说讲述的是一个女化妆师的故事，她不是普通的化妆师，而是“尸体化妆师”。她说她的身上总带着腐烂的气息，而她每天都必须举着苍白脆弱的双手，为所有死去的人化妆，给他们以生命最后的尊严。

常想起徐君宝妻最后焚香沐浴的场景，“严妆焚香，再拜默祝”，一连串的动作中透出的是她对生命的留恋与敬重。谁也不能玷污她的清白，活着不能，死了也不能。

她将自己惊世的才华、无上的气魄都编织进那首绝命词里，如人生最后的挽歌，举着宋末词坛最后一张从容赴死的精致妆容。

绣在上河图里的血梅花

汉上繁华，江南人物，尚遗宣政风流。绿窗朱户，十里烂银钩。一旦刀兵齐举，旌旗拥百万貔貅。长驱入，歌楼舞榭，风卷落花愁。

清平三百载，典章文物，扫地都休。幸此身未北，犹客南州。破鉴徐郎何在？空惆怅相见无由。从今后，断魂千里，夜夜岳阳楼。

《满庭芳》

这就是徐君宝妻留给后人的那首《满庭芳》，字字看来皆是血，如残阳如晚霞，在宋末词坛绽放出幽冷的光芒。开篇起笔从“汉上繁华，江南人物”开始追溯，遥想都会繁华、风流人物，仍然有北宋的遗风。十里长街，绿窗朱户间，银光闪闪，数不尽的城与人，满世界写着风雅、富庶与文化。然而，一旦刀兵齐举，旌旗狂涌，几百万的元兵南下，势如洪水猛兽。雄兵长驱直入时，那绝色旖旎的南宋，竟如暴风骤雨中的落花，被打得七零八落，花堆成冢。

自古，“落花”里便藏着女儿家最大的心事。或感怀独守空闺的寂寞，或慨叹青春易逝的无奈。落花虽落于土中，心事却着实落在了姑娘们的心里。不同的是，此时的徐君宝妻，她眼里、心里的落花，片片写满国仇家难，沉痛到令人窒息。而那国破家亡和被掳千里的双重悲剧与苦难，都沉甸甸地压在她的心头。

词的下阕，铺开上下三百年的大宋史，“典章文物”四个字的背后所蕴藏的文化气息便扑面而来。世所共见的成就上写满了后代的赞叹，英国史学家汤因比曾说：“如果可以选择，我愿意活在中国的宋朝。”宋代的绘画、诗歌、史学、哲学等各方面的成就几乎都称得上五千年来华夏最灿烂的文明。王国维先生更在《宋代之金石学》中赞叹其“前之汉唐，后之元明，皆所不逮也”。可惜，这些个光辉灿烂的成就，如今“扫地俱休”。

在这亡国的时刻，多少人想的是举家逃命、忍辱偷生；可在徐君宝妻的眼中，蒙古铁蹄既伤害了宋人的心灵，也踏碎了大宋文明的碎片。那些碎片像一把把锋利的匕首，深深地刺痛了她的心。

就在这哀伤至绝的时候，女词人忽然笔锋一转，从国家的命运联系到自己的人生：所幸的是如此辗转千里中她还能保全清白之身，总算是不幸中的万幸了。而“破鉴徐郎”一句指的是南北朝时江南才子徐德言与乐昌公主破镜重圆的典故。

当年隋朝大将杨素因辅佐杨坚统一天下而立得大功，于是便得隋文帝赐婚，将亡国的陈后主妹妹乐昌公主许给他为妻。相传，乐昌公主“才色冠绝”，自嫁给杨素后更是深得宠爱。可乐昌公主仍然终日闷闷不乐。经打探，杨素方知原来乐昌公主与丈夫徐德言情深义重，两人曾相约正月十五时在都会相聚。可是，国家破败后二人不幸中道分散。在经历了颠沛流离、九死一生和再度重逢时，公主已嫁为人妇。造化弄人就这样活生生地应验了。杨素听到这些曲折后，便动了恻隐之心，将徐德言招至府内，让他们夫妻得以团聚。此后，这一故事便与“破镜重圆”一词一并流传下来。

今次提及，徐君宝妻欲以他人的“徐郎”来叩问自己的“徐郎何处”，一语双关，既含亡国颠沛流离之苦，又暗含已无破镜重圆之机，其冰雪聪明，真是可见一斑。此时的她不禁喟然长叹，“空惆怅、相见无由”。从今后，不管今夕何夕，只求魂归故里，得遇情郎，夜夜梦断岳阳楼。最后一句，情至哀婉，大有“生为宋朝人，死为宋朝鬼”的深意。读后，令人欷歔不已。

当年女真灭北宋时，宋徽宗宋钦宗宫内嫔妃女眷几千人被俘北上。一路上受尽折磨，舟车劳顿、身心俱疲。行至金国时，其中的女人已经死了大半。金人还将活下来的人发往“浣衣院”，充当军妓。曾经庄严高贵代表“国体”的后宫嫔妃们，很多都不堪其辱，饮恨自尽，其惨烈程度几乎难以想象。

及至 1276 年，元兵攻入杭州，南宋就此灭亡。宫中后妃再次被俘北上。行至汴京某驿站时，嫔妃中的昭仪才女王清惠，在墙上题词《满江红》：“……龙虎散，风云灭。千古恨，凭谁说？对山河百二，泪盈襟血。……”和血蘸泪，将亡国之痛抒发得淋漓尽致，与徐君宝妻的《满庭芳》并称为亡国词中的杰作。

其实，对于王昭仪、徐君宝妻这样的女人来说，最大的痛苦并不是死在战火纷飞的乱军中。她们最深刻的悲剧是：即便她们能死里逃生，但等待她们的也不是劫后重生的喜悦，而是更为艰难的抉择——她们的生命与贞洁永远无法兼容，万一不幸失身，即便死了恐怕也要受尽千夫所指。对她们来说，死亡有时候反倒是一种解脱。

战争啊，永远都是沾满了男人淋漓而滚烫的鲜血，也剥夺着女人哀痛而冰冷的眼泪。

徐君宝妻在历史上也许并不能占有太多的笔墨。但她在南宋末年的词史上，倒的确算得上浓墨重彩的一笔。她投水而死前写下的这首《满庭芳》素来被看作是绝命词中的翘楚。

不知为何，总觉得她并没有死。又或者她虽然死了，却将自己的才华和胸襟都洒在了三百年的宋代历史上。

她以自己的生命为宋代画了一朵娇艳无比的血梅花，永远哀婉地开在她所钟情并舍命的宋代文化掌纹里，永远绚烂地绣在宋代的《清明上河图》里。任由千百年的熙来攘往，她始终活在那片汴京的美梦中。

前生名妓后生尼：琴操

“想见琴操姑娘？好办，排队啊。前面人都在等着呢！”琴操姑娘一亮相，但见她嘴上两撇山羊胡，穿着男人装，通体黑色紧身衣，吸烟，眼光扑朔迷离，大放电波，跳艳舞，迷倒众生无数：轻者惊呼狂叫，重者口吐鲜血而亡。终有一名才子出现，对答如流，得到琴操姑娘的赏识，得以与琴操姑娘抚琴吟诗……

这是周星驰电影《大内密探零零发》中的一组经典镜头。

虽然星爷的电影极尽搞笑、夸张之能事，但琴操姑娘在北宋的娱乐业，一时风头无二，确为实情。琴操在北宋能够红极一时，不仅因为她长得清丽绝俗；还因为她写就一手好词。“妓女”加“才女”这一双重身份，令她备受推崇，长期稳居“一姐”地位，无可动摇。

琴操，相传出身官宦，少时不幸被抄家，后父母相继亡故，无以为生，沦入青楼卖笑。好在小时候读过几首诗文，加上宋代文人常常来烟花柳巷厮混，琴操在这种半雅半俗的“文化氛围”里泡久了，也便生出了一点儿诗意。偶有文客来，吟风弄月，也可以填词作曲，人气渐旺，名声渐响，提到琴操之名，西湖一带，无人不晓。

一天，某官吏游西湖，一时高兴，吟唱起秦少游的《满庭芳》：“山抹微云，天连衰草，画角声断斜阳……”琴操听了这位官人的唱词，心说“您唱错了吧，应该是‘画角声断谯门’才对”。可又不好意思直接说他没文化，于是委婉地说道，“错得好，虽然词句唱错了，但是词的意境反而推进了。”

谁知这位大人耳根子软，架不住拍马屁，何况又是大美女的忽悠，高兴得抱拳道：“久闻姑娘才华不让须眉，既然错了，姑娘能否用这个韵，填一首新词呢？”琴操暗想，全用阳韵，动作改动不大，但难度系数较高。但是做人就要有挑战，不走寻常路，才能看出新奇。琴操略一沉吟，随即改为：

山抹微云，天连衰草，画角声断斜阳。暂停片辔，聊共饮离觞。多少蓬莱

旧侣，频回首，烟霭茫茫。孤村里，寒烟万点，流水绕红墙。

魂伤。当此际，轻分罗带，暗解香囊。谩赢得青楼薄幸名狂。此去何时见也，襟袖上，空有余香。伤心处，长城望断，灯火已昏黄。

《满庭芳》

吟罢，搁笔一笑，嫣然妩媚，围观人等纷纷凑上来观词，疾呼“妙极”。于是，琴操改韵的事儿也就由此流传开了。

这是一个有钱也有闲的时代，皇上、大臣、文人、百姓，从庙堂到市井，包括靠娱乐业起家的妓女都能吟诗唱词，可见当时文化普及程度之高。像琴操这样才艺双绝的，更是深得文人的喜爱。于是，这事儿传着传着，就被风流才子苏东坡听见了。

“山外青山楼外楼，西湖歌舞几时休。”琴操粉面似雪，秀发如墨，实在是明艳动人；而东坡又是一代才子，风流倜傥，天性浪漫。两人一见倾心，引为知己。从此，“西湖比西子”，泛舟于湖光山色之中，才子品茗，佳人抚琴，清风习来，水波荡漾，犹如人间仙境。

然而苏东坡虽生性风流，却也深谙人世甘苦：琴操举止清雅，谈吐不凡，落入青楼实在可惜。于是，一次参禅时，东坡问琴操：“何谓湖中景？”琴操答道：“落霞与孤鹜齐飞，秋水共长天一色。”问：“何谓景中人？”应道：“裙拖六幅潇湘水，鬓挽巫山一段云。”“何谓人中意？”“随他杨学士，憋杀鲍参军。”又问：“如此究竟如何？”琴操默然，酸甜苦辣涌上心头，语顿无以应。东坡索性说道：“门前冷落车马稀，老大嫁作商人妇。”

琴操是何等聪明的女子，登时顿悟，涕泪长流。

沉吟半晌儿后，决定削发为尼，了却情缘。遂起身为东坡唱道：

谢学士，醒黄粱，门前冷落稀车马，世事升沉梦一场，说什么鸾歌凤舞，说什么翠羽明珰，到后来两鬓尽苍苍，只剩得风流孽债，空使我两泪汪汪，我也不愿苦从良，我也不愿乐从良，从今念佛往西方。

既然尘埃落定，机缘成熟，苏轼也就领着琴操去出家了。庵主一看，大名鼎鼎的苏轼领来一个如花似玉的姑娘，神情俊秀，便知慧根深种，当即欣然接受。琴操入佛门后，用谐音取法名“勤超”。至此，一代名妓，从青楼出走，在尘外谢幕。

关于琴操身后的故事，传闻颇多，有的说苏轼送她去出家之后，又后悔了。几次登山拜访，劝她回杭州，琴操不从。于是苏轼借酒消愁，醉卧玲珑山，遗憾万千。也有人说，琴操隐入佛门之后，闭门谢客，精研佛法，加上风月场上看透了人间悲凉，很快就悟道了。

也有一说，琴操入山修行没几年就驾鹤仙去。辞世时，恰是“乌台诗案”爆发，苏轼被贬黄州之际。苏轼听闻琴操死讯，老泪纵横，深情款款地说：“是我害了你。”无论如何，没有文字记载的故事都难以当真，但这些却正好丰富了后人的生活和想象。

琴操死时，年仅二十四岁，她当年修改的《满庭芳》至今读来仍可见其深厚笔法。对语言的驾驭、语境的揣摩、音韵的锤炼，没有长时间的研习恐怕很难一时之间成就如此佳篇。

宋代妓女，如琴操者甚多，虽然才华有高下之分，但多半会舞文弄墨。一方面，这可以博得同时代官商、才人们的青睐，为自己招揽生意；另一方面，也可以为浮躁的心灵找到精神的寄托。

同是杭州妓女的周韵，曾要求脱离妓女的户籍，当庭写下诗句：“陇上巢空岁月惊，忍看回首自梳翎，开笼若放雪衣女，长念观音般若经。”诗毕，满堂华彩，“落籍”成

功。然而，能有这样命运的妓女，毕竟为数不多。而很多妓女虽同样风华绝代，却因机缘错过，不得不留在青楼，供人赏玩。偶尔被真情郎赎身，走出青楼的命运也是阴晴不定。碰到李甲那样的人，杜十娘也不愿饮恨偷生。所以，琴操的“归宿”算起来也是妓女们不错的选择了。

相传，琴操在玲珑山修行时，东坡、佛印等偶尔过来对诗，谈禅悟道。可这期间，只留下琴操一首《卜算子》：

> 欲整别离情，怯对樽中酒。野梵幽幽石上飘，搴落楼头柳。
> 不系黄金绶，粉黛愁成垢。春风三月有时阑，遮不尽，梨花丑。
>
> 《卜算子》

这似乎是琴操留给后世的绝响。然而，对于她的想象似乎还没有结束。

民国年间，潘光旦、林语堂、郁达夫同游玲珑山，三个才子文人翻遍《临安县志》，都找不到琴操的故事，绝代佳人居然被历史的风尘淹没得没半点儿蛛丝马迹，三人大怒。郁达夫在玲珑山的“琴操墓”前写下四行诗，以示抗议：“山既玲珑水亦清，东坡曾此访云英。如何八卷临安志，不记琴操一段情。”

前生名妓后生尼，无论琴操是什么身份，不可否认的是她才女的本色与性情。她一波三折的传奇人生，浸透着刻骨的心酸和悲凉，也见证了青楼的发达，达官贵族的潇洒与轻松。编写临安县志的这些人，实在不解风情，更不知道鲜活的历史需要时代来塑封。

好在，琴操的故事毕竟流传下来了，在民间的传说里，在文人的墨迹中。

千年来，随风飘香。

风尘难没侠女本色：严蕊

常言道“婊子无情，戏子无义”。对沦落风尘的女子和女扮男装的优伶，自古以来，人们颇多轻贱和鄙视，而绝少同情和尊敬。常规思维是这样的，青楼女子卖笑为生，没什么贞洁观念，也就毫无操守可言。一个没有操守的人，就等于没有道德底线，晓之以理，动之以刑，牙缝儿也就松了。估计朱熹先生当年就是这么算计严蕊的。没想到他本来想捏个软柿子，不料碰到一块儿硬石头。

故事是这样开始的：1182 年，朱熹作为巡查官（相当于今天的“纪检委”），到浙东地区视察民情，结果收到许多当地群众揭发知府唐仲友的举报信。朱大爷是一位非常公允的父母官，接到这些信之后，立刻着手开始了调查和取证。没几天的工夫，唐仲友的一箩筐糗事就都被查出来了。其中包括贪污受贿、欺行霸市、贪赃枉法、为非作歹、盘剥百姓……罗列了不少罪证，都是各朝代贪官们的通病。

但是这里有一条罪状十分醒目：嫖娼宿妓。朱大爷号称“道学家”，别管后世评价他是真道学还是假道学，这一次唐仲友是撞到枪口上了。朱大爷一拍惊堂木——带人犯，唐仲友的绯闻女友严蕊就被拉到历史的前台了。

严蕊，字幼芳，是南宋时期江南一代名妓。宋人周密在《癸辛杂识》中称她“善琴弈、歌舞、丝竹、书画，色艺冠一时。间作诗词，有新语。颇通古今”。因才名远播，很多爱慕者不远千里，登门求见。不用说，又是一位跌落风尘的才女。

但是，才女也是分三六九等的。

出身于书香门第的，如李清照，找一个如意郎君，门当户对，加之才情并茂，那份儿风流得意自不必说。如琴操者，有幸与苏大学士结缘，后皈依佛门，也算是为自己寻了个好结果。而严蕊与她们都不同，绯闻男友唐某某始终半红不黑的，属于三流明星，个人才学品貌也都拿不了单项最佳。所以，朱熹把严蕊抓进大牢，无疑是对严蕊的另一种“成全”。人们惊喜地发现原来严蕊侠肝义胆，一身正气，很有女侠的风采。

朱熹先生拉严蕊过堂，问严蕊是否和唐仲友有奸情。有人就纳闷儿了，这妓女本来就是和大家有染的，怎么就严蕊这么倒霉被抓了呢？原因是这样的。宋朝青楼事业比较发达，姑娘们分工很细，如歌伎、舞伎、官伎、家伎、私伎等。而官妓可以“歌舞佐酒”，但不可以“私侍枕席”。朱熹要定唐仲友的正是这个罪——“严蕊被你潜规则了”。

严蕊说：“唐大人和我清清白白，什么瓜葛也没有。”朱熹大怒，重责。严蕊依然咬紧牙关，坚贞不屈：“我虽然落入风尘，没什么清白可言，但绝对不能反去诬陷别人的清白。”于是，“再痛杖之，仍系于狱。两月间，一再受杖，委顿几死”。两个月来，一再抗拒强权，以羸弱的身体撑起了不屈的意志，结果虽然严蕊人在狱中，在外面的名气却越来越响亮。

朱熹先生聪明一世糊涂一时。在几百年前，屈打成招常有发生，杨乃武与小白菜就是一例。但问题是，你下手之前，应该先调查清楚，这到底是一个软柿子还是一块硬石头。毫无疑问，严蕊就是后者。

事情僵持了两个多月，毫无结果不说，还惊动了圣上。

皇帝着急了：朱熹我派你去体察民情，你去了什么功绩没有，跟一个妓女较劲儿，闹得尽人皆知，鸡狗不得安宁，满城风雨，沸沸扬扬，弄得朕也很难下台，这不是明显“秀才争闲气”吗？办不明白就赶紧回来吧。于是，宋孝宗责令岳飞的后代岳霖前去办案。

岳霖一看严蕊都被打成这样了，不能再打了，容易出人命。两个当官的水火不容，结果一个妓女惨死当中，这实在有点儿说不过去。虽然这事儿有点儿噱头，但是我们岳家根红苗正，绝对不能让这种娱乐新闻辱没门楣。于是，岳霖温言软语地说：“姑娘，别怕。你不是说冤枉吗？你写首词，申诉一下冤情吧。”

严蕊一看，这个官爷长得慈眉善目，或许能有平反的机会，想起多日的苦楚，身世的悲凉，心下一阵委屈。不禁热泪盈眶，略加思索后填词上诉。

不是爱风尘，似被前缘误。花落花开自有时，总赖东君主。

去也终须去，住也如何住！若得山花插满头，莫问奴归处。

《卜算子》

这首词是严蕊的代表作《卜算子》。上阕写沦入风尘、俯仰随人的苦楚。“似被前缘误”中的“似”字，既有对于宿命的叹息，也有迷茫、怀疑并期待脱离苦海的心理。“花落花开”“赖东君”两句，暗含了对自己身世飘零的感怀，也含蓄地表达了对岳霖解救自己的期待。下阕的去与留，承接了上阕的花开花落，也设想了未来的生活：能够“山花插满头”，做一个普通的农妇，就是自己最好的归宿了。

全词意境清幽，既陈述了委屈，又婉转地考虑到了官衙内特定的时间、地点和人物关系，用词委婉含蓄却不卑不亢，虽身为下贱却并不作践自己，铮铮铁骨朗朗可见。

岳霖听罢，非常震动，当庭释放严蕊，并去她的妓女籍。

严蕊从良后，嫁他人，得善终。

后世称颂其“心直志正”的品质为“真道学”。

严蕊虽不会武功，但能够临危受难，有“粉身碎骨浑不怕，要留清白在人间”的气魄，也算是古今中外妓女界的异类了。可见，“侠之大者”有精忠报国的英雄，也有刚正不阿的女子；有红拂那种飞檐走壁的侠女，有秦淮八艳那样对爱情忠贞、对国家忠义的奇女，也有严蕊这种“义”字当头，直白清正之女流。

回到最初的严蕊事件中，或许是当年记录的疏忽，或者是后人故意隐去了她的举动，我们只能知道，在严蕊遭到严刑逼供期间，未见唐仲友的丝毫营救。这不免令人想到当年严蕊为唐仲友舞之、蹈之、歌之、词之的情景：

道是梨花不是，道是杏花不是。白白与红红，别是东风情味。曾记，曾记。人在武陵微醉。

《如梦令》

严蕊以桃花自喻，既表达了自己高洁的内心志趣，也暗含了陶渊明“武陵人桃花源”的理想。孙麟趾在《词迳》中曾说：“人之品格高者，出笔必清。”严蕊的这首小词，清香扑面，雅静自然，着笔空灵飘逸，回味无穷，属于咏物词中的上品。可是，我们不免感叹，这样的严蕊也换不来唐仲友的雪中送炭，困中解围。可见，一日为娼，便难得尊重。

好在严蕊最后终于脱离苦海，据说还嫁得不错，老公纳了她以后，再没续妾，二人感情很好，也算修成正果。

除老死青楼之外，风尘女子的尘外归宿大抵有两种：一是随书生意气；二是伴侠客江湖。北宋的琴操皈依佛门，南宋的严蕊嫁入豪门，都算是得了善终。

烟花深处有香软的怀抱：李师师

为博褒姒一笑，周幽王烽火戏诸侯，亡国。

为哄妲己开心，商纣王不惜残害百姓，亡国。

唐玄宗宠爱杨贵妃，于是连杨的哥哥和干儿子也一并宠爱，险些丧国，大唐由盛而衰。

……

在历史的洪钟里，嗡嗡而响的都是家国统一的争鸣。在历史的视线里，所有失败的国君背后都有一个或多个失败的女人。

而这个红颜，必定是祸水、辱家、败国。

到了宋代，历史的粉板上又多了一个皇帝的名字，这就是宋徽宗。而宋徽宗的背后，也有一个奇女子，但大家只以为奇，并不以为“祸”。

她宁肯做青楼上的“二奶”，也不愿做皇宫里的王妃，她以自己的才华、品貌和能力，成为中国青楼史上的异类，这个人就是北宋名妓李师师。

关于李师师出道前的传闻颇多，归结起来，一是父死后无钱，被青楼收养、调教，培育成当红头牌，风头一时无两。各界名流争相观摩，客流量居高不下。二是从小便不

啼哭，只是有天迈入佛门，被庵里的尼姑摸了下头，才开始放声大哭；因其慧根深重，故取名师师。

在中国，出名的妓女有很多，单单秦淮八艳就足以让人垂涎三尺。柳如是、顾媚等都是绝色美人，不仅结识了上层社会的达官显贵，且都嫁给了风流才子，为明清历史写下了一曲曲勾魂的赞歌。但她们毕竟都脱不了女人的宿命，终究还是找了依靠，为弱女子的艰难时世寻到了一方可以躲避的天空。

而李师师却全然不同。

没有人能猜测李师师到底是否曾经想过有一个稳定的归宿，依靠一个男人，依靠一个家族。没有人知道她究竟有没有进宫陪伴宋徽宗，虽然人们会说她后来被封为“李明妃”。但是，恐怕在李师师的眼中，尘世的一切俗名，都是不打紧的。她最喜欢的还是舒服地活在志得意满的青楼。

《还珠格格》第三部中曾经戏说过乾隆下江南的又一次“艳遇”。

一个叫夏盈盈的青楼妓女因为唱了一曲哀婉动人的歌，被老年乾隆误以为当年情人的转世还魂，死活要拉她进宫。无奈，山高水远，宫门重重，不是皇帝一个人可以说了算的。夏盈盈只能弹奏一曲离别，送乾隆远去，而自己依然守着江南春梦日渐苍老……但夏盈盈的那份儿悲戚与寂寥，似乎和李师师这样的女子毫无瓜葛。

话说那天宋徽宗被高俅带到李师师处等候，真是心如鹿撞，急得不得了。可惜，李师师并不知道来的是谁。结果不但懒得出来，还顺便洗了一个澡。依李师师当年的绝色倾城，每每出场，按照国际惯例，迟到一两个钟头，也不是稀奇事儿。

她洗了澡，神清气爽，估计心情也大好，所以千呼万唤之后，还是出来见客了。云鬟半偏、素颜出镜，走到帘子底下，还低低地问旁边的人：“客人走了吗？”相传，只这一声，甜如蜜水，立刻就把宋徽宗的心给融化了。

后宫佳丽三千，个个庸脂俗粉，百媚千娇全都是为了讨好皇帝，亦步亦趋，哪一个敢让皇帝久等？只有李师师，因为根本不知道来客便是执掌天下大权的皇帝，便有了自己的一份儿自在和从容。李师师一看高俅陪在新客身边，点头哈腰，便知来头不小。而宋徽宗本人也生得风流倜傥、儒雅俊秀，美女心里自是喜欢得紧。

这边徽宗见李师师清丽秀雅，才色双绝，虽身在青楼，却不染红尘俗气，芙蓉如面柳如眉，美人出浴如莲清幽，肌肤吹弹可破、玲珑剔透……

金风玉露一相逢，便胜却人间无数。只惹得宋徽宗如痴如醉、如梦亦如幻。直到第二天早朝时分，方才慌忙起身，并解腰带赠给佳人。

李师师也是冰雪聪明之人，回想高俅都那般恭敬，难道真的是天子？下得床来，仔细看昨夜客人赠送的词句，真的是宋徽宗著名的“瘦金体”。

浅酒人前共，软玉灯边拥，回眸入抱总含情。痛痛痛，轻把郎推，渐闻声颤，微惊红涌。

试与更番纵，全没些儿缝，这回风味忒颠犯。动动动，臂儿相兜，唇儿相凑，舌儿相弄。

《醉春风》

想不到皇帝也会逛青楼！

然而，更让李师师想不到的是皇帝不但来了，还成了这里的熟客。甚至还有传闻说皇帝从宫门外开凿了一条暗道，直接通到青楼，通到李师师的闺房。

秦始皇修筑长城为了抵御外敌，宋徽宗修建地道为了约会妓女。身为一国之君，能够为了嫖妓不惜一切手段，可见，这个王朝的腐败和没落已经为时不远。

自此，许多人都只能望“师”兴叹。

毕竟，和项上人头比起来，睡在老婆身边安稳多了，总比和李师师眉来眼去安全得多。相传周邦彦就是因为撞见宋徽宗约会李师师，所以写了一首酸溜溜的《少年游》，而惨遭贬官。

但宋徽宗实在看错了李师师，这个女子虽然生得柔媚无骨，却一肚子不合时宜。明知道周邦彦遭到皇帝贬官，一般朋友都不敢去相送，自己却偏偏扔下宋徽宗在她的闺阁久等，跑去送周邦彦出城。回来还唱周邦彦的曲子《兰陵王·柳》给宋徽宗听：

柳阴直，烟里丝丝弄碧。隋堤上、曾见几番，拂水飘绵送行色。登临望故国，谁识京华倦客？长亭路，年去岁来，应折柔条过千尺。

闲寻旧踪迹，又酒趁哀弦，灯照离席。梨花榆火催寒食。愁一箭风快，半篙波暖，回头迢递便数驿，望人在天北。

凄恻，恨堆积！渐别浦萦回，津堠岑寂。斜阳冉冉春无极。念月榭携手，露桥闻笛。沉思前事，似梦里，泪暗滴。

《兰陵王·柳》

宋徽宗一想自己确实有点儿过分，于是第二天就召周邦彦回京，并封官大晟乐正。从此，还经常和周邦彦在一起填词作曲。这固然是艺术的魅力，却也少不了李师师的功劳。这样的传奇故事虽不可全信，但也可帮助理解当时的风流。

作为一个青楼妓女，李师师令男人们忘却伦理纲常，忘却世俗烦忧，在文学和美女上，找到了自己的立足点。她的“客人”涉及面之广，波及范围之大，行业影响之深，估计当属中国古代妓女史上的翘楚。

文人秦观给李师师写过诗：

远山眉黛长，细柳腰肢袅。妆罢立春风，一笑千金少。

归去凤城时，说与青楼道。遍看颍川花，不似师师好。

《生查子》

“黑帮头目”宋江给李师师写过词：

天南地北，问乾坤何处，可容狂客？借得山东烟水寨，来买凤城春色。翠袖围香，鲛绡笼玉，一笑千金值。神仙体态，薄幸如何销得。

回想芦叶滩头，蓼花汀畔，皓月空凝碧。六六雁行连八九。只待金鸡消息。义胆包天，忠肝盖地，四海无人识。闲愁万种，醉乡一夜头白。

《念奴娇》

相传，李师师和水浒英雄燕青也曾经有过美好的邂逅。

从国家最高统治者宋徽宗，到大学士秦观，畅销词作者周邦彦，再到山贼草寇宋江，李师师几乎整合了当时社会各界的最优秀资源。

就是这样一座小小的青楼，它融合了宋徽宗的官方文化、秦观等词人的知识分子文化、宋江等人的侠盗文化，当然也还有李师师自己的平民文化。在这秦楼楚馆的别样风流中，在这缱绻旖旎的烟花柳巷深处，宋朝的雅、俗、轻、重，包括社会上各种文化的合流，都纠缠在这里，托起了青楼事业的繁荣，也成了北宋各路文化的最终归宿。

荒淫昏庸的统治者，咬文嚼字的大学士，占山为王的绿林好汉，都在李师师的怀抱中得到了慰藉。

然而，李师师既没有成为皇妃，也没有被文人收为小妾，更没有变成水泊梁山的压寨夫人。她所认同的身份并不是这些俗世的浮名，她希望保持的正是这份儿自由。

也唯有这份儿自由，才能令她青春褪色、红颜衰老后，依然保有永恒的传奇。

断肠女，天风流：朱淑真

有这样一种很流行的说法，“看一个人的底牌，要看他的朋友；看一个人的实力，要看他的对手。”这句话非常有道理。有时候即便算不上对手，但别人选取参照物的时候，就可以看得出这个人的分量了。

举个例子，假如夸奖男子长得很漂亮，别人会说“貌似潘安”，因为潘安非常英俊，走到街上，各年龄层的女子都会捧上鲜花，以示爱意。如果别人的评价是“比左思美丽”，这就不算夸奖了。左思丑得很，逛街的时候，有好事的小孩子会向他丢“臭鸡蛋”，暗示其“妨碍市容”。所以，能够和厉害的人并列，即便稍逊几分，和其他人比起来，也还是胜人一筹的。故而，“比东施靓丽”并不是美誉，而“比西施差些”却是称赞。

参照物水平的高低，直接决定了一个人在行业里的地位。而很多人就是因为这种相似的比较才认识朱淑真的。

陈廷焯在《白雨斋词话》中说，“朱淑真词才力不逮易安，然规模唐、五代，不失分寸。”李清照（号易安）是几千年来中国历史上“才情女子第一人”，后世能够把朱淑真放在这个水平线上衡量，无论高低，本身已经是对她的一种肯定与荣耀。

朱淑真生于南宋初，具体生卒年及事迹均不详，官宦世家，号幽栖居士。从朱淑真和李清照的自号上就可以推见两人生活的差别。虽同样是官宦小姐，且都才情并茂，但李清照却是“易安”，而朱淑真只能“幽栖”；说到底，还是家庭生活能够成就女人的幸福。“赌书消得泼茶香”，李清照生活得再苦再累，至少在尘世间找到了赵明诚。

正所谓，“一路上有你，苦一点儿也愿意”，两个人风雨同舟，不离不弃，且志趣相投，互为知己。这样的婚姻即便放在21世纪，也是令人羡慕的，更何况在男尊女卑的时代。

而关于朱淑真的婚姻历来就有种种不同的猜测：有人说她嫁给了市井小民，

也有人说她嫁给了官宦。虽有很多种不同的说法，但却有一个共识，那便是朱淑真不幸福。“男怕入错行，女怕嫁错郎。”在一个男权世界里，婚姻的不幸将注定女人一生的凄凉。

独行独坐，独倡独酬还独卧。伫立伤神，无奈轻寒著摸人。
此情谁见，泪洗残妆无一半。愁病相仍，剔尽寒灯梦不成。

《减字木兰花·春怨》

这首《减字木兰花·春怨》似乎是朱淑真感情生活的写照。独行独坐独唱独酬独卧，一连五个“独”字，衬托了她的孤独和寂寞。黯然神伤处，料峭春寒竟然也来“招惹”我。下阕“此情谁见”，既映衬了上面提到的孤独，也引出了泪洗残妆没人在乎的哀伤。因愁生病，因病添愁，愁愁病病，无穷无尽，寒灯里面的灯芯已经剪尽，东方既白，却又是一夜难眠。这种愁苦的情绪在朱淑真的很多词作里面都有体现：

山亭水榭秋方半，凤帏寂寞无人伴。愁闷一番新，双蛾只旧颦。
起来临绣户，时有疏萤度。多谢月相怜，今宵不忍圆。

《菩萨蛮》

这首《菩萨蛮》从山水自然写到闺中愁怨，起来在窗前等待心上人，却没有等到。“多谢”两句，写得十分巧妙，既把月亮比拟得十分富有人情味儿，也深刻地暗示了“月有阴晴圆缺，人有悲欢离合”的意味，含意隽永，深婉动人。朱淑真是一位多愁善感的女词人，多情而又敏感，情思细密又包含哲理。从月亮的残缺中得到理解和安慰，令人不禁感叹女词人的善解人意，也不免更加怜爱这份含泪的笑容。

世人总喜欢拿朱淑真和李清照相比，李清照的闺情词写得温婉细腻，如娇俏的小女儿当窗理云鬓，巧笑倩兮，美目盼兮。在那种春闺愁绪中人们品咂的是小女儿娇憨之态。但是，在朱淑真的词里，人们几乎看不到“争渡”的快乐，有的只是闷闷的愁苦，落落的寡欢。

只有一首《清平乐·夏日游湖》，似乎是朱淑真词作中较为明快的一首。

恼烟撩露，留我须臾住。携手藕花湖上路，一霎黄梅细雨。
娇痴不怕人猜，和衣睡倒人怀。最是分携时候，归来懒傍妆台。

《清平乐·夏日游湖》

男女相约在夏日，灿烂的阳光铺洒在湖面上，水波和眼波一起荡漾，两个人携手在藕花湖上约会，黄梅细雨温润地敲打在脸上。在这样的时光里，人影晃动，心驰神往，不自觉便忘怀其中了。“娇痴不怕人猜，和衣睡倒人怀”两句袒露了女词人的襟怀。在那个男女“授受不亲”的年代，尤其是清规戒律的理学已经开始束缚人的时代，能够不为外界所动，尽兴而为，率性而为，也不枉自己年轻了一回。

但或许正是因为这份儿勇气，她虽然获得了“爱的初体验”，却也招来道学家的闲言碎语、“有失妇德”等指责。易安“眼波才动被人猜”，矜持得惟妙惟肖，恰到好处；而朱淑真却“娇痴不怕人猜”，其敢于直面人生的勇气似乎比李清照更胜一筹。

有了这一次美丽的相遇，有了这样梅雨天气中的相许，爱情在她的心里便饱满地扎下了根，也为后来婚姻的不幸埋下了一颗炸弹。在文学世界里，但凡出类拔萃的女子，多为才华横溢、心思细腻之人，大抵只有源源不断的爱情，才能够令她们的心灵如沐春风，始终荡漾在激情中。朱淑真如此，张爱玲也如此。

女人对于爱情，常常明知是个陷阱，也会毫不犹豫地跳下去。而这份儿忘我投入的爱，常常深深地影响了她们后来的幸福。可能是放怀得失、不计荣辱的关系，朱淑真在自我解放中找到了自由，也因为这人生宝贵的经历，让她在后来的婚姻岁月中，常常找不到幸福感。所以，常常有数不清的悲痛从心底里生发，是情郎未至的失落，还是对礼教抗衡的失败？这一切，后世已经很难了解。只能在艺术的断简残篇中寻找她的落寞与艰辛。

有人说，她离婚了；但作为女子失德，父母竟然不许她入土为安，索性一把火烧了，一同焚烧的还有她曾经十分珍爱的书稿。女子无才便是德，正是这绝代芳华令她不甘心做一名普通的女人。对待一个才华横溢的女子，人们的痛恨居然比对敌寇还要深。

千古流芳与万世流言，不知道哪一个更让朱淑真心寒！更不知道她会不会和父母一样幽怨地感叹：“读书毁了女人的一生！”但是，一切终于都过去了，那些曾经追逐柳暗花明的理想，那些曾经卧在情人枕边的甜香，那些曾经独倚栏杆的寂寞，所有的岁月都在一场大火中付之一炬。在灰烬落下后，那些醒目的词句则显得更加耀眼。

迟迟春日弄轻柔，花径暗香流。清明过了，不堪回首，云锁朱楼。

午窗睡起莺声巧，何处唤春愁？绿杨影里，海棠亭畔，红杏梢头。

《眼儿媚》

烟锁重楼，云锁朱楼！身为才女，回忆青春年华，却只有不堪回首。这一点当真羞辱了南宋的风流！

多情公子空挂念

在那个文治辉煌的朝代，他们风流蕴藉，笔下生花，花前侧帽，柳边系马。每一个人都是为情而生，都有过一段旖旎而销魂的温存故事。他们只想把一世浮名，换作持手相望间的浅吟低唱。烟波浩渺楚江中，以一叶扁舟，成就万水千山的相随。于是，有了这世间最多情的男子，有了他们笔下最美丽的词，写尽了大宋王朝的华丽与颓伤、温柔与缱绻、深情与哀愁。

亡国之叹如一江春水：李煜

最令人陡然心痛而又怦然心动的是：他的生命只活了四十年，他的词作却活了一千年。

他出生在一个兵荒马乱、群雄逐鹿的时代，曾坐拥南唐盛景，安享江南风雅；也曾被迫出降，沦为亡国之君。他叫李煜，史上最有非议的皇帝，却最没争议的词人。

千古词帝一斛珠

他是史上最受非议的皇帝，却是最没争议的词人。

而这毫无争议的背后，正是词学家和发烧友们普遍认可的分水岭——亡国之变。仿佛，亡国前的李煜只是个花天酒地、醉生梦死的皇帝；而亡国后，他突然性情大变、大彻大悟，以对国破山河的深沉哀悼成就了自己一代“词帝”的美誉。

可是，似乎有一点是被人所忽视的：亡国之前的李煜是否真的那么不济，是否真的窝囊，而亡国之后的李煜是否真如人们所说的那么穷困潦倒、我见犹怜，而他的词是否真的就此通达彻悟、千秋彪炳呢？

权当在心里存个疑问吧，还是先来看看李煜当皇帝时候的词是否真的毫无新意。

在李煜传世可考并可证的为数不多的词中，《一斛珠》算是很别具一格的：

晓妆初过，沉檀轻注些儿个。向人微露丁香颗，一曲清歌，暂引樱桃破。

罗袖裛残殷色可，杯深旋被香醪涴。绣床斜凭娇无那，烂嚼红茸，笑向檀郎唾。

《一斛珠》

词作如美人梳妆图：一个年轻貌美的女子，带着微微的晨光，细心地打理起自己的

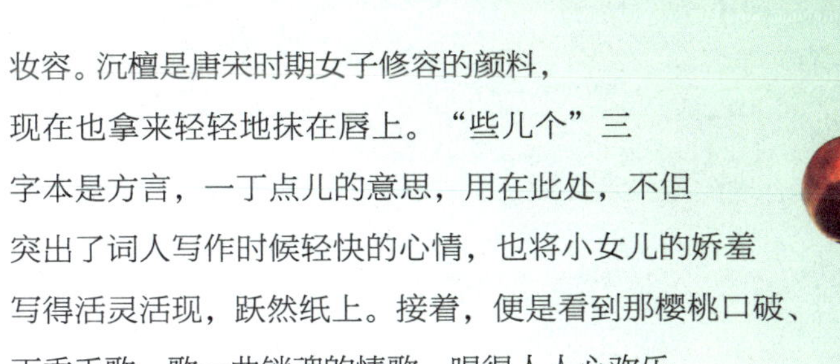

妆容。沉檀是唐宋时期女子修容的颜料，现在也拿来轻轻地抹在唇上。“些儿个”三字本是方言，一丁点儿的意思，用在此处，不但突出了词人写作时候轻快的心情，也将小女儿的娇羞写得活灵活现，跃然纸上。接着，便是看到那樱桃口破、丁香舌歌，歌一曲销魂的情歌，唱得人人心欢乐。

下阕起笔，已然是欢歌艳舞后的场景。舞衣的香气已经开始消散，觥筹交错中不知打翻了多少的酒，连舞裙的颜色都被污染了，而斜倚在绣床上的女子依然娇媚无限。有人说，此处不免想起白居易的《琵琶行》，想起“钿头银篦击节碎，血色罗裙翻酒污”的凄惨歌女。李煜当年写下这样的场景，应该只是心为所动吧。

那时的李煜正贵为一国之君，妻爱他那是敬，妾爱他那是怕；而歌女之爱，却是一场不用彩排的“逢场作戏”。或许因为都知道是“戏”，所以才有歌女敢做出“烂嚼红茸，笑向檀郎唾”的举动——将那嚼在嘴里的红线，娇嗔地唾向情郎。因为画在唇上的一些胭脂，也因为深满杯中的豪爽海量，还因为天不怕地不怕敢向爱郎轻唾的红丝线，这个女子的形象就潇洒地确立起来了。

她与传统意义上中国女子的形象截然不同，不是李清照式“和羞走，倚门回首，却把青梅嗅”般大家闺秀的娇羞，反而让人想起“晴雯撕扇子”时宝玉叫好的情景，简单地说：娇憨、顽皮。这也是女人撒娇的最高境界，就是能够对男人“惹而不怒”。这里的分寸火候自然也是一门功夫。

说实话，这样一首笔调轻快流畅、感情真挚纯粹，连撒娇调情之手段都用得如此高明的词，如果不是经众人反复核查考证，确认为李煜所作，估计很难让人相信出自一个帝王之手。它可以出自秦观，或者来自柳永，反正风月无边不该属于皇帝。皇帝应该是正襟危坐，应该是“正大光明”，应该是日理万机、四海归心的，至少应该是焦头烂额、愁眉紧锁才行。全天下的重担都压在他一个人的肩头了，他还能笑得出来吗？可是，这首《一斛珠》确为后主之作。

而一些人也从《一斛珠》中窥探到皇帝跟歌女厮混，并据此认定此乃亡国之前奏。其实，所谓靡靡之音，都是后人的一种推断。那些能够延续王朝命运的皇帝也未必不曾去跟歌伎凑趣儿，未必不是珠光宝气遍身罗绮；甚至可以肯定地说，他们大部分的人也是这样过来的。不同的只是，国家并没有败在他们手里，这当然也有国家气数和个人运气的问题。

但历史是一道非常残忍的选择题，“胜者王侯败者寇”，你李煜输了，原来的事只能恰如逝水东流，你可以去追忆，但别人却永远也不会去追认。

风流才子，误作人主

在李煜所有追忆似水流年的词作里，写得最动人，也最为酸楚的当属那首《破阵子》：

四十年来家国，三千里地山河。凤阁龙楼连霄汉，玉树琼枝作烟萝，几曾识干戈？

一旦归为臣虏，沈腰潘鬓消磨。最是仓皇辞庙日，教坊犹奏别离歌，垂泪对宫娥。

《破阵子》

在中国浩瀚的历史长河中，“四十年来家国，三千里地山河”也许算不得什么真正的盛世繁华。可是，在当年那样一个战乱频繁的年代，在你方唱罢我登场的戏剧一样的历史时空里，我们看后梁、后唐、后晋、后汉、后周五代政权的更迭中，维持时间最长的政权也不过十几年。而南唐虽然只有三代君主，却传了将近四十年的时间，其鼎盛时，甚至曾有三十五州之地域，号称十国之中的“大国”。还原到那战旗招展、厮杀不断的历史现场，能保有那么久的安定、富贵与繁荣，也难怪李煜为“三千里”江山和“四十年”家国的破灭而慨叹。

再看下面的词：华丽的皇宫是凤阁，庄严的朝堂是龙楼。世人只说李煜的词悠远绵长，却看不到“连霄汉”三个字背后的豪气。在这壮美的宫殿内外，是玉树，是琼枝，是缭绕在宫殿内外的镶金环玉的神仙之所。在那样的环衬下，一代帝王如何能拾得干戈呢。唐圭章先生在评论后主这首《破阵子》的上阕时曾指出其“气魄沉雄，实开宋人豪放一派”。可见，李煜的词虽是幽怨的、哀伤的，却也是不失霸气的哀怨，不掉身价的苍凉。

如果通读后主的词，大概都可以发现这样一个规律，他的后期词作（即亡国后词作）都有一个鲜明的特色：初读开篇的时候，总被一股浓到化不开的愁绪所包围，那抑郁、悲愤甚至热烈到让人窒息的伤痛，恰如一江奔流的春水，惊涛拍岸，浊浪排空，呼之欲出却又热辣灼人。

然而，在这“咆哮”过后，换来的却是一股郁结着淡淡愁绪的凄婉和悲凉，结句的时候多也是回到日常细碎的生活中。那是对当年车如流水马如龙的观想，是对故国不堪回首月明中的惆怅，是对仓皇辞庙日却来不及挥泪辞宫娥的无奈。

也许有人会恨恨地说，这是对自己帝王将相生活的无比留恋。也许是，但不妨将此看作是对平淡生活的向往。有谁会不去眷恋那曾经历的生活呢？无论甜美还是苦涩，一切都将化为亲切的记忆，变成相片，变成书签，变成诗歌、词作，变成日记本上的那个密码锁。记录着、记录着曾经走过的时光，以备日后记忆干瘪时重新拿出来看。毕竟，记得的才是活过。

一代君王，回首破碎山河，即便留恋，也是人之常情吧。而且李煜的心里，恐怕不仅是留恋，还有一种惶惑。对一个平民百姓来说，历史的巨变其实没太大的影响，只要新的皇权可以优待百姓，他们就可以延续“有衣穿，有饭吃”的人生理想了。即便对于大臣来说，也可以选择侍奉新君。但对李煜来说，未来何去何从却是一个巨大的问号。翻过这座山，不知道后面还有没有路。

传说，李煜投降那天，宋军统帅曹彬等人曾于船上设茶招待他。但李煜看到船前只有一块独木板搭在岸上，于是便徘徊良久，始终未能前行。后来，还是曹彬参透了门道，他知道李煜不敢独自过木板就是因为太怕死了。于是，他感叹道，既然已经答应让你李煜活着做俘虏，又怎么可能害你呢。

很多人就此嘲笑李煜，说江南的水软，喝得他一身软骨头，没半点儿男子汉气概，大丈夫生且不畏，死又奈何？！可李煜毕竟不是匹马戎装的英雄，说到底，他只是个风流才子，儒雅有余，而刚烈不足。正是应了那句，“做个才人真绝代，可怜薄命做君王”。如果李煜只是一个普通百姓，也许就不需要残忍地面对历史的选择了。可惜他“幸运”地当了皇帝。有时候，“官儿”做大了，也未必是件好事。

李煜生于 937 年，生下来就是“一目双瞳”，也就是每只眼睛里都有两个瞳孔，据说舜帝和项羽都有这样的异相。在科学观念还无法抵达的南唐，这种“天生异相”注定是大富大贵的。而在那嗜血的宫殿里，这不免会引起兄弟间的猜忌。李煜为了躲避大哥弘冀的敌意，便开始做一个求仙问道的世外闲人，尽力让自己远离那血腥的皇位之争。现存两首《渔父》推测便为那时所作：

浪花有意千重雪，桃李无言一队春。一壶酒，一竿身，快活如侬有几人。

《渔父》

一棹春风一叶舟，一轮茧缕一轻钩。花满渚，酒满瓯，万顷波中得自由。

《渔父》

第一首写浪花如雪，桃李闹春，带一壶酒，撑一支竿，快快乐乐地去钓鱼、踏春。临了，还不忘自得意满地秀一下：世间快活如我的能有几个人？第二首写那春风飘飘，小舟悠悠，花开满江，酒开满杯，春意荡满在心头，而这惬意和潇洒，真如万里烟波，浪荡自由。这两首《渔父》写得轻快、舒活，是纵情山水的渴望，是恣意人生的追求。在这份儿阔达、愉悦的气氛里，可以感觉到李煜所勾勒的生活：自由自在，快快乐乐。

他不是运筹帷幄的皇子，不是满腹踌躇的储君，不是心机沉重的阴谋家，更不是睥睨天下的枭雄，他只是天边一缕闲云，路边一朵野花。他希望在承载的生命职责里，没有国家，没有百姓，更别说天下。可以预见的倒是，在一个风雨飘摇的时代，人人岌岌自危的战乱中，由李煜这样一个心里只有自己和自由的人来掌管南唐，将会是怎样一种结局。

遗憾的是，父亲虽然没有选择李煜，但历史却选择了他。

李煜的大哥弘冀为了夺取皇位，将叔父李景遂害死，弘冀自己因为无法排解内疚和恐惧，不久也过世了。而排在李煜前面的几位哥哥也都是很早就亡故了。估计李璟当时也已无可选，所以才将李煜立为太子。

961 年二月，吴王李从嘉被立为南唐太子。六月，李璟去世。七月，太子李从嘉即位，改名为李煜，史称李后主。

从被立为太子到继承皇位，不过短短几个月的时间。对一个满心寄情山水的人来说，估计还没有做足精神上的准备。但是，即便再给李煜十年八年的时间，恐怕他也很难准备好做一个别人眼中合格的皇帝。他通身的书卷气，永远也无法拥有历史所需要的“彪悍”和“威武”。

还是清代文学家余怀说得好：“李重光风流才子，误作人主。”（《玉琴斋词》）一个“误”字真是写得人百感交集、五味杂陈。对于没有太多思想准备和政治准备的李煜来说，当年的即位应该也是如履薄冰吧。

关于继位和亡国

李煜本无心做皇帝，他的人生理想不过是做个开心的“渔父”，但乐于做皇帝的哥哥弟弟们不是没有这个命就是没有这份儿缘，躲来躲去这个皇位最后还是落在了他的手里。有时候，上天就是这么喜欢和人开玩笑：你不想要的东西，命运偏偏塞给你；而你想要的，苦苦追寻却永远无法得到。爱情如此，皇位大抵也如此。

历史上，多少皇子厮杀拼争都是为了抢穿那一袭龙袍，唐朝的“玄武门之变”，清朝的“九子夺嫡”……翻看历史，几乎每个朝代都曾上演过令人不忍卒读的“皇亲国戚连环谋杀案”。有的皇子更因夺权时候结下的宿怨，继位后便开始滥用皇权杀伐异己。热血的亲情终究敌不过嗜血的权力。但这些事情，在李煜身上却没有发生。

相传，李煜即将继位的时候，弟弟从善曾想叛乱。后有知事者告诉李煜，他只是宽厚地笑笑。而后，从善不但没有受到处罚，反而加官晋爵，愈被优待。可见，在李煜心里，手足之情于他才是最重要的。

开宝四年，即 971 年，李煜派弟弟从善去宋朝称臣修好，结果宋太祖封了从善一个虚衔，便当作人质扣留下来。李煜几次上疏陈情，希望可以放弟弟回来，但太祖皆不许。李煜每与群臣酣饮，都悲伤不已。那个在江南烟雨、杂树生花的环境中长大的弟弟，怎么耐得住北地的寒苦呢？身为一国之君，却没办法保护自己的兄弟，心中的愤懑和思念就这样汩汩流出，化为一首想念兄弟的《清平乐》：

别来春半，触目柔肠断。砌下落梅如雪乱，拂了一身还满。

雁来音信无凭，路遥归梦难成。离恨恰如春草，更行更远还生。

《清平乐》

一个“别”字开始了这首词的基调，在这落梅如雪的季节，所有的景色都能触动词人的情思，“柔肠断”三个字更是将温柔写到哀婉凄绝，那思念的梅花如雪花般，拂了一身，却又落满一身。下阕一连用了“雁无音信”“路远难归”“离恨如草”三个意象比，鸿雁传书却杳无音信，路遥梦远，归乡无望，离情如蔓延的春草，目之所及，心之所及，延绵不绝，无边无际。而这份儿对弟弟的情意悠悠千里，也算是写得酣畅淋漓了。

遗憾的是，从善的被扣并没有缓解战事的紧张，宋太祖讨伐南唐的战争终于还是开始了。

开宝七年（974年），宋太祖开始兵伐南唐，南唐节节溃退，第二年就灭亡了。据说，在宋太祖伐南唐时，李煜写下了一首《临江仙》，其中的惆怅、低迷和亡国的预感都历历如新，清晰可见。

樱桃落尽春归去，蝶翻金粉双飞。子规啼月小楼西。画帘珠箔，惆怅卷金泥。

别巷寂寥人去后，望残烟草萋迷。炉香闲袅凤凰儿。空持罗带，回首恨依依。

《临江仙》

《西清诗话》对此曾有记载：“南唐后主在围城中作临江仙词，未就而城破。”说的是兵临城下的时候，李煜写下了这首《临江仙》，还未及写完都城便被攻破了。今天，重读“空持罗带，回首恨依依”，依然觉得这“罗带”里有着荡不尽的愁绪。寂寥的不是门巷，低迷的也不是烟草，一切的彷徨、徘徊与无奈，都是后主的情语。

有些想象总是很残忍的，比如后主在当年城破之时以何种眼神和心态来面对强悍的宋军，他带着怎样沉痛的心情被迫投降，押至汴京；他的身后是南唐几十年的基业，有曾经满怀希望、渴求幸福生活下去的百姓，有那忠心耿耿、已经自尽的陈乔。

陈乔是中主李璟非常器重的人才，李璟曾指着陈乔对皇子们说，“这个人是忠臣，日后国家有难，你们都可以将身家性命托付于他。”李煜在做太子的时候，陈乔在他的

身边辅助监国；李煜继位，他便总领全国军政。宋太祖攻打南唐的时候，李煜曾写过降表，让陈乔送去投降。陈乔不去，说皇上你如果怪罪就杀了我吧。李煜不肯。等真的到了最后的时刻，陈乔又劝李煜背水一战，告诉他天下没有不亡的国家，投降不过是自取其辱罢了。李煜又不肯。陈乔无奈，只得自缢而亡。兵败的李煜，亡国的李煜，彼时彼地，想起故国与旧臣，不知做何感想。

陈乔说得没错，自古胜者王侯败者寇，投降也只能是自取其辱。宋太祖就扬扬自得地说过："李煜若以作词功夫治国家，岂为吾所俘也？"言外之意，当皇帝也要符合规范、有法可依。填词只能是辅修或者选修，而开疆拓土才是应该好好钻研的专业。

而欧阳修在《新五代史·李煜传》中也曾提到："煜性骄侈，好声色。又喜浮图，为高谈，不恤政事。"这些记载，加上亡国这一事实，不免令人坐实了对李煜的印象：骄奢淫逸，亡国昏君，是一个不靠谱儿且没正事儿的皇帝。

忆江南富庶，悔错杀良臣

有一句话讲得很有意思："我已经不在江湖，但江湖上到处都是我的传说。"这句话用在李煜身上实在是再贴切不过了。因为关于李煜的讨论，一直到宋真宗时代，仍是人们热议的话题。

据《宋史》记载，李煜亡国后，很多江南旧臣其实明里暗里都讽刺李煜耽于享乐，过分懦弱，不理政事。有一次，宋真宗问李煜的一个旧臣潘慎修，说你觉得李煜这个人怎么样。潘慎修对曰："煜或懵理若此，何以享国十余年？"这句话的意思再明显不过了：李煜如果真的昏聩至此，何以能坐享南唐十几年的繁华和富庶呢？真宗听后，对宰相说："慎修这个人温厚儒雅且不忘本，有身为臣子的基本操守，应该好好嘉奖他。"

当然，这里不排除潘慎修护主心切的袒护之词，但客观来看，此话也并非虚言。比如，李煜在亡国前写过很多香艳的词，那些词里透露出扑鼻迷眼的脂粉香气。较著名的就是这首《浣溪沙》：

红日已高三丈透，金炉次第添香兽，红锦地衣随步皱。
佳人舞点金钗溜，酒恶时拈花蕊嗅，别殿遥闻箫鼓奏。

《浣溪沙》

这首词将江南的富足雅致、贵族的奢华享乐，都勾勒得如梦如幻。没有见过那场面的人绝对写不出这样华丽的句子。

可惜的是，歌舞升平、箫鼓齐奏的日子终于还是结束了。那带着北方寒气动地而来的军歌，震落了六朝金粉，惊破了历史盛宴，也扰乱了李煜的醉生梦死。而自己做了“阶下囚”，多少次回望江南，曾经的繁华和如今的不堪，都让李煜心碎不已。

多少恨，昨夜梦魂中。还似旧时游上苑，车如流水马如龙，花月正春风。

多少泪，断脸复横颐。心事莫将和泪说，凤笙休向泪时吹，肠断更无疑。

《望江南》

一句“车如流水马如龙”说尽了多少江南的繁华。可那些纵横在脸上的泪水，只能和着无声的心事在夜晚独自吞咽。无疑，那是揉碎肝肠的悔恨交加，那是书生无力的某种悲愤。也许很多人会对此不屑，觉得李煜本来也没有取胜的时机。

但实际上，李煜有的。

野史有录，南唐林仁肇乃为北宋忌惮的名将，他曾在宋朝征蜀的时候给李煜进谏，说宋军战线绵延千里，久战必定军困，淮南那边守卫松懈，如果能让他带兵数万前去征讨，一定可以收复失地。林仁肇为了替李煜减压，连后路都替他想好了，说“臣起兵之日，闻于北朝，言臣据兵窃叛，苟事成功济，国家受利；如其不利，则请族灭臣家，以明陛下之不贰。”意思是等我起兵的时候，您就说我是自己拥兵叛乱，如果事成，国家便可受益；如果不幸失败，您可以灭我九族，以证陛下的清白。但，后主怕无功徒劳师旅，竟不从。

也有学者据此初步判定李煜的无能。可细细想来，恐怕并非后主不能，而是后主不忍。他宽宥过弟弟从善的叛乱，原谅过韩熙载讽刺自己的续弦，那样一个温润如玉的谦谦君子，定然是知道林仁肇的忠心。然而，一旦无功，又何忍去灭他全族以撇清关系呢。至少这一次，他的懦弱，不是来自惧怕，而是源于善良。

李煜的软弱十之八九是来自善良，但有时的确来自昏聩。宋军为了消除最为忌惮的林仁肇，用了一招儿“反间计”。南唐使者（有传为李煜弟弟李从善）来宋朝拜，宋太祖让部下故意带着使者参观一尊形似林仁肇的塑像，使者便问其故。宋太祖说，林仁肇愿意归顺我大宋，先送来画像表示诚意。接着又指着旁边的一处宅院，告诉使者那便是未来的林府。消息自然是传到李煜的耳朵里。而李煜，也果然中计，用毒酒赐死了林仁肇。等到宋军兵临城下、无人可用的时候，他才非常后悔错杀将军，以致国破家亡，山河同悲。

历史有时候很像人生，紧要关节只有那么三两步，走错了，也就满盘皆输。

当然，就算林将军不死，南唐早晚也是会灭亡的。历史上那些错杀忠臣良将的皇帝很多，但也并非个个亡国。还是陈乔说给李煜的话有道理，“哪个朝代都会有亡国的一天”。古往今来，多少英雄挡在历史的车轮前，想要“挽狂澜于既倒，扶大厦之将倾”，到最后，血肉之躯却只能被无情碾碎。

说到底，林仁肇也好，李煜也罢，面对滚滚而来的历史洪流，他们也不过是普通人。今天，如果有心重读李煜的亡国词或者艳情词，都不应过分放大或缩小李煜这个人。在无边的浩渺的历史帷幕下，李煜是如此孤立无援。他在毫无野心的时候被推到历史的前台，而那时的南唐已经在中主李璟开疆扩土的蓬勃野心下，开始变得有点儿外强中干了。比如，中主李璟执政后期，他已经自去帝号，开始向后周称臣。所以，李煜并不是南唐政治的拐点。相反，南唐的政治拐点却实实在在地改变了他的人生。而他的词也因为人生变故后所流露的真挚与伤感而变得分外动人。

读李煜的词，不应该只是体味那落魄的悲凉，悲凉固然是李煜独特的人生体验，但如果没有之前的娴雅、香艳和旖旎，后来的亡国之痛也便没有那么深挚了。

恰如一朵并蒂莲，双开双落，才是最美的结局。

那些疯狂的爱情往事

在李煜的所有故事中，人们最熟悉的就是他的爱情往事，关于大周后，关于小周后，也关于三寸金莲。而在李煜的词里，有一首《菩萨蛮》正是写给小周后的，其浓艳香软

不禁令人浮想联翩。

花明月暗笼轻雾，今宵好向郎边去。刬袜步香阶，手提金缕鞋。
画堂南畔见，一向偎人颤。奴为出来难，教君恣意怜。

《菩萨蛮》

如果这是一幅画，便可以叫作《南唐女子月夜偷会图》。在那个花明月黯的晚上，小周后偷偷去约会情郎，为了不惊动别人，她便把金缕鞋提在手里，移步香阶，落地无声，轻轻地来到画堂南畔，一头扑到情人的怀里。最后一句“奴为出来难，教君恣意怜”实在是生花妙笔，将一个好不容易才得以偷跑出来约会的女子，面对情人时的浓情蜜意和恣意撒娇都写得栩栩如生。

陆游在《南唐书》里曾提到这则趣事。说其实大周后生病的时候，小周后就已经入宫了。李煜风流潇洒，小周后姿容美艳，恰都是多情之人，幽期密会在当时许多人的眼中已经不是什么秘密了。可是，通常情况下，关于感情背叛与精神出轨，当事人常常是最后一个才知道的，大周后这次也不例外。妹妹在宫里出来进去多少次了，都没被她发现。有一天，忽然见了，竟然惊奇地问：“妹妹几时至宫来？”小周后那时只有十五岁，年少无知，据实以对，“既数日矣”，来了好些日子了。大周后听完大怒，面壁而卧，至死都不望向外面。

待大周后去世，李煜悲伤异常，屡屡以“鳏夫煜”自居，内心哀婉沉痛至不可言说。其实，这也不能说是李煜花心，花心是见一个爱一个忘一个，而李煜是见一个爱一个留

一个。这有点儿像《天龙八部》中的段正淳。所有他爱过的女人，他一定是爱着的，并将是永远爱着的；在他心里，他可以为了心爱的女人去死，为你可以，为她可以，为我也可以。而李煜，说到底也是这样的人。缺钱，缺尊严，缺地位，在他们眼里，都抵不上“缺爱”的折磨。所谓“情种”大抵如此，不管种到哪里，长出来的一定是绝美艳丽的情花。

李煜这首《菩萨蛮》当时可谓尽人皆知。据说有次宴会上，韩熙载还曾公开以此讽刺李煜的感情。试想，在那样一个群臣欢饮的时刻，“韩同志”竟公然指责“国家领导人”的生活作风问题，讽刺其“包二奶”“养小三”的恶劣行径。换作任何一个朝代，估计不是脑袋搬家，至少也得贬官罢官。但李煜只是笑笑，假装没有听见。

据此，就不难判断，李煜是一个好皇帝，他的胸襟、气度都非一般人所能比。他虽然在政绩上并无特别大的建树，但总还是可以给人以宽松的语境来自由表达自己的观点。单就这一点，很多历史上号称“英明神武”的皇帝恐怕也绝难做到。

可惜的是，这份儿温雅敦厚，放在太平盛世，定然是“一代明主”；而放在这兵荒马乱的时代，他的书生意气却只能是被人诟病的“怯弱”。

往事可堪哀。

往事只堪哀，对景难排。秋风庭院藓侵阶。一任珠帘闲不卷，终日谁来？

金锁已沉埋，壮气蒿莱。晚凉天净月华开。想得玉楼瑶殿影，空照秦淮！

《浪淘沙》

这首《浪淘沙》应该算是李煜所有词作中最为悲壮的吧。一句“金锁已沉埋，壮气蒿莱”让无数人为之心折。

想那金陵自孙权称帝以来，数次成为都城，其英气勃发的历史已然承载了太多英雄的壮志雄心。可惜，轮到李煜坐镇的时候，昔日的繁华早已消散了大半。在这历史沉浮的舞台，金戈铁马，端看那谁家金锁沉埋，谁家旌旗飘摆。往事已成空，还如一梦中。那些翠环玉绕的日子，那些歌舞升平的时光，都随历史渐渐消散。“世事漫随流水，算来梦里浮生。”而人生，也不过是一场浮华迷梦，

他们风流蕴藉，笔下生花，花前侧帽，柳边系马。

就像绚烂的烟花，虽然美艳至极，但最终还是要凋落的。所幸在于，谢幕的只是王朝的背影，李煜的词作却始终扎根在每个人的心里，从未凋零。

其实，李煜之所以能够被后代所牢牢铭记，并不仅仅因为他是一个皇帝或者一个词人，或者是什么非凡的经历与浩劫，而是因为他的真性情。他爱护手足之情而忽视弟弟的叛乱，却不怕被人视为无能；他喜欢小周后便不怕别人讽刺；他错杀林仁肇后悔恨交加敢于认错并痛哭流涕；最后，他竟在七夕节过生日酣畅痛饮时忘了自己阶下囚的处境，而吟出“一江春水向东流”的感慨以致遭受杀身之祸。还是王国维先生对其描摹得最为精准：阅世浅，性子真，永远都流着赤子之情。

也因如此，同样是书写亡国之痛，李煜的《虞美人》就比宋徽宗的《燕山亭》感人得多。用王国维先生的话来说：“道君不过自道身世之戚，后主则俨有释迦、基督，担荷人类罪恶之意，其大小固不同矣。”宋徽宗的词作只是对自己身世的悲戚，除了同情，鲜有人能与之共鸣。而李煜的“一江春水向东流”“别时容易见时难”说的虽是亡国之情，但又何尝不是人们爱情的苦恼、人生的慨叹呢？逝水东流，青春一去不复返，对于每个人来说，这都是值得惋惜而又无可奈何的吧。

读同样的词，却让我们每个人含着不同的泪水。或许，这便是李煜词的最大魅力。

960 年，三十四岁的后周殿前都点检赵匡胤发动陈桥兵变，建立宋朝，史称宋太祖。

961 年，年仅二十五岁的南唐太子李从嘉即位，改名李煜，史称李后主。

975 年，宋太祖灭南唐，李煜出降，被送往汴梁。

一年之后，宋太祖亡，疑被宋太宗杀害。

三年之后，李煜亡，疑被宋太宗毒害。

其实，死亡不过是一场或早或晚都会奔赴的宴会。难的是，每个人都想光辉绚烂地走在通往宴会的路上。

而他们并不知道，之于历史，根本无所谓输赢。

大雅大俗，尽藏青楼：柳永

能够仅凭歌颂青楼女子的婉约小词而立于中华词坛且千年不败的，恐怕只有柳永。无论他身前身后曾有多少经历和争议，他始终是一个无法复制的传奇。

浅酌低唱，误失浮名

第一次在某书中读到柳永家世时，不知为何想起了一个人，就是李显。唐中宗李显被誉为中国历史上最牛的皇帝：他自己是皇帝不说，父亲李治（唐高宗）是皇帝，弟弟李旦（唐睿宗）是皇帝，儿子李重茂（唐少帝）是皇帝，侄子李隆基（唐玄宗）也是皇帝，要命的是连他母亲武则天也是皇帝。于是便有网友恶搞，说李显在历史上有个很拉风的名字，叫六位帝皇丸。

这当然是戏说了。但就家中情况来看，柳永和李显还真是有点儿相似。唯一的不同是，老李家都是皇帝，老柳家都是进士。

柳永的祖上在南唐时曾以儒学著称，传到他这一辈也算是官宦世家。柳永的爸爸柳宜就曾中过进士，还在南唐做过官。叔叔也中过进士，哥哥柳三复和柳三接也都是进士。连柳永的儿子和侄子都是进士。试想生在这样一个“进士大家庭”里，柳永的生活将是多有压力。

所以，他必须赶考，争做“进士”。按柳永的才学，考进士应该不是什么问题。但命运偏偏在此时开了个玩笑：它竟让柳永意外落榜。而且连续落榜高达三次。第三次落榜的时候，柳永心里实在接受不了，极其不平衡地写下了这首《鹤冲天》，来抒发自己的愤懑。

黄金榜上，偶失龙头望。明代暂遗贤，如何向？未遂风云便，争不恣狂荡？何须论得丧。才子词人，自是白衣卿相。

烟花巷陌，依约丹青屏障。幸有意中人，堪寻访。且恁偎红倚翠，风流事，平生畅。青春都一饷。忍把浮名，换了浅斟低唱。

《鹤冲天》

这首词起笔便指向“金榜”，从“偶失”“暂遗”等词的运用来看，柳永心里还是自负满满的，他自信没有考上只是偶然的、暂时的。那么，既然没有考上，未来的路该如何去走呢？——“狂荡”：才子词人，白衣卿相。人生基调既已确定，下阕的感情似乎就更明晰了。他要去那烟花柳巷，偎红依翠，拟将一生过得潇洒、自在、欢畅。最后一句写得更直接：忍把浮名，换了浅酌低唱。宋词虽说是用来唱的，但柳永的“低唱”却是以“偎红倚翠”为背景。换句话说，他宁愿用功名利禄去换青楼女子的浅酌低唱。此语一出，就犯了严重的政治问题。虽说宋代文人的风流韵事人所共知，但多情似宋祁，风流如张先，也都没敢把这种“寻花问柳”的理想直白地写在自己的诗词里。而柳永此番这么一说，明显是对功名的不屑，对皇权的挑战。

大约柳永也是头脑一热，发一时之飙，所以才冒出来这么胆大妄为的话。如果深思熟虑的话，他应该明白，科考几乎是古代文人的唯一出路，他即便才高八斗，也注定要在这条路上翻跟头。说再多的怨气话都没有用，忍一忍其实也就过去了。就像那句流行语所说：“怀才就跟怀孕一样，日子久了总会被人发现的。”何苦非要冷嘲热讽，酸溜溜地写这样的词呢？而且，如果真的不屑，又何必来考呢？

可柳永偏偏如此“矛盾”，他就是这么一个人：既含着落第的抱怨，又揣着及第的渴望。所以，不几年的光景，他便带着赶考的热情卷土重来。所以说，他并非真心厌考，那“清高孤傲”有时候不过是摆出的“姿态”。

据说有一次他还真考中了，但结果却还是再次落榜的命运。原因就是宋仁宗不答应。“凡有井水处，皆能歌柳词。”柳永的词在当年和后代，都是流传极广的，那首《鹤冲天》自然也不例外。知识分子的清高酸腐在词里简直是一览无余，而且他还抨击皇帝遗漏了他这个“贤人”。宋仁宗当然不满意啊，皇帝也是人，怎么能容你如此嚣张地讽刺。宋仁宗说：“且去浅斟低唱，何要浮名？”仁宗的心情可以理解，既然柳永敢宣称不稀罕浮名，那又何必来求取功名呢？结果柳永再次落榜，这回真的要去给青楼女子写词唱歌了，连皇帝都朱批他“且去填词”。

一般人的话，觉得没考上也就算了，皇帝都不让你考了你还考。可他却偏偏还考，足见其坚韧不拔的精神真是非比寻常。他一面参加考试，还一面写词，风花雪月地歌颂自己跟青楼歌伎的感情。词写到最后，还加一个落款“奉旨填词柳三变”（柳永原名柳三变）。气煞皇帝！

每次想到这个段子，总是忍不住会心一笑。风姿绰约的大宋朝历来重文轻武，到宋徽宗的时候，很多艺术门类几乎都达到了古代文化的巅峰。作为颇重文化的赵宋子孙，历代皇帝们多少都沾染了些文化气息，而宋仁宗似乎也不例外。他因为柳永的词而“封杀”柳永的仕途，总让人觉得有点儿“秀才争闲气”的味道。

1034年，也就是宋仁宗景祐元年，已经五十一岁的柳永终于考中了进士。但也有传说，刚刚亲政的仁宗为笼络士子之心，放宽了科考的尺度，所以柳永才能考中。另有一说，仁宗只是赐他进士出身。

在柳永反复折腾、屡考进士的这么多年里，晏殊赐进士出身，范仲淹、宋祁、欧阳修、张先等宋代名流均已先后及第。与他们相比，柳永的经历实在太坎坷了。

殊途同归，生命轻与重

薄衾小枕凉天气，乍觉别离滋味。展转数寒更，起了还重睡。毕竟不成眠，一夜长如岁。

也拟待、却回征骖；又争奈、已成行计。万种思量，多方开解，只恁寂寞厌厌地。系我一生心，负你千行泪。

《忆帝京》

柳永和歌伎舞女们的感情极深，这一点毋庸置疑。但柳永笔下的情词，多为女子的思恋，这一首《忆帝京》，沾染了无限相思，以男子的口吻和立场来写可谓别具一格。难怪刘熙载在《艺概》论柳词中盛赞“细密而妥溜，明白而家常”。

细看这首词，薄衾天凉秋意渐浓，深夜独卧，辗转反侧，相思袭来难入眠，醒来还

想睡，希望在梦里重逢。一句“毕竟不成眠”蕴含了无比的思念和孤单。我们常常用“一日不见如隔三秋”形容时光苦长，却不料柳永的一句“一夜长如岁”更让人心惊。别离的滋味可说是写得情浓隽永。

下阕里，更加深入地描写了离情。相思无尽，只想回头找你；可是已赴征程，为功名也为生计。于是寂寞天地，只能在万种无奈中开解自己。通篇明白晓畅，平和浅易，寥寥数字勾勒出一个离开心爱之人的男子，度日如年的愁苦。如果至此结束，顶多不过为“淫词艳曲”中流行一时的诗句。

可柳永毕竟不是普通人，他对艺伎的感情也非同 般。结尾处 句“系我 生心，负你千行泪”如繁花落地，砸下一枚沉甸甸的果实。落拓曲折处，委婉动情，九曲回肠之意，深切动人。

从来，人们太熟悉女子的倾诉：“山无陵，江水为竭，冬雷震震，夏雨雪，天地合，乃敢与君绝。”或言：“枕前发尽千般愿，要休且待青山烂。水面上秤锤浮，直待黄河彻底枯。”可是，对于一诺千金的男子们的誓言却往往不放在心上。

正因如此，在一个男权世界里，能够听到才华横溢的才子深深的表白，更觉意义非凡。

想那柳永，虽花街柳巷中消遣，但内心深处未必可以放下对世俗的一腔热忱。多年苦读，一心建功立业的豪情，不料满腹诗书没能陪自己驰骋官场，却献给了一个个如花似玉的妓女。娇娥虽美，也愿意为之歌咏。“春风拂槛露华浓”，想那李白虽屡有沉浮，但得幸为贵妃诗也算体面，无论如何浪荡，总算盛世英名。可歌咏这青楼女子，柳永却无论如何也进不了庙堂。所谓地位，自然比不上文人，只好游走在城市的边缘，做一个另类文化人。

风流，放荡；诗成行，泪成双，酒入愁肠。且去填词，皇恩浩荡。

醉生梦死在温柔乡，一个个俏姑娘打点那寂寞苦时光。

杨柳岸的晓风残月，离别时的怀古多情，秋意渐起，无限思量；美丽的姑娘，你拿我的词曲去欣赏还是去卖唱？

还好，自古烟花柳巷不仅仅有皮肉生意的妓女，也有无数悦目赏心的才良。

很多妓女或本出自名门，自小吟诗作对，家道中落才隐入青楼；或有少时家贫入行受老鸨栽培，琴棋书画样样精通，早已可挑才女的大梁。

感谢漫长文明的中国历史，感谢人口众多的泱泱大国，让众多女子可以从才华、品行、容貌早早分为三六九等。有的虽栖身寒窑却可以才情并茂，于是，这些无处容身的才子，在青崖间行走不稳的文人，可以在民间找到精神的流放地和集聚村。

在歌伎的轻盈和落魄文人的沉重间，他们彼此试探和抚慰，获得灵魂的安宁和平静。

青楼能够上演柳永这种千古奇观，应该说得益于歌伎文化的发达。

宋朝在中国妓女史上，无论如何都是浓墨重彩的一笔。

据不完全统计，宋代著名词人，如苏轼、秦观、欧阳修、晏殊、姜夔、张先等都和歌伎事业发生了千丝万缕的微妙联系。我们都知道，宋朝正是朱程理学“存天理，灭人欲”对人的欲望加以压制的年代，结果适得其反，大大地助长了歌伎事业的发达。

真不知道，这是历史对虚伪道学的一种嘲讽，还是和朱子开的一个玩笑。

宋代的妓女业，因从业人数的剧增，和社会多阶层的参与，不断发展壮大，终于连皇帝也卷进了这项公共活动中。有诗言，“宋史高标道学名，风流天子却多情。安安唐与师师李，尽得承恩入禁城。”说的正是宋徽宗的风流韵事。

宋徽宗赵佶天生就是嫖客，凡是京城中有名的青楼女子，他都不放过，据说有时还将喜欢的妓女乔装打扮带入宫中据为己有。皇帝为妓女业“亲力亲为”，臣子们哪能不紧随其后?

但嫖客众多，难免也有撞车的时候，宋徽宗和周邦彦便发生过同嫖的尴尬。不知道香港导演王晶的电影《九品芝麻官》中，皇帝与星爷妓院撞车事件是否是受其影响。

可实际上，皇帝也是人，只不过是高贵中的尊者。

而妓女也是人，不幸的是只能做低贱中的卑者。

虽然他们的地位有天渊之别，然而无论烟花之地，还是朝野之堂，同样要求他们虚情假意尔虞我诈，同样会照章纳税论功行赏，也同样引得无数人为之肝脑涂地九死一生。

于是，在这大雅大俗之青楼，歌伎的温柔缱绻，皇帝臣子的国事繁重，居然如此一拍即合。

当然，宋朝毕竟是中国历史上可歌可泣的王朝，它能够敢于如此挥霍自己的豪情蜜意，都是因为有强大的经济做后盾。只有“安居乐业”方起“饱暖思淫欲”的歹心，如若不然，流离失所，谁会有心思有银子去光顾烟花柳巷呢？所以，一个小小的青楼，其实也暗含了国运的兴衰。

当娱乐业繁荣鼎盛的时候，虽然有铺张浪费的嫌疑，但也要感慨人民生活水平的普遍提高。

发达的经济，闲适的生活，把宋代的妓女事业推向了繁荣，汴京简直成了她们的世界。正如柳永在《望海潮》中写道“东南形胜，三吴都会。钱塘自古繁华”。据说，恰恰又是这文人一笔，惹得一百年后完颜兄弟对宋朝的富丽垂涎三尺。

可以说，宋时的天空和士人的心田都飘扬了无尽的风花雪月。然而，为官之风流又岂能和柳永之风流同日而语？

读柳永词，虽然可以读出他的沉沦，也同样可以读出一种别样的韵味。柳永，一个深入市井的落魄文人，一个青楼女子的蓝颜知己，一个烟花柳巷的四时常客，一个在潦倒中走出异样轨迹的词人。他的生活像北宋这场大戏里的一个亮点，照亮了当时的人生百态，折射了时代为人所耻、歌舞升平而又道德冰冷的角落。

所幸的是，他的词作没有和生活一样浪迹酒色，而是时刻从笔端散发出人性的悲悯和况味。

他的身后注定留下太多争议，因为他的轨迹是一个特例，注定不会像李白杜甫一样被供奉在人生的云端，但也因其特立独行，注定不会被历史淹没在世俗的风流中。

那个时代的诸多不得意都泼洒在“怡红院”“春宵馆”里，那里可以闻到北宋社会的纸醉金迷，触及众多士子文人伤痛的内心。但又是谁来“抚慰”铜臭味背后的荒凉人心？妓女虽然轻贱却承载了无数文人深重的良知与沉沦，这轻与重到底该如何区分？

或许只有柳永才能读懂妓女们的悲苦和辛酸，分得出“低贱者的高贵和高贵者的低贱”。于是他可以雨落长亭，深夜难眠；可以在心里对一个歌伎托出自己最深挚的爱：“系我一生心，负你千行泪！”

所幸的是，柳永生在一个浪漫的时代，可以令他任由身体堕落，灵魂憔悴，却换来了几百年后依旧温暖的墨香。

词香是最好的陪葬

《三言》里有一个《众名伎春风吊柳七》的回目（柳永在家中排行第七，故名为“柳七”）。说的是：柳永死后，因穷困潦倒无钱安葬，竟然要青楼歌伎们纷纷捐钱，才得以入土为安。而和他感情深挚才色双绝的名妓谢玉英，因柳永过世而哀伤过度，不久也死了，被葬在柳永的墓旁。

据说谢玉英当年未遇柳永时，曾以蝇头小楷抄了很多柳永的词，而且在青楼卖唱的时候也最爱唱柳永的词。得缘与柳永相遇后，二人大有知音难遇、相见恨晚之感。于是约定，玉英不再接客，七郎不再变心。

后来柳永到余杭任职，一年后回来找谢玉英，她竟然不在家。一问才知是去陪别人游玩了。柳永非常郁闷，丢下一首词就离开了，词中有云：“近日重来，空房而已，苦杀四四言语。便认得听人数当，拟把前言轻负。见说兰台宋玉，多才多艺善词赋。试与问，朝朝暮暮，行云何处去？”

谢玉英回来后，发现柳永曾回来找过她，心里便暗暗惭愧，觉得自己不该背弃誓言。于是，便到处询问柳永的去处。得知他去了哪里后，火速变卖家当，赶往东京名妓陈师师的家。见面后，二人重修旧好。此后，谢玉英便留在陈师师家的东院，再不接客；即便柳永去了别的妓女家，她也毫无干涉，给柳永以充分的自由；并和他恩恩爱爱，过着夫妻一般的生活。

要说那柳永也真是奇才，一般正经的夫妻，妻妾成群还有争风吃醋的时候，他却能妥善协调好各方面的关系，让歌伎们和谐共处，彼此扶持，真是古今一大奇观。

其实，当年很多女子沦入青楼多是迫不得已，不是家道衰落被迫卖身，就是自幼被拐卖，骨子里未必是寡廉鲜耻之人。记得有部当代小说，结尾处曾描绘过一个场景，说一名外出打工的女子因为难以生活，无奈变成夜总会的“小姐”。可是，在她给家乡寄回的明信片里，没有说自己的行业，而只是画了青山绿水、红花白云，描述着对美好生活的洁白想象。那一刻，让人不禁为之动容，隔着苍茫尘世，她依然保有一颗洁净的心。理解和同情，对于她们来说，是多么重要的事啊。

而那穷困潦倒、屡试不中的柳永，所唯一能给予这些女子的，恰好正是这样的尊重。

在柳永的词里，“莺莺”很美，“燕燕”也很可爱，她们都是端庄旖旎、容颜秀美的佳丽。“执手相看泪眼，竟无语凝噎。”在他心里，这些女人并不是妓女，而是同情自己的经历、仰慕自己的才华、歌唱自己的词作、可以彼此交心并怜惜的知己。

柳永将她们视为朋友，所以他注定不会像其他道学者那样，将她们看成是玩物、尤物，践踏之后便立马抛弃。相反，他会很珍惜与她们的感情。

也只有怀着这样的心，他才能沉醉于酒色，却不沉湎于声色。

但也是因为他将自己置于和她们平等的地位，所以他的词才无法获得“主流”词人的认可。相传，有一次苏轼批评秦观时便说：“怎么分别一段时间，发现你竟然在学柳七填词呢？”秦观觉得很委屈：“我就算再不学无术，也不至于学柳七填词吧！”可见，虽然柳永的词能够得到人民群众的广泛认可，但“柳七填词”这四个字在大部分“主流”词人看来并不是一句好话。在圈子里，他无法获得应有的承认和尊重。

就连李清照也在《词论》里说他：“涵养百余年，始有柳屯田永者，变旧声作新声，出《乐章集》，大得声称于世；虽协音律，而词语尘下。”意思是他虽然对宋词的发展做过杰出的贡献，但是他“词语尘下”。这意味着，他写得再好，也是俚俗的，难登大雅之堂的，为正经词人所鄙视的。

这也是很难拆解的雅俗相争的问题：一边是主流的温雅词，一边是非主流的俚俗词。而柳永，一则屡考不中始终没有功名，二则竟然对那些假惺惺的“道德真君”们所鄙视并厌恶的妓女，心生怜爱。所以，于公于私，他都只能是作为“非主流”的词人出现了。

好在，柳永一生日日烟花柳巷，夜夜秦楼楚馆，身边绿环红绕，倒也逍遥自在。只是可怜他穷困潦倒，死后竟无钱安葬。想来那些不多的银两怕是都送给青楼的歌伎们了。那些歌伎们倒也同样有情，竟然合资安葬了他。

也罢，就让他随生前的香艳情事缓缓安息吧。谁又能说，千年后依然动人的词香，不是他坎坷人生的最好陪葬呢。

且向花间留晚照：宋祁

也许有人不知道宋祁，但一定没有人不知道那句“红杏枝头春意闹”。这位红杏闹春的宋祁宋子京，还曾有过一段骄阳下的艳遇，后经宋仁宗成全，得抱佳人。

偶然一娇嗔，便为宋夫人

盛夏的阳光，刺目得令人眩晕，宋祁在清晨，太阳还未完全升起的时候便走进了宫门，进宫的小路因为历史的久远而显得日渐陈旧。沿着暗红色的宫墙慢慢走着，宋祁似乎能感觉到暑气从地面蒸腾而起，变成阵阵热浪扑在他的脸上。空气里充满了青草温存而又馨香的气味，深吸一口气，能令整个胸腔充盈起满满的幸福感。

天看起来不是很高，有一点儿灰蒙蒙的色彩，像是灰白老照片的底片那样，模糊不清。看来兴许会下一场暴雨。宋祁将已经汗湿的官服松一松，继续前行，早朝的时间快到了，他作为尚书工部员外郎，是不能迟到的。

有时，命运的奇异之光会突然绽放，一个躲闪不及，就会撞个满怀。

此时，一列迎面而来的官轿令宋祁停下脚步；他俯首而立，这是礼仪，也是规矩。在那个“天就是天、地就是地”的年代里，宋祁无论内心多么焦急，都只能垂首站立，寄希望于官轿可以快些通过，好让他赶得上今日的早朝。

待官轿通过，他正准备转身离去之时，却被一声娇嗔留住了步伐：“啊，这不就是宋公子吗？”宋祁抬头不期然地一望，便看到了官轿后边逶迤而行的佳人。

有的美赏心悦目，有的美令人情难自禁，还有的美雍容华贵却有点儿心存距离，但有一种美却是恰到好处，令人怦然心动、辗转难眠。

“关关雎鸠，在河之洲，窈窕淑女，君子好逑。”古风盎然的《诗经》时代，可以让相悦的男女相互坦露情怀。而在宋朝，在这宫墙下，宋祁却只能遏制自己心中已经燃起的火焰，用淡然的神色回应女子那一眼深望。

宋祁木讷地望着宫女离去的背影，心中暗涌出阵阵情愫。或许每一个男人在与倾城之貌遭遇时，总会笨拙如情窦初开的孩子，除了怔怔地凝望，也不知道如何去回应。等到小宋回过神来的时候，那顶轿子早已不见了踪迹，佳人也无芳踪可寻。

刹那花开，然后又瞬间凋零。刚刚被唤起的情感忽然又杳无所踪荡然无存。宋祁的心里如打翻的五味瓶，百感交集。但填满内心最多的恐怕还是郁闷。

那天，他回到住所后便题词一首，以纪念这次“后会无期”的相遇。

画毂雕鞍狭路逢，一声肠断绣帘中。身无彩凤双飞翼，心有灵犀一点通。

金作屋，玉为笼，车如流水马如龙。刘郎已恨蓬山远，更隔蓬山几万重。

《鹧鸪天》

宋祁一生写词无数，却只有这首用情最深。可能是想到此番擦肩而过，不知道又要几生几世才能换来这回眸后的心跳。心中纵有万般滋味，又如何能与时光细说。然而，命运的翻云覆雨和绝处逢生，常常是令人意想不到的。本是想祭奠还没来得及开始便已经结束的感情，却没想到一首无心之词竟令他实现夙愿。

相传，这首词几经辗转最终落入了皇帝之手，宋仁宗在读到这首词后大笑道：“哪里就会更隔蓬山几万重呢？”于是派人在宫中寻找那名宫女，找到后便送入了宋祁的家中，就此化解了才子的一番相思之苦，也铸就了一段古今佳话。

这便是《鹧鸪天》这首词的由来。不论真假，也不论宋祁与那位宫女日后是否能携手游湖，相伴白头，只需想到那灵犀的心意相通，能够穿越二人之间原本“山水万重”的距离，便足以令人欣慰。

时至今日，宫墙依旧斑驳，山长水远的故事却因时光的雕琢而更显传奇。世间如有轮回，此生是否还会邀约，在某个日光的角落擦肩而过？有好事者说这样的“闪婚”会不会是一场“闪离”的悲剧呢？这种担心真有点儿杞人忧天。曾经拥有，爱我所爱，愿我所愿，情真意切，一切便是足够。

时光固然不会为千年前的故事而停留，但是也从未阻止我们追逐幸福的脚步。

且向花间留晚照

宋祁虽然因为一首《鹧鸪天》，赢得暖玉温香抱满怀。但其真正的成名却得益于《木兰花》这首词。因为这首词，宋子京赢得了“红杏尚书”的雅称。

东城渐觉风光好，縠皱波纹迎客棹。绿杨烟外晓寒轻，红杏枝头春意闹。

浮生长恨欢娱少，肯爱千金轻一笑？为君持酒劝斜阳，且向花间留晚照。

《木兰花》

这首词写景抒情都颇具特色，将那春之美景铺展开来，东城的无限好风光也就此开展。从春波绿水被风吹出粼粼波纹开始到杨柳初露枝芽，远观如同烟雾一般笼罩上空，轻如浮云。游走间，笔行之处，必将风光逐步抖落出来，如同一幅隽美的春之图。而这首词的重点却在一个“闹”字。

王国维在《人间词话》中称赞宋祁的这句“红杏枝头春意闹”：“着一‘闹’字而境界全出。”的确如此，除了这“闹”字，只怕其他词用在这里都会词不达意，而宋祁也赢不来那“红杏尚书”的美名。

词的下阕开篇便是清谈笑语“浮生长恨欢娱少，肯爱千金轻一笑”，道出人生一世苦多乐少，甚至为了博得开口一笑，哪怕掷出千金也在所不惜。不知最初在宫墙里偶遇佳人时，宋祁是否也这般想过。也许为了能够将晚照留于花间，令佳人那一瞬间的回眸定格脑海，他恨不得倾其所有吧。但不要就此以为宋祁流连美色，无所作为；实际上，他只是感叹人生苦短，相见恨晚而已。

这样看来，《木兰花》总是恍惚间给人一种错觉，你觉得他似乎是在谈风景，又好似是在谈风月；当你想切实地研究一下这里边的情愫，却又觉得这明明是在谈风景。所谓“虚虚实实，情景交融”大概就是这个意思。

如果说一首《鹧鸪天》成就了一段才子佳人的美谈，那这首《木兰花》便是才子神韵的充分彰显了。“山抹微云秦学士，露花倒影柳屯田。”其实应该加一句“红杏闹春宋子京”才是。

他们只想把一世浮名，换作持手相望间的浅吟低唱。

但是，人生的悲欢常常并不能以功名利禄计。对于普通人来说，求名求利求美女，得到了便欢天喜地，得不到就要怨天尤人。而对宋祁这样的文学青年来说，得到了固然会珍惜，但心里的落寞却是没办法填满的，暂且称为特殊的孤独吧。

宋祁虽然在朝为官，仕途坦荡，万事不缺，但他却并不快乐。他总是像一个落魄文人一般郁郁寡欢："远梦无端欢又散，泪落胭脂，界破蜂黄浅。整了翠鬟匀了面，芳心一寸情何限。"

这是宋祁的词，也是宋祁的心。

在那片远梦中，妇人感情伤怀，泪眼迷蒙，不知情何以堪，想必对宋祁而言也是如此，欢聚无端，离散也无端。晏殊也曾感言"一曲新词酒一杯""夕阳西下几时回"，遣词造句虽不相同，但是所言之物却是相似。他们都希望将最初的相遇延续千年，否则一旦错过，西下的夕阳几时才能回转？

时间像是一条河流，静静流淌，但是那彼岸的花朵，你永远都无法摘得。因为当生命悄然枯竭，岁月将安然过去，若有来世，我们定要携手重来：我不再是宋朝官员，你也不再是皇朝中人，我们只要一间茅屋，安居湖边，看日升日落，品世间四季，这就是一生的期盼，是"浮生长恨欢娱少"的期盼。

宋祁心中作何感想后人已不得而知，但词如心声，从他所写也能窥探出他心中所想的七八分。大概也不过是想要将与佳人初见时的光景一分一秒都抓在手心里，任凭"更隔蓬山几万重"，任它"且向花间留晚照"，只要当时盛开如花，绽放如莲。

人生一世，草木一秋，繁花似锦的一生到头来其实也终究是冷梦一场。词如人生，人生如词，几百年后，一名清代贵族男子同样神情萧瑟地写下传世名句："人生若只如初见，何事秋风悲画扇，等闲变却故人心，却道故人心易变。"

由此可见，世间情感多数不过是南柯一梦。相见之后，经历过离别的断肠苦楚，然后便安静地归于时间的深处。

一切只是慈悲一场。

一蓑烟雨任平生：苏轼

如果苏轼的人生需要做一份儿简历的话，上面或许只有一句话：彪悍的人生不需要理由。

爱情是生命的一条曲线

四川眉州青神县的岷江河畔，一片青翠俊秀的山峰连绵在云海间，其中一山名为中岩，名声在外。此山中有一汪清泉，水波清澈见底，而池中的游鱼更是颇具灵性，只要临池拍手，这些鱼儿便如同听到召唤一般纷纷游来，令人赞叹。

相传当年北宋进士王方在此地与友人相聚，见到此景时非常喜爱，便命人为这池清泉取名。众人挠头深思时，一少年已经挥毫而就，写下了“唤鱼池”三个大字。笔法遒劲，取义深刻。王方对面前这个少年顿时生出几分赏识。

这个少年便是苏轼。

因为年少才俊，苏轼被王方选为乘龙快婿，将自己年仅十六岁的爱女王弗嫁给了苏轼。才子佳人，珠联璧合，也算得上是一段人间佳话了。

据史料记载，王弗为人“敏而静”，知书达理，秀外慧中。在与苏轼婚后的生活中，王弗总能在一些生活琐事上从旁点拨，对苏轼给予提醒，无论是待人接物，还是诗词赏析，苏轼都能从王弗那里得到不同的惊喜。

苏轼为人豁达，不拘小节，在与客人交往时常会因无心之失而将人得罪。这时，王弗便凝立屏风之后，将苏轼之过谨记，然后婉言相告，言辞凿凿，令苏轼不得不心悦诚服。

贤妻如宝，苏轼所得的更是宝中至宝。

王弗就如同那“唤鱼池”中的游鱼，在苏轼需要的时候便悄然而至。中国现代文人沈从文在念及妻子张兆和的好时，曾感言道：“我一辈子走过许多地方的路，行过许多地方的桥，看过许多次数的云，喝过许多种类的酒，却只爱过一个正当最好年龄的人。”

苏轼就像胸怀天下的至尊宝，他所爱上的紫霞仙子正是王弗这种人：明眸皓齿，不可方物，但却沉静内敛，温柔典雅。在那个正当最好的时节，苏轼遇到了他生命中正当最好的人。

可惜，红颜如花，流年似水，人生最难躲开的却是命运的无常。

“天涯流落思无穷！既相逢，却匆匆。”

虽然拥有了绚烂的开始，却没能够走向隽永的结局。王弗的病逝将两个人十一年的幸福终结于此。

但苏轼不知道，命运的隐秘正在于它的无可预见，当王弗温润如水的模样似乎还在眼前清晰可见的时候，世事却已“相逢一醉是前缘”了。

生命是一条不断延伸的曲线。在王弗去世的第四年里，苏轼续弦，娶了王弗的堂妹王闰之，也是一个温顺贤良的女子，有着和王弗相似的眉眼。偶尔的恍惚中，苏轼似乎又能看到曾经的幕幕往事。

女人和男人之间的爱情，古今大抵相同，就像一片脆弱的花田，开出一次妩媚的花朵后便会荒芜，然而苏轼却宁愿将荒芜保留，藏在心海。别人不会懂得在他心底那片最深的海里蕴藏了怎样的情感。

王闰之也无法懂得。

但，她不懂，却包容。

王弗祭日的十周年，苏轼梦魂相扰，夜半惊醒。他惶惶四顾，王弗对镜梳妆的样子已经随着梦醒，被四周的黑暗吞掉，伸手一拭，双鬓已被眼泪浸湿，苏轼难掩心中沉痛，下床题词《江城子》：

十年生死两茫茫，不思量，自难忘。千里孤坟，无处话凄凉。纵使相逢应不识，尘满面，鬓如霜。

夜来幽梦忽还乡，小轩窗，正梳妆。相顾无言，惟有泪千行。料得年年肠断处，明月夜，短松冈。

《江城子》

王弗化作思念，淌进了苏轼的血液里，就如同金子一样熠熠生辉，无比璀璨。苏轼深情一片的样子被身后的王闰之看在眼里。

有人说，男人生命最初的那个女子，必定如烟花般绚丽，只是大多注定凋零。

但是，谁能知道，有多少女人在暗夜里哭泣："如果可以，我情愿选择凋零，那样至少能活进你心里，而不是现在这样，看着你守着过去的碎片，却始终无能为力。"

在那样的夜里，王闰之体会得到苏轼的轻叹，也应该可以感受得到自己泪花落地的声音。

岁月毕竟是一条脉脉流淌的河。苏轼也在其中渐渐觉出了王闰之的好，这个女子简单知足，惜福长乐。苏轼的官运并不亨通，尤其是中年之后更显颠沛流离。但那个看起来娇弱无骨的女子王闰之，却始终陪伴着苏轼，走过一段段坎坷的荆棘路，无怨无悔。

她整整守在苏轼身边二十五年，一个女人的一生能有几个二十五年呢？

苏轼几升几降，她却始终不离不弃，苏轼好不容易从旧梦中走出来，伸手想要抓住眼前的光阴时，她却悄然离去。

王闰之的早逝让苏轼在遍地落英中，再次看到岁月的沧桑与残酷。

"事到头都是梦，休休，明日黄花蝶也愁。"此时的苏轼已过不惑，人生过半，还有什么参不透的呢？对于王弗，他爱得深切，爱得纯粹，他永远记得王弗梳妆的样子，记得王弗嫣然一笑的回眸。对于王闰之，苏轼想来也是爱的，只是迟了那么一点儿点儿，在他还没来得及将自己封裹多年的爱解封、还没来得及牵起她的手倾诉自己的爱时，已是"此生此夜不长好，明月明年何处看"。

人生的遗憾也正在于此。

爱妻的亡故对苏轼的打击是巨大的，之后的日子里，苏轼没有再娶妻，而只是由一名叫作王朝云的侍女陪在身边。或许，经历过大爱大悲，苏轼已经没有再爱的力气了。步入暮年的他，只希望"竹杖芒鞋轻胜马，谁怕？一蓑烟雨任平生"。不过可惜，王朝云也是红颜薄命，早于苏轼离开人间。

尘世之苦，莫过于生死离别之痛。

苏轼这一生，苦乐相依，将人间的大悲大喜都品尝到了。对于爱情，他爱过，也失去过，人生一世，还有谁能再比他将失而复得、得而复失的苦楚感受得更深切呢。这三个女子，在苏轼的心里互不相扰，各有各的位置。她们和苏轼相依相伴，不离不弃，无怨无悔，却在生命的渡口诀别。

人生就是一场相遇，每个人都是过客。不管苏轼多么情深义重，生死之后，总还是要失去。但想来，如若没有这些苦，只怕也没有了苏轼日后的词。

苏轼六十六时，天下大赦。他在回朝赴任的途中病逝。

年年岁岁，朝朝暮暮，死亡有时候来说，未必不是一种新的开始。

我借一生悟聪明

古龙的武侠作品多部被搬上荧屏，其中一部《圆月弯刀》在20世纪90年代上映时，因为有当红小生古天乐出演男一号而风靡一时，其中古天乐饰演的丁鹏一角每每在月圆之夜、神色萧然地吟诵着“十年生死两茫茫，不思量，自难忘”时，绝大多数的女粉丝都会为之倾倒。而今数十年过去，这部戏在逐渐被人淡忘之时，这部影视作品中的诗词却依然被人们时常提起。这正是苏轼所作的《江城子》。

苏轼一向都被后人赞誉为豪放派的领军人物。在苏轼的作品中，不论是诗词还是散文，都蕴含着磅礴大气之感，读后令人荡气回肠。然而就是这样一位文化造诣颇高者，被柏杨盛赞为“中国文学史上最杰出的明星，也是中国文学史上一位十项全能的人”，却写下了《洗儿诗》这样的诗篇：

人皆养子望聪明，我被聪明误一生。
惟愿孩儿愚且鲁，无灾无难到公卿。

《洗儿诗》

俗话说女子无才便是德，难道男子无才也是福不成？苏轼能做出这样的论断，完全是依据亲身经历而做。虽然苏轼本人才高八斗，为万世敬仰，但也正是这八斗高才，害得他一生波折不断。比如就因为给王安石改诗歌，落得个贬职发配的下场。这其中，酸涩苦楚，恐怕是外人所难以理解的。

这样的人生，让他还如何希望自己的孩子聪明呢？但话虽如此，苏轼的才情却是无法刻意掩去的。在他仕途不顺的日子里，苏轼依然有填写诗词的嗜好，虽然这些诗词大多豪气干云，但也不乏感伤之情夹杂其中。

缺月挂疏桐，漏断人初静。时见幽人独往来，缥缈孤鸿影。

惊起却回头，有恨无人省。拣尽寒枝不肯栖，寂寞沙洲冷。

《卜算子》

这首《卜算子》是苏轼被贬之后所作。众所周知，苏轼为人刚直，直言不讳，多次得罪当朝权贵，更因为参与“乌台诗案”深受牵连，被贬为黄州团练副使。

那一次的政治跌宕是他政治生涯一个不小的低潮，但也正是现实生活中的不如意，令苏轼有了创作的灵感。他将对现实生活的不满和对未来、理想的期望都写到了他的诗词中，那段时间是他创作的高潮期。

心有所思，笔有所动，苏轼的这首《卜算子》将他当时所受的不公正待遇和委屈统统诉诸笔下。但仔细品读这首词可以发现，苏轼所表达的这种愤慨并不是慷慨激昂，或是抑郁不能自已，而是一种淡淡的忧愁，这种忧愁徘徊在字里行间。

在苏轼的众多词作中，都可以发现这样一个规律，他不仅写离别之路、男女相思，而更多的是放眼社会现实。他将雄浑之风贯穿始终，抑扬顿挫间对词的格局和意境进行了新的洗礼。因此，这种悲情词便成了苏轼词作的闪光之处。

苏轼所感伤的并不是靡靡之音，而是在理性的大框架之下，跳出自怨自艾这个狭隘范畴的感情，情愫的基调奠定在深厚的精神基础上。苏轼淡然处之，虽然也有哀伤，但却是适可而止，点到为止，词首不甚着意，却描画出惨淡的背景。

作为一个从小就接受着封建正规的儒家教育、立志要报效国家的士大夫，政治上的不断失意自然会引起苏轼情绪上的宣泄和不满，但在苏轼发泄不满的词作中，却看不到他的浮躁。他以孤鸿自比，抒郁郁不得之志。

他在词中写道，残月当头，而所能看见的仅仅是头顶寥寥无几的枯叶。在万籁俱寂的时空下，词人感到孤独万分。这就是苏轼词中所营造的感伤情怀，一种"缥缈于天地间"只可意会不可言传的境界。

"乌台诗案"虽然毁掉了苏轼的官运，但却成就了他在诗词上的造诣。

本来，苏轼少年成名，一直风光无限，他的词在整体风格上也是飘洒自如，充满了豪情壮志。但自从那次受挫后，虽然他的豪情仍在，但之后的仕途有起有伏，毕竟已经回不到当初的风光了。经过是是非非，苏轼的心性已经改变，对自然和人生的感悟也发生了彻底的变化。

虽然苏轼心中增添了悲凉，但他却不是顾影自怜的无用书生，在感慨之后，他将笔锋一转："惊起却回头，有恨无人省。拣尽寒枝不肯栖，寂寞沙洲冷。"一语道出自己的豁达和胸襟。

这个世上没有什么事情能令他心灰意冷，再多的苦难对于苏轼来说都只是浮沉一梦。就如他另一首词所说："世事一场大梦，人生几度秋凉。"

人生几度春夏秋冬，都只是一场梦而已，所有的惆怅都会缓解，所有的悲伤都会消散，就像所有的梦只能自己来圆。这犹如童话《小王子》所描绘，小王子虽然孤独寂寞、令人同情和叹息，但他自身所拥有的坚强和不屈却令人振奋。苏轼也是一样。虽然他的词中饱含对坎坷不平人生路的悲切之情，但他也通过词中所感，告诉人们，人生如梦，不必计较太多。

理想主义的人常常是这样的。他能够认清现实，却又不愿意向现实低头，他会用一些安慰之语劝解别人，而自己则在达观之外，兀自感慨。

大江东去，浪淘尽、千古风流人物。故垒西边，人道是、三国周郎赤壁。乱石穿空，惊涛拍岸，卷起千堆雪。江山如画，一时多少豪杰！

遥想公瑾当年，小乔初嫁了，雄姿英发。羽扇纶巾，谈笑间、樯橹灰飞烟灭。故国神游，多情应笑我、早生华发。人生如梦，一樽还酹江月。

《念奴娇·赤壁怀古》

写这首《念奴娇·赤壁怀古》时，苏轼正值不惑之年，男人四十正是事业的黄金期，可苏轼却因为不公正的社会而被流放。所以，他只能在闲暇之时凄然北望，遥想故人，看似游山玩水，实则是在山水中品咂人生的况味。

一个人，经历越多，越会学着放开。心中虽然凄惶，却不影响豁达地看待人生。

其实，苏轼的词作中有一种固有的情感模式：伤感—感悟—放达。这便是苏轼历经一生磨难而终没能被打垮的秘诀。

但是，真正能够做到“感而不伤，伤而不痛，痛而不哭，哭而不苦，苦而不灭”的人，恐怕是世间难寻的吧！

钱塘灯火，照见人如画

宋神宗熙宁七年九月，苏轼接到一纸调令——从温润细雨的杭州前往密州上任。寒风寒雨的深秋时分，苏轼抵达密州，数月之后便是上元节，即元宵节，是个团圆的节日。

那时的苏轼经历过与至亲之人的生离死别，经历过仕途路上的风雨变幻，这人世间的事情还有什么是他所畏惧的呢？只怕就是这团圆之夜的形单影孤了吧？原配王弗早逝，续弦王闰之先他而去，身边只留下了侍女王朝云。

与苏轼有缘的女子皆姓王，不知道是不是苏轼与王姓女子之间的缘分特别深厚。如若深厚，为何她们全都浮云散去，这究竟是苍天对他太薄还是太厚？怀着心中难言的情愫，在来到密州次年的正月十五元宵佳节，他写下了这首《蝶恋花》，人虽在密州，词中所写却还是杭州钱塘。

灯火钱塘三五夜，明月如霜，照见人如画。帐底吹笙香吐麝，更无一点尘随马。

寂寞山城人老也！击鼓吹箫，却入农桑社。火冷灯稀霜露下，昏昏雪意云垂野。

《蝶恋花·密州上元》

这是一首回忆的词。苏轼的词中多有传世佳句，而这首词中的“灯火钱塘三五夜”虽然平淡，却是极为勾人心弦。苏轼在杭州任职有三年之久，而那三年之中的元宵夜总是有王朝云陪伴左右，虽是侍女，却尽着妻子的义务。

苏轼虽然依然在朝为官，但因为政治立场的不同，总是受人排挤，文人性情高雅，自然不愿巴结奉承以换得自身的飞黄腾达，所以苏轼过得并不如意。所幸的是王朝云一如既往地追随着他，从未离弃，也毫无怨言。

都说男子的心胸宽如大海，其实女子又何尝不是呢？苏轼在落魄后，身边的人一个接一个地离开他，毕竟何时何地的人都是以“现实”二字为处事准则，唯有朝云从不言苦。而今上元灯节，本应是朝云陪同左右，但却因为任期匆匆，而未带朝云同往密州。

“明月如霜，照见人如画。”今夜的灯火最明，月光更亮，仰头望去，那隐约躲藏在月亮轮廓后面的影子似乎与朝云无二。王国维谈论诗词，总说“能写真景物，真情感者，谓之有真境界。”而东坡遣词造句便是能出大境界的，那种境界清新可人，犹如两情相悦之人初见时的心头悸动，懵懂而令人喜悦。其实早在这首《蝶恋花》之前，苏轼在杭州时就曾写过一首同词牌名的《蝶恋花》词：

花褪残红青杏小，燕子飞时，绿水人家绕。枝上柳绵吹又少，天涯何处无芳草！

墙里秋千墙外道，墙外行人，墙里佳人笑。笑渐不闻声渐悄，多情却被无情恼。

《蝶恋花》

整首词奇情四溢，语言回环流走，是为了感叹春光易逝、佳人难见而作的一首小词，而这首才情横溢的词则正是为了王朝云所写。

苏轼虽开宋词的先河，风格善变，是词之大家者，然而在生活中，他却是寂寞的，心头总是萦绕着千头万绪的烦恼，正如他自己在词中所感一样，“多情却被无情恼”。想来东坡一生也是多沉迷于回忆之中。

清朝文人王士禛认为：“‘枝上柳绵’，恐屯田（柳永）缘情绮靡，未必能过。”苏轼的词中多体现韶秀的词风，这是人尽皆知的。苏轼在宋词史上的地位无人能及，谁能写出“敛尽春山羞不语，人前深意难轻诉”这样的婉转倾诉，谁能写出“明月几时有，把酒问青天”这样的奔放豪迈，还有谁能写出“试问岭南应不好，却道，此心安处是吾乡”这样的淡然心境。

但是谁又能有他这般寂寞，一个生活在千年前的男子，在一个阖家团圆的日子里，站在火树银花的喧闹之夜，静静地思念着他远在异地的红颜知己，想着王朝云与他一起和词，为他吟唱那首《蝶恋花》。

“晓来谁染霜林醉，总是离人泪。”这是《西厢记》中的一句话，也可以将苏轼而今的心境囊括。分别总是令人苦痛的，而苏轼从锦衣玉食的富贵中走到冰冷如霜的现实来，又是经历了怎样的悲苦？在王朝云为他所题之词落泪悲戚时，苏轼也只是能强颜欢笑为她打开心结道：“是吾正悲秋，而汝又伤春矣。”

烟花寂寞，人亦寂寞。所遭遇的都是无可奈何的人情世故，也曾富贵无忧，也曾恩荫入仕，只是那段年华已然翻过，世事变了，人事也随之改变了，不变的只有头顶的圆月和不在身边、却似一直在身边的人儿。

明月如霜，好风如水，清景无限。曲港跳鱼，圆荷泻露，寂寞无人见。紞如三鼓，铿然一叶，黯黯梦云惊断。夜茫茫，重寻无处，觉来小园行遍。

天涯倦客，山中归路，望断故园心眼。燕子楼空，佳人何在，空锁楼中燕。古今如梦，何曾梦觉，但有旧欢新怨。异时对，黄楼夜景，为余浩叹。

《永遇乐》

彭城夜宿燕子楼，梦盼盼，因作此词。

在这上元之夜、月圆人团圆的时候，这位年逾四十的男子在闹市中闲庭信步，耳畔响着孩童的欢笑声，自己的寂寞却独独无人可见。头顶的夜空像是舞动起来的水袖，细致波动，将他深藏眼眸深处的那抹黯然也拂了出来。

很多人认为，苏轼是奔放豪迈的，因为他的词大多气吞山河，不羁于青山绿水间，然而苏轼也是一个有七情六欲，骨子里有着似水柔情的男子。民国时期的张爱玲因为爱上了才子胡兰成，这个才情甚高的民国第一女子竟然内心惴惴不安，在给胡兰成的信中写道："遇到你，我就矮到了地面上，然后卑微的开出花朵来。"

苏轼才华横溢，面对情感，却也一样手足无措不知道该如何是好，是否所有才气太高的人都因为心思太过缜密，从而竟然不如一般人应对感情那样从容？不论如何，苏轼在不停的贬职和流放中，依然没有将这点磨损掉。这也成就了他日后的词坛地位。

苏轼的失意中不乏狂傲。他宁愿憔悴老青衫，也依然要自疏狂异趣，只待到流年散尽，他才肯停下途中的脚步。人生如果真的是清梦一场该多好啊！那样的话，就不用在臆想中安慰自己，只要酒醉之后大睡一场，醒来后，便依然花是花，雾是雾。然而世事多坎坷，就像夜空中的明月，圆缺有时，非人所能掌控。

不过苏轼一生大起大落，大喜大悲，人生际遇十之八九他都经历了。总算此生无憾，不枉在人间走了一遭。只待下一个上元节，清风拂面，圆月当头，再来辞章中尽诉心中离愁别绪。

凡尘不过云烟一场

关于苏轼的故事流传甚广，而大多都是关于他的文采与生平的，但其实苏轼还是一位参禅高手，在他的许多作品中都能看到苏轼对于禅宗的理解与体会，而同一时代的高僧佛印，则是苏轼参禅佛理的好伙伴外兼好对手。关于他二人参禅的典故很多，其中一则便是二人在参禅之时，苏轼问佛印："你看我像什么？"

佛印回答："我看你浑身金光闪闪，像一尊金佛。"接着佛印反问苏轼："那你看我像什么？"

苏轼试图捉弄佛印，便故意回答道："我看你像是一堆牛粪。"

而佛印也并没有反驳，反而是很认真地点头回答道："如果这样，看来我还需再加修炼。"

苏轼回家得意地告诉他妹妹苏小妹，说他今日参禅赢得佛印无话可说，苏小妹问清缘由之后，笑着对苏轼说："哥哥，其实是你输了，佛印心中有佛，所以看你才像佛，你看佛印像牛粪，那可见你心中装的是什么了……"

这只是一个关于苏轼参禅的小故事，真假还值得商榷，不过由此可以看出，苏轼对于佛理的热爱和专注不一般，而且在苏轼的人生后期，因为人生际遇的跌宕和坎坷，他对佛理的参禅甚多，还将这种他自己对佛的见解融汇到了他的诗词之中，例如这首《水龙吟》：

似花还似非花，也无人惜从教坠。抛家傍路，思量却是，无情有思。萦损柔肠，困酣娇眼，欲开还闭。梦随风万里，寻郎去处，又还被，莺呼起。

不恨此花飞尽，恨西园，落红难缀。晓来雨过，遗踪何在？一池萍碎。春色三分，二分尘土，一分流水。细看来，不是杨花，点点是离人泪。

《水龙吟》

纵观全词，苏轼从细微虚处着笔，化“无情”之花为“有情”之人，二者相得益彰，引人入胜，就如同王国维在他的《人间词话》中说的那样：“苏词和韵而似原唱，章词则原唱而似和韵了。”这是对苏轼词的褒奖，而在苏轼的词中，意义深刻的还有他所写进去的佛理和禅意。张炎的《词源》曾对苏轼的这首词做过评价，认为这首词十分之奇特，奇在缘物生情，以情映物，使得情物交融而至浑化无迹之境。这都得益于苏轼对于佛法的理解和融会贯通。其实说到了苏轼对于佛学的理解，不得不提起在当时的中国，佛家对古代文人骚客的深厚影响。

孔子曾言道：“道不行，乘桴浮于海。”说的便是古代那些胸怀天下抱负的文人，有着济世之才，却无施展之地的内心波动。在他们的内心深处，虽然对俗世有着种种的向往，但对于庄子等人笔下的逍遥境界也是无不向往，对于佛家所讲的“一切有为法，如梦幻泡影”的内心平静更是十分期待。但苏轼却是古往今来的这些文人骚客中，唯一一个能够将儒道佛三家融会贯通于一起的文学家，在东坡的笔下，写不尽的不但是世间百态，还有思想巅峰上的那一颗颗璀璨明珠。

苏东坡的诗词就好像盘古开天地一般豪放自如，行云流水，空灵隽永，读起来也是颇为享受。他的诗词中所表达的佛道思想则更是为他的词注入了一股清流，洗涤世人浑浊的眼球。

世事一场大梦，人生几度秋凉。夜来风叶已鸣廊，看取眉头鬓上。
酒贱常愁客少，月明多被云妨。中秋谁与共孤光，把盏凄然北望。

《西江月》

这首《西江月》是在苏轼境遇不佳之时所作，但从词中却能看出对于目前的状况，苏轼并没有被吓倒，虽然苏轼后半生的道路在被贬之中，失去的越来越多，但他却并没有因此而消沉，反而是在这无限的不幸中体悟到了人生的原本面目，在仓皇之中明了了生命的意义。

人生并不是为了追寻富贵名利，而是度过就好，所以在开篇苏轼就写道：“世事一场大梦，人生几度秋凉。”这是他对自己而言，也是对世人而说。在荒芜的生活中，苏轼并没有如同那疯长的荒草一般将自己放任于天涯海角，而是在多舛的命途中旷达从容地品味苦乐酸甜。

如果说生活是一口大染缸，那么苏轼的词无疑就是清洗染缸的清泉，令后人在悠然自得的行文中看到当时词人放达的情怀。《庄子·齐物论》中有道是："且有大觉，而后知其大梦也。"说的便是苏轼这样认为世间不过梦一场的理论。而李白在他的诗作《春日醉起言志》中也写道："处世若大梦，胡为劳其生。"可以看出，在世代文人的笔墨之下，对于人生如梦的这个论调保持着一致性。

苏轼虽然认为人生如梦，但他依然能将窘迫的生活过出滋味儿来，正如同他在落魄之时所写的一首诗《纵笔》中提到的那样："白头萧散满霜风，小阁藤床寄病容。报道先生春睡美，道人轻打五更钟。"在清新的言语中可以看到一种从容淡定之美，可知苏轼因为参禅佛理已经对世间的事情有所超越了。

在苏轼的词里，凡尘不过云烟一场，不值得为此伤神，这是苏轼词作的格调和脱离凡尘的特色，也正是苏轼研究佛道思想的必然结果，正如《坛经》中所说："本性是佛，离性无别佛。"苏轼的目光已经不再局限于表面事物，所以他才能对人生有了如此高深的见解。

从他的词作中也可以看出这种逐渐提升的人生境界来。

莫听穿林打叶声，何妨吟啸且徐行。竹杖芒鞋轻胜马，谁怕？一蓑烟雨任平生。

料峭春风吹酒醒，微冷，山头斜照却相迎。回首向来萧瑟处，归去，也无风雨也无晴。

《定风波》

佛家的淡然境界是苏轼的为人之道，他深谙月圆月缺是自然之理，无可避免，所以人生的盈亏自然也是随缘而至的好。回首前尘，恍如隔梦，强求又能如何？

到今犹恨轻离别：吕本中

词人吕本中，一生既是诗人也是词人，少时戏作《江西诗社宗派图》。机缘巧合，“江西诗派”后来发展壮大，成为宋代最重要的诗派之一。

人在旅途，匆匆而行

以词为媒介，所能看到与感到的，已不仅仅是词人的心酸、悲苦，抑或幸福、欢愉的人生旅程。其背后滚滚而来的，还有那个在千百年前缓缓铺展开来的时代。

恨君不似江楼月，南北东西。南北东西，只有相随无别离。
恨君却似江楼月，暂满还亏。暂满还亏，待得团圆是几时？

《采桑子》

“相见时难别亦难，东风无力百花残。”前朝的李商隐用流光溢彩的动人文笔，为

烟波浩渺楚江中，以一叶扁舟，成就万水千山的相随。

后人写下了一句悲情万分的离别诗句。而宋朝的吕本中则以民歌反复咏叹的形式，写下了一个丈夫对爱人的深深思念。其情虽以白描的手法来写，却如风吹落花般涨满了如水的柔情。

词人吕本中，生于北宋官宦之家，五世伯祖中，共出了三个宰相，可谓望族。他自小聪颖，又受过良好的教育，本该官运亨通。可惜，因为是旧党，所以成年后仕途并不顺利。宦海沉浮多年，直到南宋，才被启用，并赐进士出身。这首《采桑子》便是他身在异地，思念家中爱妻，心中一时有感所作的小词。

词中将离愁别恨写得尽善尽美，虽然语句平常无奇，但是词意深处，别有一番味道。吕本中善于拿捏分寸，他的词没有锋芒，看起来如同一把厚实迟钝的铜剑，不明就里的人稍不注意，便会被剑锋伤到。要知道最好的宝剑从来都是看似黯淡无光，其实内里是锋芒无比的，而吕本中便有这样的铸剑本领。他的词每一首都似一把宝剑，只有懂得的人，才能看出好来。

“恨君不似江楼月”，上阕以比喻打头，“恨君却似江楼月”，下阕再以比喻承接，二者只有一字之差，重叠但并不重复，这是民歌的主要表达形式之一，吕本中运用得自然娴熟。吕本中在《采桑子》中的妙手偶得，神来之笔也非偶然。

民歌是传递文化与情感的载体。早在西周时期，为了表达纯洁质朴的感情，人们便将其汇编成歌谣，通过口语的形式代代相传。人们将爱恨情仇、离别愁怨婉转唱出，那个时候，人们的情感是自由的。而在受到理学束缚的宋朝，人们所能表达的除了君子相交淡如水的情感，便是借景抒情的含蓄之意。

然而吕本中却偏偏要打破世俗，将心底犹如蒸腾岩浆般的热情表达出来，“要相忘，不能忘”，这是他对已然逝去的美好感情的大胆吊唁，“对人不是忆姚黄，实是旧时风味老难忘”。而这同样是他对欲罢不能的感情的一种直白露骨的描述，毫无雕琢的痕迹。吕本中将清新自然的古风带到了宋词中，既自然流露，又不矫揉造作。

为谁醉倒为谁醒

吕本中是个怎样的男子，心性如何，相貌如何，而今都不能论证，唯独他的词流传至今，让后人知道世界上还可以有一种情感，可以灿如桃花，也可以淡如流水。

驿路侵斜月，溪桥度晓霜。短篱残菊一枝黄，正是乱山深处过重阳。

旅枕元无梦，寒更每自长。只言江左好风光，不道中原归思转凄凉。

《南歌子》

这是吕本中抒写旅途风景和感受的小令，在那个动乱时代，出门远行的男子，心中必定装满了凄凉。无论是为生计还是为功名，他背井离乡，独自一人，即便是见到再美的风景，只怕也是黯然神伤，见景伤情。

“只言江左好风光，不道中原归思、转凄凉。”就算这里风光再绮丽，我也只能从满世界的繁华中看到一地荼蘼。小桥流水，残菊淡黄，如同记忆中突然亮起的灯火，在柔软无边的天涯触目惊心。

离别之时，想到的总是来日方长，后会有期，然而至今归期几何，尚且不知。未来对于一个旅人来说实在是场虚妄。佳节之日，你是否可以看到我满衣襟的泪水，打湿的不只是衣衫，还有浓浓的相思。

吕本中擅写悲歌，他的词里有说不出的寂寞和难耐，也有道不完的深情和哀思，读在眼里，刺在心里。如果说吕本中巧借民歌的形式将词写得别出心裁，令人读后如余音绕梁而三日未绝，那这首《踏莎行》则更是迷离恍惚，含蓄隽永，既兼具了民歌的风貌，又融汇了宋词的典雅，是他词作中的上乘之作。

雪似梅花，梅花似雪。似和不似都奇绝。恼人风味阿谁知，请君问取南楼月。

记得去年，探梅时节。老来旧事无人说。为谁醉倒为谁醒，到今犹恨轻离别。

《踏莎行》

借梅怀人，虽然这首词意境不深，但是却另有一番风味，清艳绝伦，像是一位冰清玉洁的少女在春风吹拂的垂柳下独坐，令人赏心悦目，而又黯然神伤。上阕以梅花和雪花相互映衬来写，梅花似雪，雪似梅花，但其实梅非雪，雪非梅，二者互为背景，互为依托。一种浑然天成的意境油然而生。

以花比雪在诗词中多有用到，例如周密在他所作的《清平乐》中提到“欲梅欲雪天时”，还有王安石的诗中也写道“遥知不是雪，为有暗香来”。这些都是以花喻雪的诗词大作，然而在吕本中的笔下，梅花和雪不但相得益彰，而且更显迷离之态，算得上是画雪品梅中的佳作。

下阕时，词人笔锋一转，写景转为抒情，将忧思之情托出。王夫之在《姜斋诗话》中写道“以乐景写哀，以哀景写乐，一倍增其哀乐”，而吕本中则是以此下手，更是添加了几分凄凄婉转之情。吕本中借雪抒情，将一腔情思娓娓道来，读这首词有时光流转的悠远之感，美妙之余莫不感动。虽暗含悲切迷离之音，但是就如同夜莺歌唱，声声啼血，却是宛如天籁，令人欲罢不能。

真个唱不尽的天上佳话，说不完的人间词话，谁也无法看破生命的另一端隐藏着什么，所以才有了这样多的心酸故事，诚如吕本中自己悟到的那样：“为谁醉倒为谁醒，到今犹恨轻离别。”

这一生，为谁辛苦为谁忙：姜夔

姜夔乃南宋词人，号白石道长。他布衣终老，屈居食客，却得朋友以礼相待，在当时颇负盛名。他一生虽多穷困，却总得到他人扶持不至于孤苦无依；虽少时丧父但后来境遇却较为平顺。他的词风清远、悠长，更以一首《扬州慢》传唱千古。

从布衣开始，以布衣结束

宋孝宗淳熙三年（1176 年）的冬至时分，姜夔因事路过扬州，而扬州本是座清如霜水的城市，浓墨重彩地氤氲出一座如梦似幻的灵秀之地，却在战争的洗劫之后萧条异常。追忆起昔日的繁华，再看今朝的荒凉，姜夔发出叹咏，写下了一首《扬州慢》，从此千古传唱。

淮左名都，竹西佳处，解鞍少驻初程。过春风十里，尽荠麦青青。自胡马窥江去后，废池乔木，犹厌言兵。渐黄昏，清角吹寒，都在空城。

杜郎俊赏，算而今、重到须惊。纵豆蔻词工，青楼梦好，难赋深情。二十四桥仍在，波心荡、冷月无声。念桥边红药，年年知为谁生。

《扬州慢》

词为伤情而作，令人感怀。当过去的一切已风流云散的时候，面对今日的萧条该做如何反应呢？姜夔看到桥边绽放正艳的红芍药花，鲜艳欲滴，那刺目的红色就像是这个朝代淡灰色主色调上不协调的一笔，突兀在那里，时刻提醒人们，花开依旧，人事全无，待到明年这个时分，再来看花的人又会是谁，而这里又是何种景象？

王国维曾说姜夔的作品“格调虽高，终虽隔一层”，批评他的诗词“有格而无情”，而每当读到“青楼梦好，难赋深情”之时，这首《扬州慢》真是要将心生生地搅痛，如此沁入心脾的悲情，何故会被认为无情呢？其实诗词赏析全看赏析者自己的口味，在我觉来，姜夔之词不但有情，还有情之大义在其中。

翻翻史料可以看到，姜夔一生以布衣开始，以布衣结束。但实际上，他并不是一个真的淡雅到如此不看重功名的人，毕竟在那个时代，能够高中榜首不只是光宗耀祖，光耀门楣，还可以解决温饱，解决生计。否则，一介文人，手不能提，肩不能挑，除了谋个官职，还能做什么？

但是，上天为你开启一扇门时，定会为你关上一面窗。

上天是公平对待每一个人的。老天给了姜夔无与伦比的才情，让他的才华倾倒众生，令日月无光，却难遇伯乐，知音甚少，事实残酷的一面令他的才能都变得毫无意义。

姜夔是自负的，同时他也是不自信的。他不确定自己在这个世界上究竟能占据何种地位，他的才情并不被人们所需要，他一生都在哀叹："嗟呼！四海之内，知己者不为少矣，而未有能振之于窭困无聊之地者。"

功名的求而不得，也注定了姜夔一生依附权贵的命运。想要到达一定的高度，自己有心无力，便只能借助他人的能力。可是文人的清高和孤傲，姜夔又是一样也不缺。他虽然有心成就名利，却做不到小人势利，所以，他一生贫病交加、孤苦无依也是早已注定。

桥边红芍，山下盈盈

君子最后的气节在他体内迸发出来，决绝地开枝散叶，是他坚守在人性的最后阵地，姜夔一直没能获得坦荡仕途，这种决绝的姿态竟然也令他成了烈士，独守着壮烈之美凄凄度日。

燕雁无心，太湖西畔随云去。数峰清苦，商略黄昏雨。

第四桥边，拟共天随住。今何许？凭阑怀古，残柳参差舞。

《点绛唇·丁未冬过吴松作》

这是姜夔词中为数不多的大气象作品，包容自然、人生和时代历程，他与整个时代的融合浑然一体。上阕所写，是姜夔俯仰天地的感受，首句"燕雁无心，太湖西畔随云去"写出了自己的心性就如同天地间翱翔的大雁一般，自由无依，随着太湖湖畔的流云四处云游，随云开云散。

姜夔对自己漂泊江湖做了解释，他说自己游走江湖是随心而动，然而究竟是无心之为，还是身不由己呢？下阕的语境，写出了姜夔对古今历史的观点：“第四桥边，拟共天随住。今何许？”姜夔自由的心性想来是不甘寂寞的，看过了太多的世事纷扰，他也只能凭栏怀古，在柳絮纷飞的时候聊以自慰。

姜夔作为男子，若要以成败来评断他，可以说除了诗词上面的成就，他一生失败极了。他杰出的才华并未给他带来好运，而他却偏偏不肯老实承认事实的残酷，还非要打肿脸充胖子地自嘲道：“越只青山，吴惟芳草，万古皆沉灭。”就像童话中那只吃不到葡萄却说葡萄酸的狐狸一样，姜夔每每谈及事业，就要说类似于“谙世味，楚人弓，莫忡忡”这样的话来为自己开脱。算了吧，既然在一条蒿草丛生的道路上看不到希望，又何必执着不放呢，佛家有云曰：“回头是岸。”

这并不是仅仅劝阻那些犯下罪孽的人，对于在尘世大海之中苦苦挣扎的人也同样适用，在人间游荡了一生，依然无法找到一个自己想要的落脚点，与其在大海之中力竭身亡，不如及早抽身，尚可保全性命。姜夔注定了是一个无怨无悔的人，他偏偏要在看不到前路的方向上前行，也许对他来说，只要追寻，便意味着意义。对于姜夔这样的人，已不知该如何评定，他一手好词，却生不逢时，或者说是难遇伯乐，就像他所咏叹的那样，自己就是桥边年年绽放的鲜艳的红芍药，年年开，却不知是为谁而开。

这样的姜夔令人扼腕的同时，也令人叹息，性情如此倔强的人对待爱情又是何种态度呢。对于姜夔的爱情世人多有猜测，料想他必定也是个多情之人。

相传姜夔在三十岁的时候，在湖南结识了千岩老人萧德藻。萧极爱其才，认为“四十年作诗始得此友”，于是妻之以侄女。

而姜夔对这名女子却并无多少爱恋，从他生前不断游走大江南北、与妻子之间的聚少离多可以看出，他对这名女子并没有多少感情，或许是因为感激千岩老人的提携，他才娶那名女子为妻，或许是别的原因，总之姜夔对他的妻子全无情意，以至于他这样一位大词人，竟然鲜有诗词写到夫妻之情。

然而姜夔对原配无义，却另有意中之人，他与一名合肥女子的爱情故事便令无数人羡慕。该女子与姜夔有过一段不可磨灭的恋情，这令姜夔回忆一生，然而女子却是青楼中人，沦落风尘。这又为这个爱情故事添上了一抹悲剧色彩，注定他与这名女子之间是无法厮守终生的，之后二人为何分离已不得而知，但是姜夔对这名女子的爱恋

之深已经到了无以复加的地步，他专门为此写过一首词，来凭吊他这段有始无终的感情。

好花不与殢香人，浪粼粼。又恐春风归去绿成阴，玉钿何处寻？
木兰双桨梦中云，小横陈。漫向孤山山下觅盈盈，翠禽啼一春。

《鬲溪梅令》

山下觅盈盈，美人不见，好花难寻。那小横陈的美人，在梦中荡漾着双桨，娇憨妩媚，让人心动不已。但缘起缘灭，本就是一个诉说不尽的话题。在一年春草重生的时候，他们永远分离。虽有哀痛，但也是轻谧的，好像他们当初的相遇一般。

从此天涯海角，年年月月，谁在为谁绽放，谁在为谁等待，似乎都不再重要了。

休提！

谁念我，今无裳：史达祖

史达祖，南宋词人，一生未及第，只做过幕僚。曾受权相韩侂胄提拔重用，身处要职。后因韩侂胄倒台，亦受牵连贬官，身败名裂而死。有《梅溪词》遗世，以咏物工巧著称。

世间最苦，便是相思

裁春衫寻芳。记金刀素手，同在晴窗。几度因风残絮，照花斜阳。谁念我，今无裳？自少年、消磨疏狂。但听雨挑灯，攲床病酒，多梦睡时妆。

飞花去，良宵长。有丝阑旧曲，金谱新腔。最恨湘云人散，楚兰魂伤。身是客、愁为乡。算玉箫、犹逢韦郎。近寒食人家，相思未忘蘋藻香。

《寿楼春》

这是史达祖为纪念亡妻所作的一首词。

据记载史达祖的妻子生前与他感情甚笃，二人举案齐眉，曾是一对儿神仙眷侣。可惜世人总是看不到生命拐点处的结果，就在认为生活还是一如既往的风平浪静时，其实

世事早已翻覆了几个轮转，掌控人生航向的风帆已经将他们带到了他们想也想不到的方向。

《汉乐府》的诗歌中有眷侣们最开始的誓言：“山无陵，江水为竭，冬雷震震，夏雨雪，天地合，乃敢与君绝。”这誓言我始终铭记内心，而你，是否早已忘记。不然，你为何要决绝而去，到那我永远无法找到的远方，看我在人世独自孤苦地蹒跚于漫漫长路之上。要多久，我才可以再次见到你？

史达祖的《寿楼春》直抒胸臆，将自己对妻子念念不忘的深挚情感通过回忆的形式真切地表达了出来。想当初时值冬末春初的季节，在那个莺啼燕语、万物复苏的时候，总是要去“裁春衫寻芳”，而妻子在那时也总是要为自己裁制几件新衣服，“记金刀素手，同在晴窗”便是史达祖回忆的起点。

而今夜深人静之时，每每望到窗前，似乎还可以看到贤淑的妻子坐在那里为自己细心地缝制衣衫，床头微弱的烛火闪动着，模糊中能辨别出妻子娇俏的容颜和温婉的笑容。

虽是极为平常的家庭日常生活的剪影，但一想到这些总觉得妻子似乎从未离开过，这些年依然在这间简陋的屋子里为自己缝缝补补，与自己相濡以沫。感觉只要一伸手就可以触碰到妻子温润如玉的面庞，能轻抚她的双手告诉她，自己从未忘记誓言，每时每刻都在与她相知相爱。

但是“几度因风残絮，照花斜阳。谁念我，今无裳？”一切都只能是幻影而已，却是再也无法重温的一幕了。和你在一起的时候，我总以为时间还多，时光还长，只要我愿意，随时都可以握着你的手对你说因为有你的陪伴，这世界才如此夺目。但感情终究难以逃脱宿命的沙漏，今夕何夕，我已不知去何处倾诉衷肠。在仓皇的人世中，那些曾经瞬间就可以完成的举动成了永远无法弥补的缺憾。我以为直到洪荒之年、天地相合之时，才会与你分开，却没有想到就在这青天白日、花好月圆之际，我们却是殊途难归。

当初许诺要一起共赴白首的人，而今何在？

我对你的思念只有化作心头的一滴热泪，用我心口的温度湿润着它，因为怕时光太过炙热的温度和太过快速的进度会让它干涸。那样的话，我会无比难过。相爱到最后所能留下的，是否只能是这些一吹即散落进天涯的细微回忆，微弱得好似虚无，让人有时想来，都觉得生疏得很。

当初还是年少轻狂，消磨疏狂之后才知晓一个“悔”字该如何书写。史达祖生于宋末，一生坎坷多难，际遇不佳，事业上的不顺利让他将寄托放在了情感上，可是妻子的逝世更令他深感人世的无常，命途多舛，却为何偏偏是自己一而再、再而三地遭逢不幸？

这首词是史达祖在受到韩侂胄重用、担任了中书省堂吏后所写的，想到之前自己遭

逢挫折总是妻子陪在身边，而今时来运转，妻子却已不在左右了，人生事十之八九总是这么的阴差阳错，令人哭笑不得。福无双至，祸不单行，老天爷对于惜福爱福之人总是那么吝啬，倒是苦难他会特别给予。

“做冷欺花，将烟困柳，千里偷催春暮。”史达祖在升职不久后便因为一次政治内讧而丢官卸职，就连性命都是捡回来的。至此之后，他更是心灰意冷，整日躲进旧时回忆之中，以酒为伴，不肯面对现实，甚至还会躲进烟花柳巷，思念亡故之妻，每每念及她对自己的温柔体贴，贤淑细致，便潸然泪下。但是感情终于还是抵不住时间的魔法，在一分一秒的催化下，史达祖脑海中总出现的妻子那张情真意切的脸庞渐渐被取代。

又逢亡妓绕心间

初次遇见她时，便是在青楼之中，明眸皓齿的她恰值女儿家最好的年纪，虽身处风尘却毫无风尘女子的媚俗，反倒是一身清爽，就像春天田地里新长出来的麦芽，馨香甘甜。史达祖应当是爱上了这名女子，不然他不会长久地流连于此，就算是对世事的不满，对妻子的思念，都不如重新爱上一个女子让他留在此地更具有说服力。每当我们爱上一个人的时候，都会以为这就是陪伴自己天涯海角，看尽细水长流，共度余生的那一半。

想来这名女子应是极为聪慧可人的，能被才子赏识必定也有她的过人之处，轻歌曼舞，身姿曼妙，蕙质兰心，这些优点想来她是都会具备的，不然如何能于青楼那种地方不被沦落呢?

对于史达祖来说，这女子被他当作了知己看待，士为知己者死，女为悦己者容。古人向来说的话就很有道理。史达祖虽将女子当作知己对待，但应该还未想过要为女子而死，然而女子却是恪守古训，花颜凋零，一缕香魂飘散于他的心头。

彼时，两情相悦的情景还历历在目，而今却又是只剩下了他形单影孤，沉痛悲凉之际，史达祖提笔填词写下了《三姝媚》：

烟光摇缥瓦。望晴檐多风，柳花如洒。锦瑟横床，想泪痕尘影，凤弦常下。倦出犀帷，频梦见王孙骄马。讳道相思，偷理绡裙，自惊腰衩。

惆怅南楼遥夜，记翠箔张灯，枕肩歌罢。又入铜驼，遍旧家门巷，首询声价。可惜东风，将恨与闲花俱谢。记取崔徽模样，归来暗写。

《三姝媚》

这是一首悼念亡妓的艳词，在那个年代的男人，写艳词是为人所不齿的。然而史达祖并不在乎，他要写，写尽心中的悲恸。为何命运总是不愿垂青于他，他所爱之人总是要与他生死两分离。

“烟光摇缥瓦。望晴檐多风，柳花如洒。”昔日的美好似乎还摇曳在风中，伊人独居小楼顾影自怜的样子还在眼前晃动，然而却再次往事如冰，将史达祖的内心冻结成冰，连同回忆一起尘封。如果相思总是苦痛的，那就从此做个无情之人，游弋于情感之间，却再也不涉足那摄人心魄的游戏。

冯煦在《蒿庵论词》中写道：“言欲层深，语欲浑成。”说的便是史达祖这首词的特点。虽是一首思念、悼亡之词，整首词却没有情感的大波动，完全不似他对自己妻子所写的悼词一样有着大起大落的悲恸，倒不是史达祖情薄，可以理解为在曾经沧海难为水之后，便真的是除却巫山不是云了。

这两个女子在史达祖的心中是无法分出伯仲的，谈不上谁真的替代了谁，谁可以替代谁，她们各有各的位子，相安无事地被史达祖在漫长无尽的时光洪流中安静地思念着。纵使天荒地老，他对她们的思念始终未曾淡忘一分一毫。

十年心事夜船灯：吴文英

吴文英，号梦窗，《宋史》无传，一生未及第，游幕终生，以布衣出入侯门。所交之友遍满天下，而他自己也是游历大江南北，终生四海为家。这样一个闲云野鹤的男子不但生性自由，而且才高八斗，其词作无论质量与数量在宋代词人中都居于上乘。按理，他应该也是迎风而立，桀骜不驯的。却不料，在他的一首《定风波》中读出了这样的情愫：

密约偷香□踏青。小车随马过南屏。回首东风销鬓影，重省，十年心事夜船灯。

离骨渐尘桥下水，到头难灭景中情。两岸落花残酒醒，烟冷，人家垂柳未清明。

《定风波》

人生境遇本就丰富多彩，尤其是对于吴文英这样的男人，跌宕起伏的生活才更适合。在吴文英行至杭州时，偶遇了一个贵族家的歌姬，二人一见钟情，便在那如花如梦的西湖边上私订了终身。每日耳鬓厮磨，只想着从古至今的柔情都消耗在彼此身上。可惜的是，他们一为才子，一为歌姬，地位不同，在相遇相爱之初，就注定了这是场爱情的悲剧。

二人每当离别之时内心都有锥心之痛，总觉得是场永别，而再相见时又会觉得这是

天大的恩赐。如此这般，翻来覆去地折腾，歌姬柔弱的内心如何承受得住这样起伏巨大的情感波澜？所以，在一次分别之后，歌姬终于在巨大的心理压力下含恨而终。可怜的是，临终前，她也未能见到情郎一面。

而当不知就里的吴文英再次赶来与歌姬相会时，得到的却是爱人长逝不醒的噩耗。吴文英非常悲伤，许多年过去后，依然无法释怀这段无疾而终的感情，便在又一次重游西湖之时，写下了这首词，以缅怀这个和他有过不了情缘的女子。

小词开篇以“密约偷香”点题，表明他们之间的这段感情是为封建礼法所不容的。说起当年的“密约偷香”，对于吴文英来说，应该还带着点儿新奇和刺激吧。可这后来竟成为歌姬忧愤而死的原因。十年之后，当吴文英重新回味这段感情时，只能感叹人世的沧桑变幻，世事的反复无常，常人终是难以掌控的。

“十年心事夜船灯”，萦绕在吴文英心头的是长久的悔恨和煎熬，他不明白为何相爱也会有错。如果歌姬依然活在人世，只怕已经出落成回眸一笑百媚生的女子了，要是能令时光倒流，他愿意用自己的一生去赔付，只为换回爱人的嫣然一笑。

“到头难灭景中情。两岸落花残酒醒，烟冷，人家垂柳未清明。”也许待到下一个清明雨纷飞的时节，我会再次回来，回望曾经共度的时光。吴文英也算是有情有义之人，事隔十年依然不能忘怀。但是爱无法挽留，命运不可更改。只有忘记才是宽恕，对自己，还有对爱人，都是一种放逐的幸福。

在王家卫的电影中总能看到摇曳不定的画面，电影中的男女主人公神色淡然，穿梭于各个场景中，他们看似默然，其实关系紧密；看似亲密，明朝醒来却又形同陌路。这就是王家卫为现代生活所拟定的哲学。他要通过他的电影告诉人们，不要违抗命运，因为那是无济于事的。

显然，吴文英对命运的看法和王家卫是相通的。他一生只是喜欢追逐于自然之中，不与人争夺，不与命运抗争，顺其自然，任由生命的小舟随命运的起伏而漂荡。他知道，该来的定会来，该走的也自然不会留。然而，命运却并未因他的豁达而对他放开残酷的手。

对多情之人最残忍的无非是令他情难自禁。

茸茸狸帽遮梅额，金蝉罗翦胡衫窄。乘肩争看小腰身，倦态强随闲鼓笛。

问称家住城东陌，欲买千金应不惜。归来困顿殢春眠，犹梦婆娑斜趁拍。

《玉楼春·京市舞女》

这首《玉楼春》便是吴文英在临安时，为京城里年少舞女所作。当时正逢佳节或者庆典，街头巷尾人来人往，好不热闹。舞女们身着彩衣，穿街过市为游客和市民们演出。他并不从正面描写，而只是通过描写那些少年郎争先恐后地询问舞女家住何处，年芳几何，侧面写舞女们的豆蔻年华，如花容颜。

可以想象，在南宋那片江南的温润之地，词人站立于人群之后，看着舞女们曼妙的舞姿和那些少年争相抢献殷勤的样子，不禁莞尔一笑。如此可爱的一幕，即便千年之后想起，依然有很多人情不自禁地挂上一抹微笑。浪漫的气息在空气里弥散，好像三月忽然飘落的桃花雪，阵阵清寒中透着芳香，那是一扇让人想关都关不住的门。

而吴文英却害怕这般浪漫，他已经过了杨柳青青的年纪，爱情会随着年龄的增长而逐渐变得平淡。这倒并不是因为什么“多情容易痴情难”等煽情论调，而是看惯世间情爱后的一种彻悟。经年累月，谁能保证自己还会如年轻时一般忘我地爱一个人呢？

而此时的吴文英早已游遍山水，他希望自己只是寄情于山水而不是爱人。那些他爱过和爱过他的人，他一一记在心里。但正是因为太过深情，所以情债难背，他才索性离开。心有时太小，实在放不下太多东西，而山河浩荡，没有什么事是容不了的，吴文英是真的想要独自与山水寄情，在畅游中将前尘旧爱都看淡吧。

一切又谈何容易。

在他作客龟溪、于寒食节游历一个废园时，他恍然间醒悟，原来那些以为淡忘的往事依然历历在目，那些以为逝去的情感还深深扎根在内心深处，那是伴随一生而无法除去的记忆。

采幽香，巡古苑，竹冷翠微路。斗草溪根，沙印小莲步。自怜两鬓清霜，一年寒食，又身在云山深处。

昼闲度。因甚天也悭春，轻阴便成雨？绿暗长亭，归梦趁风絮。有情花影阑干，莺声门径，解留我霎时凝伫。

《祝英台近》

这首《祝英台近》是吴文英在离开废园后所作，在那个荒芜清冷的园子里，他独自一人度过寒食节。想来废园曾经也是一座繁华绚丽的园子，有着蜿蜒铺伸的青石小路，有着花团锦簇的花园一角，还有清清流水，小桥楼阁。而今，这一切却已是烟消云散不见影踪，只有从那依稀的痕迹中，才能看出往日的面貌来。

景如人生。当初那个繁华之地，而今这个衰竭之所，在时空的流转中，谁都无法逃脱宿命的安排。正值寒食节，词人在他乡作客，又正好于废园中游走，一时之间不觉触动了愁思，而且又想到了如今的自己已是人老体迈，和当年的年富力强比起来真是恍如隔世。

吴文英那时已人到晚年，他来废园也算是旧地重游，却没想到物是人非徒增伤感。这次游历非但没能回味旧日美景，反而牵扯出了一肚的情思缕缕，各种思绪纠缠在一起，真可谓百感交集。

在词人的眼中，废园里旧时的一幕一幕就像电影回放一般，在自己脑海中重现，还有他早年遇见过的人，爱过的，恨过的，通通都赫然鲜明地呈现出来。原来，记忆会在突然的一刹那变得如此鲜活。

然而终究还是要离开的，吴文英在凝站许久之后终于黯然而去，废园在他身后，成了逐渐模糊的背景。还有那些美好、不美好的回忆，也一同模糊了。

他们笔下最美丽的词，写尽了大宋王朝的华丽与颓伤，温柔与缱绻，深情与哀愁。

一树梨花压海棠：张先

张先，字子野，与柳永齐名，擅长小令，偶尔也作慢词。词意含蓄，常常以男欢女爱为题材，情味深婉。因写过“心中事，眼中泪，意中人”的名句，被人称为“张三中”。又因常常列举自己平生得意之句“云破月来花弄影”（《天仙子》），“娇柔懒起，帘幕卷花影”（《归朝欢》），“柳径无人，堕絮飞无影”（《剪牡丹》），后又将最后一句改为“柔柳摇摇，坠轻絮无影”，三句皆有“影”字，世称“张三影”。

虽称“三影”，但他最为著名的还是那首《天仙子》：

水调数声持酒听，午醉醒来愁未醒。送春春去几时回？临晚镜，伤流景，往事后期空记省。

沙上并禽池上暝，云破月来花弄影。重重帘幕密遮灯，风不定，人初静，明日落红应满径。

《天仙子》

这首词不但是“张三影”的代表作，也是北宋词坛的惊世名篇。

张先那天在家听歌吃酒，结果举杯消愁愁更愁，闷闷地睡了一个美容觉，起来后酒是醒了，闲愁还是闷在心里无处消散，于是，引出了更多的伤感。

“送春”，送的只是四季的交替；而“春去”，去的却是大好的青春年华。感伤流年，原来正是因为迢迢往事被清晰地记住，其情思之绵长，铺叙之委婉，极尽惆怅动人之能事。

天色渐晚，水禽并眠在池边休息，暮色低垂，渐覆大地。忽然一阵晚风，吹开了云层，露出了朦胧的月光；而在这月色渐浓的时候，园中小花也渐渐抖动，月光斑驳，花影婆娑，在光阴的流逝中忽然瞥见那一缕春意盎然的微光，令张先的情思不免异常矛盾。

转身回到屋中，拉上重重帘幕，风更大了，世界终于安静下来了。这样的风，明天又会吹得落花满院了吧。

一句“云破月来花弄影”犹如流年中的一簇火花，在哀愁中透露出片刻舒展的芬芳。难怪王国维先生在《人间词话》中评论遣词造句时说，一个“弄”字意境全出。天上地下月色花影，在瞬间拥有了灵性，令人心生怜爱。所以，张先常常以此句为荣，对“张三影”的称呼更是十分受用。

文人多喜“雅趣”，有三两个小绰号不足为怪；但在宋代文坛，对此毫无芥蒂的却并不多。山抹微云秦学士，露花倒影柳屯田，也都是一段段文史佳话。

当然，在张先的趣事中，最为人津津乐道的莫过于“老夫少妻”的风流。

张先耄耋之年，仍然十分风流，八十岁的时候竟然娶了十八岁的一个美女为妾。苏轼和朋友们得知后，前去拜访，并赞叹张前辈得了这样好的一个娘子，不知道有何体会？

张先十分高兴，出口成章：“我年八十卿十八，卿是红颜我白发。与卿颠倒本同庚，只隔中间一花甲。”正所谓，看热闹的不怕事大。苏轼听后，连声叫好，当即和诗一首：“十八新娘八十郎，苍苍白发对红妆。鸳鸯被里成双夜，一树梨花压海棠。”

苏轼这首诗明摆着是在调侃张先“老牛吃嫩草”，好在张先为人虽风流，却也豁达，不以为忤，还哈哈大笑。

更令人瞠目结舌的是，张先后来竟然以八十五岁高龄再次纳妾，震惊整个北宋文坛。

苏大学士再次赠诗曰：“诗人老去莺莺在，公子归来燕燕忙。”言外之意：老张你这年龄很快就要见阎王了，等你老死的时候，小媳妇照样嫁正当年少的哥儿，总不能让人家年纪轻轻就守寡吧！张先这人说来也奇怪，不但不生气，好像还和了一首诗，跟东坡说："我也就是找个做伴儿的。"

风流是一回事，但这良好而又平和的心态，实在值得后人学习。

在张先的诗词中，从此流传下来的就不仅仅是他的佳句"云破月来花弄影"了，还有东坡送给他的名句"一树梨花压海棠"。这句诗，以梨花比喻苍苍白发，以海棠比喻少女红颜，写得惟妙惟肖，楚楚动人；既有欺凌的架势，也有娇羞的柔美，深受后世推崇。

一千年以后，中国译者用这句著名的诗词翻译了纳博科夫的经典小说 *Lolita*（《洛丽塔》），取名为《一树梨花压海棠》，用以指忘年恋、乱伦恋及恋童癖。这种高难度的翻译，能够夺得形神兼备的效果，应该也算是张先为中国文学史贡献的一点儿绵薄之力了。

张先一生富贵，琴棋书画，诗酒文章；生活的重心大抵都是爱情。有意思的是，他不但坚持自己的风流，还始终坚决支持别人的快活。这样说并不是毫无根据的。相传，大宰相晏殊在做京兆尹的时候，张先就在他的手下做通判。晏殊非常欣赏张先的才华，所以每当置酒之，必令一个侍妾陪酒，还命她当场演唱张先的词曲。这不仅是对张先的肯定，也暗示了对侍女的宠爱。日子久了，大老婆怒了，便差人把侍女撵走了。侍女走了以后，晏殊终日闷闷不乐，觉得生活实在缺乏情趣。

忽然有一天，张先来晏殊家里做客，填了一首《碧牡丹·晏同叔出姬》，以侍女的口吻写自己如今憔悴的心情。晏殊令官妓当场演唱，唱到结尾"望极蓝桥，但暮云千里。几重山，几重水”，晏殊面色凄凉，深情悲切，不禁感叹：“人生行乐耳，何自苦如此！”随即命人拿钱赎回了侍女。

可见，张先以风流之心推己及人，将一首情词唱到了晏殊的心里。他以情动情，令晏殊幡然醒悟，勇敢地追求自己的爱情。

只是不知道，那晏殊夫人是否恨死了张先。

说了张先的糗事一箩筐，让人觉得好像他只会风流一样，其实不然，张先的词上承花间下启苏轼，是宋词发展中的重要一环。陈廷焯在《白雨斋词话》中评价为：“张子野词，古今一大转移也。”他的词作蕴意凝练，情感饱满，“才不大而情有余”，是婉约言情类的高手。

《千秋岁》便是个中翘楚：

数声鶗鴂，又报芳菲歇。惜春更把残红折。雨轻风色暴，梅子青时节。永丰柳，无人尽日飞花雪。

莫把幺弦拨，怨极弦能说。天不老，情难绝。心似双丝网，中有千千结。夜过也，东窗未白凝残月。

《千秋岁》

这首小词上下阕语意贯通，表达了爱情受阻的幽怨和坚定不移的决心。“天不老，情难绝”，既化用了李贺的“天若有情天亦老”，又别出自心，肯定了天不会老，深情也不会断绝的信念。其中“心似双丝网，中有千千结”更是发挥了谐音的妙用，“丝”恰好暗示了“思”，寸寸相思，结成紧密的网，任谁也破坏不了。

当代作家琼瑶女士化用这句诗词，写了一本言情小说《心有千千结》，迷倒无数少男少女。可见，张先虽已作古，但其风流不老。

张先一生官运不算通达，但也还算顺当。他官位不高，一直做郎中，但能够坚持到退休，也算善始善终。

衣食丰足，风花雪月，写自己的词，泡自己的妞儿，人生还有什么能够比这更快活的呢！

醉卧花市，月夜灯如昼：欧阳修

在西方著名哲学家尼采的哲学观里，世界的“统帅”分为日神与酒神。日神通常代表理性，压抑人的自由；而酒神代表非理性，可以释放人的欲望。人们在日神的掌控下进行正常社会生活，按部就班、有条不紊。但是，在狂欢节前后，人们却可以遵从酒神的指引，开假面舞会，乘彩车出游，举行盛大的晚宴。在这一天忘记所有的压力和烦恼，听从内心的召唤、本能的诉求，释放所有的欲望。如今，人们通常知道欧美地区仍然盛行狂欢节；却并不知道，在中国古代生活中，也有“狂欢节”——元宵。

在传统习俗里，中国的“元宵节”既有狂欢节的喜庆，也有情人节的浪漫，更有“合家团圆”之意，内容丰富，含义深刻。

古人吟咏“元宵节”的诗词更是比除夕的还多，佳作迭出，令人目不暇接。

去年元夜时，花市灯如昼。月上柳梢头，人约黄昏后。

今年元夜时，月与灯依旧。不见去年人，泪湿春衫袖。

《生查子》

这首《生查子》是欧阳修的代表作（也有人认为是朱淑真所作，或曰秦观作，均不可考）。词作通过主人公对“去年”“今日”的怀念和追忆，写出了物是人非之感，今昔对比，似乎是受唐代诗人崔护《题都城南庄》的启发。小词叙事清晰，构思巧妙，如上等香滑巧克力，入口即溶，绵绵情意，唇齿留香。

在中国古代，“元宵节”相当于情人节，宋朝更是放长假五天。《岁时杂记》云：“自非贫人，家家设灯。”可见欧阳修的“花市灯如昼”所言非虚。但看那“月上柳梢，人约黄昏”实在不像在人山人海的城里赏灯，倒像是青年男女的幽期密会。上阕至此戛然而止，言有尽而意无穷，如水穷之处坐看云起……只在下阕“不见去年人，泪满春衫袖”中约略可推断出当年甜蜜约会的场景。

月、柳、花灯，繁华并起一如往昔，却再也寻不到去年的佳人，怅然若失犹如一曲人生咏叹调。

把酒祝东风，且共从容，垂杨紫陌洛城东，总是当时携手处，游遍芳丛。

聚散苦匆匆，此恨无穷。今年花胜去年红，可惜明年花更好，知与谁同？

《浪淘沙》

抚今追昔，时光交错，故地重游，这似乎成了欧阳修词作中的一个基调。这首《浪

淘沙》又是一例。

据词作分析，去年此时，把酒祝东风，欧阳修和朋友同游洛阳城东，垂柳依依，携手游春，无限从容。可惜，别后重逢再难聚，今年花更红，却不知此番分别，何时才能再聚。明年即便花开更艳，也不知该与谁同行赏春。赏春之时不免留下伤春之感。后人赞此词“深情如水，行气如虹”。作为一代文史大家，欧阳修的文与人，似乎也都兼具了这两点特征。

在任何一个朝代，最有名气的文人，必定是文章写得最好的那个。所以，在苏轼还没有成名前，欧阳修无疑是文坛泰斗。

在苏轼兄弟双双中进士不久，一次偶然的机会，欧阳修读到了苏轼的文章，慧眼识珠，认定苏轼将来必将成为一代风流。“吾老矣，当放此子出一头地。”此言落地后不胫而走，一时引为文坛佳话。

如欧阳修这等文坛盟主，有很多人都不愿意退居历史二线，于是打压后辈，以便巩固其地位。而欧阳修却从不如此，他曾经在和儿子论文章的时候，提到苏东坡，认为三十年后，便无人再提起自己，大有“只知东坡，不知欧阳”的悲凉。可尽管有此先见之明，欧阳修却依然扶持后辈，曾巩、王安石等身为布衣的时候，都曾得到了欧阳修的提携与赞赏。

欧阳修少时家贫，母亲以荻画字，教他读书。他天资聪慧，且勤勉好学，一生从不自满，不耻下问，加上胸襟坦荡，终成一代文豪。

李白斗酒诗百篇，苏轼也不例外。魏晋时期的阮籍更是一喝一醉，常常连月不醒。而宋朝的酒业似乎尤其发达，一是经济比较发达，二是政策比较宽松，士大夫酒后闹事估计也没什么大不了，三是宋朝的皇帝都比较爱喝酒，“杯酒释兵权”，都是海量之人，喝多少也不糊涂。所以，欧阳修有诗云，“一生勤苦书万卷，万事消磨就十分”，所以不禁感叹“人生何处似樽前”！

到底什么才是真的人生，恐怕每个人的回答并不相同。但把酒言欢、及时行乐无疑是其中最为畅快的一种。

欧阳修一生宦海沉浮，几经贬谪，流年岁月，再次饯别知己，人生感慨不免脱口而出，遂留下酒中佳酿《朝中措》：

平山阑槛倚晴空，山色有无中。手种堂前垂柳，别来几度春风。

文章太守，挥毫万字，一饮千钟。行乐直须年少，尊前看取衰翁。

《朝中措》

首句开篇写景，拔地而起，有凌空突兀的气势。手种垂柳有对生活琐事的深情，“枝枝叶叶离情”，不知道已经过了多少个春秋。几度春风几度霜，深婉细腻处更添豪放。下笔如风，一饮千钟，太守才气纵横、满腹豪情，都栩栩如生跃然纸上。结尾处劝人劝己，以现身说法，奉劝诸位“行乐直须年少”，似有莫等闲，白了少年头之意。另有一说，欧阳修劝告年轻人，宦海挣扎，须早作打算，“成名需趁早”，但此意与作者词旨相去甚远。

结尾“衰翁”两句，确有时光易逝之感慨，虽貌似消极，但通读全词，却有苍凉豪迈之情、顿挫之感，词意渐渐开阔。这一杯酒，喝得醉卧红尘，笑谈千古人生事，虽为醉言醉语，却实在吟诵得情真意切。欧阳修为人为官，光明磊落，酒后沉醉，也丝毫不辱才名；斗酒填词，留下一座“醉翁亭”，供后世瞻仰。

“庭院深深深几许，乱红飞过秋千去。”对于春天的伤感、怀念，和着故地重游，人面不知何处的感慨，不免发出“如此春去春又来，白了人头”的叹息。作为一代文豪，他为文坛留下太多华美的词作，然而，却没人知道“月上柳梢”之时，他约了哪一个姑娘元夜重逢。

后人常常知道封建社会如何封建，却并不知道古代生活也有许多的解禁和欢笑。

在宋朝，上元夜的青年男女可以随意选择自己的心上人，一旦两情相悦，就会如欧阳修所说“人约黄昏后”。柔情蜜意哪怕只有一个良宵，也没人会在意这个小小的“错误”。

可是，恰恰是那个美丽的女子，不知如何风情万种，惹得欧阳修一生的惦念。

她也许永远也不会知道，曾经一个繁华的元宵节，与她擦肩而过的情郎，写下千古名篇，只为纪念那一夜的柔肠与风流。

山抹微云秦学士：秦观

山抹微云，天连衰草，画角声断谯门。暂停征棹，聊共引离尊。多少蓬莱旧事，空回首，烟霭纷纷。斜阳外，寒鸦数点，流水绕孤村。

销魂，当此际，香囊暗解，罗带轻分。谩赢得青楼薄幸名存。此去何时见也。襟袖上空惹啼痕。伤情处，高城望断，灯火已黄昏。

《满庭芳》

这首《满庭芳》开篇以“山抹微云，天连衰草”起笔，犹如一副精致工整的对联，既勾勒出天光云影的情致，也显示出作者心灵的秀巧。上联一个“抹”字，说得粉嫩、轻巧，如登台“献丑”，总需对镜梳妆一番。下联一个“连”字，有“黏合”之意，却不需黏合那样用力，只微微地搭着，便对接得恰到好处。当代作家韩少功有散文说：“远处海天相接，不知道是天染蓝了海，还是海融化了天。”似乎与此恰有异曲同工之妙。

在这样虚幻迷离的景致里，“多少蓬莱旧事，空回首，烟霭纷纷”，回望前尘，往事如烟，如烟霭纷纷，恰如开篇一抹微云，前后呼应成趣。而“斜阳外，寒鸦数点，流水绕孤村”三句更是写尽人间惆怅事，画尽人间无限情。

斜阳、寒鸦、孤村，每一个词都看似闲笔，可读起来却满纸薄凉。所以周汝昌先生曾说元代马致远著名的《天净沙》即由此意境化出：“枯藤老树昏鸦；小桥流水人家；古道西风瘦马。夕阳西下，断肠人在天涯。”同样的景致铺排，一样的凄凉孤寂，极美又极惨淡。

下阕忽然转入“销魂”，遥想定情之日，罗带轻解，香囊相赠，

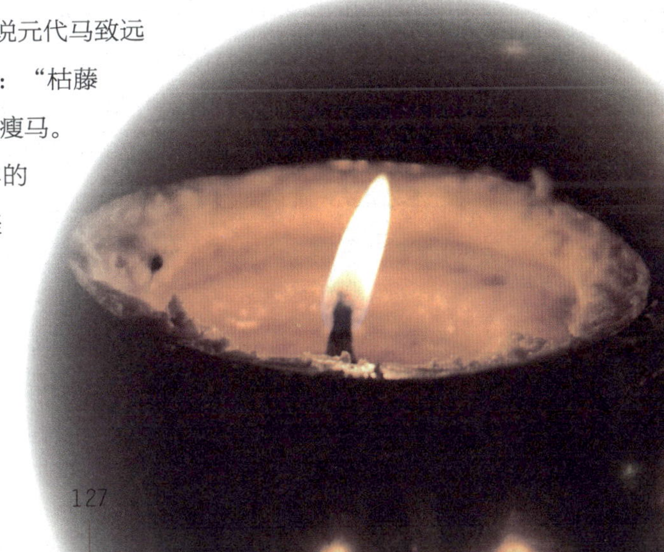

何等情深义重。不料想，如今却留下薄情郎的名声。此去一别，不知何时才能相见，襟袖上，只留下情人的点点泪痕。最后三句，写得尤为悲凉。回头远望，一灯如豆，漫入无边的黄昏。“伤情处”，意境全出，任是无情也动人。

这首佳作历来被人所赞赏，苏轼戏称“露花倒影柳屯田，山抹微云秦学士”，说的正是这首词的作者秦观。

秦观是著名的“苏门四学士”之一，字太虚、少游。因生性豪爽，洒脱不羁，才情纵横，颇得苏轼赏识。秦学士才华横溢且温柔多情，写得一手好词，所以，关于他的“绯闻”自然也遍地流传。其中，当属和苏小妹的传闻最为活灵活现。

相传，苏小妹为苏东坡的妹妹，自然也是饱读诗书的才女。秦观年轻有为，自然也想一睹芳容，于是装扮成道士，前去瞻仰。见到苏小妹后，发现虽不算妖娆，但气质清幽，全无半点儿俗韵。一时兴起，和苏小妹隔空对诗。他们语言交锋之际，爱情火花四溅，对彼此的才能也算了然于心。及至秦观登科后，方才与苏小妹完婚，成就了一段才子佳人的传奇。

然而，传奇虽然奇妙，却始终当不得真。历史上到底有没有苏小妹这个人也尚无定论。但是，从秦观的词作来看，大抵是没有的。即便有，嫁的肯定也不是少游。

秦观在《徐君主簿行状》一文结尾处曾经提到：“徐君女三人，尝叹曰：子当读书，女必嫁士人。以文美妻余，如其志云。”除了曾经如此轻描淡写地提了一句正妻徐文美之外，任何作品都再无提及。这一点颇值得玩味。因为秦观一生存词四百余首，其中艳词占了四分之一，多数表达的都是和青楼女子的感情。用钱钟书先生的话说，这些都是“公然走私的爱情”。

然而，在世俗眼中薄情寡义的青楼上，在逢场作戏的推杯换盏时，人毕竟也有情动于衷的感慨。有时候爱情就是这样短暂的吧。

所谓爱情，其实每个人的理解都不大一样：苏轼、贺铸和妻子的相濡以沫；陆游和表妹的两小无猜；虞姬拔剑自刎的悲壮……所有的故事都不能千篇一律，就像所有的爱情，人们无法定义哪一种最为心动。

但无论哪一种爱情，不可否认的是，秦观乃宋词言情派翘楚。

纤云弄巧，飞星传恨，银汉迢迢暗度。金风玉露一相逢，便胜却人间无数。

柔情似水，佳期如梦，忍顾鹊桥归路！两情若是久长时，又岂在朝朝暮暮。

《鹊桥仙》

秦观的这首《鹊桥仙》写的是中国一个传统而又美好的节日“七夕”，即中国式情人节。小词开篇点题，写出了漫天彩云都是织女的巧手所织，可惜如此聪颖的人却不能和心爱的人长相厮守。“盈盈一水间，脉脉不得语”，银汉迢迢，若远若近，满腹深情暗度。金风玉露，久别的情侣相会，胜过人间无数次的相聚！可惜，假期太短，倏忽间，温柔和缠绵还未褪尽，那条相逢的鹊桥便要成为织女的归途。不忍离去，不得不回顾，只有一句“岂在朝朝暮暮”。

这首小词，看似写的是天上牛郎与织女，实写人间悲欢离合；欢乐中有离别的苦楚，相聚后有彼此的期待与鼓舞。“相见时难别亦难”乃人之常情，自古一理。正因如此，少游的《鹊桥仙》才有望成名。

有人说，这是少游写给某个青楼女子的情诗，“两情若是久长时，又岂在朝朝暮暮”完全是一种托词，是对青楼女子的一种安慰。

不论他是写给谁，这种对爱情的坚贞和笃信都值得推崇。两个真心相爱的人，不管是否天各一方，或形同织女牛郎，只能在“七夕”相会，但只要情比金坚，互相信任，总比同床异梦好过“人间无数”。

这似乎暗示了爱情的真谛：能够经得起考验的爱才更显弥足珍贵。

清代学者王国维评价秦观时说：“少游虽作艳语，终有品格，方之美成（周邦彦），便有淑女与娼妓之别。”

秦观一生才华峻拔高超，却因新旧党派之争，屡遭贬谪，最后贬到郴州，竟被削去了所有的官爵和俸禄，内心之愁苦彷徨可想而知。宋代虽重文轻武，但也因此而沾染了文人的洒脱和随性。它可以对文人奉若上宾，也可以弃之如敝屣。文人的得失沉浮，往往如“江河之小舟”，漂泊晃动，时擢时贬，阴晴不定。柳永因为一句词作，便终身与仕途绝缘；而才华盖世的秦少游，也因为新旧党派之争，被排挤在主流之外。

此时的秦少游，写下这首飞升词坛的《踏莎行》，心已彻凉。

雾失楼台，月迷津渡，桃源望断无寻处。可堪孤馆闭春寒，杜鹃声里斜阳暮。

驿寄梅花，鱼传尺素，砌成此恨无重数。郴江幸自绕郴山，为谁流下潇湘去？

《踏莎行》

词作从一片想象的世界中入手，雾霭弥漫，失去了渡口的方向，陶潜先生当年的桃花源更是无处寻觅。寒舍孤馆，听得杜鹃声声，斜阳中阵阵悲鸣。书信与礼物如离恨般越积越多，愁苦无重数。结尾以郴水绕郴山自喻，感叹好端端一个读书郎却被卷进政治的旋涡，对身世不幸躬身自省。“可堪孤馆闭春寒，杜鹃声里斜阳暮”一句历来为人所称道，王国维先生盛赞“词境最为凄婉”。

然而，不论是悲凉的身世之感，还是甜蜜的爱情传说，经少游妙笔，汩汩深情，便勾勒出一曲曲隽永的词作。

漠漠轻寒上小楼。晓阴无赖似穷秋。淡烟流水画屏幽。

自在飞花轻似梦，无边丝雨细如愁。宝帘闲挂小银钩。

《浣溪沙》

有人说《满庭芳》是秦观长调之冠，而上面这首《浣溪沙》则是小令的压卷之作。它起笔轻柔，通篇飘着淡淡的哀怨和闲愁，如清歌荡漾，悠然而至。闲情雅致中一派轻盈、恬淡。官场也罢，青楼也好，无论何时，良辰美景，且把寸寸情丝换成浅酌低唱，醉乡一夜白头……

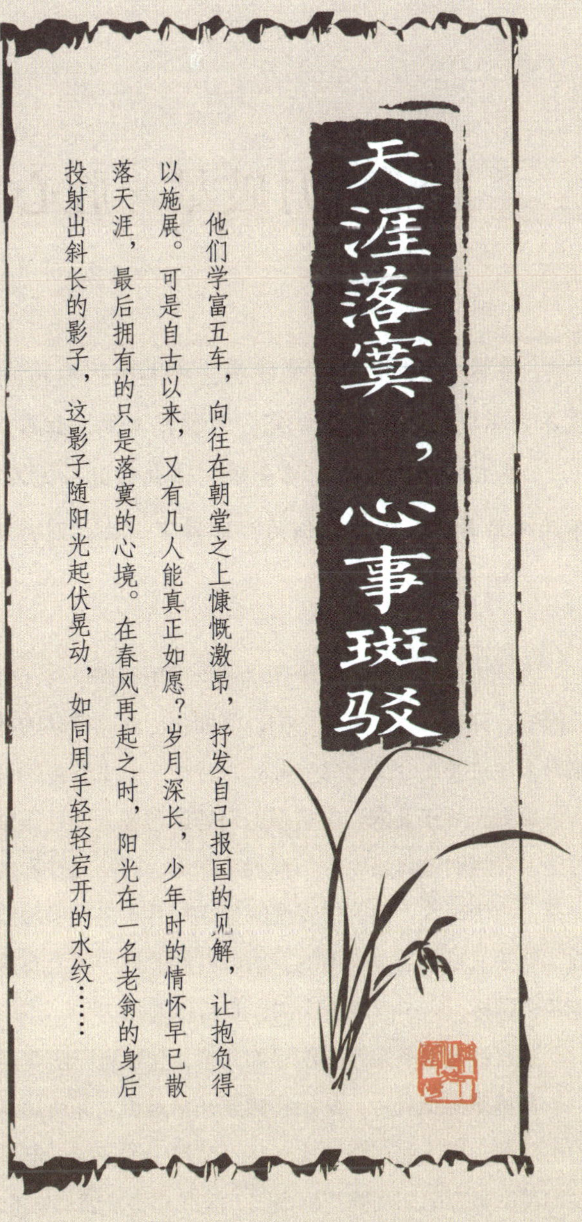

天涯落寞，心事斑驳

他们学富五车，向往在朝堂之上慷慨激昂，抒发自己报国的见解，让抱负得以施展。可是自古以来，又有几人能真正如愿？岁月深长，少年时的情怀早已散落天涯，最后拥有的只是落寞的心境。在春风再起之时，阳光在一名老翁的身后投射出斜长的影子，这影子随阳光起伏晃动，如同用手轻轻宕开的水纹……

西江弯月破尽一腔心事：黄庭坚

瑶草一何碧，春入武陵溪。溪上桃花无数，枝上有黄鹂。我欲穿花寻路，直入白云深处，浩气展红霓。只恐花深里，红露湿人衣。

坐玉石，倚玉枕，拂金徽。谪仙何处，无人伴我白螺杯。我为灵芝仙草，不为朱唇丹脸，长啸亦何为？醉舞下山去，明月逐人归。

《水调歌头》

北宋为武将所建，这个朝代的骨子里有着一种天生的英武侠气，那是一种很不安分的因素，穿梭在人的血液当中，可催化出蠢蠢欲动的勇气和令自己都无法控制的激情。这是个注定要在金戈铁马中崛起的时代，也注定要在硝烟弥漫中褪去的时代。

黄庭坚生于北宋，字鲁直，自号山谷道人。他天资聪颖，才华横溢，是真正的少年才子。在当时颇具盛名，与秦观、张耒、晁补之并称为“苏门四学士”，常在一起诗词往来，游山玩水。但这样安逸的生活却并不是他所想要的，他的内心深处想要追寻的方向，似乎又是他苦寻不得的。所以在他的词中才会有这样多的感慨：“谪仙何处，无人伴我白螺杯。……醉舞下山去，明月逐人归。”

这世间有太多东西不能尽如人意，包括自己所要走的道路。

黄庭坚自负其才，却始终感到知音难觅，无所适从。他向往有一个如同陶渊明笔下的桃花源，来让他在那里找到自己理想中的王国。但是如同大多数年轻人一样，阅历尚浅的黄庭坚哪里知晓桃花源虽美，但终究是子虚乌有的。如果真有那样不入凡尘的地方，陶渊明何苦在终南山下种着菊花感叹世间之事呢。只怕早就躲进武陵，逍遥自乐去了吧。

理想与现实最大的差距便是距离感。现实虽近，近在咫尺但却让人乏味；理想虽美，可却远在天涯，难以触碰。不然黄庭坚也不会感伤道：“人间仙境虽好，却花深露重，难以久留。”

其实，古往今来的许多文人墨客，几乎都在追寻这样的人间仙境；可结果却总是败兴而归。就连文豪苏轼也感慨：“我欲乘风归去，又恐琼楼玉宇，高处不胜寒。”这就是理想，它高高悬挂在与月亮同等的高度上，俯视着所有对它望而兴叹的人们。李白苦叹：“自古圣贤皆寂寞，惟有饮者留其名。”李太白自比圣贤，这是黄庭坚所不敢比的，他能做的只有仿效太白，在诗词风流、饮酒微醉中偶尔触碰下心中的理想。

自古才子多寂寞。这寂寞的心总要去找到一种排解忧愁的方法，比如旅游。古人的游山玩水几乎都有着双层的含义：既可以开阔视野，也可以把自己的忧愁烦闷释放在山水之中。可谓是一举两得的妙法。所以，黄庭坚也选择了旅行。旅行的意义不在于“走”的结果，而在于“走”的行动本身。这本身就是对生命意义的一种追寻。

所以，一路下来，黄庭坚不只看到了风景，还在风景中看透了世事。

一次，他来到江南的江州府游玩，那里是繁花似锦之地，十分热闹。当地人听闻才子黄庭坚来到此地，都想见识一下他的才学，便纷纷邀请他游览当地的名胜古迹之地，也在寻找机会想要试探他的才华。本来只是想游山玩水的黄庭坚没有想到就在这山水之间便被人命了题，出了一道“烟水亭，吸水烟，烟从水起”的上联。略一思索，黄庭坚便给出下联：“风浪井，搏浪风，风自浪兴。”才子就是才子，只需稍动心思，无论是诗词还是对联，都可应对得天衣无缝。

但是，当众人的赞叹声不绝于耳的时候，黄庭坚却只是眼望烟水亭四周浩渺的湖水，暗自感怀：如果自身的才学只是用来吟诗作对附庸风雅的话，那倒不如做一个不识大字的农夫，反而显得轻松自在。

黄庭坚之困也是古代知识分子的通病，他们学富五车，想要为国出力，在朝堂之上慷慨激昂，将自己报国的见解陈述一二。可是自古以来又有几人能真正得到重用，政治与文学永远是两不相通的话题。

虽然在仕途上，黄庭坚并不是最受冷落的，但也不是很受重用的，这种不温不火的对待正是令他内心不安的根本缘由。当一个人变得可有可无时，心脏便会被空虚一点儿一点儿填满，岁月深长，那点滴积攒下来的空虚也会把曾经涌动的理想渐渐掏空。

黄庭坚晚年写过一首《西江月》，是以一副对联起笔，打开天地的：“断送一生惟有，破除万事无过。”

断送一生惟有，破除万事无过。远山横黛蘸秋波，不饮旁人笑我。

他们向往在朝堂之上慷慨激昂，让抱负得以施展。可是自古以来，又有几人能真正如愿？

花病等闲瘦弱，春愁无处遮拦。杯行到手莫留残，不道月斜人散。

词中所表达的便是这种心境，男子都是想要以事业为重，开创属于自己的天地，尤其是在北宋那个时代。赵匡胤以武将出身，赢得天下江山，男儿一生鼎立于天地间，要的正是这样的豪气干云。黄庭坚虽然身为文人，却始终心怀家国天下，希望能够一展开天辟地的雄心壮志。

可惜黄庭坚有才无运。先不说他夙愿未能实现，就连生存现状也是每况愈下，花甲之年时，又遭逢贬职，被远派宜州，远离了江南。那时，他已经年老体迈，即使想以远行来排遣怨气也是有心无力了。晚年的黄庭坚在寂寞中徘徊。

他本以为自己会孤老终生，天涯沦落，却意外收到江南书信一封，这让他欣喜不已。原来，故地还有人在惦念他，轻展信笺，江南春色跃然纸上，那旧日的风韵回归眼前。

天涯也有江南信，梅破知春近。夜阑风细得香迟，不道晓来开遍向南枝。

玉台弄粉花应妒，飘到眉心住。平生个里愿杯深，去国十年老尽少年心。

《虞美人》

这是一首格调清奇的短词。当年，南朝大将陆凯曾寄赠给朋友一枝梅花，并附诗一首："折花逢驿使，寄与陇头人。东南无所有，聊赠一枝春。"由此之后，梅花便成了江南春信、故乡消息的象征。

黄庭坚以写梅开始，他心中的惊喜之情已溢于言表，用典故含蓄地将心中所感记于纸上。虽然没有描写落花流水，没有感叹伤春情怀，但从春入题，寂寞之情已跃然纸上。

想起年轻时的自己，曾踏访各地，虽不算得志，但总是深怀理想。对比如今，垂垂老矣，早就盛年不再。人生的年华就像春天，总是稍纵即逝，无处可觅。比起一去无迹的岁月来，除了在这里咏叹芳菲情思，看着飞鸟盘旋离去，人世间还有什么事情值得自己再去做呢？

几十年的政客身份，几十年的词人生涯，还有这几十年来行走于山水之间的日子，都在黄庭坚的心里翻涌起来。辗转出秋去冬来，冬走春至；也翻出花开花谢，云卷云舒。

少年时的情怀早已散落天涯，而今拥有的只是落寞的心境。在春风再起之时，阳光在一名老翁的身后投射出斜长的影子，这影子独占春色，随阳光起伏晃动，如同用手轻轻宕开的水纹。

青灯独卧思故国：刘辰翁

天上低昂似旧，人间儿女成狂。夜来处处试新妆，却是人间天上。

不觉新凉似水，相思两鬓如霜。梦从海底跨枯桑，阅尽银河风浪。

《西江月》

词中最令人欷歔感慨的便是“夜来处处试新妆，却是人间天上”一句。人间与天上，写尽了人生起伏，世事无常。那个名叫刘辰翁、别号须溪的男子在历经两朝，虽有亡国之恨，但却身在新朝之中，他对天上与人间、切身感悟极深。

宋元交替，战乱纷纷，动荡不安，这就是刘辰翁生活的时代。从他出生的第三年开始，南宋愈加腐败无能，面对入侵无能为力。面对灾难，人人都在选择保命安家，只有他在面对国耻家恨时，慷慨而言：“济邸无后可恸，忠良残害可伤，风节不竞可憾。”何为风节？高堂之上的大宋皇帝不懂，位极人臣的贾似道不懂，在战火中惶恐的黎民不懂，只有须溪，他懂。这首短词像极了刘辰翁的一生。上阕写出七夕儿女狂欢的景象，下阕写出词人为人世变幻的悲哀。“天上低昂似旧”，但“却是人间天上”。

刘辰翁说“忠良残害可伤”，这是针对贾似道而言的，他说“风节不竞可憾”，是说给他自己来听的，这话虽说得铿锵有力，听在耳朵里却将有些人的心敲击得极不舒服。所以尽管须溪在殿试之上赢得了耿直之名，却为权臣所不容，仕途几经坎坷，自己经历磨难不说，还几乎要将性命也丢掉了。

可怜他著作等身，有才华绝代，却是个福薄命薄之人。

当时的南宋朝堂已经是乌烟瘴气，虽有些忠义之士钦佩他的为人，相继倾力举荐他居史馆，希望能为他在南宋政坛上留有一席之地，可是，他深知朝廷这个政府机构已成为一摊污泥，他不愿同流合污，也难容于权贵。为了独善其身，他谢绝好意，托词亲友，回到山林隐居起来。

刘辰翁这个人光明磊落，孑然独立，骨子里透着桀骜不驯的气息，不然他不会在朝堂之上就给当朝宰相贾似道难堪，他更不会拂去好友美意，情愿闲云野鹤，也不愿立足宫中委曲求全。

这个想要担当天下的男人，在一个毫无征兆的日子里，却在天地之间的某个角落里得知了南宋覆灭的消息，本是想沉溺于桃花源中乐不思蜀，却没有料到桃源外的世界已经是无可奈何几重天了。刘辰翁发出了“我亦每饭不忘”的悲呼，这个曾经鄙夷一切、抛弃一切的男子，在所有人都作鸟兽散去的时候，他回到了原点，在最初离开的坐标上安然地守候了下来——怀着对故国的眷顾，对新朝满心鄙弃守候了下来。他和苏轼一样是个天才，但他的命途中却更多了些苦情戏份。比起苏轼人生的一起三落，刘辰翁却始终黯淡无光地在漫漫长路上蹒跚前行。须溪的词意凄婉更胜一筹，恐怕便是源于自身的经历更为悲苦。

“余自乙亥上元诵李易安《永遇乐》，为之涕下。今三年矣，每闻此词，辄不自堪。遂依其声，又托之易安自喻。虽辞情不及，而悲苦过之。”这是刘辰翁在写《永遇乐》时所题的小序，时值南宋国都临安被攻陷，悲愤交加，他写下了这首词：

璧月初晴，黛云远淡，春事谁主？禁苑娇寒，湖堤倦暖，前度遽如许。香尘暗陌，华灯明昼，长是懒携手去。谁知道，断烟禁夜，满城似愁风雨。

宣和旧日，临安南渡，芳景犹自如故。缃帙流离，风鬟三五，能赋词最苦。江南无路，鄜州今夜，此苦又谁知否？空相对，残釭无寐，满村社鼓。

《永遇乐》

借李清照身世来抒发自己的亡国之苦，一句“江南无路，鄜州今夜，此苦又谁知否”更是道出了自己比李清照更苦。南宋大地只剩下了岭南几个地区在殊死抵抗，早已是大势已去，难以为继。

哀莫大于心死，刘辰翁留不住分崩离析的大宋王朝，索性便只看风月，不看世事，不是因为改了性情，只是他怕触碰到心底难以愈合的亡国之痛，那一痛，可是会着实令他震颤不已。

南宋消亡之后，他便发誓不再复出，既是不想为新朝出力，也是怀抱缅怀旧朝的心理，他甘居淡泊，专心著述。在他所作的诗词中可以看出他感伤身世、忧国忧民的情愫充溢其中。

香雪碎团团。便会枝头带露餐。笑倒那人和五盾，金丹。不在仙人掌上盘。
千树碧阑干。山崦朱门梦里残。花下主人都在此，谁看。天上人间一样寒。

《南乡子》

言短意长，音节短促而悲咽，情随声出。最后一句“谁看，天上人间一样寒”看似平淡无奇，却蕴含丰富的情感，在惨淡的诗意中，将词人对故国的眷顾之情喷薄而出，如同尘封多年的烈酒一样，浓烈四溢。

岁月悠悠，不亡待尽，所幸的是人间虽然风云变幻，但是天上却还依旧明月当头，心底的哀伤在抬头望到一如既往的明月时，才可以稍稍得以缓解。至情至性恐怕也不过如此而已了。同为南宋遗民的张孟浩曾为之深深感动，亲笔赋诗一首以赞扬须

溪的不悔精神：“首阳饿夫甘一死，叩马何曾罪辛巳。渊明头上漉酒巾，义熙以后为全人。”

高风亮节，不屈不挠，这是他赢得后人推崇的足够理由。

宋亡后，刘辰翁有一首写亡国之痛的《柳梢青·春感》，词云：

铁马蒙毡，银花洒泪，春入愁城。笛里番腔，街头戏鼓，不是歌声。那堪独坐青灯，想故国，高台月明。辇下风光，山中岁月，海上心情。

《柳梢青·春感》

这首词，倾吐了诗人对故都汴京的怀念，对家人离散、自己处境凄凉的哀叹。“山中岁月，海上心情”，抒发了对南宋亡国后，那些南宋后人依然逃亡海上励志复国的举动的钦佩之意。

其实南宋亡国之后，刘辰翁本人也是一直流亡，长期漂泊在外的。南唐后主李煜亡国之后写道：“雕栏玉砌应犹在，只是朱颜改。”看起来也是悲悲切切，但比起须溪词中的“那堪独坐青灯，想故国，高台月明”，似乎就少了那么一些悲凉。

辰翁之悲，实在是亡天下之悲也。而李煜的悲更多的是悲叹自己失去自由，沦落为阶下囚。两者相比的话，便自有微意。刘辰翁刻过一枚印章，底上四个大字“三代人物”，这是他以古代高士自诩的表现，真正的是词如其人、言如其人、行如其人，表里如一，天下大丈夫真英雄者，刘辰翁可算其一。

一生冷眼旁观世事闲人，但骨子里的刘辰翁却是个伤心人，失国之痛对于他来说是伴随一生的隐患。刘辰翁于元成宗大德元年卒。头顶明月亮如白昼，洒下来一地的清辉。这样的男子，只能说在红尘万里中，他算是斑斓一瞥。

西窗过雨，余音更苦：王沂孙

北宋灭亡，南宋退居江南一隅却也是最终难逃覆灭。在临安建都，宋室只求安居一角，却忘记了“卧榻之侧岂容他人酣睡”的古训。宋朝开朝皇帝赵匡胤在剿灭其他皇室之时，恐怕从未想过有朝一日他的江山也会被他人悉数夺走。只是他作古多时，那亡国的哀痛有他的后人为他所担，那四起的狼烟他不会再看到，而有人却看得到，深切地感受到那沁入骨髓的疼痛。

王沂孙改变不了外族铁骑兵临城下的局面，他亲身经历南宋覆国之变，那场巨变将一粒带有毒性的种子注入他心底深处，在之后的岁月里，慢慢开出妖艳但却弥散着氤氲毒气的花朵，每每毒发，他便疼得不可收拾，唯有写下诗词，将这毒暂时排遣出去，然而，那却是治标不治本，因为毒已入心，无药可解。如若他就此过完一生，倒也能落个忠贞之名，但却偏偏因为他才情过人，被元朝政府拉去做了几天学官，这下子可算是落下了个千古骂名，成了失节的叛国贼。不似与他交往密切的张炎、周密等人，既保全了性命，又保住了名节。

南宋灭亡了，国家破了，家也没了，本来就苦，而他又担上了辱国的骂名，这下更是苦闷难以排解。所以，王沂孙的词更是隐晦难懂，在遣词造句的精心打造上将他内心的哀怨抒发而出。

一襟余恨宫魂断，年年翠阴庭树。乍咽凉柯，还移暗叶，重把离愁深诉。西窗过雨。怪瑶珮流空，玉筝调柱。镜暗妆残，为谁娇鬓尚如许。

铜仙铅泪似洗，叹携盘去远，难贮零露。病翼惊秋，枯形阅世，消得斜阳几度。余音更苦。甚独抱清高，顿成凄楚。谩想熏风，柳丝千万缕。

《齐天乐》

王沂孙所填之词虽人多悲苦，表达哀国伤思之意，但风格与周邦彦却极为相似，都有含蓄深婉之情蕴含其中。一首《齐天乐》开篇点题，下笔不凡，首句“一襟余恨宫魂断”，用“宫魂”二字点出题目，之后平接一句“年年翠阴庭树”，看似平淡无奇，其实直摄神魄，而这里头其实还有个典故。

相传齐国一名皇帝对他的皇后不好，导致了这名皇后幽怨而死，死后化作蝉飞上庭树枝头，声声低鸣，婉转凄凉，皇帝听后内心悔恨，故世名蝉女为齐女焉。齐女化身为蝉，利用哀啼来表达自己的哀思。而词人引经据典，通过描写蝉所生活的庭树来表明自己所生活的环境，也是同样孤寂凄苦。东晋的陶渊明因为不满世事，躲进了终南山下，采桑种菊，写下了千古名句，还为世人所称颂。而王沂孙却只能将如山的隐痛藏于心底，抱着学官的官印于人前苦笑，空添余恨，落得满腹的辛酸委屈。

繁华终是要凋零入土，“病翼惊秋，枯形阅世，消得斜阳几度”。他作为前朝之人来做当朝官员必定为人所不容，更何况他自己也早已经万念俱灰，形容枯槁。都说上有天堂，下有苏杭。杭州一块福地，是人间的富贵乡，但就算再多富贵，也难抵得上心中枯涩的前尘往事。

辞官归隐，王沂孙终于还是这样做了，早先的过错就随着他的消隐而逝去吧，毕竟一个朝代的消亡不能成为他为之陪葬的理由。他迟疑过、停留过，而今他决然离去也是需要勇气的，每个决定的背后都需要极大的勇气。

在他的眼中，那片废墟瓦砾上依然有着摄人心魄的美存在，那曾是他的故国，即使是亡了，他和那片土地也依然有着千丝万缕割舍不断的血脉相连。

“商飙乍发，渐淅淅初闻，萧萧还住……”秋去冬来，四季又过了一个轮回，曾经在树枝上长鸣的蝉虫也化作了空壳静寂下来，是谁说过离开是为了更好地归来，此刻的王沂孙只想安然地躲在他的茅屋之中，“背青灯吊影，起吟愁赋”。

《牡丹亭》里的杜丽娘掩面泣道：“如花美眷，似水流年，似这般，都付于了断瓦残垣。”如同女子在禁锢的游园中苍白消瘦死去一样，王沂孙虽是离开了那个桎梏着他自由的朝廷，但是就逃离到这荒郊碧野又有何用？

作为南宋遗民，他拖着病弱的身躯在宅院中独吟诗词："残雪庭阴，轻寒帘影，霏霏玉管春葭……"一阕未终，早已泪透衣襟。春光已逝，前尘如梦，漫山的残雪点点滴滴透着别离愁恨，那是遮也遮不住的思愁，盖也盖不住的沉痛。

山间清雨飘飞，像丝绸一般明亮细润，让人忍不住就爱到心头，提笔赋词一首，只为铭记半生前的那个江南故国。

明玉擎金，纤罗飘带，为君起舞回雪。柔影参差，幽芳零乱，翠围腰瘦一捻。岁华相误，记前度湘皋怨别。哀弦重听，都是凄凉，未须弹彻。

国香到此谁怜？烟冷沙昏，顿成愁绝。花恼难禁，酒销欲尽，门外冰澌初结。试招仙魄，怕今夜瑶簪冻折。携盘独出，空想咸阳，故宫落月。

《庆春宫》

挥毫而就，那题词的宣纸晕成一片，飘着清香的墨迹洇出一朵朵墨灰色的骨朵，绽放出刺目的花朵，令他想起了过去的那些年，自己青年时期的抱负，曾经游历过的山水，曾经交往的友人，还有那故乡永远开不败的红莲和一如既往翠绿的西湖。思绪就好像是苍茫天地间飞过的孤雁，不合时宜地在王沂孙的记忆中划过一道抹也抹不掉的痕迹。

一首《庆春宫》就好似一场惊天回忆。上阕从亡国开始写起："明玉擎金，纤罗飘带，为君起舞回雪。"美人曼妙起舞，如烟似雪，可谓是妙手偶得之笔，将南宋糜烂的

宫廷生活一语道出，也铺垫了因何招致亡国。下阕继续陈述亡国后的宫女，并且将水仙花拟人化，采其貌而取其神。《词学通论》中认为王沂孙的这首词是为当初的亡国嫔妃王清惠等人所作，是对于这些亡国女子的咏叹和哀赞。

“试招仙魄，怕今夜瑶簪冻折。携盘独出，空想咸阳，故宫落月。”每每读到此句，总忍不住释卷细想，王沂孙的内心只怕是一直存在着某种无望的期待，虽然国家已亡，他自己也因为困顿的生活而“迢递归梦阻。正老耳难禁，病怀凄楚”！但蹉跎的岁月中，他依然寂寞而且卑微地将这个小小的愿望绽放着，瑟瑟地隐逸在蒙古铁骑大军之下，黯然地开放着，等待着被人摘取。

直到临死时分，才明白有些东西失去了就是失去了，“几度春风，几度飞花”都已不在了，哀愁令人衰老，早逝的王沂孙在悲苦心境中耗尽了一生的热情，原来生命有时和王朝一样短暂，在倏忽的等待中，就已草草结束了。

在他死后，一切也就都随之灰飞烟灭了，他终其一生也无法走出那片阴影，在他身后永远留下了“纵飘零，满院杨花，犹是春前”的感悟，落进了厚厚的故纸堆里，也化作了一曲幽咽哀婉的悲歌飘荡在宋词的王国中，久久凝脂，馨香如故。

这个男人，命运将他放于掌心肆意颠覆，在命运的转轮里，大家谁都无法幸免，即便是坚韧的他，在沉默中担着别人对他背叛的冷嘲热讽，依然无声怨言的他，对于上苍的双手，也同样无能为力。情有余而力不尽，纵使独抱清高，也是心下凄楚。在历史黯淡的那个瞬间，谁又能看清那如同黑洞般的沉沦。

物是人非，事事只能休：张炎

临安（今日的杭州市），他和这个地方已经相处了太久的时间，从出生到如今，似乎漫长得有了一生的跨度。不过很快，他将远离此地并将再也无法回来，因为这里将不再属于他，永远不。忘记在何地看过一句话：每个人都是命运掌心卑微的尘埃，被任意地翻覆着。当时并未觉得如何，而今想来，却是心头一番苦涩。

张炎出生于 1248 年（理宗年间），年少学识广博。他出身于南宋名门望族，整个家族世代居住临安，曾祖父张镃在临安南湖筑有名园。祖父张濡是南宋武将，世代享受朝廷恩泽。如果不是那场惊天的变故，张炎只怕也是考取功名，娶妻生子，在朝为官度过一生了。

但是命运的天平在一刹那间突然倾斜。元兵南下占领了临安之后，身为武将的祖父被捕并遭残忍杀害，张家至此陷入了天塌地裂般的万劫不复之地。资产被抄查没收，家丁亲人大多罹难，唯独张炎逃了出来，孤身一人流落异乡。

有时候，活下来并不是最大的幸运，反而是沉重的负担。痛失家园，与亲人惨遭分离，这都令张炎在人生正好的年纪承受了难以背负的重量。

辔摇衔铁，蹴踏平原雪。勇趁军声曾汗血，闲过升平时节。
茸茸春草天涯，涓涓野水晴沙。多少骅骝老去，至今犹困盐车。

《清平乐·平原放马》

写下这首词的时候，张炎必定心如针扎，而又血脉贲张。从世家子弟变为浪迹天涯的遗民，看着自己年华老去，却只能安于一隅闲散度日。对于任何一个人来说，这都是沉痛哀婉的人生。如果南宋依旧存在于历史上的话，匹马戎装或许会是张炎的理想。而如今，亡国仇家散恨，令张炎每日只能以“愁”和“恨”来填补人生的空白，可谓度日如年。天道无常，就如同天涯尽头的春草野水一般，还未来得及鲜活，便已经随着世事的沧桑流转，而荒芜在了荒野之上。

想来张炎奔走出逃的时候，是没有想过还会重回故园的，虽然那里曾经是他出生成长、有着满满记忆的地方。可是，多少个在外流浪的日夜，他却不愿也不敢再回到那里去看看。哪怕是在梦中，他也害怕重新面对飞来横祸的一刹那，害怕再次看到幸福在他的眼前，没有任何预兆地轰然倒塌。

然而，世事难料。十年之后，张炎再次回到临安，回到了他生活多年的旧居。

睹物思旧，他一腔悲楚无处宣泄，只能将胸膛中四处窜动的情感流于笔尖之下，写下了这首《长亭怨》：

望花外、小桥流水，门巷愔愔，玉箫声绝。鹤去台空，佩环何处弄明月？十年前事，愁千折、心情顿别。露粉风香谁为主？都成消歇。

凄咽。晓窗分袂处，同把带鸳亲结。江空岁晚，便忘了、尊前曾说。恨西风不庇寒蝉，便扫尽、一林残叶。谢杨柳多情，还有绿阴时节。

故地重游令张炎心中所感的除了悲痛便是悸动。站在门外久久徘徊的他，无法想象这十年的光阴会将当日的故园改变成何种模样。“望花外、小桥流水，门巷愔愔，玉箫声绝。鹤去台空，佩环何处弄明月？”每每读到此处，便在眼前浮现出一名清瘦男子：他一袭青衫飘飘，却踟蹰于家门外，一副手足无措的样子。远望去，花木依旧，流水仍然，但是当日的箫声早已不知何处去寻。十年的光阴，带走的不仅是旧园繁花似锦的岁月，还有张炎悲恸难寄的心绪。

“物是人非事事休，欲语泪先流。”这是李清照在流亡之际曾写下的句子。彼时的李清照，已经五十多岁的高龄，天命之年本应万事看淡；她却哀伤地留下了这样的词，千古佳句，千古遗恨。而此时的张炎，却正是壮年。同女子比起来，往往更多了一分生硬的沉痛。走进故园，看到阔别了十年的景物，一切似乎有些陌生，一切却仿佛仍然熟悉。此时的感情大抵只能用“心折”两个字来形容了。

词中下阕提到了分别场景：“晓窗分袂处，同把带鸳亲结。”想来是张炎与所深交的一名妇人告别，因为上阕也曾提到“佩环何处弄明月”，是依据杜甫一首诗中的典故而来，意思大概是一名男子怀念他生死不明的妻子。

由此可见，张炎此番回来也有一部分原因是为了寻找一个令他深思多年的人。至于是否是他的妻子已经无从考究了，但可以肯定的是这个女子定是令张炎“念”进了骨髓的。不然。他不会强忍心中剧痛，非要赶到这里一探究竟。

然而翻阅史料，却无法得知这名女子的真实身份。更令人疑惑的是，相聚几日之后，张炎再度离开之时竟然选择了再次独行。如若这名女子是他所爱之人，为何他会忍心独自离去。如若这名女子只是与他相交甚浅，那他为何又会在词中提到，“同把带鸳亲结”。

前路坎坷，作为南宋遗民的张炎每日过着朝不保夕的日子，如果这女子是他所爱之人，他又怎能忍心带她一同前往迷惘未知之路去受苦？相思再苦也可以忍受，如果看到心爱之人受到伤害，那才是痛彻心扉的大苦。无论如何，在与这个妇人度过几日欢快生活之后，张炎除了留下海誓山盟的誓言外，别无他法。他只能选择继续他的茫茫前路，何时能再回来就连他自己也不知道。

独自一人的生活依然持续在张炎之后的岁月中，除了爱情无望之外，就连友情都拒绝了对这个才子的安抚。比如，吴文英的逝世对张炎来说就是打击甚大的。在那些熟悉的人一个接一个离去时，才真的会感觉到自己是多么的孤单。

烟堤小舫，雨屋深灯，春衫惯染京尘。舞柳歌桃，心事暗恼东邻。浑疑夜窗梦蝶，到如今、犹宿花阴。待唤起，甚江蓠摇落，化作秋声。

回首曲终人远，黯消魂忍看，朵朵芳云。润墨空题，惆怅醉魄难醒。独怜水楼赋笔，有斜阳、还怕登临。愁未了，听残莺啼过柳阴。

《声声慢》

这首词为吊唁吴文英而作，故而由回忆起笔，连接现实，似真似幻，在词意中将张炎的思念贯穿始终。清人楼敬思评其："一气卷舒，不可方物，信乎其为山中白云。"对张炎的这首词做了很高的评价，认为他在平铺直叙中写尽了悲悼之情，深沉动人。

词由心生，在张炎的一生中，贯穿始终的便是亡国之恨和家破之仇，可惜他即便是到了生命的最后一刻，也无法将这个遗憾弥补。只能将遗恨化作词文，而自己抱憾终生了。壮志难酬，最难诉的是英雄寂寞的情怀。

人活一世，草木一秋。男儿这生最无悔的便是一腔拳拳报国红心。最遗憾的则是空有报国之心，却无报国之门。

可惜往事如风，将过往的哀苦如同飞雪一般尽数吹落，散落崖底。人生没有太多回转的余地。所以，在西湖淡然的烟雨重楼中，至今仿佛仍能依稀看到：那个形容消瘦的男子，青衫翩翩，立于亭台楼阁之中。

我为澶渊献人生：寇准

历史有时候和小说相似，在口耳相传中，将一个个动人也惊人的故事代代延续。

从《三侠五义》中人们认识了包公，在《杨家将》中人们认识了寇准。在硝烟弥漫的战场背后，大宋朝一边是杨家将的精忠报国，一边是寇大人的忠肝义胆。寇准以自己在皇帝面前不容忽视的分量，在杨宗保出征和穆桂英挂帅等关键问题上，起到了突出的作用。于是，寇准戏剧性的故事就这样随着杨家将的历史流传下来。这其中虽然多少有些戏剧性的夸张，但作为宋朝顶级文臣之一的寇准，的确曾经深深地影响过宋代历史的书写。

寇准出身官宦世家，十九岁就高中进士。当时的皇帝宋太宗赵光义选官时，喜欢倾向于老成持重的人，于是有人建议寇准把年龄填大一点儿，不料遭到寇准的拒绝，理由是："准方进取，可欺君耶？"从步入仕途的那一刻，寇准的正直就为他迎来了无数的荣耀。

有一次，太宗因与寇准所奏之事意见不合，一气之下拂袖而去；而寇准居然敢上前一步，拉住皇帝的袖子，硬是把皇帝拉回到御座之上，直到解决问题。在任何一个朝代，这几乎都是脑袋搬家的事儿，但在宋朝却另有一番景象。因为宋朝的皇帝都颇有文化，所以也很能克制，绝少发怒，生气了也就是拍案而起。当皇帝能够如此，宋朝的文臣们才纷纷勇于廷前犯上，秉公直言。在这一点上，无论如何，宋朝的民主之风当为历代王朝之翘楚。

所以，宋太宗遭遇此事不但不恼怒，还称赞寇准："朕得寇准，犹文皇之得魏徵也。"此举无疑等于给寇准颁发了"终身成就奖"。要知道，自唐后，"魏徵奖"基本上类似于如今电影界的奥斯卡，算得上是最高的奖赏了。

在共同经历过朝堂之上的"拉拉扯扯事件"之后，太宗和寇准的情意就更坚固了。太宗一高兴，命上等工匠做了两条通天犀的腰带，一条自己御用，一条赐给寇准。虽然他们没能穿一条腿的裤子，却系了同款漂亮的腰带，二人之情深意切可见一斑。

然而，正直往往是一柄双刃剑，能够带来荣耀，也同样会有损伤。

寇准由于太过正直，甚至有些刚直，有时候难免和人发生争吵。有一次就是因为在太宗面前，和其他官员互相揭短，惹得太宗龙颜大怒，将其贬往青州。然而，太宗外放寇准，并不是因为不宠爱他，而是希望他吃点儿苦头，收敛一些，也更能懂得点儿方圆之道。一年后，太宗不顾周围人的挑拨，下决心召寇准回京，并擢升为副宰相。

寇准进京，太宗喜出望外，伸出自己患了脚病的丫丫给寇准看："你怎么来得这样迟？"这似乎有点儿像情人间的撒娇，也是人与人之间亲昵的一种体现。不料，寇准依然如故，不冷不热地说"臣非诏不得入京"；太宗碰了一鼻子灰，一腔相思的热情顿时化成兜头一盆冷水。可见，寇准棱角分明，并非岁月和苦难所能磨平。

太宗虽感无奈，却依然信赖寇准，此番召其入京正是为了立太子一事。寇准听太宗问此等高端时政，不敢妄下断言，只是说三种人的意见不能参考：一是后妃；二是宦官；三是近臣。言外之意，此三种人由于和太子的种种关系，都会为了既得利益而推举不同的人。太宗听后，深以为意，屏退了周围的人，和寇准商量，最后决定立真宗为皇太子。

立太子一事在封建王朝，不仅关乎天下重任，也牵扯皇帝的家务事。多少文臣武将都栽在太子拥立这一政治事件上，有的留下了千古遗憾，有的背负了一世恶名，还有的为此而送命。寇准能巧妙地化解此类敏感话题背后的刀光剑影，足见其确有治世之才能。宋太宗一生重用并"溺爱"寇准，也是情理之中。

真宗继位后，宋朝与契丹之间的战事愈加紧迫，双方对峙难分胜负。金庸先生在《天龙八部》里描写过这段历史：当丐帮帮主乔峰得知自己并非汉人而是契丹人时，不但悲痛欲绝，还发誓永远不杀一个汉人。

很明显，这是人类现代文明价值观的集中体现。但在当时，契丹军大举入侵之际，宋人还是要对此有所回应的。

寇准此时不但力主抵抗，而且信心百倍，豪情万丈。他用自己的激情深深地打动了宋真宗，硬是说服了真宗御驾亲征。契丹军兵临城下，真宗吓得魂不附体，派人急寻寇准的踪影。差人回来报告说，寇大人在城楼上与将军们饮酒，歌声、罚酒声、嬉笑怒骂声声声入耳，响彻内外，连契丹军也听得到。真宗听后大喜："寇准如此，吾复何忧。"

也不知道是寇准的淡定鼓舞了真宗，还是真宗的亲征鼓舞了士兵，澶渊之战奇迹般地大获全胜。很难想象城外伏兵四起，寇准当日居然能够于城头谈笑风生，其淡定和从容像极了空城里的孔明。

然而，宋真宗毕竟还是怕死，在大胜之下，居然以退让求团结，以妥协、纳税换和平，签订了息事宁人、辱宋败国的澶渊之盟。事后，有人挑拨离间，说寇准以真宗的生死为战争的胜利下赌注，是对皇帝的大不敬。隔阂一出，众口铄金，真宗竟真的疏远起寇准来了。

寇准此生最为人所称道的就是主战澶渊之胜利，却也因此而被真宗猜疑；当真是成也澶渊，败也澶渊！

寇准其人虽正直、率真，但识人的眼光却并不准。早年时，老臣王旦一直对他十分赏识，并在太宗面前推荐他为宰相。结果他却毫无知觉，并常奏本揭发王旦的短处，连皇帝都替王旦叫屈。良相未能善待，而后辈奸臣丁谓又出其门下。丁谓等人不断排挤寇准，终于把他挤出了朝廷，贬到千山万水外，不知所终的地方。

晚年的寇准，不但在政界惨遭排挤，铺张浪费也屡遭指责。他生性奢豪，飞黄腾达后更是极度奢侈，家里从来不点油灯，都是用蜡烛照明。相传，连寇准家的厨房、厕所里，烛光都彻夜不熄，天明便可见烛泪遍地堆积。南宋大诗人陆游，在巴东叩拜寇准遗像时，曾作诗云："人生穷达谁能料，蜡泪成堆又一时。"寇准仕途上无限风光，但生活方面却多为后世诟病。素以节俭著称的司马光就经常以他为反面教材，教育儿子要勤俭持家。

1023 年，六十三岁的寇准对越来越差的身体似乎已有警觉。他派人赶回洛阳老家取来了太宗当年赐予的腰带。九月七日，他焚香沐浴，更换朝服，束通天犀带，向北而拜。随后安然躺于卧榻之上，悄然离世。

所有的沧海流年、宦海沉浮，都随着岁月在此刻消散，唯有他曾经写作的小词《江南春》依然在古典诗词中绽放暖暖的春意：

波渺渺，柳依依。孤村芳草远，斜日杏花飞。江南春尽离肠断，蘋满汀洲人未归。

《江南春》

江南，春水荡漾，烟波缥缈，绿柳条条，绵绵思绪，柔柔芳草。夕阳映照下，杏花飘飞。孤村，芳草，斜阳，总归是离愁别绪，断肠苦，人未归；青春年华如浮萍遇水，聚散两依依。

自古中国文人喜欢以香草、美人自喻，对君王的爱慕犹如父亲般的敬重，情人般的依恋。当年太宗伸足疾给寇准看，不也正为显示那份儿亲昵。仕途的起起伏伏，人世的沧桑变化，在寇准笔下，和美人迟暮、江南风雨一样我见犹怜。堂堂宰相，写此柔情似水的小词，难免让人联想其弦外之音。

然而，就在寇准辞世的那一刻，所有的恩宠、疏离和柔情，所有的耿直、善良、舒豪和铺张，都随着他的生命一起结束，留下的只有缥缈的词音，传奇般的一生。

九月二十三日，仁宗决定调寇准回到离京较近的衡阳任职；而此时，寇准离世的消息还正奔跑在送往京城的路上。

两条消息，一喜一悲，在人生的慢路上，就这样擦肩而过了。

世事洞明，人情未必练达：朱熹

方仲永那种少时聪颖，成年泯于众人的故事常常令人伤感。但“自古英雄出少年”的事例在中国似乎有着更广阔而乐观的市场。曹冲称象，孔融让梨，都深刻地印证了“从小看大，三岁至老”的古训。

相传，朱松也曾经算过命，巫师占卜出来的结果是：“富也只如此，贵也只如此；生个小孩儿，便是孔夫子。”朱松大喜，后对儿子善加教导，发现其果然聪颖过人。四岁时，朱松指着天告诉他：“这就是天。”小孩儿却问：“天上有何物？”朱松大惊，如此善于思考的小孩儿，长大了必有作为。正所谓“成家全来汝，逝此莫踌躇”。

这位带给父亲无数惊喜，为中国思想史画下浓墨重彩的就是南宋大儒：朱熹。

因为父亲在朝为官，朱熹八岁的时候就有机会来到临安。在这里，他不仅欣赏到了临安的秀丽，也有幸目睹了许多文人、政客的风采，并第一次感受到在对金问题上，“战”与“和”的激烈交锋。

1138年，正是秦桧主持宋金议和的时候，枢密院胡铨上疏，反对议和并恳请杀秦桧以壮国威，结果遭到罢免。朱松不甘心，联络一部分人联名上疏反对和谈，结果反对无效，求和协议达成，忠义之士无不为之愤慨。虽然朱松等人的抗争没有成功，但主战的凛凛风骨却影响了朱熹的一生。

朱熹此生数度为官，只要有机会，必会进谏主战，绝不苟安议和。

可惜，世人多认定朱熹是个理学家、文学家，而很少知道朱子也同样一身正气，满怀报国热忱。

据说，朱熹去世前一年，回忆少年往事，不禁叹息，“建隆庚申（960年），距今刚好二百四十年！”而彼时距朱松等人的上疏，已然又是六十年了。一轮甲子晃过，山河破碎，收复江山无望矣！读书人一声长叹，足见战和之事，始终是朱熹未了的心结。

朱熹一生为官四十几年，而立朝时间仅有四十六天。四朝老臣，三次出山，“一出而遭遇唐仲友，再出而遭林黄中，三出而遇吴禹圭”，或受排挤或遭诬陷，每每志不能伸，无奈几番请辞。仕途之多舛，不禁仰天长叹造化弄人。

在朱熹屡跌屡起的政治生涯中，和唐仲友那段公案最为引人瞩目。有人说朱熹和唐仲友有私怨，结果严刑拷打严蕊。而实际上，唐仲友贪污腐败、结党欺民、奸淫掳掠，勾结当朝宰相王淮，为害一方，气焰十分嚣张。朱熹出于对贪官污吏的痛恨，秉公执法，一查到底。

结果不幸被王淮进言孝宗，说“朱主程学，唐主苏学，秀才之间争闲气罢了”。一场严肃的政治斗争就被定性为学术争议，轻松化解。朱熹反复上疏，六次弹劾唐仲友均不成功，并被指目的不纯，改命他职。朱熹得知内情后，请求辞职，且未待批文下来，便拂袖南归。大有侠客之风，铮铮铁骨天地可鉴。在甩开政治的“三寸金莲”后，他终于可以把更多的精力投入到为往圣继绝学的使命和理想中。

朱熹一生注重“理学”的研究，不仅自己苦心学习儒家经典，还从儒家经典中选取“四书”（《大学》《中庸》《论语》《孟子》），作为“齐家、治国、平天下”的范本，是孔子之后的大儒，被后世尊为“朱子”。果真应了父亲占卜的卦辞：“生个小孩儿，便是孔夫子。”

朱熹对儒学的继承与发展，从根本上改变了封建社会的思维模式。

如果说程学不过是给中国文化穿上的一双三寸小鞋，那么朱熹的理学和道学观念，就等于为这双小鞋加了一副鞋带，令当时已经渐趋衰落的文化，逐渐窒息起来。但同时，朱熹的哲学思想对后世王明阳的“天人合一”观念产生了巨大的影响。从儒学和哲学的传承上来看，朱熹都是中国文化传承的中坚力量。

当然，朱熹并不是一个漫画式的糟老头儿形象，也不是人们所误解的满嘴仁义道德的“伪君子”。从唐仲友事件他能够辞官不做的举动来看，便可以推知他的正直与洒脱，貌似还有些侠肝义胆、为民除害的气魄。“问渠哪得清如许，为有源头活水来”写得清澈见底，明白晓畅，实在看不出政治的野心。但或许正是这份儿耿直，连累了他仕途波折。

但上天似乎是公平的，他虽然为官建树不大，但为学为文却可当后世表率。“胜日寻芳泗水滨，无边光景一时新。等闲识得东风面，万紫千红总是春。”一首漂亮的小诗既勾勒出春日的妖娆、妩媚，也透露出作者开朗、活泼的个性。这份儿通达、乐观，在朱熹的很多词作中，均有表现。像那首著名的《水调歌头》便是一例明证：

江水浸云影，鸿雁欲南飞。携壶结客何处？空翠渺烟霏。尘世难逢一笑，况有紫萸黄菊，堪插满头归。风景今朝是，身世昔人非。

酬佳节，须酩酊，莫相违。人生如寄，何事辛苦怨斜晖。无尽今来古往，多少春花秋月，那更有危机。与问牛山客，何必独沾衣。

《水调歌头》

一江春水，融化了天光云影；万里长空，包容了鸿雁南飞。提着酒壶，呼朋引伴，登高远眺，满眼翠绿的山色，缥缈的烟霏。相逢一笑，忘却尘世烦忧。紫色的茱萸，黄色的菊花，缤纷地插在头上。登高怀古，多少人感叹往事如烟，只有这令人欢愉的风景一如从前。

词作下阕劝勉好友，佳节之际，即便酩酊大醉，但总算没有辜负一片大好时光。生命有限，何苦寻愁觅恨怨东风，夕阳迟暮，只需尽情享受。古往今来，春花秋月，绵延的时空和生命的乐趣相融汇。“与问牛山客，何必独沾衣”，结尾以乐观的精神否定人生的无常。

他登高望远，丝毫不见前人的惆怅，有的只是享受眼前美景的欣喜，赞誉自然的豪放。在朱熹的哲学世界里，天、地、人本来就是一体的。上下四方曰宇，往来古今谓宙。生生不息的宇宙和绵延接续的人生一样，充满勃勃生机。

朱熹是一个奇特的矛盾体。他身上有文人的洒脱，侠客的豪放；然而更多的是道学的禁锢、儒教的束缚，他中规中矩地把自己拘囿在一个框架中。

朱熹曾经给宁宗上课，离实现文化理想和政治抱负似乎只有一步之遥。

可是，当一切近在咫尺，他那道学者的说教方式又把一切推远了。

皇上需要的是讲授修行大法的老师，不是站在道德制高点指手画脚的圣者代言人。

当你举起道德的旗帜，不管你是否愿意，都在人与人之间树起了一道无声的城墙。很多人和宁宗一样，喜欢听你讲，却未必愿意永远仰望“师道尊严”。没有人可以充当“神”的角色，虽然所谓的“圣人”看起来离此不远。所以，当朱熹失去了“帝师”这一身份之后，人们必然不会认同他的“德行”，所有的道德也便都成了虚伪的道德。

这是朱熹的悲哀，也是所有道学者的不幸。

如今，白鹿书院依旧，《四书集注》犹存，却只有朱熹，已经被历史的评说模糊了本来的面目。

当世不知我，后世当谢我：王安石

中国传统文人总是喜欢借景抒情，登高怀古，放眼远眺，山河秀美，壮志难酬。这惆怅之中，有感怀沧海桑田之变迁，有抒发仕途坎坷之愤懑，也有慨叹国家兴衰之忧虑。宦海沉浮、国运起落全都融合在自然的景色中，涌上心头，诉诸笔下，遂成名篇佳作无数。王安石的《桂枝香》可为代表。

登临送目，正故国晚秋，天气初肃。千里澄江似练，翠峰如簇。征帆去棹残阳里，背西风酒旗斜矗。彩舟云淡，星河鹭起，画图难足。

念往昔，繁华竞逐，叹门外楼头，悲恨相续。千古凭高，对此漫嗟荣辱。六朝旧事如流水，但寒烟衰草凝绿。至今商女，时时犹唱《后庭》遗曲。

《桂枝香》

此番登高吊古，王安石开门见山，以“正故国晚秋，天气初肃”起笔。自古逢秋悲寂寥，而半山先生却以“初”“肃”二字领起，笔力遒劲，精神抖擞，与刘禹锡的“我言秋日胜春朝”有相似的意境。“澄江似练，翠峰如簇”看似随手拈来，却于锦绣江山之上，看出其宏大的视野，开阔的胸襟。

词作下阕，忽念往日繁华，六朝古都的风流如此迅速便随历史云卷云舒，千古江山，万种情愫，都只剩相继的荣辱。最后两句，化用了杜牧的诗句“商女不知亡国恨，隔江犹唱后庭花。”嗟叹之感，弥新而永固。

所以周汝昌先生称赞说：“王介甫只此一词，已足千古。”然而，王安石似乎并不满足仅此一词，甚至不仅仅满足于千古风流的“唐宋八大家”。从一开始他就深深地知道，后世将以他的努力为骄傲。

王安石是北宋著名文学家、政治家，字介甫，晚号半山。1069年，被宋神宗任命为宰相，开始推行变法。其变法涉及内容甚广，“青苗法”“募役法”“方田均税法”“农田水利法”“保甲法”等各项法规，从农业、商业、兵役、教育、财政税收等社会生活各侧面入手，提出了一系列政策，用以革除社会的弊端。

从新法推行到全面废止，前后经历了将近十五年的时间。新法的推行某种程度上来说，无疑是有利于“国富民强”这一目标的。但是，在王安石变法当年，此举却遭到了保守派强烈的反扑。

甚至在晚清以前的将近八百年里，历史学家们都普遍认为王安石的变法“祸国殃民”。当然，以如今现代性的历史观来衡量，王安石的变法无疑有着重要的意义。

神宗期间，经济发达程度比以往任何时候要高，财政税收也好于前朝。但政府依然入不敷出。实际上，自英宗起，政府已经开始出现赤字。究其原因，一方面是宋朝为了维持“和平与稳定”的局面，不得不向辽不断进贡“岁银”；打是没有力气的，所以只能掏钱，所谓“破财免灾”大概就是这个道理。另一方面，虽然不打仗，但是依然要养兵；因为怕战争，所以要养更多的兵，以防不测。这似乎成了一个奇怪的现象，没有战争的宋朝，却需要为战争大笔买单。积贫积弱的态势在繁华的背后逐渐清晰。

而宋神宗正是一个比较有志气的皇帝，他希望可以通过变法来达到“国富民强”的目的，他希望自己可以励精图治、重振朝纲。

人们说历史总是有着惊人的相似。就如晚清的光绪帝需要康有为一样，宋神宗也需要一个人站出来和他同心向前。

这个人，无疑就是王安石。

1042年，年仅二十二岁的王安石高中进士，从此步入仕途。他天资聪颖且博览群书，少年得志却并不得意忘形。他入仕后，没有马上巴结权贵，只是在暗暗思考国家的前途和命运。王安石曾经给仁宗皇帝上过“万言书”，但如石沉大海，杳无音讯；也因此他断定变法的时机尚未成熟。于是，他谢绝了朝廷一次次任命，甘居地方小官，宁可小范围推行变法的措施，造福一方百姓。

在王安石看来，做多大的官并不重要，重要的是能够成事。头顶乌纱却身不由己的话，他宁愿不进朝堂，仅仅为民为己做些实事。

著名作家李国文先生认为，王安石这个阶段的韬光养晦、拒不为官，主要是为了制造声势，替自己炒作。然而，对一个政治家来说，投靠明主也并无大错。能够等待时机，并善于抓住命运的拐点，通常都是智者的行为。

1069年，王安石终于等来了神宗的传召，犹如神宗终于等来了王安石的上任。在宋朝艰难呼吸的关口，他们握住对方的手，互相汲取最初和最终的力量。

但任何一次变革，都不要指望能够畅通无阻，因为无论如何改革，哪怕只是一个微小的变动，都会触及既得利益者。最为艰难的往往不是改革之初的深思熟虑，而是如何抵得住各方恶意的拆台和进攻。神宗与介甫虽是强强联合，却也无法改变这一历史的惯性，和宋仁宗的庆历新政、清德宗的康梁变法一样，他们终于还是失败了。

对于王安石变法失败的原因，有很多种分析，一般意义讲，是触犯了地主阶级的利益。用旧的政府来推行改革，只要政策稍有变动，官僚们照样可以鱼肉人民。用易中天先生的话来说，那便是“改革帮了腐败的忙”。

当然，也有人说吕惠卿这个小人抖出了很多王安石写给他的私人信件，说王安石有“欺君之嫌”，从而导致革新力量内部的分化。吕惠卿也因此载入《宋史・奸臣传》之列。但无论是什么原因，变法失败了。

正所谓“顺时不骄，败时不馁，才是人生真厚道”。

曾经身为宰相的王安石，为了自己的政治理想和抱负，也打击过异己，欧阳修、司马光、苏轼等退休或贬官，都不能不说与此相关。但王安石并没有置对手于死地的意思，也从不网罗莫须有的罪名加害别人。甚至在苏轼发生了“乌台诗案”之后，已经辞官的他还挺身而出，上疏为东坡辩护。

须知，当时的王安石已经痛失爱子、家破人亡，在皇帝面前毫无半点儿话语权。而恰恰在那个时候，没有人敢替苏轼说话，亲友们全都噤若寒蝉，连苏轼自己也被屈打成招。王安石敢于在这个关口替苏轼说话：“岂有圣世而杀才士乎？”足见半山先生的落落风骨，称其为侠肝义胆亦不足为过。

或许，这就是文人的惺惺相惜吧。

从政治的聚光灯下走出来，回归平常生活，王安石又回到了金陵，写下了上文提到的那首著名的《桂枝香》。“千古凭高，对此谩嗟荣辱”，无限的慷慨悲凉，读来至今荡气回肠。除了写词，王安石还写有许多脍炙人口的小诗，如《泊船瓜洲》即是一例。

京口瓜洲一水间，钟山只隔数重山。
春风又绿江南岸，明月何时照我还？

《泊船瓜洲》

小诗把思念家乡之情，写得清新淡雅，明朗脱俗，没有丝毫别离的惆怅，只有一丝淡淡的盼望，深深地融化在青山绿水间。

所以，有人说这是他第一次任宰相时所作，也有人说表达了第二次复官时的愉快，还有一说是罢官后，彻底从政治中解脱后的舒畅。无论如何，一个“绿”字几番修改，已成文坛佳话，“功夫在诗外”嘛！

作为唐宋八大家之一，他出手不凡，为后世留下了许多传世名篇。作为政治家，历史学家对他始终争议不断，但这恰好说明了他的影响力。

王安石变法的时候曾经自信地说：“当世人不知我，后世人当谢我。”有此信念，他的变法无论成功与否，都让人觉得信心百倍！

水缸相公那些事儿：司马光

有一天，小朋友们在院子里玩儿。其中一个非常淘气的小朋友爬在水缸边上玩儿“空谷回声”，一不小心，失足掉入缸中。缸大水深，眼看就要把小朋友淹死了。怎么办呢？如果是接受过现代正规学前教育的小朋友就会说“找幼儿园阿姨”，或者“打 110 告诉警察叔叔”。但那个时代既没有阿姨也没有叔叔，小朋友们吓得四散逃开，跑去告诉家长。

这时候，有一个小朋友不慌不忙地走到缸边，抱起一块大石头，“砰”的一声砸向水缸。水缸里的水哗哗地流了出来，缸里的小朋友得救了，缸外的小朋友出名了。他的传奇经历从此百世流芳，史称“司马光砸缸”。

司马光少时读书就非常用功。别的小朋友背诵诗书会了之后，便跑出去玩儿，只有他仍然精读体会其含义，并默默诵记于心。当其他小朋友还流着清鼻涕不知历史为何物时，他就可以“凛然如成人，闻讲《左氏春秋》，即能了其大旨”，经常“手不释卷，不知其饥渴寒暑”。

司马光苦读的故事连同“砸缸事件”历来为人所称道，被看作是少年老成的典型。的确，当其他孩子手足无措的时候，他能够如此沉着冷静，并机智地想出解决问题的方法，日后的足智多谋、持重稳妥，从小就初露端倪。

司马光是北宋时著名的文史学家，字君实，号迂叟。他主持编写的《资治通鉴》是中国历史上第一部编年体通史；从众多驳杂的历史史实中提取出治乱兴衰的经验，内容翔实，文笔生动；既是史学类的著作，也可作为文学作品来欣赏。被清代学者王鸣成誉为“此天地间不可无之书，亦学者必不可不读之书”。

在洛阳编纂《资治通鉴》的十五年中，司马光几乎耗尽了毕生的心血。

家里人等他吃饭，常常不见人影；把饭拿到书局，也要催了几次才吃。每晚只要一翻身就起身继续编写，绝不允许自己有丝毫的懈怠。成书后，他上疏给皇上：“臣现在老眼昏花、骨瘦如柴，神经衰弱，连牙齿也不剩几颗了。臣全部的精力都耗费在了这本书里。”皇天不负苦心人，司马光的心血没有白费，《资治通鉴》不仅为当时的统治者提供了一套可供借鉴的治国方略，也为后世积累了一笔宝贵的财富。

和王安石出山前辞官不就的“名人效应”类似，司马光隐居洛阳著书十五年，依然名满天下，世人都认为他是真正的宰相，并尊称他为“司马相公”。适逢司马光动身为神宗奔丧，他受到了百姓的夹道欢迎，人们请求他辅佐天子、拯救百姓。

当年那颗闪亮的童星，如今已经变成老百姓眼中的“救星”。

一个人想要得到百姓的拥戴，既要有清廉刚正的品行，还要有人们所推崇的普世性道德，这或许是中国文化的一大特色。在崇尚道德情操的宋朝，对德行的重视尤其突出。

司马光的性格中有两点非常值得人们尊重：一是直；二是俭。

司马光秉性刚直，对贤才的举荐、与奸臣的斗争，都能够抛弃个人恩怨和私利，秉公而断，置个人安危于不顾。同时，他还敢直言犯君，这在“君让臣死，臣不得不死”的封建社会，可谓异常珍贵。

相传，由于仁宗无子，皇位继承人始终没有确立。仁宗生病后，大臣们对此心急如焚，却谁都不敢为此进谏。提到确立继承人的问题，似乎会犯了皇上的大忌。只有司马光一次次上疏，提到必须稳定皇位继承的问题，才能令天下安心，以免大权旁落。他屡次上疏，情真意切，令仁宗大为感动。不久，仁宗便册立英宗为太子，继承帝位。连后来的宋神宗都曾不无感慨地说：“司马光这样的人，常在我身边，我就不会犯错误了。”能够得到皇帝和百姓的双重认可，司马光的确是社稷之臣。

司马光一生为人所称道的故事有很多，除了上面谈到的“砸缸”“苦读”外，“典地葬妻”也是被人传诵的一段佳话。

司马光一生俭朴，从不奢华，所以妻子去世的时候，家里没钱安葬。儿子和亲戚都说借点儿钱，铺张一些也风光一些，可是司马光不同意，并教育儿子要勤俭立家。最后，他典当了自己的一块土地换了点儿钱，才算把丧事草草办完。司马光一生诚实，从不说谎，他曾经说：“我没有什么过人之处，只是平生所作所为，皆问心无愧。”这一点，不仅为他赢得了百姓的尊重，连政敌王安石也对他钦佩有加。

司马光和王安石两个人，都是大宋朝的顶级文臣。他们一个保守，一个激进。司马光讲究守成，尊重传统伦理纲常，认为制度哪里不好可以修缮，但不能全盘否定，讲究“补台”。王安石比较大刀阔斧，希望改革可以彻查到底，从此力挽狂澜，救国救民。

然而，他们一生虽政见不和，且水火不容，但都能公正、客观地评定对方的政绩和品德，不得不说是一件奇事。像苏轼与王安石，欧阳修对包拯的举荐和弹劾，似乎都有这样一个特质。

宋朝文人参政议政的机会和权利，是中国历史上空前绝后的。但文人之间的恩怨多是因为政见不合，而绝少别朝的栽赃、嫁祸。也许是宋朝的皇帝都溺爱文人的原因，文人们即便被贬官，游山玩水也一样逍遥自在；大可不必为了尔虞我诈赔上身家性命。

也是因为这份儿自在与自由，他们才能够敢于廷前犯上，也才能够在台上台下，都保持自己对人对事独立的判断和评价。所以，后世许多学者如汤因比、余秋雨等，都曾感叹最为向往的便是宋朝。

因为对于知识分子来说，宋朝的确是培养真正“精神贵族”的沃土。

对于司马光来说，生活在宋朝，不仅拥有独立的精神、无上的荣耀，还很自然地沾染了时代的气息。比如文人指点江山的激越、锐意进取的情怀，当然也还有软香温玉的甜腻。这首《西江月》恰是一例。

宝髻松松挽就，铅华淡淡妆成。青烟翠雾罩轻盈，飞絮游丝无定。
相见争如不见，有情何似无情。笙歌散后酒初醒，深院月斜人静。

《西江月》

小令上阕写宴会上遇到的一个舞女，松挽云鬟，薄施粉黛，体态轻盈，如青烟翠雾般袅娜，如柳絮柔丝般旖旎，妩媚动人，风情万种。下阕忽然由写景转到写情，有点儿多情却被无情恼的落寞，长长的相思如碧波荡漾的柔情，剪不断、理还乱。月斜人静，酒后初醒，夜色清凉如水，眷恋？伤感？抑或惆怅？心中五味杂陈，一切景语皆情语，风月无边情意绵绵。

司马光作为一代名臣、历史学家，加上刚直不阿、直言犯上的性格，通常会被很多人误认为是一脸“金刚怒目”，说不定还会板着脸闭口不提男女之事。

好在司马光并不是一个伪道学家，他不会永远正襟危坐、高谈阔论，那实在有失才子的情趣。觥筹交错，酒酣耳热、丝竹乱心之际，也会写下这片段情思，歌之咏之。

这首词上阕写人下阕写景，看似平淡无奇，实则回味隽永。与宋朝许多浓艳香软的词词风不同，《西江月》清新淡雅，风格婉丽，可谓“不着一字，尽得风流”。

司马光是文史大家，《全宋词》存词三首且均为艳情之作。文人在政治之外的风流、潇洒可见一斑！或许正因为如此，宋朝文人的生活才显得格外生动有趣，引人入胜。

传统文人的理想生活：晏殊

无论现代社会的“高考”被人指责为多么不合理，同古代科举制相比，它已然是非常具有进步性的了。封建科举制才真的是“一考定终身”；一旦金榜题名，便可以由此步入仕途，飞黄腾达、光宗耀祖。所以，千军万马纷纷扑上这条坎坷路，范进、蒲松龄、孔乙己等先辈们都曾为此“抛头颅、洒热血”，足见其魅力无穷。

然而，也有人可以抄近路、走捷径，被天上掉下来的馅饼给砸到，宋代的晏殊就是一例。

晏殊字同叔，十四岁的时候，应神童试，真宗召其与众进士同廷应考，结果小晏殊提笔成文、从容镇定；真宗喜欢，赐进士出身。三十五岁正是许多人为功名挤破头的时候，晏殊却已经升任翰林学士，后拜相；一生富贵，平步青云。

也因此，晏殊的词里多为平和的情感，很少使用冷僻的典故。其清健的词风，正如他平平稳稳的一生，太平宰相，“修身、齐家、治国、平天下”，应该是读书人最为期待的生活了吧。

所以，人生的经历无论是坎坷还是平坦，都是一笔宝贵的财富；苦难固然能激发人的斗志，而悠游也可以成就难得的风雅。一首《清平乐》，正是这种从容、娴雅的例证。

红笺小字，说尽平生意。鸿雁在云鱼在水，惆怅此情难寄。

斜阳独倚西楼，遥山恰对帘钩。人面不知何处，绿波依旧东流。

《清平乐》

小词上阕写情，幽幽爱慕都铺诉在一方小巧的信纸上，“雁足传书”“鱼传尺素”，惆怅深处，连最愿意传递感情的它们也不忍将情书送出。托书不成，便只能借景抒情，将无限情思融入眼前的景色中。斜晖脉脉，高楼上独自一人，“遥山恰对帘钩”，本想两两相望穿越时空，不料目光受到青山的阻隔，徒添一段愁思。结尾两句，笔锋忽转，并无更多悲凉之感，情人不在，而绿波依旧。言虽有尽，却含义无穷。

晏殊少年得志，仕途一帆风顺，生活的平坦也促成了语境的冲淡。这首《清平乐》读来虽有哀愁却并不哀怨，虽是艳情却毫不妖艳；惆怅难遣，却也不似柳永、周邦彦等人的浓艳香软、汪洋恣肆。

所谓“文如其人”正是此意。晏殊写词，由于经历和身份的原因，感情上总是有所收敛，“胸有惊涛，面如平湖”，说的正是这种风致。

有人说晏词的清丽雅秀有“花间”词的遗风，但从晏殊最为著名的《浣溪沙》来看，实在有“出于蓝而胜于蓝”的成就。

一曲新词酒一杯，去年天气旧亭台。夕阳西下几时回？

无可奈何花落去，似曾相识燕归来。小园香径独徘徊。

《浣溪沙》

这首词直指人世无常，感慨世事变迁。由于晏殊的位高权重，所以他不用像南宋很多词人那样，为晋级和交友而做些应制的唱和，他不用为酬答谢意而埋藏真性情，辱没自己的才学。

很多时候，在功名面前，人生的真纯体验如浮云过眼，为五斗米折腰的才俊历来也

不乏其人。

但晏殊的经历和纳兰性德有些相近，他们都是衣食无忧的达官贵族，而文学的敏锐和真诚，令他们没有游戏人生的玩票心理，也不用鞍马劳顿去为羁旅艰辛而苦闷。在晏殊和纳兰的词中，人们最常见到的便是人世间恒常的变数，不是小我的悲伤困顿，而是人生和自然的凋落与更迭，易见难寻的悲凉。

对酒当歌，试问："夕阳西下几时回？"夕阳西下，触动了词人的情思，彩虹易散琉璃碎，亭台楼阁依旧，而韶华流转却转眼成空。词人不仅描写了眼前事物，更有对世事无常的感喟。

"无可奈何花落去，似曾相识燕归来"两句更成为词坛绝唱。花开花落，春去秋来，美好的事物却无法阻止其消长，空留词人在园中徘徊独思。年年岁岁花相似，岁岁年年人不同。这种对人生哲理性的思考，令词作在语言和意境上都显示出卓尔不群的风采。

晏殊既然能参透人生的憔悴易损，自然也不愿意让时光一去成空。与其悲辛无尽不如用心珍惜，正所谓：满目山河空念远，不如怜取眼前人。

一向年光有限身，等闲离别易销魂。酒筵歌席莫辞频。

满目山河空念远，落花风雨更伤春。不如怜取眼前人。

《浣溪沙》

这首《浣溪沙》也是晏殊的代表作之一。词人哀怨的是时光有限，离别之情最是伤人。推杯换盏之际，良友相对，及时行乐方能排遣抑郁。满目山河空悲喜，落花时节，风雨更添春愁，不如把酒言欢，立足现实，珍惜眼前。所以他在《踏莎行》中也曾吟唱类似的主题，"春光一去如流电。当歌对酒莫沉吟，人生有限情无限。"

晏殊虽少时赐进士出身，但在论资排辈的封建官场，一切工作都要从基层做起。他从八品、九品芝麻大的小官，一直走到朝廷的一品大员，这里固然有机缘巧合，恐怕也与他良好的心态不无关联。

能够好好地珍惜眼前的一切，才能牢牢地抓住幸福的人生。

也因为这份儿对人生的彻悟与珍惜，所以他一生显贵却从不忘提携后辈，范仲淹、韩琦、富弼等这些宰相级人物，皆出自他的门下。小儿晏几道更是北宋词坛风云人物，才名均不输于他。生时风光，死时后继有人，除了知足常乐、安守富贵外，人生还用作何奢求呢？

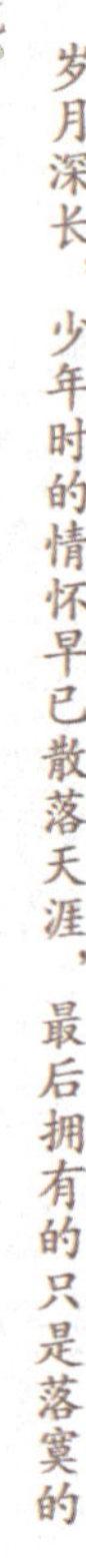

岁月深长，少年时的情怀早已散落天涯，最后拥有的只是落寞的心境。

但人生似乎是一个转不满的圆盘，总是会在岁月的磕碰中，留下点儿残缺。沧桑变化难料，“燕子双飞”竟惹起词人无限孤独。

槛菊愁烟兰泣露，罗幕轻寒，燕子双飞去。明月不谙离恨苦，斜光到晓穿朱户。

昨夜西风凋碧树，独上高楼，望尽天涯路。欲寄彩笺兼尺素，山长水阔知何处！

《蝶恋花》

这首小词《蝶恋花》以“昨夜西风凋碧树，独上高楼，望尽天涯路”三句闻名于世，是一首抒发离愁别恨的上乘词作。婉约派词人的怀远伤感之作，大抵都褪不去忧郁的底色，语境上也显得不够开阔。唯有此词，以高楼独倚的姿态，写尽天涯人生路上的孤独，读来不禁伤怀且蕴含了广大而深切的苍凉。其词意之悠远、格局之扩大，皆非同类婉约词所能比拟；一枝独秀，如寒梅傲雪，令人在“望尽”之余，虽苍茫悲壮，却也辽远阔达。

王国维先生曾借用此三句来解释治学之道，认为乃为学三重天之第一境界。跳出了狭小的爱慕与柔情，王国维对词意的夸张似乎更显得出这首词的普世性。不仅仅是爱情、学业，人生似乎也如一夜西风凋碧树，长路漫漫却转眼成空。可是否也曾一夜春风，梨花开遍、千树万树呢？人们无法揣测晏殊的爱情，只能从他的词作中，寻到些蛛丝马迹：

绿杨芳草长亭路，年少抛人容易去。楼头残梦五更钟，花底离愁三月雨。

无情不似多情苦，一寸还成千万缕。天涯地角有穷时，只有相思无尽处。

《玉楼春》

这首《玉楼春》依然延续了婉约派恋情词的特质，“无情不似多情苦”，大有现代人爱过才知情重、醉过才知酒浓的意味，一缕情思剪成千万段。身为大宋朝堂堂宰相，虽然碍于情面不能过分表露自己的深情，但“天长地久有时尽，相思绵绵无绝期”之感慨，想来也是真正有过铭心刻骨的爱情吧。

大宋词坛犹如一盘将遇良才的好棋，无论贩夫走卒还是帝王将相，都可以找到适合自己的位置，将才情发挥到极致。

“一团和气，两句歪诗，三斤黄酒，四季衣裳。”中国传统文人的理想生活模式，在宋代晏殊的身上得到了完美的演绎。

功名利禄如云烟粪土：晏几道

按照一般人的习惯思维，“子承父业”应该是最好的发展前途。老爸是当朝宰相，平日家里穿梭往来的多为权贵，如果想站在“巨人的肩膀上”，估计很有可能更上一层楼。但晏几道偏偏是个例外。他虽生于大富大贵之家，却清高孤傲，不愿与世俗同流合污，也不愿意摧眉折腰事权贵。在他的人生和词海里，唯一寻得到的便只有“情”字。

晏几道乃宰相晏殊第七子，字叔原，号小山，疏狂磊落，不慕荣利，称得上是豪门中的“异数”。他虽生于相府，却和宝玉一样，视功名利禄如牛毛粪土，倒是把姐姐妹妹们看得比生命都珍贵。

在他的词集《小山词》中，词风顿挫、哀婉缠绵：

梦后楼台高锁，酒醒帘幕低垂。去年春恨却来时，落花人独立，微雨燕双飞。

记得小蘋初见，两重心字罗衣，琵琶弦上说相思。当时明月在，曾照彩云归。

《临江仙》

这首《临江仙》是小山久负盛名的佳作，也是婉约词中的绝唱。午夜梦回，烟锁重楼；残梦醒来，见帘幕低垂，不禁悲从中来。去年的闲愁旧恨又纷至沓来，这恼春的情绪已非一日之功。想起当年初遇美女小蘋的时候，她穿着绣有双重“心”字的罗衫，仿佛也在期待日后的心心相印。娇柔的手指奏出美妙的琵琶乐，“低眉信手续续弹，说尽心中无限事”。明月当空，小蘋如彩云般飘然而归……良辰美景，才子佳人，赏心乐事。

词作从“楼台”“酒醒”开始写起，时空交错，由眼前实景写入心中真情，由相思无尽想到前尘旧事；结尾处，虚景中暗藏孤单之意，却无愁凉之叹，朗月当空，顿挫曲折之情油然而生。

“落花人独立，微雨燕双飞”虽化用了前人诗句，但与词情十分贴切。

陈廷焯在《白雨斋词话》中称赞这首词：“既闲雅，又沉着，当时更无敌手。”

何止当时，即便岁月摇过千载，再读《临江仙》，人们依然能够感受到小山当年呼之欲出的深情，后世也罕见敌手。

读晏几道的词，常常可以听到他的呼唤，“莲”“鸿”“蘋”“云”是他最常提起的四个名字，此四人皆为歌伎。小山虽为贵族，但却深味人间的悲凉，对底层的女子有一种充满温度的体贴和尊重。

青楼业作为封建社会所认定的“下九流”中的下品，很少有人会真的同情歌伎舞伎们的处境。柳永流连青楼，是因为皇上摆明了不让你当官，封杀了你的出镜机会；而晏几道则不同。他生于富贵却不爱慕，骨子里渗透了对权贵的蔑视。在他的朋友里，唯一称得上有名气的就算是黄庭坚了，而黄庭坚也是仕途坎坷之人。

黄庭坚经常在自己老师的面前称赞小山的才华，于是引起了老师的兴趣，便委托徒儿拜访一下晏几道。老师开口，老黄自当效命，赶紧联系小晏看能否赏个脸。实际上，这个老师不是别人，正是鼎鼎大名的苏东坡。

可晏几道并不领情，“现在朝中大官，一半都出自我父亲的门下，想巴结的话，早就下手了”，硬是拒绝了黄庭坚的引见，驳了大学士的面子。

彼时，小山的才情和名气都已经超过父亲晏殊。想那苏轼也是怜才爱才，一腔率真之人，倒未见得是要劝他求取功名。二人假如真的相见，说不定渔歌互答，此乐何极，还可以平添一段文史佳话呢！遗憾的是历史无法假设，二人终究没能见面。

黄庭坚深知晏几道的脾气，他在给《小山集》作序时，总结自己的这位朋友，认为小山人生有“四痴”：一、老爸当官的时候培养了不少后生小辈，可惜小晏不愿意攀附权贵，依傍别人；二、写得一手好文，却不肯以此作为官场的敲门砖；三、家产丰厚却仗义疏财，常令家人面有菜色；四、别人无论如何辜负他，都不会记恨，反而始终深信他人不疑。最后，黄庭坚振振有词地定论说，他是人所公认的痴人。

古人讲这个“痴”，基本相当于现在的“不识时务”或“不切实际”。能够为了切合实际不择手段的人，多半能够飞黄腾达。因为见风使舵日子久了，除了卑躬屈膝，还能学会锦上添花和落井下石；这种人在物质世界一般都比较吃得开。在这一点上来说，晏几道的确有几分不切实际的“痴”症。

他把大把雪花银用来扶危济困，不管家人的饥饱；上当了也不懂吃一堑长一智，还继续真纯地生活，始终不知道这个世界上有圆滑老道这样的词，实在是令人不解。

最忍无可忍的是，他居然藐视荣华富贵的各级官爷，跑去同情青楼歌伎，这不是榆木脑袋吗？人生在世不称意，实在是自作自受。

著名评论家蓝棣之先生曾说：“一切文学经典都是有病呻吟。”假如此话当真，那小山果然是病得不轻，而且如黄庭坚所说，还都是“痴”病。

可是，仔细想想，人生一世，草木一秋；无翼而飞者谓之声，无根而固者谓之情。小山将自己一生的柔情都给了相思，给了别离，给了梦境；虽然在官场上未能得意，却在词史上斩获不少。

醉拍春衫惜旧香，天将离恨恼疏狂。年年陌上生秋草，日日楼中到夕阳。

云渺渺，水茫茫。征人归路许多长。相思本是无凭语，莫向花笺费泪行！

《鹧鸪天》

这首《鹧鸪天》，将悠悠相思写得云烟缥缈，雾水迷茫。“相思本是无凭语，莫向花笺费泪行”两句更让人肝肠痛断。既然相思本来是无可诉说的，那一腔热情岂不是都白白浪费在诗词上了吗？可是，除此之外，似乎又别无他法。另有一首《鹧鸪天》，也写得味浓情长。

彩袖殷勤捧玉钟，当年拚却醉颜红。舞低杨柳楼心月，歌尽桃花扇底风。

从别后，忆相逢，几回魂梦与君同？今宵剩把银釭照，犹恐相逢是梦中。

《鹧鸪天》

读晏几道的词，总能在婉约的背后发现一个迷离的梦境，在这里他寄托相思，与情人约会，与往事干杯。也是在这一点上，他与父亲“分道扬镳”。

晏殊出身寒门却能官至宰相，晏几道生于豪门却家道渐落晚景凄凉。大晏一生信奉“满目山河空念远”，人要立足现实；小晏始终期待“犹恐相逢是梦中”，任性狷狂。这一实一虚，令父子二人的生活大相径庭。那时文人犹如今日之明星；可以凭几句诗文爆得大名，也可能因为不遵守“行业潜规则”而终身寂寞官场。

自从父亲亡故后，小山的家境就逐渐败落了：一是因为他对钱权交易不感兴趣；二是他花钱如水，理财能力不强。好在秋风白发，江湖夜雨，他总算用词作留住了这份儿情思。

能够驰骋官场春风得意，固然是一种幸运；能洒脱而活，率真而为，也未尝不是一种快乐的人生！

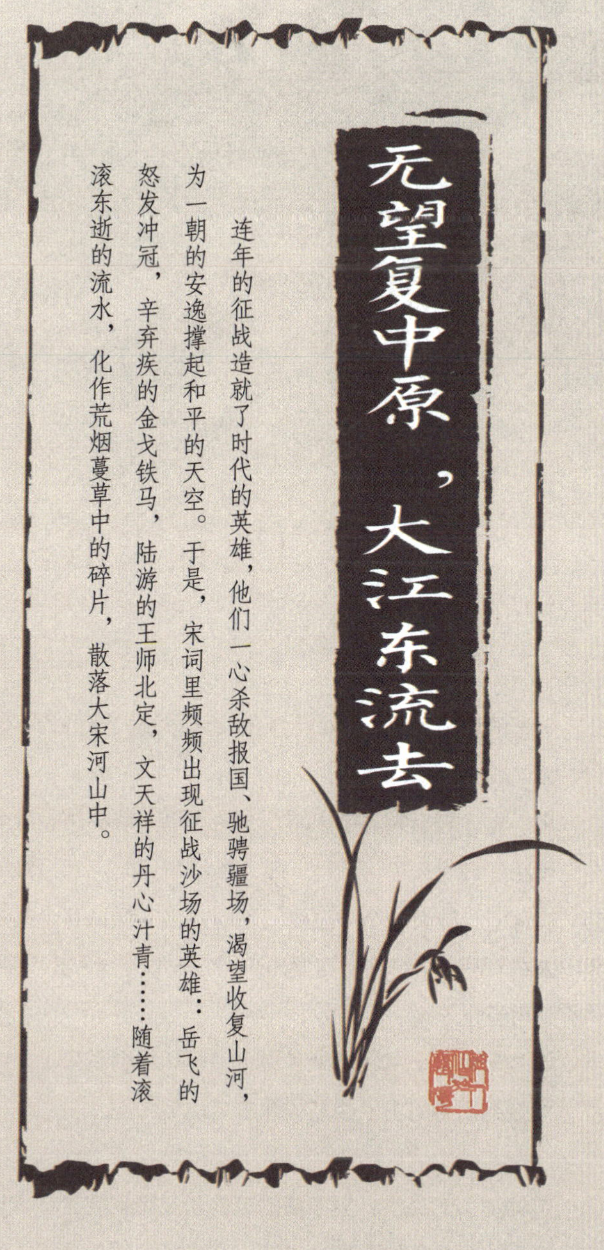

无望复中原，大江东流去

连年的征战造就了时代的英雄，他们一心杀敌报国、驰骋疆场，渴望收复山河，为一朝的安逸撑起和平的天空。于是，宋词里频频出现征战沙场的英雄：岳飞的怒发冲冠，辛弃疾的金戈铁马，陆游的王师北定，文天祥的丹心汗青……随着滚滚东逝的流水，化作荒烟蔓草中的碎片，散落大宋河山中。

将军白发征夫泪：范仲淹

当年的皇帝出巡，犹如今天的明星出场，赢得的不但是众人的瞻仰，还有惊声尖叫和无数艳羡的目光。

那一年，赶上宋真宗出游，大队人马浩浩荡荡，比今天明星周围的保镖还多。皇上在古代那是真龙天子，不是一般人能够看见的。老百姓们争先恐后跑去围观，整个城市都被震动了，唯有一个学生闭门不出。这时候，有个关系很铁的哥儿们过来叫他："赶紧出去看看吧，皇帝从皇宫里出来了，千载难逢的机会啊。"结果，书生头也不抬地说："将来再见也不晚。"

第二年，这个书生考中了进士，果然见到了皇上。

他就是后来历史上著名的北宋名臣范仲淹。

范仲淹少时孤贫，生下来的第二年父亲就死了。老妈不是正室，只好带着他改嫁，所以很小的时候范仲淹是姓朱的。老朱家虽然是富贵人家，但范仲淹读书很用心，而且十分刻苦，为了激励自己，还一个人跑到寺庙里面去做寄宿生。

古人很奇怪，只要是读书，一般都会喜欢"头悬梁，锥刺股"那种，用现在时髦的话来说，就是对自己狠一点儿。范仲淹也如此。他每天就煮一锅粥，凉了以后切成四块儿，早晚各取两块儿，吃点儿咸菜，喝点儿醋，就算是一天的口粮了。这便是后世赞誉的"断齑画粥"的故事。

生活虽然清苦，但精神上还是比较丰富的。后来一次偶然的机会，范仲淹知道自己本来不是姓朱的，含着眼泪，辞别生母养父，踏上了异地求学的路。这一走就走进了宋代四大书院之一：应天府书院。

这里汇集了许多知名教授和学子，人们在这里交流促进，共同进步，志趣才情俱佳的文化气氛深深地感染了范仲淹。学校藏书很多，对一个学生来说这是最直接的好处，当然还有最吸引人的政策就是免费。对离家出走的范仲淹来说，这实在是良好的求学圣地。

有同学见他生活清苦，就给他送些美食，结果他什么都不肯吃，怕自己的生活太过安逸，以后便吃不了苦。后来他终于如愿以偿高中进士，从此开始了近四十年的官场生活。

范仲淹受宰相晏殊推荐，负责皇家图书的整理与分类。而当时仁宗虽贵为天子，但大权却掌握在刘太后的手里。有一次刘太后大寿，令仁宗磕头跪拜。范仲淹挺身而出，认为君主之尊严乃国家之体面，不能轻易辱没。结果，随后不久，范仲淹就遭到贬官。

可想而知的是，刘太后一死，仁宗立刻调范仲淹回京。

1043 年，在仁宗的催促下，范仲淹和富弼、韩琦等人起草了国家改革方案，史称“庆历新政”。

新政实施的短短几个月，社会面貌焕然一新，社会风气为之一正；那些富贵子弟渐渐受到了限制，人才选拔机制更见成效，一些有才之士常常会得到破格提拔。宰相权力更加集中，以提高政府部门的运作效率。

但是，和历史上任何一次深度改革一样，改革力度越大，成效越显著，受挫程度也越高。

很快，在保守派的诬陷下，改革就失败了。范仲淹遭到贬官。

1045 年，宋仁宗已经失去了励精图治的精神支柱，废除了新政，保守派的歌舞升平又恢复了原貌。

宋朝有一个奇怪的现象，很多皇帝都励志图强，奋发向上，想要大刀阔斧地革除弊政；但是到最后常常虎头蛇尾，草草收场。恐怕这也与大宋重用文臣有关。

文人多半容易热血沸腾，感性细胞比较发达，演说和煽动能力都很强。而宋朝的皇帝也颇有文化，文气十足，容易被激情感染，被理想刺激。说到底，皇帝与官员都是浪漫的理想主义者。这样的人，一旦遭遇挫折，通常很容易退缩。所以，每逢遭到保守派的反扑，在皇权的退让与默认下，改革派很快就会被镇压下去，范仲淹如此，王安石也如此，欧阳修、苏轼等文人前后惨遭牵连的更是不计其数。

因为宋朝的文官没有死刑，对这种政治的起伏更是起到了推波助澜的作用，用“你方唱罢我登场”来形容宋代政坛一点儿也不为过。

1046 年，改革失败，范仲淹被贬官。此时，忽然收到好友滕子京的来信，邀请他为重修的岳阳楼作传，并送了一张《洞庭晚秋图》。范仲淹虽然此时身体不好，但还是答应下来。他挥毫泼墨，饱蘸感情的浓浆，奋笔疾书写下了千古名文《岳阳楼记》，表达了自己位卑未敢忘忧国的理想。

“居庙堂之高则忧其民，处江湖之远则忧其君”，不仅是对同样贬官的朋友们的鼓励，也是执着于理想的体现。而“先天下之忧而忧，后天下之乐而乐”一句更是名垂千古。

和其他的文职人员不同，范仲淹曾亲历战场，带兵作战，许多军旅题材的词作广受青睐，最著名的便是《渔家傲》。

塞下秋来风景异，衡阳雁去无留意。四面边声连角起。千嶂里，长烟落日孤城闭。

浊酒一杯家万里，燕然未勒归无计。羌管悠悠霜满地。人不寐，将军白发征夫泪！

《渔家傲》

苍苍白发，空对南飞大雁，一杯浊酒，闷对落日孤城。英雄情怀的悲歌与幻灭，都在这一刻随长烟腾起。

当然，作为宋代卓越的政治家与文学家，除了家仇国恨之外，还有自己的一份闲情逸致。范仲淹不但工于诗文，且写过许多描写景致的词，其中以《苏幕遮》写得最是凄婉。

碧云天，黄叶地，秋色连波，波上寒烟翠。山映斜阳天接水，芳草无情，更在斜阳外。

黯乡魂，追旅思，夜夜除非，好梦留人睡。明月楼高休独倚。酒入愁肠，化作相思泪。

《苏幕遮》

自古文人多风流，而宋代文人由于生活的滋润与富饶，则更添几分情致。所以宋词中男欢女爱、相思成灾的主题简直多如牛毛，但能够写到范仲淹这样沉痛的却并不多。

“碧云天，黄叶地”，从天地大气之中抽取出无边秋色。远山、斜阳、芳草外，天水相连。感伤、旅怀、忧思、乡愁，令一切都黯淡无神。独倚栏杆，泪暗洒，一杯美酒，一怀愁绪，浓烈地在心里燃烧，化为无尽的相思泪。

后世王实甫借鉴这首词开篇的苍凉与开阔，引入千古名剧《西厢记》。甚至连台湾作家琼瑶也由此词幻化来两本小说《碧云天》《寒烟翠》，足见其影响深远。

然而，很多清代学者如张惠言等都认为此词并非写秋色，而是于苍凉的天地间抒发了范仲淹忧国的情怀。如果纵览范仲淹一生为国为民的事迹与情怀，似乎也有理由相信这首词是他爱国深情的另一种休现。而清代中后期，内忧外患让中国腹背受敌，在这种时刻，爱国的呼声往往更加响亮，也更容易引起清代学者的联想与共鸣。

不管《苏幕遮》到底是相思还是忧国，无可厚非的是，它是一首好词。就像范仲淹一样，无论有多少种身份，最重要的角色是将军，最深重的情感是爱国！

仰天长啸，壮怀激烈：岳飞

秦桧当年勾结金国，毒死岳飞，引起了人们的愤怒。历史演绎出来的结果便是艺术的创造。根据人们对江湖的想象和对秦桧的憎恶，香港著名导演王晶拍摄了电视剧《八大豪侠》。故事的起因便是宋高宗为了保全帝位，和秦桧密谋害死了英雄岳飞，阻挠抗金事业的发展。前朝六大元老吸纳了很多武林英雄，创办了“豪侠”这一秘密组织，暗地里帮助前线抗战，与秦桧对抗，以正国威。

最为出名的“八大豪侠”中，有一个女神医，名叫“扁素问”。她虽然不会武功但是精通医术，包治百病还能采药炼丹，被人尊为“女神医”。可惜的是，豪侠虽然个个神武，但毕竟架不住秦桧的势力，结果还是被镇压了。但扁素问非常厉害，她孤身一人押送秦桧进京面圣，以期为岳飞将军洗冤。可惜皇帝死活不相信秦桧的劣行，加上秦桧演技高超，扁素问不禁长叹，豪侠们实在不应该为这样的皇帝效命。

在扁素问离开京城、悬壶济世打算游走天涯的时候，她为秦桧专门炼制了一种毒药。这种药服后，每天噩梦连连，常常回忆起自己做下的坏事，夜不能寐，总能看到惨死的冤魂前来讨债，渐渐破坏人的神经中枢系统。结果，三年以后，秦桧就被自己折腾死了。这种药有一个很贴切的名字，叫“人间地狱”。《八大豪侠》的故事虽然是虚构的，但宋朝百姓对秦桧的愤怒确是无比真诚的。

正所谓“爱之深，责之切”，对秦桧的恨多半因为对岳飞的爱。

岳飞生于北宋汤阴县的一户佃农家。根据其身份推测，恐怕“岳母刺字”的故事只是传说的一种。但不管是否真有其事，岳飞的“精忠报国”之心，确是世所公认的。岳飞青年时期，目睹了女真族大规模的掠宋战争，深刻地感受到宋朝人民的艰难生活，所以很早就树立了恢复国土、讨还山河的志向。及至成年，便和宗泽、韩世忠等英雄站到了抗金的第一战线。

岳飞带领岳家军冲锋杀敌，令金人闻风丧胆。1139 年岳飞把金兀术的十万大军打得落花流水，一举收复了郑州、郾城、朱仙镇等几处重镇，令金兵连夜撤退。南宋几十年的抗金斗争才算有了根本性的转机。沦陷十几年的中原，总算有望回收。岳飞激动得对兄弟们说，“直捣黄龙府，与诸君痛饮尔”。

当胜利只有一步之遥的时候，岳飞的命运发生了戏剧性的逆转。改变他命运的有两个人：一是赵构；二是秦桧。

赵构对岳飞又爱又恨。爱的是有了岳飞，他才能高枕无忧地当自己的皇帝，“撼山易，撼岳家军难”的口号，想必他也曾经听说过。他对岳飞的依恋主要是基于巩固其统治。但同时他也怨恨岳飞，而且害怕真的收复中原，父亲、哥哥被放回来，自己的皇位就不保了。所以，赵构的态度始终有点儿暧昧，既愿意看到岳飞的胜利，又不愿意看到岳飞的全胜。

秦桧的想法却不一样。他是主和派的关键性人物，和岳飞的主战派截然对立。假如岳飞迎回皇帝，那秦桧的地位便不保，说不定还会因始终苟且议和而受到处罚。所以，在“不战不统”这个立场上，秦桧和赵构是沆瀣一气的。

同年，宋金议和成功。赵构重赏岳飞，却遭到断然拒绝。岳飞直接指出金人对大宋江山不怀好意，秦桧投降误国不可取。而且表达了收复失地的信心，复仇报国，唾手可得。“今日之事，可危而不可安，可忧而不可贺。”这些话对于打算苟且的赵构来说，无异于一盆冷水。对于秦桧来说，更是如芒刺在背。

就这样，赵构怕上岳飞了，秦桧恨上岳飞了，所以总想找个机会报复一下岳飞。

秦桧是主和派，身为宰相，所以肯定要负责外交事宜，所以他接到了金兀术的密电，大意是“不杀岳飞别想和平解决”。后来的“东窗事发”讲的就是秦桧密谋陷害岳飞的事。皇帝下了十二道金牌，属于航空特快，一连气地追岳飞回京。

岳飞明知道是个陷阱，但为了保存抗金的实力，不得不班师回朝。他无比悲愤地说：“十年之功，废于一旦！所得诸郡，一朝全休！社稷江山，难以中兴！乾坤世界，无由再复！”在百姓的夹道欢送、牵衣顿足中，在“莫须有”的罪名下，一个英雄的故事就此谢幕。

秦桧本想屈打成招，让岳飞认罪，无奈岳飞铮铮铁骨，宁折不弯。在他供状上只有八个大字“天日昭昭，天日昭昭”。

1142年，三十九岁的岳飞惨死在风波亭。

二十年后，孝宗即位，替岳飞平反，官复原职，并高价求购了岳飞的尸体，以礼葬之。

时光飞逝，1200年左右，隐居在临安府牛家村的郭啸天、杨铁心两位侠客，结识了著名的全真道士丘处机。三位英雄惺惺相惜，雪水烹茶，笑谈古今。席间，丘道长见郭、杨两位夫人都身怀六甲，不禁感叹大宋江山所剩无多，以后务必令孩子们继承先烈的光荣传统，把抗金事业推向高潮。

此时，窗外风雪大作，室内群情激奋，三个人不由得朗诵起岳飞将军的传世名篇《满江红》：

怒发冲冠，凭栏处，潇潇雨歇。抬望眼，仰天长啸，壮怀激烈。三十功名尘与土，八千里路云和月。莫等闲，白了少年头，空悲切。

靖康耻，犹未雪。臣子恨，何时灭？驾长车，踏破贺兰山缺。壮志饥餐胡虏肉，笑谈渴饮匈奴血。待从头，收拾旧山河，朝天阙。

《满江红》

一首词吟罢，大家表情凝重，好男儿为国为民，丘道长说：“以后孩子们要学习岳将军，永远不要忘了大宋的靖康之耻，不如一个叫‘郭靖’，一个叫‘杨康’吧。”郭啸天和杨铁心两位闻言大喜。后来，这个叫郭靖的孩子，真的由于机缘巧合，得到了岳飞将军留下的《武穆遗书》，为保卫大宋的半壁江山做出了自己卓越的贡献。而这个风雪夜的三英聚会，便是电视剧《射雕英雄传》的开篇。

彼时，距离岳飞离世大概已经有六十年了。

一个甲子的轮回，并没有让宋朝百姓忘记岳飞；相反，人性的光芒反而历久弥新。

岳飞之所以受到人们的拥护和爱戴，不仅仅是因为他奋勇杀敌，还因为他严于律己、宽以待人。他一生从不奢华，教子有方，赏罚分明，不纵女色。岳飞身上，凝聚了中国传统文化人格的最佳风骨，如一面明镜，正人正己；也因太过绝尘而令人心妒。在岳飞的高风亮节下，秦桧被人们按下了头颅。

杭州栖霞岭的岳飞墓前，有这样的一副对联，“正邪自古同冰炭，毁誉于今判伪真”，人们铸造了秦桧的铜像跪在岳飞将军的墓旁。

墓园内，柏树高种。

只恨堂堂中国空无人：陆游

西方哲学说“上帝面前人人平等”，可仔细想想，如果等到见上帝的话，估计平等与否对于大家来说也就没什么用处了。用《大话西游》中的经典台词来讲，“尘世间的一切就都已经和你无缘了。”那个时候，还讲什么平等不平等。

可见，人们求神拜佛，很少奢望来世，多半还是希望今生一切顺利。所以，胡兰成的一句“现世安稳，岁月静好”，便令张爱玲深深地感动了。

生于乱世，女子们多希望世道安稳，而英雄们却希望可以改造时代。“金戈铁马，气吞万里如虎。”能够战死沙场，对于将军来说，应该是最高的敬意和厚葬了。怕只怕，你空有一腔扭转乾坤之志，结果却只能回家安守田园，踏实种地；如此一来，对于亘古男儿来说，实在是可惜！

羸弱的宋朝，其实比任何一个时代都需要英雄。

只有英雄们的铁血和热情，才能铸造起一道坚固的长城，抵抗外族的骚扰。

然而，这似乎又是一个“英雄过剩”的时代。宋朝的英雄打仗的时候并不多，更多的时候都是朝廷在对外求和。

生在一个英雄无路的朝代，所有浪漫或现实的英雄主义都是一种悲哀。岳飞、陆游等都是此类的例证。

陆游生在北宋灭亡之际。不知道是不是因为这特殊的年代赋予了他的爱国情怀，令他的一生都深深地沉浸在这份儿激情与冲动之中。生于国家破败之时，复国之梦犹如不屈的灵魂，深深地注入陆游的血液中，并伴随岁月的起伏逐渐融化在他的心里。

可惜的是，他一生无数次请缨，却屡遭罢黜，最后不得不退隐田园，发出“壮士凄凉闲处老，名花零落雨中看”的感慨。所有的悲凉、沉郁和顿挫，都化为一首首《诉衷情》，深深地烙印在宋代的词史上。

当年万里觅封侯，匹马戍梁州。关河梦断何处？尘暗旧貂裘。

胡未灭，鬓先秋，泪空流。此生谁料，心在天山，身老沧洲。

《诉衷情》

写作这首词的时候，陆游已经年近七十，回忆起当年往事，不胜欷歔。“胡未灭，鬓先秋，泪空流”三句，以“未”“先”“空”三种意象叠加，勾画出“烈士暮年，壮心不已”的感慨。心中报国之志犹存，不料身老沧州。“男儿到死心如铁”的决心与“报国欲死无战场”的愤懑，都深深地消融在这首词中。其深切哀婉，遗憾与痛心，都深深地藏在字里行间，力透纸背，让人心碎。加上陆游一生的忠肝赤胆，不禁给人荡气回肠，绵绵不绝之感。

青衫初入九重城，结友尽豪英。蜡封夜半传檄，驰骑谕幽并。

时易失，志难成，鬓丝生。平章风月，弹压江山，别是功名。

《诉衷情》

有人说，恐怕是当年与唐婉的悲剧，令陆游深感爱情的绝望，所以才将自己的精力大把地泼洒在政治生涯中。可惜的是陆游的热情并不能得到政府的回应。

和辛弃疾一样，他们常常因报国无门，而不得不从战场上退回来，隐居在山野田园间。

莫笑农家腊酒浑，丰年留客足鸡豚。
山重水复疑无路，柳暗花明又一村。
箫鼓追随春社近，衣冠简朴古风存。
从今若许闲乘月，拄杖无时夜叩门。

《游山西村》

归园田居似乎是中国文人最终的归宿。陶渊明说，“羁鸟恋旧林，池鱼思故渊”“误落尘网中，一去三十年”。

中国文人的归隐一般分为主动和被动两种。五柳先生属于主动的，归去来兮，实在厌倦了官场的争斗。

而陆游和辛弃疾这种归隐，多半是因为屡遭贬谪，愿意隐也得隐，不愿意退也得退。总之是不得重用，安排一个闲职罢了；免得你总是上殿来号召收复中原，典型一个“好战分子”。

大宋朝“以和为贵”，对友朋奉若上宾，根本由不得陆游这样的“野战军”天天摇旗呐喊。识相的人都愿意安逸地享受杭州的生活，品味江南格调的优雅。然而，即便好端端的景色，也能被陆游这种忧愤之士渲染得分外悲伤。

驿外断桥边，寂寞开无主。已是黄昏独自愁，更著风和雨。
无意苦争春，一任群芳妒。零落成泥碾作尘，只有香如故。

《卜算子·咏梅》

在这首词《卜算子·咏梅》里，陆游用桥边寂寞的梅花、暗自开放的清香，来衬托自己高洁的气质，喻义丰富，语境高雅，梅花的清香扑面而来，陆游的风骨也同样显得卓尔不群。苏轼说，“江山风月，本无常主，闲者便是主人。”各花入各眼，有的人可以从自然常态、落花流水中读出青春易逝、人生苦短；而有的人却可以从中品咂出寂寞的况味、落寞的心酸。同样被不断吟唱的《卜算子·咏梅》，“待到山花烂漫时，她在丛中笑”，虽然用了同样的词牌，却完全是另一种激情，革命的浪漫与乐观都充盈其间。

所以，世上的英雄本也是没有大不同的，不同的只是大家生在了不同的时代。

而陆游不幸生于宋朝，生在离乱而又覆灭的年代，这似乎注定了他一生的漂泊与艰辛。

在风雨之夜，陆游一个人躺在山野孤村之中，窗外雷鸣电闪；心里的孤寂、身世的悲凉、时代的风雨、国家的飘摇，都在这样一个夜晚涌上心头，陆游轻轻地吟诵起这首《十一月四日风雨大作》：

僵卧孤村不自哀，尚思为国戍轮台。

夜阑卧听风吹雨，铁马冰河入梦来。

《十一月四日风雨大作》

无法体会，在那样的夜里，陆游的心里到底有多少无奈，一个英雄末路的时代，不仅令人悲哀，也让人惋惜。当“暖风熏得游人醉，直把杭州作汴州”的人们享受偏安的乐趣时，陆游这样的人却孤独地作杜鹃啼血状。

这有点儿像鲁迅笔下“黑屋子里的先觉者”，悲哀地求救，却不幸打扰了其他人的美梦。

在后世的评论里，虽然岳飞等人的精忠报国得到了人们的普遍尊重，但更先锋而又新锐的思想，却认为战争无异于是内部的一种损耗，于国于民都大为不利。所以，有很多人愿意为秦桧等人翻案，说是维持了安定团结的局面，促进了社会的和谐发展。但横看竖看，陆游高低也不是一个世俗眼中识时务者，连临死的时候都不肯放弃自己的志向。

俗话说，“人之将死，其言也善”，人们在告别人世的时候，恐怕才对周围的人世沧桑有真正的体会。此时的话才算是真话，也是肺腑之言。

《儒林外史》中的严监生在弥留之际，迟迟不肯咽气，也不过是为多点儿了一根灯芯而死不瞑目。由此，确立了在世界吝啬鬼画廊里独特的地位。而陆游，在临终的时候，写给孩子的《示儿》，不但深深地表达了自己没有见到中原统一的悲切，也为自己一生的爱国激情树立了不朽的丰碑：

死去元知万事空，但悲不见九州同。
王师北定中原日，家祭无忘告乃翁。

《示儿》

陆游对宋朝的热情，用一句流行的歌词来说，还真是“死了都要爱”呀！

可惜的是，再执着的手也握不住时间的河流，命运如细沙，在指尖轻轻地溜走，后人们只能在《金错刀行》的字里行间寻找陆游的旧梦，以及那曾经挥刀的豪情。

黄金错刀白玉装，夜穿窗扉出光芒。丈夫五十功未立，提刀独立顾八荒。京华结客尽奇士，意气相期共生死。千年史策耻无名，一片丹心报天子。尔来从军天汉滨，南山晓雪玉嶙峋。呜呼！楚虽三户能亡秦，岂有堂堂中国空无人！

《金错刀行》

堂堂中国，竟然找不出人来收复中原，这恐怕是陆游至死也不明白的道理吧。

一个宁愿碾作尘土也要保有清香的人，怎么会明白苟且偷生中的猫腻呢？

清明浩荡，肝胆皆冰雪：张孝祥

古代读书人的唯一出路就是“科举”，中状元则是这条崎岖坎坷路的光辉顶点。但凡能高中状元的人，多为“异类”；人们常常在他们的故事上增加一圈耀眼的光环，虽为传奇，但也神采奕奕。

据说，有一个状元少年读书时，听到池塘中蛙声不断，一生气拿着砚台砸到水里，池内立刻寂静无声。此后，这个水池中再无蛙声喧闹，所以人们称此为“禁蛙池”。未来的状元，在古代看来，都是“文曲星”转世。神仙下凡能够镇住地下的“生灵”，也在情理之中。

而这个少年，就是后来宋高宗御笔钦点的状元——张孝祥。

张孝祥考状元一事颇费周折。因为与他同年参加考试的还有秦桧的孙子。秦桧为了让自己的孙子能够金榜题名，有效地利用了官场的“潜规则”，用自己的权势令主考官屈服。迫于秦桧的宰相身份，考官当然不得不把他的孙子列为状元。

但试卷送到高宗的手里，皇上有点儿生气，秦桧的孙子说的话和秦桧平时都一个套路，毫无创见。而张孝祥的卷子很有自己独到的见解，而且字写得也比较帅；联想起秦桧平时的所作所为，心中就有数了。于是，决定举行殿试。

张孝祥考完试之后，才知道秦桧做了手脚，心里非常郁闷，整天借酒消愁。结果有一天忽然传来皇帝要殿试的消息。他当然激动，矗立廷前，提笔成文，龙飞凤舞一气呵成，连标点都来不及点。高宗一看，这明明就是人才啊！立刻钦点为状元，也借此打击一下秦桧的嚣张气焰。

等到张孝祥中了状元后，秦桧的奸党曹泳为了拉拢新科状元，决定把自己的女儿嫁给张孝祥。张孝祥本已痛恨秦桧他们，加上“状元潜规则”一事后，更是深恶痛绝，硬生生地拒绝了这门亲事。

更令秦桧冒火的是，张孝祥刚刚登第就上疏皇帝为岳飞喊冤，这等于公开和秦桧作对。

秦桧一想，这家伙软硬不吃，留着他必有后患，于是编造了一个罪名，告张孝祥父子谋反。“莫须有”的罪名在秦桧这里本来也不算什么，反正连岳飞都冤枉死了，也不在乎再多害死几个。就这样，张孝祥的父亲张祁被打入大牢关押。但不幸之中的万幸是，秦桧很快就死翘翘了。于是张孝祥上疏皇帝为父申冤，很快便平了反。

从此后，张孝祥为皇帝起草诏书，批阅文件，开始了真正的仕途生活。

张孝祥任职期间，刚正不阿，屡屡上疏提议加强边防、抵御金人，还提出了许多改革的举措，显示了远大的政治理想。一生词作也多以恢复中原为志向，对朝廷不用贤才，尤其是屈辱求和表示了极大的愤慨。他的著名词作《六州歌头》正是这一情绪的宣泄。

长淮望断，关塞莽然平。征尘暗，霜风劲，悄边声。黯消凝。追想当年事，殆天数，非人力；洙泗上，弦歌地，亦膻腥。隔水毡乡，落日牛羊下，区脱纵横。看名王宵猎，骑火一川明，笳鼓悲鸣，遣人惊。

念腰间箭，匣中剑，空埃蠹，竟何成！时易失，心徒壮，岁将零，渺神京。干羽方怀远，静烽燧，且休兵。冠盖使，纷驰骛，若为情！闻道中原遗老，常南望、翠葆霓旌。使行人到此，忠愤气填膺，有泪如倾。

《六州歌头》

这首词是张孝祥留守建康时期，在一次宴席上所赋。主战派张浚听后感慨良多，起身离座。词的上阕主要写宋金对峙的局面，下阕写自己的壮志难酬。从朝廷当政者安于现状，到中原百姓空盼复兴，其中往来穿梭“时不我待”的感伤，令人读罢悲壮难平。“忠愤气填膺，有泪如倾”，更加重了山河破碎风飘絮的凄凉。就如杜甫的诗历来被尊为“诗史”一样，这首《六州歌头》也被很多名家称为“词史”。而在宋代的词史上，张孝祥也的确是承前启后的一代，是由苏轼过渡到辛弃疾的一位重要词人。

张孝祥填词，一方面学习苏轼的“疏豪”，上面一首《六州歌头》就是此类的典范。另一方面，他也学习苏轼的“狂放”，兼容浪漫主义情怀，运笔自如，如法天成。此类翘楚当属《念奴娇·过洞庭》：

洞庭青草，近中秋、更无一点风色。玉鉴琼田三万顷，着我扁舟一叶。素月分辉，明河共影，表里俱澄澈。悠然心会，妙处难与君说。

应念岭表经年，孤光自照，肝胆皆冰雪。短发萧骚襟袖冷，稳泛沧浪空阔。尽挹西江，细斟北斗，万象为宾客。扣舷独啸，不知今夕何夕。

《念奴娇·过洞庭》

古人写作诗词，名为风景而实为抒怀。面对万顷山光水色，人们常常会感觉到自身的渺小与人世的无常。有留恋，有憧憬，有怅惘，也有叹息，有青春的痴情也有家国的忧患，种种复杂的深情交织在一起，便让敏感的诗人们觉出人生苦短、壮志难酬的悲壮。

陈子昂感伤“念天地之悠悠，独怆然而涕下”；张若虚感慨“今人不见古时月，今月曾经照古人”。当张孝祥的偶像苏轼乘一叶小舟划过赤壁时，也感叹“天地曾不能以一瞬，物与我皆无尽也”。面对天地间恒常的清风明月，人们常常会不自觉地沉浸在澄澈的感觉中，悠然自得，体会天人合一的妙悟。

在中国古典文学中，很少有单纯描绘景色的诗词，所谓“诗中有画，画中有诗”，才是中国审美里最为上乘的艺术境界。山川之峭拔，湖水之明净，都可以体现出内心的嶙峋、壮美和宁静。而“孤光自照，肝胆皆冰雪”更是对自己情感、人格的一种提升与净化。西江北斗，万象尽为宾客，作者在反客为主的时候，情动于衷不能自已，禁不住扣舷而歌，“不知今夕何夕”。从忘情于自然美景，到忘怀得失，最后登上了忘我的高峰，安静恬淡“无一点儿风色”的洞庭湖，居然也雷霆万钧，壮志凌云起来。

回头去看历史上的张孝祥，他有胸襟，有胆略，有气魄；才华、词风和人品都直逼苏轼。也因其优秀而常常希望能够独辟蹊径，开创属于自己的风格。水天之间的张孝祥寄托了自己的梦幻与理想，也将内心的壮怀激烈与孤傲高洁巧妙地融合在了一起，不但秉承了苏轼的豪放，也开创了后世辛派词人的沉郁和悲凉。

如果没有张孝祥，苏轼和辛弃疾二人很难在历史的长空与文学的索道上完成优美的对接。

当然，一切的美誉都是张孝祥所无法得知的。

那时的他因屡屡支持北伐，而受到主和派的排斥。这首词正是 1165 年被贬职北归，途经洞庭湖所作。

清明浩荡，张孝祥的曲折故事已经随历史风干，但他陡峭的心路、超拔的志向，历久弥新。

儒冠误身，英雄无路：辛弃疾

如果说苦难是一所人生的学校，那么辛弃疾一定是这所学校优秀的学员。辛弃疾出生的时候，北方已经沦陷了。在他著名的《美芹十论》中，曾写到祖父虽然在金任职，但常打算“投衅而起，以纾君父所不共戴天之愤”，也会领着辛弃疾“登高远望”，指点山河如画。他目睹了女真族如何残酷蹂躏汉人，也见证了野蛮对文明的凶残。一腔报国雪耻之情就此熊熊燃烧。

如同一枚硬币的两面，金人的统治虽然令辛弃疾感到压迫与耻辱，但北方文化的粗犷却赋予了辛弃疾豪放的性格。

广阔的胸襟，不羁的情怀，侠客的风范，这些都深深内化为一股精神的力量，慢慢融化在辛弃疾的词风中，令他的词作骨气奇高、卓尔不群。

少年立志总归是人生之幸，它可以指引你未来生活的方向。

二十二岁时，辛弃疾成功地在乱世中找到了突围的良机。他跟从的起义部队因叛徒的出卖而惨败，他居然带着五十几人袭击敌营，把叛徒抓回建康，交给南宋的朝廷。世人多所不能的果决与勇敢，就这样在这个年轻人的身上大放光彩。洪迈在《稼轩记》中记载辛弃疾“壮声英概，儒士为之兴起，圣天子一见三叹息”。

好一个人见人爱的辛弃疾！

宋高宗大喜，任命辛弃疾为江阴签判，从此开启了他的仕宦生涯。此时，辛弃疾年仅二十三岁，人生的大幕就这样在一片掌声和赞叹中徐徐拉开。

然而，少年得志却常常是不同的人生。如晏殊者赐进士出身，一生太平宰相，优哉游哉。而辛弃疾却是带着收复中原、建功立业的一腔宏愿而来，这就注定了他一生很难平凡，而不平凡的人生常常又很难平坦。

辛弃疾被高宗赏识，高调出镜，而不久后即位的孝宗，也显示了收复失地的志向，令辛弃疾一度认为得遇明主，终于可以指点江山，挥斥方遒。他还热情地写下了许多抗金北伐的文章，著名的《美芹十论》便是其中的代表。

可是，年轻的辛弃疾并不太了解南宋的羸弱与怯懦，更不知道长久以来，人们已经厌倦并惧怕了战争。朝廷非常欣赏辛弃疾的才能，安排他在江西、湖南、湖北等地身居要职，治理一方天下。辛弃疾凭借自己的才干，工作上十分出色，业绩也做得顶呱呱。可是，在这些职位上，他并不能真正实现自己的理想。他一次次上疏，论证“还我山河”的梦想，却一回回亲眼见证了梦想的破灭。

辛弃疾年轻有为锋芒毕露，又沾染了北方人的直率，极力主战却屡遭主和派暗算，不断受到排挤。后来干脆被朝廷安排了一个闲职，虽然逍遥，却与鸿鹄之志相去甚远。一股壮志难酬的悲凉不禁悄悄笼罩在他的词中。

千古江山，英雄无觅，孙仲谋处。舞榭歌台，风流总被，雨打风吹去。斜阳草树，寻常巷陌，人道寄奴曾住。想当年，金戈铁马，气吞万里如虎。

元嘉草草，封狼居胥，赢得仓皇北顾。四十三年，望中犹记，烽火扬州路。可堪回首，佛狸祠下，一片神鸦社鼓。凭谁问，廉颇老矣，尚能饭否？

《永遇乐·京口北固亭怀古》

这首著名的《永遇乐·京口北固亭怀古》写于1205年。当时，韩侂胄正奉命北伐，而朝廷也启用了久被闲置的辛弃疾。可是，辛弃疾心里十分清楚，这不过是一场打着他“骨灰级主战老将”的品牌战罢了。一方面，多年来官场的险恶令他深恶痛绝；一方面，韩侂胄独揽朝政轻敌冒进令他担忧。这些都让他清醒地知道自己很难有所作为。

可是，锣鼓齐鸣的战争又令他热血沸腾，想跃马驰骋，纵横疆场。在这种失落与矛盾中，夹杂着久违的深深的激情。在这种情绪的支配下，辛弃疾登高怀古，写下了这首忧思深远、千古传唱的名篇。

词作以怀念古代英雄的壮举为主线，间或穿插王朝兴衰成败的典故，借古喻今，将历史的恢宏与人物的血脉相连，抒发了自己的愤懑与悲怆。而“四十三年，望中犹记，烽火扬州路”的感慨是辛弃疾最为伤痛的记忆。

四十三年前的 1162 年，年仅二十二岁的辛弃疾击破南下金兵，带动人心振奋，北方义军纷纷起义，女真人的中原统治岌岌可危。无奈，战争遭遇曲折的时候，主和派又占上风，议和成功，南北分裂已成定局。

遥想青葱岁月的硝烟战火，不禁感慨：奔腾年代已逝，唯余功业成空的不惑。

最后一句“廉颇老矣，尚能饭否”，大有老且弥坚不坠青云之志的豪爽，与当年廉颇“一饭斗米，肉十斤，披甲上马”的形象遥相呼应。作为一代英雄，辛弃疾的壮志在胸，只能为他留下深深的遗憾；然而作为一代词家，他的慷慨悲凉却成全了他词史上的地位。

辛弃疾的词和苏轼齐名，并称“苏辛”；和李清照并称“二安”。其性情磊落，为词为文，如天地奇观，所以有人称赞他是“人中之杰，词中之龙”。后世常常把他和苏轼进行比较，盘点出各自的风貌。

苏轼的词潇洒豁达，自有文人的一份儿浪漫与从容；而辛弃疾的词多沉郁悲凉，自有英雄落寞的一股苍茫与感伤。苏轼与辛弃疾如诗中的李白和杜甫，前者轻盈飘逸，后者沉重忧伤。故辛词中最常见到的就是英雄气概与无处施展的豪情。

千古江山，万古长青，英雄却难以找到自己的出路。正是：

山前灯火欲黄昏，山头来去云。鹧鸪声里数家村，潇湘逢故人。
挥羽扇，整纶巾，少年鞍马尘。如今憔悴赋招魂，儒冠多误身。

《阮郎归》

连年的征战造就了时代的英雄，随着滚滚东逝的流水，也化作荒烟蔓草中的碎片，散落大宋河山中。

这首《阮郎归》将青山、村舍、鹧鸪、黄昏等自然景观，和羽扇纶巾、鞍马烟尘等融合在一起描绘，既有指挥万马千军的潇洒，也有哪堪岁月折损的感叹。

“儒冠多误身”一句竟然出自南宋顶级词人的笔下，令人不禁欷歔，感慨良多。

按照辛弃疾的心志，他希望自己可以是战死沙场的将军，结果却身怀绝技回乡务农。这份儿苦闷诉诸词作中，只能变成读书人的 声长叹。

但英雄毕竟是英雄，虽有末路之苦，却依然能够享受田园乐趣。

农村风光的秀美陶冶了他的情操，抚平了那一份焦灼，令他的沉雄之中显得细腻；儿女情始终都是英雄最温暖的依靠。

茅檐低小，溪上青青草。醉里吴音相媚好，白发谁家翁媪。

大儿锄豆溪东，中儿正织鸡笼。最喜小儿无赖，溪头卧剥莲蓬。

《清平乐·村居》

在辛弃疾的农村词作中，安居田园生活的作品不在少数，但这首《清平乐》却是佳作中的代表。小令惟妙惟肖地讲述了一家五口人悠闲自得的生活情趣。茅屋、小溪、青草，白发夫妻相伴，三个儿子不懂世事，自顾自地玩耍，秀美的农村风光深深地烘托了一家人的幸福时光。

“七八个星天外，两三点雨山前”“城中桃李愁风雨，春在溪头荠菜花”，辛弃疾以平和冲淡、朴素恬适的农村生活填补自己生活的空白。只可惜，这种安宁的生活常常会激起英雄抗金复国的热情，“千古兴亡多少事？”“天下英雄谁敌手？”这个已经不再“为赋新词强说愁”的英雄，终于还是发出了“闲愁最苦”的感叹！

有人说，能够把坏人变成好人的时代就是好时代。那么，反过来说，一个英雄没有出路的时代，恐怕注定是没有希望的时代。

历史常常这样介绍他：“辛弃疾，原字坦夫，后改为幼安，号稼轩，南宋著名爱国词人，文学家。”

也许，在这段介绍的后面，人们应该加上这样一个评语：曾经的时代英雄！

一叶扁舟，踽踽独行：蒋捷

身为宋末四大家之一的他写道：“流光容易把人抛，红了樱桃，绿了芭蕉。”乘船漂泊在旅途中的倦游归思之情在词中显露无遗，透过书卷可以想象，千年前，在江中一叶翩翩小舟中，一名男子神色萧索，独坐船舱之中，看着江面江水流动，宛如时光一般。他刚想伸手去抓住，却不由得随小舟前行，手中只有倏忽间留下的几颗水滴。

他叫蒋捷，号竹山，是江南一地的望族后人，在南宋末期考取了进士。可惜，还未及被授予官职，风雨飘摇中的南宋便消亡了。

而蒋捷也就此隐居进了太湖竹山，不再出仕，抱节以终。

人生长路，很多事总是由不得我们的选择。世事无常且无情，漫漫长路，只能且行且珍重。

蒋捷的选择注定了这一生都是要漂泊的，他就像永不停歇的飞鸟，盘旋在天地之间，或许只有当他最后真的倦怠时，才能停在枝头。

身后千山万水的长路，他只能一人独行。因为他的心中有亡国之痛，这痛难以消除，只有靠自己来痊愈。

白鸥问我泊孤舟，是身留，是心留？心若留时，何事锁眉头？风拍小帘灯晕舞，对闲影，冷清清，忆旧游。

旧游旧游今在否？花外楼，柳下舟。梦也梦也，梦不到，寒水空流。漠漠黄云，湿透木棉裘。都道无人愁似我，今夜雪，有梅花，似我愁。

《梅花引·荆溪阻雪》

这首词名为《梅花引》，是在南宋灭亡蒋捷归隐后所作。当时恰值寒冬，他乘船在外，忽逢大雪，江面被冰雪阻挡，只得将小舟停于荒野之上，等风雪稍小后再启程上路。

然而旅程漫漫，实在是寂寞难耐，枯坐在船舱中的蒋捷放眼望去，四周一片白茫境地，怀旧之情油然而生，便写下这首《梅花引》。

虽然正逢风雪当头，但他开篇并不写风雪，而是以虚写实，用白鸥发问引出自己去留不得的尴尬心情。“是身留，是心留？”词人嘴角挂着自嘲的笑容，其实身留又如何，心留又何妨？在风雪阻断的激流之中，看着天空一片白茫茫，那时才感觉这个天地是真的干净了些。

整首词看来的确如此，虽然看起来似乎在为去留而烦恼，其实却是围绕着“心若留时，何事锁眉头”这句而展开。不禁令人赞叹，蒋捷作词实在用心良苦。

词的上阕在疑惑是去还是留的问题，但纵观全词，通篇都在围绕一个“愁”字。

实际上，蒋捷并不是在这片江水之上，难以决定自己的去留，而是在当时所处的整个时代洪流中，难以找寻到自己的方向。

在张爱玲的小说《半生缘》中，曼桢在遭逢世事变故后重逢世钧，并没有想象中的那么兴奋与欣喜，而是满面惶恐，对这个她曾经深爱的男子低语：“回不去了，再也回不去了。”蒋捷的不安就如曼桢一般。

蒋捷独坐在风雪交加的江面上，与他相伴的只有一叶扁舟。“梦不到，寒水空流”，那过去的一切就像身下悠悠而尽的江水，是他拼尽全力也无法抓住的往事。这是他心中所悲苦的事情。从早年考取功名可以看出，他的内心是希望进入仕途的，只是命运弄人，因为爱国的气节，他才选择隐于太湖。

词末，他提到了“今夜雪，有梅花，似我愁”。众所周知，蒋捷是爱梅之人。因为梅花高洁，开在苍茫的冬季，傲然独立于大风大雪中，正是蒋捷情操的依托与象征。梅花的傲雪迎风，不也正是他寂寞生活中深深的愁苦吗？一首《梅花引》道出了梅花的清妍之美，同时也说出了蒋捷自己的心境。

世事苍茫，宛转逆折，说什么在劫难逃、宿命所归都是无用的。只消在这安静的雪天里聆听寂寞的声音，就已足够。

梅花开落，繁华多少事，又凋零多少心。

流年似水，当年金榜题名的情景似乎还近在咫尺，物是人非，今朝却已是咫尺天涯。内心的隐痛和消沉终于还是不足为外人道之的。

枫林红透晚烟青，客思满鸥汀。二十年来，无家种竹，犹借竹为名。

春风未了秋风到，老去万缘轻。只把平生，闲吟闲咏，谱作棹歌声。

《少年游》

这首《少年游》以写景起调，叶红烟青，虽然极尽绚烂，但是细品下又可觉出凄凉。

深秋时分，枫叶再红也躲不开凋零落地的命运，烟雾虽美，但上升中也总会缥缈散去。人世间的事情总是美到极致便会悄然凋零。思及至此，蒋捷的身世之感自是不言而喻的了。

晚年的蒋捷心情复杂，写下一首听雨词。

然而，他听的不是雨，是寂寞，他在追思自己一生颠沛流离的生活。

他写的也不是雨，是自己凄风苦雨、动荡不安的一生。他要将萦绕在他心头多年的愁绪一并从笔尖喷薄而出。

少年听雨歌楼上，红烛昏罗帐。壮年听雨客舟中，江阔云低，断雁叫西风。

而今听雨僧庐下，鬓已星星也。悲欢离合总无情，一任阶前，点滴到天明。

《虞美人·听雨》

这首《虞美人》从听雨入手，将蒋捷一生的境况一一表现，通过时空的跳跃，把他这一辈子的心事都融汇在了里面。人生，不过就是在时间这个舞台上，演绎戏台上才有的剧情。不然，为何正是春风得意、意气风发时，命运的轨迹突然急转直下，将他送入暗不见底的深渊呢。

从此，再没有灯红酒绿的逐笑，也不会再有那风光无限的青春，一切来去都太过匆匆，甚至匆忙得令人怀疑，这是否就是自己曾经刻骨铭心经历过的岁月。

抚今思昔，百感交集，蒋捷在太湖小舟上看湖面上落下的雨丝，他是否还会记起当年谈笑间便夺得魁首，又是否能料到来日双鬓斑白时，依然躲在这船舱中听雨？

看雨听风，人生在离乱后逐渐憔悴。

“一任阶前，点滴到天明”，从旧时的自己到而今的自己，在尝遍悲欢离合后，对待世事的态度已心如止水，波澜不惊了。这首词所写的不仅是蒋捷个人从风光到衰老的历程，也可透见到南宋从兴盛到衰亡的嬗变轨迹。

他在说自己，又何尝不是在谈时代？

人生是一本太过仓促的书。有时候，仓促间还来不及细读，一切就早已雨打风吹了。

苍茫大地踽踽独行，回首间，想再看一眼年少的自己、风光的故国，已经不能够了。

有时候，一转身，就是一辈子。

天地男儿的军旅梦：刘克庄

每个男人的心中都有一个军旅梦，在他们的内心深处总为自己留有一片海阔天空。金戈铁马，侠肝义胆的天地，这是男人的梦，也是男人的魂。刘克庄也不例外。

虽然在诗词上颇有造诣，但他似乎并不满意自己只是个词人的身份，在他的许多作品中可以看到他将自己塑造成了忠肝义胆、义薄云天的英雄。生于乱世，刘克庄的词和同时代其他词人比起来，多了一些悲壮与激昂。

南宋末年的荒乱是无法想象的，对于刘克庄来说，这个风云多变的年代，应该是他施展抱负的大好时机。可事与愿违，南宋皇帝并不愿与人抗衡，只想安守江南一隅，过起自欺欺人的生活。

对于胸怀天下的男人来说，怀才不遇，报国无门是最无法忍受的痛苦。所以刘克庄非常郁闷，只能把一腔热情泼洒在词作中。这是唯一能够属于他自由发挥的天地。

何处相逢？登宝钗楼，访铜雀台。唤厨人斫就，东溟鲸脍；圉人呈罢，西极龙媒。天下英雄，使君与操，余子谁堪共酒杯？车千乘，载燕南赵北，剑客奇才。

饮酣画鼓如雷，谁信被晨鸡轻唤回！叹年光过尽，功名未立；书生老去，机会方来。使李将军，遇高皇帝，万户侯何足道哉？披衣起，但凄凉感旧，慷慨生哀。

《沁园春·梦孚若》

以怀念朋友的梦境作为起笔，将自己的心弦波动书写出来，刘克庄在这首《沁园春·梦孚若》中写出了内心的不满。词的上阕是写梦境，一场与朋友相逢的美梦，梦中登高望远，意气风发，二人好像三国群英一般豪情万丈，在铜雀台直抒胸臆，好不痛快。

然而梦毕竟是虚无缥缈的，现实在梦醒时分变得更加残酷。看着年华逝去，功名未立，机会就这样在日日虚度中流失，待到最后两鬓斑白，还是一无所成。

想为国效力的愿望原本不难实现，但放在刘克庄的年代，就好像是一种奢望。在奢求无果后，他只能黯淡离场。既然国家已经不再需要他，不如悄然走开，总好过留下后无事可做的尴尬。

一卷《阴符》，二石硬弓，百斤宝刀。更玉花骢喷，鸣鞭电抹；乌丝阑展，醉墨龙跳。牛角书生，虬须豪客，谈笑皆堪折简招。依稀记，曾请缨系粤，草檄征辽。

当年目视云霄，谁信道、凄凉今折腰。怅燕然未勒，南归草草；长安不见，北望迢迢。老去胸中，有些垒块，歌罢犹须着酒浇。休休也，但帽边鬓改，镜里颜凋。

《沁园春·答九华叶贤良》

在这首《沁园春·答九华叶贤良》中，刘克庄将自己描写成一个精通兵法、文韬武略的将才。据史料记载，年少时刘克庄的确是熟读兵法，如他在词中所写的那样“一卷《阴符》，二石硬弓，百斤宝刀”。上阕从广交好友和习武建功立业等方面入手，塑造了词人作品中的人物，而这人物正是他对自己的白描。在刘克庄看来，只有做到词中所写的那样，人生才是最为饱满的。

在下阕中，他道出了世事苍凉之感。作为南宋后期的爱国人士，刘克庄一直是遗世独立、桀骜不驯的。也正因如此，他在朝为官时，总因为拒绝同流合污而遭到弹劾，屡屡被罢官。政治生涯的崎岖坎坷令他渐渐感到报国无门。

于是他只能效仿前人，将郁郁不得志的愁闷，排解到山水和诗词中。毕竟，那里有着可以自由呼吸的空气。

赤日黄埃，梦不到清溪翠麓。空健羡、君家别墅，几株幽独。骨冷肌清偏要月，天寒日暮尤宜竹。想主人杖履绕千回，山南北。

宁委涧，嫌金屋；宁映水，羞银烛。叹出群风韵，背时装束。竞爱东邻姬傅粉，谁怜空谷人如玉？笑林逋何逊漫为诗，无人读。

《满江红》

观全词，刘克庄将心境与叙事恰到好处地结合在了这首《满江红》里，处处可见奇神秀骨。梅花迎风傲雪，孑然独立。就如刘克庄在萎靡时代的豪迈气概一样，傲然挺立，卓尔不群。虽无刀兵之气，却也可以感受到心底隐隐埋藏的爱恨情仇。

刘克庄的后期词作较前期有了许多的淡定，他会借由登上高楼放眼天际的时机，在更广阔的时空舒展自己一如既往开阔的心胸。可惜，那里本来是可以装得下整个江山的，如今却空空荡荡，一无所有。

荒烟蔓草，埋掉了所有的神伤。

湛湛长空黑，更那堪斜风细雨，乱愁如织。老眼平生空四海，赖有高楼百尺。看浩荡千崖秋色。白发书生神州泪，尽凄凉、不向牛山滴。追往事，去无迹。

少年自负凌云笔。到而今春华落尽，满怀萧瑟。常恨世人新意少，爱说南朝狂客，把破帽年年拈出。若对黄花孤负酒，怕黄花也笑人岑寂。鸿北去，日西匿。

《贺新郎·九日》

这首《贺新郎·九日》奇峰突起，分量十足，感情丰沛，用夸张和细腻的笔法将烦乱不堪的愁绪紧密衔接，词中充满了低沉回转的情调：“白发书生神州泪，尽凄凉、不向牛山滴。追往事，去无迹。”同时，又用磅礴的笔势，将情景很好地交融在了一起，令这首词起伏跌宕，错落有致，可算是当时词坛的一株奇葩。

时势造就英雄，无奈，刘克庄只能在宋词中做一世的英雄梦。

人生不如意十之八九，生于南宋固然是刘克庄的幸运，也同样是他的悲哀。所幸的是，那个朝代的风云变幻成就了他词坛上不可撼动的地位；可悲的是，同样的风云变幻令他终生低迷，永无出头之日。

幸与不幸只是一念之间，或许诚如他所填之词，一切都是天注定。

何处相逢不生哀，皆是雨洗风吹罢了。

山河不在，早生华发：元好问

金庸小说中的女子多是性情如水，惹人怜爱的。就连那杀人如麻的李莫愁站在悬崖边，孤寂地低吟“问世间，情为何物，直教人生死相许”时，也令无数读者大有揪心之痛。不禁令人感慨：即便再恶毒的女人，心底也有一处属于自己的柔软伤口，那便是世间男女的情爱。

李莫愁所感正是多数世间男女所感。而这感慨最初竟发自于一个十六岁的金国少年。

问世间，情为何物，直教生死相许？天南地北双飞客，老翅几回寒暑。欢乐趣，离别苦。就中更有痴儿女。君应有语，渺万里层云，千山暮雪，只影为谁去？

横汾路，寂寞当年箫鼓，荒烟依旧平楚。招魂楚些何嗟及，山鬼暗啼风雨。天也妒，未信与，莺儿燕子俱黄土。千秋万古，为留待骚人，狂歌痛饮，来访雁丘处。

《摸鱼儿·雁丘词》

那时的元好问进京赶考，刚好赶到并州。在那里，他遇到一个捕雁的人，听到了一个令他为之动容的故事。捕雁人那天刚好捕到了一只雁，另一只脱网而逃。可是当它看到爱侣已死的时候，悲鸣哀啼，盘旋上空不忍飞去。旋即，竟用尽力气投地而死，是以殉情。

此事，他在《摸鱼儿》前面提的小序中这样叙说：“太和五年乙丑年，赴试并州，道逢捕雁者云：‘今日获得一雁，杀之矣。其脱网者悲鸣不能去，竟自投地死。’予因买得之，葬之汾水之上，累石为识，号曰雁丘。时同行者多为赋诗，予亦有《雁丘词》。”

十六岁的少年本是少不更事的年纪，但十六岁的元好问却深切地懂得了两只大雁间生死不离弃的情感。他将两只亡雁买来，葬在汾水岸边，垒石头以做记号，名为“雁丘”。故而这首词又名《雁丘词》。这首词虽是咏物，却紧紧围绕一个“情”字展开，从“世间”落笔，开篇便问情为何物，正所谓“情至极处，生者可以死，死者可以生”。故而元好问写下“直教生死相许”的契约。

在少年心中，一份儿爱情，就应当像殉情的大雁这般至死方休。不，不仅是爱情，人世间的一切感情都应如此。

并州的会考，元好问没能取得名次，但是年少轻狂，落第的打击并没能扑灭元好问的热情。就像一颗微小的石子投落进表面光滑、丝毫未起涟漪的湖面，所激起的不过是转瞬即逝的波动而已。

而后的岁月里，元好问才真正经历了人生的低谷。三十而立，本来男子在中年时期正是成家立业、意气风发的时候，元好问却偏偏逢上了战祸。家破人亡、科场再度失利、蒙古围城、汴京被破、被俘后被囚禁和关押的日子里，饥饿与忧愁，流泪与流血，生离与死别……一切都像活在噩梦里。

他自己形容那段日子：

再见新正，去岁逐贫，今年逐穷。算公田二顷，谁如元亮；吴牛十角，未比龟蒙。面目堪憎，语言无味，五鬼行来此病同。齑盐里，似扬雄寂寞，韩愈龙钟。

何人炮凤烹龙，且莫笑先生饭甑空。便看来朝镜，都无勋业；拈将诗笔，犹有神通。花柳横陈，江山呈露，尽入经营惨淡中。闲身在，看薄批明月，细切清风。

《沁园春·除夕》

金亡之后，作为遗民的元好问不愿再出仕为官。虽有一腔才华，却只愿躲在陋室中著书立说，编写金史。“再见新正，去岁逐贫，今年逐穷。”词里第一句就可以看出元好问深居简出的日子过得十分清苦。但即使这样，他依然甘之如饴，“闲身在，看薄批明月，细切清风。”看似是满纸牢骚，却在诙谐中写出自己的心性自由，隽永满篇，可谓是“得其所哉”。

诚然，痛失家国的寂寞在他的笔下栩栩如生。但元好问却不似其他遗民文人那般，只是单纯地抒写痛苦。在他的词中，春去秋来，更多的是清风明月这些高雅淡泊的情怀，或许这正是他悠远的哲思吧。

人生如白驹过隙，匆匆数十年往往只是弹指一挥间。

元好问一生几十年，经历了风云动荡的岁月，为官恤民、为士请愿、愤世吟诗、奔走存史，最终在 1257 年客死他乡。

一个遗珠累累的诗词大家就在贫病交加中困顿而死。

但是即便到死，他所做所想所说之事，为国为民，统统都不是为自己。

这里，也许可以解释为什么元好问在十六岁的小小年纪就可以写出《雁丘词》那样荡气回肠的悲歌来。

在元好问内心深处，始终埋藏着一颗蠢蠢欲动的种子。在不断经历苦难的时候，这种子便迅速发芽成长，在内心长成了参天大树。

这棵树便是文人的共通之处——家国天下。

浙江归路杳，西南仰羡，投林高鸟。升斗微官，世累苦相萦绕。不入麒麟画里，又不与、巢由同调。时自笑，虚名负我，平生吟啸。

扰扰马足车尘，被岁月无情，暗消年少。钟鼎山林，一事几时曾了？四壁秋虫夜语，更一点，斜灯残照。青镜晓，白发又添多少？

《玉漏迟》

乱世出英雄，在那个黑暗的年代里，谁温暖了谁的心，谁又唤醒了谁的孤单呢？

元好问遗世独立，借着斜灯残照，在铜镜中看到鬓角又添了些许白发。

然而这并不是最重要的，重要的是，《玉漏迟》外，千秋功过，自有后人评说……

岁月淡美，人生简静

他们超脱凡尘俗世，情怀高拔挺秀，为文人的躬耕自守、恬退隐居树立了范本。摘春花泡酒，听夏风浅吟，赏温柔秋月，寻冬雪腊梅。当一个对红尘不理不问的渔樵闲人，守着青瓦老宅，日出忙活，日落读书，听鸟鸣，闻花香。人间之事，如同飘入掌心的水滴，倏忽而至又倏忽而逝。抓不住踪影，踪不如随缘。

隐士出名也风流：林逋

宋朝对于文人的待遇是无比宽松的，即便犯了错误，顶多也就是贬谪或流放，很少处以重罚，更谈不上死罪。所以，才有屡跌屡起越挫越勇的人，前赴后继地拥戴这个软弱的朝廷。

北宋初年，江山稍固。大一统的局面令无数读书人心向往之，“学而优则仕”的美好前途，似乎也为年轻人铺就了一条“星光大道”。可是，在大家决定一展宏图大志的时候，突然有人说要隐居，就如商量好了的一场聚会，有个人中途变卦不去了，少不了人们的非议和揣测。

当然，中国古代的隐居其实也分很多种。

黄庭坚、苏轼等属于“以官为隐”，宦海沉浮，冰雪聪明的人，早把世间看破。虽身在官场，但心里闲云野鹤，已然“上朝为官，下朝是仙”。

第二类属于“以隐为官”，这种人多半胸怀雄图大志，“天下事了然于心”，但苦于时机不成熟，所以只好隐居。有才华的人能够低调隐居，名气常常会越来越大，隐着隐着，被明君发现，请之出山入仕，从此平步青云。王安石、诸葛亮皆属此类典范。

还有一类就是“以隐为隐”，就如林逋一样，任你千呼万唤，我就是不入官场，甚至连城市的大门都不肯进，怎一个“倔”字了得。

林逋是北宋初年著名隐士，目下无尘、孤高自诩，隐居在西湖边的孤山；二十年不入城、不入仕。他终身未婚无子，植梅养鹤，人称“梅妻鹤子”。

提到林逋，人们首先想到的自然是他的诗：“占尽风情向小园，众芳摇落独暄妍。疏影横斜水清浅，暗香浮动月黄昏。”一首小诗，田园之乐，暗夜之情，跃然纸上；满溢的遐思和仰望在后人的心头层层荡漾，隐居的清雅和高逸，也如夜半歌声，缥缈而至。因为这首《山园小梅》实在声名太响，所以人们往往忽略了林逋的词。

林逋一生存词三首，《长相思》便是其一：

吴山青，越山青。两岸青山相送迎，谁知离别情？

君泪盈，妾泪盈。罗带同心结未成，江头潮已平。

《长相思》

这首《长相思》虽然写的是离愁别绪，但笔调清新优美。上阕写景，“吴山青，越山青”两个叠字的运用，在复沓的民歌中唱出江南美景。一句“谁知离别情”似乎是对亘古青山的怨怒，也像是对情人的嗔怪，别有意味。下阕由景入情，“君泪盈，妾泪盈”，满纸离别之痛，泪眼婆娑，哽咽无言。同心未成潮已平，自是人生长恨水长东。

吴、越为春秋时期古国之名，在今江浙一带。这里自古以来明山秀水，风光无限。而锦山秀水，也阅尽人世悲欢。

林逋长期隐居西湖畔，孤傲的情怀，向来为人称道。人们一直以为“和靖先生”妻梅子鹤，清心寡欲，不食人间烟火，一定是爱情的“绝缘体”。不曾料想，原来林先生对人间真爱也如此深情。

后人无数次揣测，是不是因为受了什么外力的干扰，林逋的爱情不能如愿，才隐居孤山，与动植物为伴？

然而不论如何解读，历史只有一个结局：他是清高的隐士，无子，未婚。

然而，似乎中国古代的隐士总是很难真正归隐，即便退守深山，也还是招来无数的羡慕。名士梅尧臣就曾经踏雪寻山，拜访林逋。而北宋名臣范仲淹也是林逋的一个好友。可见，林逋虽隐，但对于庙堂与江湖之事，定是了然于心的。

三两旧友，于风雪之日围炉话谈，江山如此多娇，才情如此俊秀，饮酒取暖，谈笑风生；纵然隐蔽孤山，亦不乏生活情趣。足见林逋的隐居只为避世却并不厌世。

避世，乃避红尘琐事；厌世，多为心灰意冷。宋初之际江山甫定，书生们意气风发，正是指点江山豪情万丈之时，加上政治上对文人的特殊照顾，平素还能有几个要好的朋友经常走动，可以想见林逋的隐居生活还是比较滋润的。

古人隐居者虽多，但能丝毫不被政治风波所牵扯，隐得如此功德圆满、自在洒脱的却并不多见。

也正是因为这份优雅和从容，林逋的才华得到了充分的发挥。除了《长相思》外，

人间之事，如同飘入掌心的水滴，倏忽而至又倏忽而逝。抓不住影踪，不如随缘。

还有一首《点绛唇》，写得也是气韵生动：

金谷年年，乱生春色谁为主？余花落处，满地和烟雨。

又是离歌，一阕长亭暮。王孙去。萋萋无数，南北东西路。

《点绛唇》

中国常有“萋萋芳草喻离愁”的文学传统，如“青青河畔草，绵绵思远道”（《饮马长城窟行》），“又送王孙去，萋萋满别情”（《赋得古原草送别》），无处不生的春草，犹如人们无处不在的深情，别意缠绵，难舍难分。然而林逋的这首《点绛唇》却于众多咏物诗词中脱颖而出。

残园、乱春、烟雨、落花、离情、日暮，在阡陌交通的小路上不断蔓延，全词无一“草”字，却字字令人联想到芳草萋萋，写景抒情浑然一体，被奉为咏物词的佳作。王国维更是称赞为“咏春草三绝调”之一（另两首分别为梅尧臣的《苏幕遮》和欧阳修的《少年游》）。

古人咏春咏草多为感怀伤世，以屈原为首的文人骚客，也多以香草美人自喻，含蓄地表达自己对君主的忠贞，以及愿意为江山社稷肝脑涂地的决心。所以，这类“八股写法”常常是托物言志，鲜有真诚、纯粹的咏物之作。唯此，林逋的词中融进了自己的离愁别恨，又无关时局的波澜，在眼界和境界上自然与别家不同。其颇得盛赞也是情理之中。

从林逋的隐居情况来看，宋初虽偶有征战，但生活还算安逸，用现代词汇来讲，比较“休闲”。假若生逢乱世，逃命尚且来不及，哪里还有闲情雅致来隐居。于美丽的西湖边，看梅花怒放，听野鹤长鸣，林逋过上了传统文人最向往的“隐居生活”。

他超脱凡尘俗世，情怀高拔挺秀，为文人的躬耕自守、恬退隐居树立了最初的范本。而他的词作《长相思》，深深地浓缩了吴越青山绿水的万种风情，如一朵凝香含露的小花，意境优雅，盈溢出一抹清香。

至此，唐五代浓艳香软的词风，经过岁月的沉淀，到宋初已渐渐转为雅淡清远，故寇准、梅尧臣等都喜欢和林逋这样的隐士相唱和，洒脱之中带着些许无名的惆怅。

作为名士的隐士，林逋从内在气质到外在生活方式，都流露出“潮人”个性。而这追求也慢慢沉潜为一种基因，植根在宋代词人的血液里，影响了一批清高孤傲、卓尔不群的词人。

林逋存词仅三首，《点绛唇》为咏物一绝，《长相思》为闺情极品。故谈及宋词，始终越他不过。

性命双修，道佛双成：张伯端

张伯端生于北宋，是道家学派的重要人物。相传，他能形散神聚，神游千里，能将梦境中的物件拿到现实生活中。虽是道家代表，但晚年却“佛道双成”，炼出舍利子上千颗，世所惊叹。

八仙嫡传“张真人”

据说，汉钟离、吕洞宾等人一脉传下来的道教，在两宋时期得到了长足的发展。而这一派的第四代里最重要的传人之一就是张真人。不是张三丰，道教另外还有一个张真人，叫张伯端。

张伯端是北宋人，生于984年（另有983年一说），字平叔，号紫阳，因而被尊为“紫阳真人”，著有《悟真篇》，故也被尊为“悟真先生”。相传，他自幼饱读诗书，遍阅千书万卷，广泛涉猎儒释道三教的经书，上知天文，下晓地理，能占卜生死吉凶。他还懂刑法，通书算，精于医道，偶尔钻研一下摆兵布阵。用今天的话来说，简直就是通才、全才加天才。

可惜天妒英才，这样一个“高材生”竟屡考不中，多年屈居幕府，只是一个刀笔小吏。通俗点儿说，也就是衙门里的“师爷”。这样的身份换成一般人肯定很不满。本是发光发热的大好年华，结果都空耗在府衙里，平淡无奇的生活实在没什么意义。好在，张伯端是个很有追求的人，他很早就选好了自己的人生路——寻真访道。而这些经历其实都能在他的诗词里找到些蛛丝马迹。

《全宋词》里现共收录张伯端两组《西江月》词。其一组为十三首，谈的是道教的修炼；另一组为十二首，讲的是佛教的修为。现各录一首如下：

丹是色身至宝，炼成变化无穷。更能性上究真宗，决了死生妙用。

不待他身后世，见前获福神通。自从龙女著斯功，尔后谁能继踵。

《西江月十三首之十三》

法法法元无法，空空空亦非空。静喧语默本来同，梦里何劳说梦？

有用用中无用，无功功里施功。还如果熟自然红，莫问如何修种。

《西江月十二首之四》

在第一首词里，张伯端将道家的修炼生活基本完美地呈现给了大家。他谈到了道教炼丹术，说金丹炼好之后，服下去那真是变化无穷，还能得各种神通。一炉好丹，一缕丹烟，一位道士安然高坐，飘然若仙。单是想想这样的情形，就觉得朦朦胧胧，如真似幻，令人心生向往。而像朱砂、丹丸、真金、火炼、阴阳等专业术语，在《西江月（十三首）》里更是俯拾皆是，一口气读下来甚至有种捡到很多“解药”的幸福感。

但回头再看第二首《西江月》，感觉就截然不同了。在这首词中，张伯端谈论的都是高深的佛理。法本无法，空也非空，静默和语喧原本也没什么不同。“果熟自然红”这几个字看似简单平常，如闲来之笔，却是道出了佛法修炼的真意。如能顺其自然，且勤种勤修，前因后果，一切自有定数。此时的张伯端已如一尊端坐云端的佛道大师，笑看红尘，看红尘中人茫无目的地奔波、索求，不自觉地竟含着一丝叹息。说起来，自己的禅修悟道也是一场机缘。

相传，1069年时，张伯端遇到了一位高人。很多野史见闻里说，此人为张伯端师父，刘姓。刘师父甚是厉害，能够夏天穿棉衣而不觉热，冬天穿单衣而不觉寒，基本上相当于“移动式人体空调”。正是这位拥有神通的刘师父，将自己的绝学“金液还丹”传给了张伯端，同时也促成了张伯端从道学转为禅学，并最终达成“三教归一”的成就。

按常理说，道教遵循的应该是“道生一，一生二，二生三，三生万物”的顺序。但张伯端主张“教虽分三，道乃归一”。他认为道教修的是“命”，而佛教修的是“性”，只有内外通透圆融，才能有明彻顿悟，所谓“性命双修”正是这个道理。

而这“性命双修”里，其实还藏着个“神游折花”的故事。说是张伯端的道友中有位高僧，入定的时候，人虽打坐，却可以“灵魂出窍”，方圆几十里随便神游。一天，张伯端问他说：今天能跟您一起出去游玩吗？和尚很高兴，说好啊。于是，两人就约着一起去扬州赏琼花，而且要折一枝回来做凭证。约定之后，二人就各自入定，神游到了扬州。用我们现在流行的话来说，这就是穿越，只不过是地点的穿越而非时间的穿越。过了一会儿的工夫，两人都欠身而起。张伯端从袖子里拿出那枝扬州的琼花，而和尚一摸袖子，竟然空空如也。

浪迹云水老神仙

在“神游折花”后，弟子问张伯端，为何同样是“神游折花”，和尚就拿不出凭证呢？张伯端解释说，平常的修行都是只修性，不修命。换句话说，只修炼气法，而不修命的话，等于是“阴神”。而我们是性命双修，散虽成气，但聚则成形，所以是“阳神”。阴神是虚的，而阳神却是实的，阳神可以移动物体，他们却不能。此为“性命双修”的妙处。

其实，如果我们只是道学的旁听生，能大概解其意、知其论就可以了，没必要一定知道这“性命双修”的来龙去脉。毕竟，修为一事也是要看机缘的。再好的根基，没有那份儿成就你的机缘，一切都只能是空谈。

要说起张伯端潜心道学的机缘，还真是拜了一人所赐。不是无聊的上司，也不是有特异功能的刘老师，而是他府上一个薄命的丫鬟。

这段逸闻在《临海县志》中曾有记载，但也有好学者考据其县志本身不足以信。但信与不信，县志都在那里。能够去了解历史的也只有这些古书了，即便做不得实，也可以姑且听之。

县志上说张伯端非常喜欢吃鱼，有一次在官邸办事，家里便差人去给他送饭。朋友们知道他嗜鱼，便把鱼藏在房梁上戏弄他。结果他找不到鱼，便怀疑是送饭的丫鬟偷吃了，回家后还重罚了她。丫鬟羞愧难当，百口莫辩，含恨自杀。

事情过去后就渐渐被他淡忘了。又一天，他看到梁上掉下来一些蛆虫，才发现竟是从藏在梁上的烂鱼中掉下来的。此时，他方知道原来是自己冤枉了丫鬟。经此一事，他不禁喟然感叹，连这样一件小事都隐含着如此巨大的冤情，在府衙内的卷宗里，不知道还积压了多少箱子类似的冤案呢。想到这里，张伯端的职业理想发生了毁灭性的动摇。他决定辞官不做，专心悟道了。为了表达自己的心志，他还赋诗一首：

刀笔随身四十年，是非非是万千千。
一家温饱千家怨，半世功名百世愆。

紫绶金章今已矣，芒鞋竹杖任悠然。
有人问我蓬莱路，云在青山月在天。

这首诗无疑是张伯端对自己从前漫长职业生涯进行的一次深刻反思。刀笔随身，是非也随身。而今，他不想参与这些俗务了，唯愿放下一切，远去蓬莱，竹杖芒鞋，青山绿水。如此一来，当真是悠然惬意，自得意满。赋毕，他便放火将所属案卷焚烧殆尽。

按理说，一般人辞官不做就算了，但张伯端临走还闹出一起“纵火案”，结果不幸触犯了宋朝火烧文书的律法，被发配到边疆。所以，有人将《西江月》词认定是他悟道后所作，也是颇有道理的。

彻底摆脱红尘俗事后，张伯端写下了《悟真篇》《悟真篇外集》《金丹四百字》等书，为后代炼丹采药、修道悟法，提供了可资借鉴的丰富材料。相传，清朝雍正皇帝病重的时候，曾夜梦张伯端来为自己治病，结果第二天一早醒来，就发现病去了大半。于是，雍正为感谢紫阳真人，特地跑到白云观去祭拜，足见其影响深远。

那么，张伯端悟道后的生活是什么样的呢？据《历代神仙谱》描绘，他的晚年生活主要是“浪迹云水，遍历四方，访求大道”。而其中“浪迹云水”这四个字又是多么令人怦然心动啊！云水禅心，独自前行的坚定背影被吞没在山中的薄雾间；心中的妄念随山中云海一点儿点儿消散，内心渐渐澄澈，又不断升腾起团团祥和……单是这样的画面，就可以体会出“浪迹云水”这四个字背后的浪漫仙境……

1082 年，将近一百岁的张伯端结束了自己的住世生活，驾鹤仙逝，趺坐而化。临终留偈云：

四大欲散，浮云已空。
一灵妙有，法界圆通。

张伯端一生奉行“性命双修”，从他最后留下的文字看，走到人生尽头时，他已然是“道佛双成”的人了。能够始终走在自己所选择和坚持的路上，并终有所获，本就是一种幸运。而他又能在死后位列“仙谱”，一生的心血总算没有白费。

相传，他圆寂火化后，弟子在其遗骨中拾到上千颗舍利子，大如芡实，色皆绀碧，世所罕见。

泪为苍生美人流：贺铸

北宋开国初，西夏首领曾接受过宋太祖赐予的官衔。可及至仁宗时，李元昊建国称帝，开始不断抢夺汉族人口和财物。而宋军由于缺乏战斗力，几乎屡战屡败，不得不向西夏纳税换苟安。王安石变法中新党执政，屈辱局面曾一度改善。可惜，王安石变法失败，旧党上台，卑躬屈膝的氛围再次甚嚣尘上。

这时，冒出来一个地方小官。

他人微言轻，又远离京城，既没有朝堂之上慷慨陈词的悲壮，也没有战死沙场的机会，只能在苟安的时代中体会自己的人生。大宋朝醉生梦死、歌舞升平，他对着自己空旷的日子，徒然一声断喝，犹如晴空闪电，尖锐地刺破了时局温软的喉咙，发出了振聋发聩的雷鸣。

《六州歌头》也因自身的激情与光芒，历来被作为《东山词》的压卷之作。

少年侠气，交结五都雄。肝胆洞，毛发耸。立谈中，死生同，一诺千金重。推翘勇，矜豪纵，轻盖拥，联飞鞚，斗城东。轰饮酒垆，春色浮寒瓮，吸海垂虹。间呼鹰嗾犬，白羽摘雕弓，狡穴俄空。乐匆匆。

似黄粱梦，辞丹凤，明月共，漾孤蓬。官冗从，怀倥偬，落尘笼，簿书丛。鹖弁如云众，供粗用，忽奇功。笳鼓动，渔阳弄，思悲翁。不请长缨，系取天骄种，剑吼西风。恨登山临水，手寄七弦桐，目送归鸿。

《六州歌头》

上阕以“少年侠气，交结五都雄”开篇，一“侠”一“雄”奠定了全词的基调。接着，贺铸详细描述了自己与伙伴们的品性：肝胆相照、生死与共、豪放不羁、英勇盖世。带着鹰犬狩猎，踏平狡兔之巢；围聚豪饮，可吸干海水，气魄如虹。“雄姿壮彩，不可一世。”言辞中，结交豪雄之情，吞吐山河之势，令人无限神往。然而，以“乐匆匆”三字戛然而止，似有转折之意。

至下阕，首句急转直下，匆匆美梦，朝气蓬勃的生活原来只如一枕黄粱。赏心乐事的青春一掷如梭，沉沦困厄的官宦生活逐渐取代了少年侠客的快乐。“明月共，漾孤蓬。官冗从，怀倥偬，落尘笼。”“供粗用，忽奇功。笳鼓动，渔阳弄，思悲翁。”这是词人对自己十几年来的生活写真，也是胸中愤懑的一种抒发。

原本是行侠仗义、豪情满怀的少侠，立志报国，却误入牢笼般的官场，在地方打杂，案牍中劳形，不能驰骋沙场、建功立业；一腔抑郁，化为满肚子的牢骚。三字一顿犹如层层巨浪，直指苍天埋没才华的不公。长歌当哭，英雄泪，散满襟。“剑吼西风”四个字把所有的悲愤与激越推向了狂怒的高峰。词作结尾三句峰回路转，“恨”字一出，怒吼变成了悲凉。凌云之志无处施展，只能抚琴诵词，看山水孤鸿。

由于词牌所限，宋词题材多有趋同。大部分为依红偎翠之作，而绝少直言家国大事。及至靖康之后，才有了岳飞、张孝祥、陆游、辛弃疾等人的爱国作品。然而，能够写出如此义薄云天、侠情万丈的，非贺铸莫属。

贺铸，字方回，是宋太祖贺皇后的族孙，所娶的媳妇也是宗室之女，标准的“皇亲国戚”。然而他却始终不得志，初为武职，位低事烦；后改为文职，亦不能实现理想与抱负，终于请辞，定居苏州。

贺铸与北宋其他词人不同，他生于“军人”世家，本人也从武职开始做起，从小就希望能够为江山社稷谋划。只可惜，他空有为国之志，却难寻报国之门。依赖求和而苟安的朝代，再大的侠客恐怕也宏愿难平。

金庸先生曾在多部小说中描写宋朝的羸弱。政府的无能、官员的腐败、人民的苦难都换来豪侠们的挺身而出。在《射雕英雄传》中，郭靖大侠常常气咻咻地闯进官府，一把抓起早已屁滚尿流、趴在桌子底下的高官，怒斥其逃跑速度比百姓还快，强烈要求保家卫国，镇守城池。在《神雕侠侣》中，郭靖大侠汇合了各路英雄，成功地击退了外族的进攻，保住了大宋的江山。然而，郭靖虽有其人，但历史远没有小说来得幸运。宋朝最终还是覆灭在了“异族”的铁蹄下。

其实，宋朝建立伊始便不断受到北方少数民族的军事威胁，但放眼宋词，爱国、抗战的内容却少之又少，今仅存十余首。而以戎马报国为主题的，只有苏轼词《江城子·密州出猎》可与贺词为伯仲。然而，苏词的“会挽雕弓如满月”壮虽壮矣，却少了胸中一波三折的愤懑，到底是比贺铸纵横一世的气魄差了些顿挫。

而贺铸的这首《六州歌头》笔力雄浑苍健，上承苏轼，下启南宋辛派，在词史上有着不容忽视的地位。身为侠客，贺铸渴望建功立业、披荆斩棘；而身为词人，他多情敏感、豪气干云之外，还有一份温暖的深情。

贺铸一生几乎都是屈居下僚，经济上并不宽裕。而贺铸的妻子赵氏虽是千金小姐，但嫁给贺铸后勤俭持家、不惧劳苦，对丈夫非常体贴，夫妻二人感情深厚。但后来，妻子不幸过世，贺铸想起曾经相濡以沫的时光，悲从中来，挥笔写下一首《鹧鸪天·半死桐》，以悼亡词寄托自己的哀思：

重过阊门万事非，同来何事不同归？梧桐半死清霜后，头白鸳鸯失伴飞。
原上草，露初晞，旧栖新垅两依依。空床卧听南窗雨，谁复挑灯夜补衣？

《鹧鸪天·半死桐》

本篇词作从“物是人非”的感叹入手，不禁有“为什么同来却不同归”这种责问，看似无理取闹，实则情到深处。有人说爱情的最高境界，就是“敬他如父，尊他如兄，亲他如弟，爱他如子，视他如友”。贺铸的追问，既有不合常理的撒娇与嗔怪，也暗含了不忍诀别的撕心裂肺。秋霜过后梧桐半死，词人以白头鸳鸯自喻，垂垂老矣，却无人相伴，孤独和凄凉呼之欲出。

一灯如豆，夜雨敲窗，想起妻子从前“挑灯夜补衣”的形象。凄怨哀婉的情感，缓缓打开读者的心扉，令人不免潸然泪下。这首纪念亡妻的小词与苏轼的《江城子》同为悼亡词中的精品。所不同的是，贺词中贫贱夫妻患难与共的真情更加荡气回肠。苏词说“小轩窗，正梳妆”；而贺词却用“挑灯补衣”来反衬生活的艰辛，同甘共苦之情，比简单的爱恋更加深切动人。

所谓“平生只流两行泪，半为苍生半美人”，这句话在贺铸身上得到了印证。

《六州歌头》里的英雄气、《鹧鸪天》中的儿女情，就是贺铸“侠者之风”的体现。豪情是“侠”的骨骼，柔情是“侠”的血肉，刚柔并济才不失为大侠风范。江湖风波，宋江的山寨和包公的衙门，是否真的有飞檐走壁的英雄，我们不得而知。但贺铸的侠骨柔情却在言辞中清晰可辨。

然而，在贺铸的人生里，我们似乎忘记一段他最为人所乐道的故事，讲的是他退居苏州时，碰到了一位妙龄女郎，心花怒放之际，写下千古名篇《青玉案》：

凌波不过横塘路，但目送、芳尘去。锦瑟华年谁与度？月桥花院，琐窗朱户，只有春知处。

飞云冉冉蘅皋暮，彩笔新题断肠句。试问闲愁都几许？一川烟草，满城风絮，梅子黄时雨。

《青玉案》

姑苏水乡，横塘梦境，美人已去，却爱慕难忘。古人的“闲愁”相当于我们今天的“爱情”，青草、柳絮、飞雨，铺天盖地，难以计算其多少；正如可遇而不可求的爱的愁绪。贺方回也因这首小词得名“贺梅子”。周汝昌先生说：“晚近时候再也没有听说哪位诗人词人因名篇名句而得名。”可见，宋代的文人是风趣而又开朗的。

有剑吼西风的潇洒，有伉俪情深的贤妻，似乎还曾偶遇过美妙的艳遇。上天对贺梅子如此偏爱，恐怕正是安慰他无处施展豪情的落寞吧！

洗尽凡心，满身清露：朱敦儒

朱敦儒，生于北宋，少时作词“我是清都山水郎”，洒脱飘逸，不染凡尘之气。晚年，因受秦桧胁迫短暂出仕，却不幸被人定为“平生最大的污点”。晚年看透人情淡漠，转而过起了隐士的生活。后人慕其潇洒通透，尊为“词仙”。

放开才是正道

靖康元年，宋朝遭逢劫难，金兵铁蹄踏进中原国土，攻陷了汴京，宋室南渡，江南烟雨，国运弱如游丝。

在金庸的《射雕英雄传》中开篇就有这样一个情节：两个刚刚出世的孩子被起名为郭靖和杨康，意为要他们长大记住靖康之难这场耻辱，以待有朝一日能光复江山，驱除外族。故事慷慨激昂引人入胜，虽然是假，但是也令许多金庸迷着实随着主人公的遭遇起伏捏了一把汗。

朱敦儒是真正经历了那场劫难，在北宋灭亡之后，他在战乱中背井离乡，离开生养他多年的故土洛阳，随着逃难的乡亲四处漂泊，过着居无定所的生活，满目疮痍的现状

令他大受打击，梦想落在地上摔得粉碎，那四处飞散的碎片生生地将他的心窝划出道道疤痕，那是丢失家园的痛楚，是清平岁月一去不返的痛楚。

故国当年得意，射麋上苑，走马长楸。对葱葱佳气，赤县神州。好景何曾虚过，胜友得处相留。向伊川雪夜，洛浦花朝，占断狂游。

胡尘卷地，南走炎荒，曳裾强学应刘。空漫说、螭蟠龙卧，谁取封侯。塞雁年年北去，蛮江日日西流。此生老矣，除非春梦，重到东周。

《雨中花》

这首《雨中花》便是朱敦儒在这次剧变之后而作的，格调低沉悲怆，立意哀伤苍凉。人说如果过奈何桥不喝下那一碗孟婆汤，便会在来世依然记得那前尘往事的苦，此话虽不可考究，然而如若今生就有一碗可以忘记万般尘事的孟婆汤，想来朱敦儒定会是一饮而尽的，毕竟世事太过凄凉。

还记得那年往昔，意气风发，家国兴盛，本以为长盛不衰的王朝在一个瞬间突然倒塌，一片废墟瓦砾中旧梦难寻，好景不常在，好花终会凋零，过去理想中的事通通被翻覆，现而今才知道原来一切都已成枉然。

在词的上阕，朱敦儒将旧日里的故国景色描写得淋漓尽致，而就在盛况狂游到了巅峰的时候，他突然就此打住，笔锋逆转，在戛然而止中将而今所遭遇的苦难一一呈现出来，大起大落的对比令整首词更显悲壮，从中更可看出词人风格的与众不同。

遭逢劫难之后，朱敦儒一直过着隐逸的生活，虽然期间朝廷对他有过启用，但可惜时间都十分之短，所以朱敦儒的一生可以说是“大隐隐于市”，一直过着市井生活，所以他的大多数作品也都是反映了闲适的平民生活。

插天翠柳，被何人、推上一轮明月？照我藤床凉似水，飞入瑶台琼阙。雾冷笙箫，风轻环佩，玉锁无人掣。闲云收尽，海光天影相接。

谁信有药长生，素娥新炼就，飞霜凝雪。打碎珊瑚，争似看、仙桂扶疏横绝。洗尽凡心，满身清露，冷浸萧萧发。明朝尘世，记取休向人说。

《念奴娇》

朱敦儒一直被人称赞有“天资旷逸，神仙风致”，这首词更是将他的特点体现出来。

首句便出语不凡："插天翠柳，被何人、推上一轮明月？"用奇思幻想将这首词推向了一个想象的高度。

想来，隐居于市井之中的朱敦儒应该是常常赏月之人，因为他懂得月夜里的寂寞如水，冰凉彻骨，仙子孤独寄居于月宫之中，正如他自己悄然隐逸于民间一样，都是心怀高傲之人，但都只能蛰伏于此，他们在相互遥望之时，回顾天空，当"闲云收尽"，只怕会是在海光天影之中产生茫茫眩晕，在亦真亦幻的感觉中，仿佛能再次看到往昔繁花似锦的景象。

当然，"洗尽凡心，满身清露，冷浸萧萧发"。一切不过是清梦一场，月光虽美，终会被明日的朝阳所遮掩，一夜过去，世间再回归平常，就像万事都没有发生过一样。在星辰交替的轮回中，可以看到朱敦儒对尘事的深深厌倦，和他作为一个隐士的深深感慨。

人生颠倒，都似浮云

身隐并不代表心隐，就好像三国时期的诸葛孔明，虽然蛰伏乡野之间，但却心怀天下大事，所以日后遇到刘备，才能成就一番伟业。可惜历史从不重复，朱敦儒虽有其心，却生不逢时，他没有遇到如同刘备一样的恩主，虽然他也身处乱世，这样的机缘更是令他感到心力衰竭。

在靖康之难十四年之后，他一腔沉痛地写下了《临江仙》这首词，从词中看来，当日的剧变所带给他的阴影还未能消散，那个时代的悲剧令他沉痛哀悼。

直自凤凰城破后，擘钗破镜分飞。天涯海角信音稀。梦回辽海北，魂断玉关西。

月解重圆星解聚，如何不见人归？今春还听杜鹃啼。年年看塞雁，一十四番回。

《临江仙》

开门见山便由汴京被攻陷写起，深感往昔一去不复返的伤痛。任何时代的词人总是会将作品的内容烙上时代的印记，不管是有意还是无意的，这都是一种潜意识的不自觉行为，而朱敦儒则是将北宋被历史抛弃的悲惨现实深深地融入到了这首《临江仙》中，沉痛地唱出了一曲时代的哀歌。借词抒情，想要将一切的人生悲欢离合、喜怒哀乐都洗去，可是人心究竟能有多久的保鲜期谁也不知道。那份儿曾经沉甸甸压在心头的执着之情能在岁月的洗涤中持续多久呢？大概不会长于一生吧。

朱敦儒后期的隐居生活所作的词多是平平淡淡的，没有很大的情绪波动，也不见早日的愤怒和凄凉，只有在那一句句真切诉说的词句背后，仿佛还能隐约看到当日那个“梦回辽海北，魂断玉关西”的朱敦儒。

不是背叛当日为自己所定下的誓言，而只是在风吹雨打的一地荼蘼中再也看不到了旧日时光的旖旎流转，既然已经忘了，就不如放手任随时光将那些前尘旧事带去历史深处吧，毕竟“流水滔滔无住处，飞光忽忽西沉。世间谁是百年人”。

堪笑一场颠倒梦，元来恰似浮云。尘劳何事最相亲。今朝忙到夜，过腊又逢春。

流水滔滔无住处，飞光忽忽西沉。世间谁是百年人。个中须著眼，认取自家身。

《临江仙》

看破红尘，在浮云流水中朱敦儒终于从深沉的沦落感中挣脱了出来，用写意的手笔将曾经让他感到令春秋黯淡的丧国之痛，淡然道出。这是悟，也是道。

朱敦儒的词，最喜《念奴娇》中的最后一句：“明朝尘世，记取休向人说。”千回百转，最终得来这样的意境，当初啼血悲歌，感天恨地，也换不来往事重演，执着是虚妄，而今梦魂依旧在，只是已不再同于往日了。有时，放开便是道。

山乡清丽，人生简静：范成大

如果说陆游和杨万里是宋代的“李白和杜甫”，那么范成大无疑便是宋代的“孟浩然”。范成大，生于南北宋之交的1126年，号石湖居士，一生以田园诗歌见长，诗风飘逸淡远。与陆游、杨万里、尤袤并称为“中兴四大诗人”。虽有报国之志，却无报国之机，晚年退居故乡石湖，只能守着孝宗御笔亲题的“石湖”一匾，静观尘世，默念苍生。

退隐江湖，种田养蚕

读范成大的诗，有一种刚刚喝过蜂蜜柚子茶的感觉，满腹温甜，口留余香，十分沁人心脾。放下手中书卷，眼帘一合，眼前便能浮现出水涨船高、春风拂动杨柳岸的田园景象，不斑斓，也不高洁，但就好像是每日朝夕相伴的景物重现眼前一样，在淡淡的感动之余，还能感受到一种简静的烂漫之情。

范成大所作之词以田园种类的最为杰出，之所以成就最大，是因为情感最为平稳。早年的范成大家境贫寒，自强自立，从一个贫寒的苦孩子生生考上了功名，在朝廷中谋得了职位。范成大是努力的，他将自己的每一份儿工作都尽量做到最好。

可是，身处南宋末期的他身不由己。很多时候，我们以为只要自己足够努力便能改变一切，其实不然。范成大无论再怎么努力也没能改变一些他想要改变的事情，就算是他在出使金国，誓不辱国，差点儿遭到杀害、几次命悬一线的时候，他也从没放弃过努力。可是，这样的努力依然没能改变历史的发展轨迹。

在范成大的眼中，他所见到的并不是一个富强安定的国家，而是四处饥荒、民不聊生的民族，那个时候的范成大是愤怒的，他将自己的愤懑激昂地表达出来，可是最终他还是眼睁睁地看着山河日下，繁华不再。

面对这样的结果，他无能为力，那时他的情绪定是如同波涛起伏的海浪，无法平息，心绪的不能宁静使得范成大的前半生屡受挫败。虽然他仕途得志，一路做到了参知政事，但是高官厚禄不能弥补内心的悸痛，终于在他五十八岁的时候，他因被人弹劾而心灰意冷，便借口养病告老还乡，而在他决定退隐的那个瞬间，范成大才恍然看透了世事。

退隐石湖之后，他每日种田养蚕，竟在那琐碎的农活中参透了之前自己一直无法参透的人生，至此心绪日渐平稳，而所作之词也日渐彰显大家风范。杨万里《石湖居士诗集序》评价范成大的诗词成就，认为他“大篇决流，短章敛芒；缛而不酿，缩而不窘。清新妩媚，奄有鲍谢；奔逸隽伟，穷追太白。求其支字之陈陈，一唱之呜呜，不可得世”。而我却要说，心之安稳，才情方可彰显十分。物由心生，这是被认为十分唯心主义的说法，其实仔细想来，也不尽然，人们常说用心去看世界，方能看得更远，有时候，心放开了，境界自然而然也就放开了。

读范成大的词一定要点滴不漏，老老实实地看下来，他的词不像苏轼等人的一开口便有着令人惊艳的晕眩，也不是凄艳动人，会令人深深迷醉其中无法自拔的词家风范。范成大的词只能细细品，就好像喝一杯刚刚冲泡好的碧螺春，在嗅着杯口袅袅而升的茶香中，一小口一小口地啜下，喝到杯底，便能将整杯的茶喝出精髓来，那是可以深入灵魂绽放出千年不败的洁白花朵，虽不妖娆，但却足够深远。

看山看水看人间

梅子金黄杏子肥，麦花雪白菜花稀。
日长篱落无人过，惟有蜻蜓蛱蝶飞。

《四时田园杂兴》（其二）

这是范成大归隐田园后所作的诗，在这首诗中有着十分明亮欢快的色彩。此时的范成大眼中只有如同金子般灿烂的梅子，还有如雪洁白的菜花，这些植物在春风中肆意地生长，将范成大也感染其中，生命的张力不可小觑，就连那小小的蜻蜓蝴蝶也在篱笆旁边翩翩起舞，它们与世事无争，只在短暂的春光中享受那稍纵即逝的快乐。

人世的短暂不也正如这春光一样吗？稍纵即逝，人生的那几十年短暂到还未来得及细想便只剩暮年了，范成大在他垂暮之年将生命悟出了真理，就像释迦牟尼在菩提树下的突然顿悟一般，他觉得灵台一片清明。

还是清净自在些的好，只有在这里才能自己决定自身的命运，家国天下虽大，但却在那一瞬间令他感到万分遥远，恍如隔世。而在这片小小的田园里，看着身边可爱灵动的昆虫和静静生长的植物，范成大在几十年的生命中首次觉出了满足与纯粹。

纯粹的快乐总是短暂的，所以范成大在他人生的最后时日里极尽所能就是要将这难得的快乐延续最长，而也正是在这期间，范成大将他所感悟到的一切都写到了诗词中去，其中便有一首《蝶恋花》。

春涨一篙添水面。芳草鹅儿，绿满微风岸。画舫夷犹湾百转，横塘塔近依前远。

江国多寒农事晚。村北村南，谷雨才耕遍。秀麦连冈桑叶贱，看看尝面收新茧。

《蝶恋花》

词中所写正是他所生活之处附近的田园风光，开篇一句“春涨一篙添水面。芳草鹅儿，绿满微风岸”，将景色的美写到了极致，胡兰成在他的书中开篇便写道：“桃花难画，因要画的它静。”而范成大写景却将景色写入了静致的精髓里，春水芳草，微风拂面，和谐的画面里透出了生命熠熠的活力。范成大是以“清新妩丽”而又“奔逸俊伟”的诗风驰名于世，而他的词也同样兼具这二者的特色。因为心思敏锐，范成大总能将山石清泉写出灵气，将升斗细民的悲欢赋予生命。在范成大的词中，无论是写景还是写人，都能体现出一种别致细腻的感情来，可以说范成大将他的词注入了生命的精华，每当读他的词，就好像是与范成大本人的一场对话，那是穿越时空的交流。

胡兰成在提及他儿时的农家生活时，也同样提到过：“春事烂漫到难收难管，依然简静。”意思是乡下田间的春天，是会肆无忌惮地蔓延，令人满眼春色，但却并不繁复。

这在范成大的田园词中正有体现，他整首词都可以用来渲染田园的风光，但却并不让人觉得厌烦，反而心里会生出盎然的兴趣，视野随着词人的描述而逐渐开阔起来，“江国多寒农事晚。村北村南，谷雨才耕遍。”一片水乡风光跃然纸上，传出了些许的浓郁而又恬美的农家生活气息。

读者在范成大的词中心醉神迷，而范成大则在他清丽的水乡春景中怡然自得，历史的画卷慢慢舒展，人生一蹉跎，便是垂垂老矣。两鬓斑白的范成大屹立田间，看山望水，远方的落日有着余晖暖暖的温度，播撒人间。

踏破铁鞋不如随遇而安：夏元鼎

夏元鼎生于1201年前后，具体生卒年皆不详。自云曾受仙人指点，修习阴阳五行及炼丹之术。最为后世称奇的诗句为："踏破铁鞋无觅处，得来全不费功夫。"

踏破铁鞋不如随遇而安

佛教的流传甚广，在传入中国后有许多的传说留下，最广为人知的便是唐玄奘取经，成了日后小说《西游记》的蓝本。佛教在中国的历史十分悠久，虽然经历了不断的兴衰，但兴盛之架势依然有增无减，在唐朝后期对佛教的沉重打击之后，到了宋朝，佛教与儒学和本土的道教相互融合，形成了新的一种思想，在之后的朝代中不断延伸，渗透。苏轼在《怀西湖寄晁美叔同年》的这首诗歌中写过："独专山水乐，付与宁非天。三百六十寺，幽寻遂穷年。"

在居于江南的宋王朝，佛教的淡泊宁静之感令许多人甚感安慰，在当时市井发达、商业繁荣的大背景之下，佛教能给人们带来与凡尘俗世不一样的感觉，因此佛教在宋朝能得以广泛的传播也不足为奇。所以，寺庙也就修建甚多。当然，这点除了是因为人们思想上的信仰之外，还要得益于文人们的推广。以苏轼为例来说，苏轼的前半生官场起伏，而后半生则是与佛结缘，终日参悟佛法，与人讨论，而在宋朝像苏轼这样的文人士大夫并不在少数。所以，对于佛法的参悟与推广已经成了当时的一种社会风气和时代风尚。在那个时代，人们通过学习佛理可以了解到，其实寰宇如此之大，并非仅仅是天地君亲师而已，还有更多他们所无法领会到的领域。

这就促使了当时的许多人对佛法产生了兴趣，而夏元鼎则是其中之一。他字宗禹，是南宋时期永嘉地区的人，关于他的生平资料十分少，只有从一些零星的文献上可以考究到夏元鼎爱好旅游，而且还偶遇仙人，为他传授炼丹采药的秘籍。夏元鼎之后才自号为云峰散人、西城真人。他一生强调自身修炼，属南宗清修派。这就是关于夏元鼎的一生。

细说这些，是为了能更好地理解夏元鼎后来的思想观念，有时候知晓一个人的经历生平，才能了解这个人的心思如何。有些事情，知晓前因才得后果，作为历史的寻踪者，我们也只能是将其一切都探究清楚。

夏元鼎能词，著有《蓬莱鼓吹》一卷，书中所写，大多和佛法有关。对于夏元鼎而言，作词并非是为了名留青史，成为千古文人骚客，他更多是为了记录他自己在清修之中的思想和论证。

天上神仙路。问谁能、超凡入圣，平虚交付。三岛十洲无限景，稳驾鸾舆鹤驭。更驯伏、木龙金虎。造化小儿真剧戏，炼阳精、要戴乾为父。须定力，似愚鲁。

三旬一遇交乌兔。便丹成、天长地久，桑田变否。四象五行攒簇处，全藉黄婆真土。无私授、人多胡做。堪叹红尘声利客，向花朝月夕寻妆妇。应不解，乘槎去。

《贺新郎》

而今在西方哲学和科学的大力推行下，人们对“长生不老”的追寻已经没有当年的热情了。但在夏元鼎所处的时代，因为对未来和时空的不甚了解，人们所能解释万事万物的也只有唯心而论了，夏元鼎自然无法走出历史那个时代狭小的时空。在他寻师问道期间，所得来的理论倒也是章剖句析，皆有灼见。

南宋学者真德秀和他交往密切，称夏元鼎所著“读之使人焕然无疑”。夏元鼎的词中讲述的多是自身修炼丹法，他主张三教合一，认为炼丹是修行的一大要事，但同时，夏元鼎也认为修炼不可强求，不能操之过急，不然会适得其反：“堪叹红尘声利客，向花朝月夕寻妆妇。应不解，乘槎去。”

词尾以这句结束，表明在夏元鼎的修炼过程中，他所看重的并不单单是那成道的结果，还有修行过程。夏元鼎曾写过一首七言绝句：

崆峒访道至湘湖，万卷诗书看转愚。
踏破铁鞋无觅处，得来全不费功夫。

《绝句》

这便是他辗转学道的真实感受，夏元鼎的思想也可以从这首诗中窥探出个一二，他认为根本不必要执着于书本之上，而是要放眼世界，这样才不会走入歧途，或背离真相，而且一直的执着对修炼也未必就有着好的效果，反而在适当的时候放弃才会遇到意想不到的效果。

人生一世，不过随缘

夏元鼎一生词作颇多，但所表达的中心思想也不过是这首七言绝句中所说的那样：“踏破铁鞋无觅处，得来全不费功夫。”在夏元鼎看来，悟道之处正在于此，不必执着，风景就在那人生的一转弯处露出春芽。这浅显的情感隐藏在夏元鼎朴实无华的笔锋之下，在他的笔尖流淌成了一首一首读之有味的诗词。夏元鼎毫不造作，就如同他寻师问道一般，在无华的光景间就流露出了真性情。这份儿性情从夏元鼎身上流淌而出，却不知道感染了多少后来人。

夏元鼎纯真勇敢，他就好像是孩子一般在执着地追寻着他想要的东西，但他又如同孩子一般并不是为了得到而得到，所以他最后可以在山巅之处看到云层之后的真相，那是他寻求的。

天下江山，无如甘露，多景楼前。有谪仙公子，依山傍水，结茅筑圃，花竹森然。四季风光，一生乐事，真个壶中别有天。亭台巧，一琴一鹤，泥絮心田。

不须块坐参禅。也不要区区学挂冠。但对境无心，山林钟鼎，流行坎止，闹里偷闲。向上玄关，南辰北斗，昼夜璇玑炼火还。分明见，本来面目，不是游魂。

《沁园春》

所以，夏元鼎的词中多带有仙迹仙踪，读他的词就好像在山顶之上吹着清冷的微风，令人神清气爽，但又刺骨而寒。“南辰北斗，昼夜璇玑炼火还。分明见，本来面目，不是游魂。”但再读下去，又好像峰回路转，柳暗花明一般，人生的奇妙在夏元鼎的词中一览无遗，没有任何缘由，也不需要什么借口，只是信步走过一生。在夏元鼎的词中，人生便永远都是这样的无忧无畏。

虽然怡然自得并不是始于夏元鼎而创，前人也有这样淡泊清疏的词句，但是，夏元鼎却能将这份儿情愫入木三分地描写出来，因为这是他一生所悟出的道理——人生亦长，人生亦短。夏元鼎借着四季风光来写人生应当如何对待：其实寻道不需要专门坐禅，也不需要专门挂冠，只要心中有道，心中有佛，便是一生流连四方，也最终是身处佛道之中。这便是夏元鼎的人生哲学，他睿智地看到了人生的关键所在，便是随缘而安。

要识刀圭诀，一味水银铅。驴名马字，九三四八万千般。愚底转生分别，划地唤爷作父，荆棘满心田。去道日以远，至老昧蹄筌。

譬如人，归故国，上轻帆。顺风得路，夜里也行船。岂问经州过县，管取投明须到，舟子自能牵。悟道亦如此，半句不相干。

《水调歌头》

人生长路，很多时候都由不得我们自己来选择。执着还是虚妄，完全在人的信念之间。不过，话虽如此，但命运并不是决定一个人人生路方向的最终裁定者。在人生的岔路口上，决定最后方向的还是自己。虽然讲求随缘而安，但这所谓的缘分，也是要靠自己来争取到手，不是从天而降的。所以，只能说，人各有志，虚妄淡然，皆是表象。

正如夏元鼎词中所言“舟子自能牵。悟道亦如此”，世事漫随流水，风吹船动，船走人随。人间之事，如同漂入掌心的水滴，倏忽而至又倏忽而逝。抓不住踪影，不如随缘。

附录

在宋朝的花园里，凝霜含露，最美的一朵情花莫过于宋词。她占尽园中风情，将尘世的浮名、仕途的追逐、江湖的杀气、女子的娇艳、爱情的甜美，都汇集在词人们的笔下，凝结在一首首的词作中。

词外谈诗

作为宋代文学的标志，宋词是当之无愧的。但大家却常常忽略，即便是在宋代，写诗也和唐朝一样是受人尊崇的。词，最早的时候不过只是“诗余”罢了。而宋诗的哲理、思辨等特长，不仅是整个中国诗史上重要的一环，也是对唐诗的突破与自身的开创。

特此开辟一章，围绕宋诗最集中的几个主题，撷取小诗若干首，以期为宋诗正名，并愿借此更细致地描摹宋人思想感情发展的脉络。

幸福就是醉倒在旖旎的春色中

在历史的轮回中，每一个朝代都有自己的生命。

治乱兴衰是它的基调，离合悲欢是它的线索，春夏秋冬是它不变的段落。

春去秋来本是自然常态，却常常因为文人墨客笔底的风流，令四季沾染了不同的色调，让春天的浪漫、秋天的悲凉，都披上了神秘的“衣裳”。曹雪芹《红楼梦》中的元春、迎春、探春、惜春，名字清丽脱俗，个个如鲜花怒放，带来春天的气息；可其中却暗含“原应叹息”的悲伤。这样的春天，任谁也高兴不起来。果然，姐妹们死的死、散的散，一片伤春的残破景象。这似乎也与家族的落寞、社会的衰败有着休戚与共的关系。所以，人们常说在中国文学里“一切景语皆情语”，不管是秋冬还是春夏，只要是四季循环往复，总脱不了这景色背后的深情。

故而，刘禹锡可以在盛唐高歌“自古逢秋悲寂寥，我言秋日胜春朝”。这虽然与刘禹锡个人的气魄和襟怀有关，也同样与唐朝恢宏的气度、壮志凌云的豪情相关。

“一时代有一时代的文学”也是这个道理。

秋天在唐朝虽然繁华落尽，但瑟瑟秋风，必然换来凛冽寒气，肃杀的氛围非他朝可比。

如果说唐朝的宽容与大气令诗人们常以秋为美，那宋朝的婉约和细腻则以春为最爱，恰如二八少女，袅娜行走在江南微雨中，回眸处，媚态丛生。

胜日寻芳泗水滨，无边光景一时新。

等闲识得东风面，万紫千红总是春。

朱熹《春日》

在一片湖光山色中，春天是最好识别的，姹紫嫣红、阳光灿烂。当然，也有解释说，朱熹从未北上，更不可能到过泗水，“寻芳”乃暗指追寻圣贤之道，而“万紫千红”则如孔学的遍地开花。但不管诗意如何解读，终究是一首生机勃勃、万物复苏的春之序曲。天光云影共徘徊，自然是一幅不可多得的赏春图。

同样喜欢春天的还有宋代著名诗人杨万里。

毕竟西湖六月中，风光不与四时同。

接天莲叶无穷碧，映日荷花别样红。

杨万里《晓出净慈寺送林子方》

西湖的六月，毕竟与四季的其他时间不同。那接天的莲叶无边无际一片碧绿，而莲叶中盛开的荷花却在阳光的照射下显出别样的娇红。接天莲叶，笔法波澜壮阔，而映日荷花却也显出几分甜美。于恢宏之中点染出绚烂和生动，于无边辽阔中捕捉出情趣与风韵，这似乎是宋代诗词的特色，也仿佛是宋朝的精神气质与时代风貌。

所以很多人说，宋朝其实本来就没有什么“豪放派”。所谓的豪放，都不过是婉约延伸出来的舒展。虽然能够绽开得更加绚烂一些，但终究不过是一朵开在世俗中的花。任凭如何风华绝代，也脱不了旖旎和香软。这话也颇有点儿道理。

由古至今，文人墨客皆喜欢在“西湖”上做文章，沉在西湖里的诗篇不胜枚举。因为西湖不但景美，而且情美。“上有天堂，下有苏杭”，在这鱼米之乡，配以湖边绵绵细雨，在乌篷船里喝一壶香茶，与三两旧友促膝长谈；又或抵足而眠，卧于阳光缠绵的

湖面，可消十年旧梦。如能再偶遇苏杭美女，更有一段悄然情事留于掌心，实在是人生一大快事！

很多时候，与其说是西湖的美景陶醉了文人，不如说文人发自内心地愿意深深地沉浸在西湖的春天里。连顶顶潇洒的苏大学士，也不免对西湖动了情：

水光潋滟晴方好，山色空蒙雨亦奇。
欲把西湖比西子，浓妆淡抹总相宜。

苏轼 《饮湖上初晴后雨》

水光潋滟，山色空蒙，在这晴空朗照下居然飘起细雨。水映日光，日照水波，波光荡漾，雨气弥漫，缠绕在这湖光山色中，从水到山，很自然地令苏轼想到了人。把西湖喻为西子，无论淡妆浓抹，都一样光彩照人，仪态万千。这个比喻生动贴切、明白晓畅，将西湖的风采与西施的流光溢彩完美地结合在了一起，形神气韵相得益彰，令人在留恋西湖的时候，感叹西施的美丽，更赞叹苏轼的才华。今古之人，湖中之景，景中之人，都高度地融为一体。

在一般人的眼中，苏轼是只会歌咏“大江东去浪淘尽”“西北望射天狼”的风流人物，他能够写出如此清丽、脱俗的小诗，实在令人惊叹。但仔细想来，宋代最为流行的文学形式便是宋词，而“词”因其语言、韵脚等方面多有限制，显得格局和气度都不如诗歌那般大气，反倒是情感的婉转、跳跃上显得比诗歌要灵活多变。

而这种诗词方面的差异也影响了宋代词人写诗的笔法。尤其是在描写风光的诗作上，体现得更为明显。总体来说，灵动有余而浑厚不足。

但有时候优势和劣势常常是互相转化的，宋代文人写作诗词，虽旷达不足却极有情致。

也因为这份儿情致，便有了“怪黄莺成对，怨粉蝶儿成双”的细腻与精巧，也是其他朝代所不可匹敌的优势。比如杨万里，面对接天莲叶的景色自是豪情万千，而面对一段小路也同样挥洒出一份儿田园趣闻：

懊恼春光欲断肠，来时长缓去时忙。
落红满路无人惜，踏作花泥透脚香。

杨万里《小溪至新田》

“赏春”与“伤春”在岁月和文学的长河中，总是有着悠久的传统。因为春色旖旎所以不忍离去，赏春和伤春便成为私底下互换的一组主题。

杨万里的小诗就是从“恼春”开始写起的。这美丽的春光，来的时候那么悠长，千呼万唤始出来，而走得却如此匆匆。满园的落红被行人踏在脚下，无人怜惜这消逝的春色。按照一般诗人的理解，这落红碾作尘土，自然是心生幽怨，十分悲戚。

不料，结尾处忽然笔锋一转，将“花泥透脚香”搬到了诗歌的殿堂。仿佛那些凌乱的花瓣儿已经从脚趾间纷纷涌出，在这小溪边、田埂上，踩出了春天的一串脚香。犹如行走尘埃，忽然踩出一朵花来，不禁令人心生惊喜。

而这惊喜正是宋朝的春天。

万紫千红、映日荷花、西湖西子、脚踏香泥，这些生活的情趣和欢乐，只有在宋代诗词中才能得到深深的体验。

在被宏大话语不断囊括的唐朝，被苍凉尘沙不断漫卷的汉代，绝少有人能够细心观察周遭的生活，品读春天的美丽与娇小。

唯有宋代的文人们，才有这份儿婉约、细腻，也才能独得这份儿春天的快乐和小资的情调。

一生所求只为“更上层楼”

生在不同的时代、国度、民族，甚至地区，在生活习俗、宗教信仰上都有很大的不同，人们的生活也常常千差万别。这就像在一棵枝繁叶茂的大树上，却找不到完全相同的两片树叶。

可是，每一片树叶都要吸收阳光、水分和温度。就像每一个人，都要经历四季的轮换、生命的悲喜。虽然经历未必都可以复制，但对生命的感悟却十分相近，比如“花开易见落难寻”“相见时难别亦难”。这些诗句，都凝结着诗人们对生活的感悟，包含着获得人生智慧的惊喜、期待和振奋。

横看成岭侧成峰，远近高低各不同。

不识庐山真面目，只缘身在此山中。

苏轼《题西林壁》

这首《题西林壁》是苏轼由黄州被贬汝州时经过庐山所作。瑰丽的山水激发了苏轼的豪情，也引发了他的哲思。从正面看，庐山连绵起伏，山岭相接，排开一座巍峨的高山。从侧面看，庐山挺拔秀丽，山峰高耸入云，气贯长虹。从远、近、高、低等各种角度看庐山，都可以看出庐山不同的风貌。人们没办法看清庐山的真面目，只是因为自己身在庐山之中。

身在庐山之中，连绵的山峦，峭拔的山岭，错落的丘壑，能够细细地看清一草一木，却很难看见庐山的全貌。这有点儿像盲人摸象，人们只能就自己看到的局部来歌颂美景，却不知道山外有山，庐山之外，更有庐山之景。“人在其中，当局者迷”的道理就这样在横看竖看之后，清晰地呈现出来。

仁者见仁，智者见智。其实，无论怎样看到的庐山，都是庐山的真面目，但却又都不是庐山的全景。

人生常常如身在庐山，虽然苦苦追寻，却似乎永远只能拽住冰山一角，而不能看到全貌。从游览庐山的美景出发，乘哲思之小船，抵达智慧的港湾，在“当局者迷”的岸边搁浅。小诗含蕴深远，令人百读不厌。

在宋代以前，诗歌的功能都是言志和言情，并没有把哲理融入诗歌中。而到了宋朝，文、理、趣皆可入诗，于是多了苏轼等人的言理诗。

苏轼认为诗歌应该“出新意于法度之中，寄妙理于豪放之外”，语言浅显易懂，道理深远悠扬。而他的《题西林壁》正是言理诗的翘楚，清新洒脱，明白晓畅，由景物至事理，于平淡无味中凸现人生的真知灼见。这一风格在宋代许多诗人的诗作中都得到了验证。

飞来山上千寻塔，闻说鸡鸣见日升。
不畏浮云遮望眼，自缘身在最高层。

王安石《登飞来峰》

明山秀水的景色中，常常不但凝结了自然的鬼斧神工，也包含着生活在这土地上的人们的深情。登高怀古，胸中涌起一腔激情。这是中国式文人的专利。但这一次，人们都猜错了。

王安石登上飞来峰，迈上千寻塔，放眼望去，大好河山尽收眼底。这千寻塔矗立在飞来峰上，天亮鸡鸣的时候就可以看到远方海边的日出。所谓“耸入云霄”就是这样吧。眼前已经没有了任何遮蔽，视野之开阔，胸襟之阔达，绝非平地之时所能想见。在这高处不胜寒之地，王安石笔锋一转，忽然发出这样的感慨：“不再害怕有任何浮云能够遮挡视线，主要是因为我已经站在了最高的地方。”这句看似登高远眺的评价，实则蕴含了人生许多的哲思。

李白说：“总为浮云能蔽日，长安不见使人愁。”王安石在《登飞来峰》中反其道而用之，借自己格局的广大、气度的开阔，反而讲出“不畏浮云”的豪言壮语。王安石曾位列宰相，不顾他人反对，坚决执行新法，也算是这种气魄的一个体现。

其实，不只是登山，人生境界又何尝不是如此。“会当凌绝顶，一览众山小。”很多时候，随着思想的逐渐成熟，常常让人感叹当年的青涩与无知。蓦然回首，才发觉当年那么多无法参透的道理，并不是过程如何不能忍受，而是自己的心性没能够达到超脱的程度。

所以，想要不被飘荡的白云所遮蔽，就需要不断提高人生的境界和修为。这不仅是对自己的勉励，也是对后人的一种激发。“欲穷千里目，更上一层楼。”只有不断提升心灵的境界，才有可能不被世俗的功名利禄所浸染，保持高洁的心态，超越的风姿。

从苏轼的人生方圆皆因角度不同，到王安石的积极向上，宋代诗人常常将自己的人生体悟融化在诗歌中，借眼前之景、景中之物，生发出人生的哲理，沿着写诗的小径，缓缓走向人生智慧的大路。

在这条通往哲思的路上，一次次动心的感悟犹如春天的桃花，扑面而来的是缕缕香气，握在手里的是段段诗行。

人生到处知何似？应似飞鸿踏雪泥。

泥上偶然留指爪，鸿飞那复计东西。

苏轼《和子由渑池怀旧》

人在尘世间行走，从这里到那里，从那里又回到这里，就像飞来飞去的鸿鹄，在雪地上落脚又飞去。只有那偶然留在雪地上的爪印，深深浅浅地泄露了行踪。但是，这一切都是偶然的事，飞鸿的去留本来也不计较东西。“雪泥鸿爪”正是由此诗而来。苏轼从飞鸿一连串偶然的脚印中，思考出人生和命运的不可知，这感慨与追寻不禁令人沉思。

苏轼一生宦海沉浮，新旧党派之争令他仕途屡遭坎坷。所以他在诗中写道：“人皆养子望聪明，我被聪明误一生。惟愿孩儿愚且鲁，无灾无难到公卿。”表面上是为孩子写诗，实际上是讽刺权贵，抒发一下自己的牢骚。

所幸的是，苏轼有一种阔达的襟怀，能够把这些磨难都当成人生的一种历练和财富，也就一次次在人生的低谷中积攒了宝贵的精神力量。所以，他能够参透人生无常，但却从未放弃过努力。

他深深地打捞起生命无常的叹息，却又充满乐观积极向上地生活。正如飞鸿的来去即便不考虑南北东西，但偶然间的爪印，也同样无比珍贵。这或许是苏轼一生的原则，也是他最耐人寻味的地方。

在中国传统文人的生活准则中，“知其不可为而为之”乃是一种很高的境界。这既需要通达彻悟的智慧，也需要乐观放怀的态度。就如有位学者曾说过的那样：“一个能够站在悲观主义的废墟上，仍然微笑着面对人生的人，他的乐观才会显得不廉价，从而变得更有分量。”这似乎也是苏轼、王安石等人一生屡跌屡起的真实写照。

诗歌犹如一扇天窗，诗人们常常借此探寻世界的奇妙，也由此反思自我，观照内心。能够穿透人生的无常，借由诗歌的小路，采撷智慧的芬芳；能在繁华落尽之后，一语天成，凭借浅显的文字，梳理内心的理想。

其实，人生到底像什么并不重要，重要的是无论怎样的境遇，都应该以昂扬、振奋、积极的精神去面对，唯其如此，才能领略千姿百态的人生，品咂出宋诗中理趣的况味。

长短各有，相辅相成

很多人喜欢把唐代叫作“诗唐”，因为唐朝是诗歌的海洋，诗歌的巅峰；它的成就只能被后世仰望而无法超越。所以，在唐之后，宋诗、清诗虽然也都有自己的成就，但却常常被唐诗的光华而遮挡。

所以，世人多知唐诗的丰腴、圆满，却不太了解宋诗的理趣、思辨、风骨，都非唐诗所能及。

学者缪钺对唐宋诗歌的异同曾经有过精彩的评论：“唐诗以韵胜，故浑雅而贵蕴藉空灵；宋诗以意胜，故精能而贵深析透辟。唐诗之美在情辞，故丰腴；宋诗之美在气骨，故瘦劲。唐诗如芍药海棠，华茂繁采；宋诗如寒梅秋菊，幽韵冷香。读唐诗如啖荔枝，一颗入口则甘芳盈颊；读宋诗如食橄榄，初觉生涩，而回味隽永。”

这段著名的唐宋诗之争，历来被看作是为宋诗抱不平的例证。但实际上，只要用心品读，就会发现宋诗的确有许多不同于唐诗的特色，比如对人生理趣的探讨，对事理哲学性的思辨等。很多的观点在其他朝代需要用论文来大篇幅讨论，在宋代诗歌中，只需要三言两语，就可以把很多生活中的哲理，剖析得很清楚。

试举苏轼著名的一首《琴诗》为例。

若言琴上有琴声，放在匣中何不鸣？
若言声在指头上，何不于君指上听？

苏轼《琴诗》

苏轼说，要说琴上可以发出琴声，为什么放在琴盒里的琴，却没有任何声音呢？如果说声音是从人的手指上发出来的，为什么听琴的时候不直接从手指上听呢？这首诗，

看似犹如大学士在和小学生辩论，可实际上却映衬出深刻的人生哲理。

一架古琴，放在琴匣之中，没有“宫商角徵羽”，不能够自己发出优美的旋律。

一双巧手，只是举在空中，没有“哆来咪发嗦”，也无法凭空奏出奇妙的乐章。

琴常常有，而指头也人人都有，但却必须互相依靠才能奏出和谐的乐章。只有二者相辅相成，互相配合，心思周到且技术高超，才能合力创造出乐曲。凭任何一方，无论是多名贵的琴，多娴熟的技法，都没办法弹出美妙的音乐。这不但是艺术主体与客体关系的问题，也是一场包含玄机的“事”与“理”的探讨。

古人对“琴”有很深的理解，认为琴不仅可以弹奏出乐曲，而且可以直抵人的心灵。其中最有代表性的就是“孔子学琴”的故事。

孔子跟从师襄子学琴，一首曲子弹了十几天。师襄子说，可以继续学习了。用现在的话说，老师认为你这首曲子已经及格了，可以学习下一首了。孔子说，我只是能弹得出这曲子，但还不知道其中的韵律和结构。过了一段时间，师襄子再问，孔子说，韵律是掌握了，但是志趣还不甚了解。再后来，又说未了解其心志。直到有一天，孔子弹奏中，有时若有所思，有时怡然高望，目光深远。于是，孔子对师襄子说，作曲的人胸怀天下，志存高远，这个人应该就是文王。师襄子听后，连忙起身拜倒：“我的老师也认为这是《文王操》。”这个故事虽然有孔子善学的精神在里面，但也体现了中国大儒一脉相承的艺术精神。

也就是说，能在普通的琴声中，听出韵律、节奏、胸怀、胆识，甚至连文王的状貌、情态、志趣都可以揣测出来，这就是所谓的“知音”。

中国人对于“琴”中的知音历来有许多故事，其中有一条恒定不变的就是“琴”声也是一种心声。

嵇康在刑场上弹奏《广陵散》从此而成为绝响，也是这个道理。并不是《广陵散》如何珍贵，而是嵇康所代表的魏晋风骨，令琴声有了特别的回响。只要了解中国古人对“琴”赋予的各种含义，便能够容易领会苏轼的《琴诗》。

苏轼的这首诗，看似是在说琴，实则也是在说人生。

人生的境遇犹如他所喜欢的佛法，既需要客观条件的具备，也需要主观的争取，二者的有力契合，才能奏响人生的完美乐章。只有协调好琴与指、情与理、理与趣、趣与义等的关系，才能获得人生智慧的精进。换句话说，独木难成林，天下没有完美的人和物，事物之间是互相依赖的。“尺有所短，寸有所长”也是这个道理。而卢梅坡的《雪梅》正是此种真意的代表。

梅雪争春未肯降，骚人搁笔费评章。
梅须逊雪三分白，雪却输梅一段香。

卢梅坡《雪梅》

卢梅坡是南宋诗人，自号“梅坡”，生卒年不详。我们大概只能从宋代诗词中窥见其罕见的身影。

古往今来，许多诗人都喜欢把梅和雪放在一起吟咏，因为雪和梅都是报春的使者，是四季轮回，万物复苏，春满人间的征兆。所以有《卜算子·咏梅》：“风雨送春归，飞雪迎春到。已是悬崖百丈冰，犹有花枝俏。俏也不争春，只把春来报。待到山花烂漫时，她在丛中笑。”

可历来人们只见梅花的高傲、雪花的圣洁，却没人把她们放在一起。倒是卢梅坡，这个爱雪也爱梅的人，有这份儿闲情雅致评断她们的高下。

梅花和雪花都为了争春之先、占春之色而不肯互相谦让，诗人只好颇费心思来评价她们。如果公平地说，梅花虽然逊色雪花的洁白晶莹，但雪花也输给梅花一段清香。这种写法，看似“各打五十大板”，没说出各自的优劣，而实际上却显示了诗人的高明：梅逊雪白，雪输梅香。

世间万事万物都各有所长，也各有所短。只有取人之长、补己之短，扬长避短，发挥各自的妙处，才能将情趣和理趣融合在其中。

这与苏轼“琴”与“指”的关系恰有异曲同工之妙，骨子里都透着各有所长的道理。琴有琴弦，但没有撩拨的手指也不能听其音；指有技法，但没有古琴的配合也无法独自成音。琴与指互相依赖，相辅相成。而梅与雪亦如是。

世间若无雪花的洁白，便少了清雅，但若无梅花的清香，又缺了神韵。梅与雪都是春天的象征，少了哪一个，春之色都会暗淡无光。从寻常事物中参透理趣、哲思，并提炼出人类永恒的哲理，是苏轼和卢梅坡的高明，也是宋诗思辨的特长。

山河破碎，一块烙在心底的伤疤

1281 年除夕夜是他在人间度过的最后一个除夕夜。

没有了“人生自古谁无死”的慷慨，也失去了“天地有正气”的豪迈，一个英雄的悲歌就此即将谢幕。留在人间的，只有想念亲人的深情，期盼团聚的梦想，还有堂堂岁月一掷如梭的寂寥与怅惘。

英雄气，儿女情，忽然触碰到人类心灵最温柔的角落。将军百战死，原来都不过是为了解甲归田的时候，可以安居乐业。

就在这样一个除夕夜，南宋诗人文天祥写下了这首《除夜》。

乾坤空落落，岁月去堂堂。
末路惊风雨，穷边饱雪霜。
命随年欲尽，身与世俱忘。
无复屠苏梦，挑灯夜未央。

文天祥《除夜》

在这样一个欢闹与喜庆的夜晚，文天祥想到了自己的亲人。

这一生，为了建功立业，为了统一中原，无数次打拼，却无数次失败。风餐露宿，从未流过一滴眼泪。但是如今，国家已经灭亡了，还何谈自己的家庭与幸福。辛苦一生，终究是两手空空，既不能保国也无法保家。就在这样貌似平和的诗句中，掩藏着一颗悲苦、落寞、孤独的心。“笔落惊风雨，诗成泣鬼神。”曾经的热血男儿在人生的最后时刻，想到的是家庭温暖的港湾。

但是，国已不在，何以为家？

久经沙场的将军在生命即将落幕的时候，已经不再显示自己的铮铮铁骨，而是暴露了自己最柔软的疼痛——没有国、没有家的普通人的伤感。也正是这一点寻常人的情谊，扣动了无数人的心弦。

或许，这里融合了人们对南宋的怜悯和同情：她始终在逃避战争，但战争却总来挑战。她总是在振作立志奋发图强，却无力回天屡屡惨败。她总是在挣扎，但终于还是淹没在异族坚硬的铁蹄下。

小桃无主自开花，烟草茫茫带晚鸦。

几处败垣围故井，向来一一是人家。

戴复古《淮村兵后》

这是南宋著名诗人戴复古的传世名作《淮村兵后》。在断壁残垣的破败景象中，戴复古抒发了自己感时伤世的情怀。桃花从来不知道人间的悲欢，每到春来，灿烂还依旧；但是这早春的阳光似乎更添凄凉，毕竟已经没有人间的“桃花源”了。茫茫的烟草，只有飞来飞去的乌鸦在聒噪。废池乔木，犹厌言兵。所有的生活都在这里荡然无存。

曾经，残垣枯井的前生，这里也是一户户幸福生活的家庭。

在中国古代社会，“井”是生活的象征。人们依靠井水洗衣、洗米，在井边劳作、生活。“凡有井水处，皆能歌柳词”，是说人人都知道柳七郎的词，而如今，那些曾经在井边嬉闹的二八少女，再也没有闲情逸致唱“晓风残月”了。破败的南宋，逃亡尚且来不及，哪里还有时间风花雪月呢！同样是一口井，曾经的喧闹已经尘埃落定，只有岁月的枯枝败叶躺在井边，见证人世的沧桑变化。

山河破碎，始终是烙印在宋朝人心中的一块伤疤，逢上阴雨连绵，便会隐隐作痛。

扒开那些历史的杂草，在这些破败的枯井背后，那些曾经婉转清丽的宋词，如今都化作王朝衰落的呼喊与回声。

更有甚者，不但对此痛不欲生，甚至死不瞑目。不用说，这个人就是陆游。

陆游生在北宋末年，出生的第二年，金兵就占领了北宋的都城；第三年，金兵俘虏了宋朝的皇帝，北宋灭亡。

正是生在这样一个流离乱世，陆游从小就立志收复山河。可惜他一生报国，屡屡遭到主和派的打击，到了晚年被迫隐居。但他的爱国情怀却不能简单地随之雪藏，孤村风雨，熄不灭他的真诚。“僵卧孤村不自哀，尚思为国戍轮台。夜阑卧听风吹雨，铁马冰河入梦来。”就是循着这样的悲哀与绝望，远离了金戈铁马的生活，他依然壮心不改。甚至临终还惦记着统一大业的实现。

死去元知万事空，但悲不见九州同。

王师北定中原日，家祭无忘告乃翁。

陆游《示儿》

俗话说“人之将死，其言也善”，当一个人行将就木的时候，往往发出的才是最宝贵的真情。尤其是陆游的这句“死去元知万事空”，天地苍茫，人空空地来，空空地去，尘世间的一切都不过万事皆空。

但陆游的心里仍然有放不下的事业，这便是中原的统一。这是一首写给儿子的诗，他交代了自己平生未能实现的理想，期待儿子可以有所作为。并千叮万嘱：等到王师北定的日子，记得去我的坟头告诉我这个消息。

没有人能够知道陆游的儿子听到这首诗的时候，会做何感想。当一个朝廷朝不保夕、统治者只愿意偏安江南的时候，再多的仁人志士，再多的壮志凌云，也都不过是浮华大宋的一场皮影戏。上演着人世的悲欢离合、朝廷的调兵遣将，但绝对不要当真。

可是，当一个人不久于人世，作为他的亲人，又如何能狠心戳穿他最后的幻想呢？

陆游的儿子应该会含泪应允吧，一如今天的人们含泪品读陆游这留在人间最后的期待。能够让自己的子民至死不忘报国之志，不知道是大宋的耻辱还是荣幸？

也许，痛苦的常常是后人，只有在翻阅教科书的时候，人们才会顿足捶胸地抱怨，假如当时怎样，历史便会怎样。

但历史怎样也不会改变的。生在那个羸弱的朝廷，就注定了挨打、受欺负，注定了不断卑微地退却，把自己的领土、子民，连同大宋的血脉一次次割让，直到鲜血洒尽大宋灭亡。陆游、戴复古、文天祥他们都能够料到这一天的到来。诗人，通常有着天生的敏锐，只是他们没人愿意相信。

在国破家亡的阴影下，不只是披甲戎装的男儿，连女子也常常感到义愤填膺。

生当作人杰，死亦为鬼雄。

至今思项羽，不肯过江东。

李清照《夏日绝句》

李清照在《夏日绝句》中说，生的时候是人中的豪杰，死了的话也是鬼魂里的英雄。人们至今都在思念项羽，就因为他不肯过江。当年，项羽逃到乌江，乌江亭长劝他火速渡江，重整旗鼓，他日再图霸业。但是，项羽觉得自己兵败，无颜见江东父老，回身应战，杀敌数百，刎颈自尽。

项羽的凛然正气和南宋朝廷的苟且偷生，一明一暗，一古一今，可谓高下立见。

作为一名女子，能够有如此气节和风范，飒爽英姿，不失女侠的魅力！只可惜，从李清照、陆游到戴复古、文天祥，宋朝的社稷并没有因为他们绝望的希望而千秋永固。

在宋朝的天空下，这些诗人们经历的是不同的时代。但他们同样遭遇过颠沛流离，所以懂得什么是民不聊生。

漫天尘沙，可以掩埋历史的堆堆白骨，却无法弥合国土沦丧时，刻在诗人们心头的累累伤疤。

宋词选录

点绛唇/林逋

金谷年年，乱生春色谁为主？余花落处，满地和烟雨。
又是离歌，一阕长亭暮。王孙去。萋萋无数，南北东西路。

【译文】

金谷年年（生青草），乱生的春色谁是它的主人？残花落下的地方，满地和着烟雨。
又是离歌，一首过后长亭日暮已经降临。王孙离去。芳草萋萋，生满南北东西路。

长相思/林逋

吴山青，越山青。两岸青山相送迎，谁知离别情？
君泪盈，妾泪盈。罗带同心结未成①，江头潮已平。

【注释】

①“罗带”句：古时女子常将罗带打成心形的结，送给自己的爱人以示永不分离之愿，此句是说同心结未打成，爱人就要离去了。

【译文】

吴山青翠，越山青翠。两岸的青山迎送（船行的游子），它们谁又明白离别的悲伤呢？

你眼泪盈眶，我也眼泪盈眶。丝带未能打成同心结，江头的潮水已经平息。

木兰花/钱惟演

城上风光莺语乱，城下烟波春拍岸。绿杨芳草几时休？泪眼愁肠先已断。

情怀渐觉成衰晚，鸾镜朱颜惊暗换。昔年多病厌芳尊，今日芳尊惟恐浅。

【译文】

城上风光大好，莺声乱成一片，城下烟波浩渺，春水拍打着堤岸。绿杨芳草什么时候才能消失？我满眼泪水，愁肠先已断。

情怀渐觉衰老，对着鸾镜我惊讶地发现自己红润的容颜暗自更换了。往年我体弱多病，讨厌去碰那美酒金杯，如今却只恐酒杯没有斟满。

苏幕遮/范仲淹

碧云天，黄叶地，秋色连波，波上寒烟翠。山映斜阳天接水，芳草无情，更在斜阳外。

黯乡魂[①]，追旅思[②]，夜夜除非，好梦留人睡。明月楼高休独倚。酒入愁肠，化作相思泪。

【注释】

① 黯乡魂：用江淹《别赋》“黯然销魂”语。黯，形容心情忧郁。② 追：此处意为纠缠。旅思：旅居在外的愁思。

【译文】

白云满天，黄叶遍地，秋天的景色连接着远处的水波，水波上寒烟苍翠。夕阳映照着远山，天空连接着江水。芳草无情，更绵延至斜阳之外。

想起故乡不禁黯然神伤，追怀旅思，每天夜里除非美梦才能让人入睡。当明月照射高楼时不要独自倚靠栏杆。酒入了愁肠，化作相思之眼泪。

渔家傲/范仲淹

塞下秋来风景异，衡阳雁去无留意[①]。四面边声连角起[②]。千嶂里[③]，长烟落日孤城闭。

浊酒一杯家万里，燕然未勒归无计④。羌管悠悠霜满地。人不寐，将军白发征夫泪！

【注释】

① 衡阳雁去：古人认为大雁南飞至衡阳而止。② 边声：边境上的马嘶、风号等声音。角：军中号角。③ 嶂：形容高险如屏障的山峦。④ 燕然未勒：谓外患未平。燕然，东汉窦宪大破北匈奴后，曾登燕然山（蒙古杭爱山）刻石记功。勒，刻。

【译文】

边塞秋天一来风景就大不相同，向衡阳飞去的雁群全无留恋的意思。四面的边地马嘶风号随着号角响起。重重叠叠的山峰里，烟雾缭绕，落日斜照孤城紧闭。

喝一杯陈酒怀念起远隔万里的家乡，可是还未在燕然山刻上平胡的功绩，因而无法归去。羌人的笛声悠扬，寒霜洒满大地。人不能入睡，满头白发的将军和战士一同落泪。

凤栖梧/柳永

伫倚危楼风细细①，望极春愁，黯黯生天际。草色烟光残照里，无言谁会凭阑意②。

拟把疏狂图一醉③，对酒当歌，强乐还无味。衣带渐宽终不悔，为伊消得人憔悴④。

【注释】

① 伫（zhù）：久站。危楼：高楼。② 会：理解。③ 拟：想要。④ 伊：她。

【译文】

伫立在高楼上，春风细细，望不尽的春日离愁，暗暗地从天边涌起。草色烟光掩映在落日余晖里，我默默无言，谁能领会我独自凭栏的深意？

打算狂放地喝他个大醉，对酒高歌一曲，勉强作乐反而觉得毫无兴味。衣带日渐宽松却不后悔，那是为她消瘦得形容憔悴啊。

雨霖铃/柳永

寒蝉凄切，对长亭晚，骤雨初歇。都门帐饮无绪[1]，留恋处，兰舟催发[2]。执手相看泪眼，竟无语凝噎[3]。念去去千里烟波，暮霭沉沉楚天阔[4]。

多情自古伤离别，更那堪，冷落清秋节。今宵酒醒何处？杨柳岸、晓风残月。此去经年[5]，应是良辰好景虚设。便纵有千种风情[6]，更与何人说？

【注释】

① 都门帐饮：在京城门外设宴饮酒。无绪：没有心情。② 兰舟：兰木制成的舟，此处泛指船。③ 凝噎（yē）：形容喉咙里像塞了东西，说不出话来。④ 暮霭：傍晚的云雾。楚天：古时长江中下游一带属于楚国，故指其天空为楚天。⑤ 经年：年复一年。⑥ 风情：意趣。

【译文】

秋蝉的叫声凄凉而急促，正对着日暮时分的长亭，一阵急雨刚刚停住。京都城外的饯别宴上我没有畅饮的心绪，正是依依不舍的时候，船夫却催着出发。两人双手紧握泪眼相望，竟无语哽咽。想到这回离去，千里烟波浩渺，傍晚云气沉沉，楚地天空辽阔无际。

自古以来多情的人总会为离别而悲伤，更何况又逢着这清冷的秋季！今夜酒醒时我将身在何处？可能是那杨柳岸边，面对清寒的晨风和黎明的残月。这一去定是许多年，即使遇到好时光、好风景，也不过是虚设。即便有千种风情，又同谁去诉说呢？

望海潮/柳永

东南形胜[1]，三吴都会[2]，钱塘自古繁华。烟柳画桥，风帘翠幕，参差十万人家。云树绕堤沙，怒涛卷霜雪，天堑无涯[3]。市列珠玑[4]，户盈罗绮竞豪奢[5]。

重湖叠巘清嘉[6]，有三秋桂子，十里荷花。羌管弄晴，菱歌泛夜[7]，嬉嬉钓叟莲娃。千骑拥高牙[8]，乘醉听箫鼓，吟赏烟霞。异日图将好景[9]，归去凤池夸[10]。

【注释】

① 形胜：交通便利。② 三吴：此处泛指江浙的广大地区。③ 天堑：天然的险阻。此处指钱塘江。④ 珠玑（jī）：珠宝。⑤ 罗绮：绫罗绸缎。⑥ 重湖：北宋时西湖已有里湖、外湖之分，故云。叠巘（yǎn）：层叠的山峦。⑦ 菱歌：采菱女子们欢唱的歌曲。⑧ 高牙：本指军前大旗，此处指

高官的仪仗旗帜。⑨ 异日：他日。图：描绘。⑩ 凤池：凤凰池，此处指代朝廷。

【译文】

东南地区风景优美，交通便利，三吴的都会钱塘自古以来就非常繁华。如烟的柳树、彩绘的桥梁，挡风的帘子、翠绿的帷幕，高高低低约有十万人家。高耸入云的大树环绕着沙堤，怒涛卷起如霜如雪的浪花，天然的江河没有边际。集市上陈列着珠玉珍宝，家家户户满是绫罗绸缎，竞逐奢华。

重重的湖与叠叠的山都非常秀丽美好，有三秋桂花，十里荷花。晴天羌管奏乐，夜晚划船采菱唱歌，钓鱼的老翁、采莲的姑娘都嬉笑取闹。数千名骑兵簇拥着长官，乘着醉意听箫之声，吟赏烟霞。他日将美好的景致画下来，回京城向人们夸耀。

八声甘州/柳永

对潇潇暮雨洒江天，一番洗清秋。渐霜风凄紧[①]，关河冷落[②]，残照当楼。是处红衰翠减，苒苒物华休[③]。惟有长江水，无语东流。

不忍登高临远，望故乡渺邈[④]，归思难收。叹年来踪迹[⑤]，何事苦淹留[⑥]？想佳人，妆楼颙望[⑦]，误几回，天际识归舟。争知我[⑧]，倚阑干处，正恁凝愁[⑨]！

【注释】

① 凄紧：秋风渐冷渐急。② 关河：关山与河流。③ 苒苒：渐渐地。④ 渺邈：遥远。⑤ 年来：近年来。⑥ 淹留：久留。⑦ 颙（yóng）：仰望。⑧ 争知：怎知。⑨ 恁（nèn）：如此，这样。

【译文】

面对着潇潇暮雨洒落江天，雨水洗出了高爽的清秋。秋风渐冷渐急，关河冷清荒凉，夕阳的余晖照射在楼上。到处红花衰残翠叶枯损，美好的景物渐渐逝去。只有长江水，无声无息地向东流去。

不忍登高望远，故乡遥远，渴求回家的心思难以收拢。感叹这些年来的行踪，为什么苦苦久留（他乡）？想佳人，正伫立于华丽的高楼上凝望远方，多少次错把远处驶来的船当作我回家乘坐的船。怎么知道我，倚着栏杆，正与你一样凝愁相望！

鹤冲天/柳永

黄金榜上，偶失龙头望[①]。明代暂遗贤，如何向[②]？未遂风云便[③]，争不恣狂荡[④]？何须论得丧。才子词人，自是白衣卿相[⑤]。

烟花巷陌，依约丹青屏障。幸有意中人，堪寻访。且恁偎红倚翠[6]，风流事，平生畅。青春都一饷。忍把浮名，换了浅斟低唱。

【注释】

① 龙头：状元。② 如何向：怎么办。③ 风云便：风云际会，得到好的遭遇。④ 争：怎。恣：放纵。⑤ 白衣：没有官职。⑥ 恁：如此。

【译文】

黄金榜上，偶然被君主遗忘。开明的朝代暂将贤能遗弃了，我该去哪里？既然没有赶上好机遇，怎么不肆意地放荡呢？何必计较得失。才子词人，自就是白衣卿相。

烟花巷陌中，隐约可见丹青作画的屏风。幸好有意中人可以寻访。且那样偎红倚翠，风流之事，才是平生最畅快的呢。青春只有一晌，还是忍心将功名去换取那慢慢地喝酒、低低地吟唱吧！

青门引 /张先

乍暖还轻冷[1]，风雨晚来方定。庭轩寂寞近清明，残花中酒[2]，又是去年病。

楼头画角风吹醒，入夜重门静。那堪更被明月，隔墙送过秋千影。

【注释】

① 乍暖：天气忽然转暖。② 中酒：醉酒。

【译文】

天气突然转暖但还带着些轻寒，风雨于傍晚时分方才停歇。小楼庭院冷冷清清，时已近清明，对着残花频频饮酒，心中郁结的又是那去年的伤春之病。

楼头的号角声长鸣，我被冷风吹醒，到了夜里重门寂静无声。我怎能忍受月光把墙那边秋千的影子送到眼前呢？

浣溪沙 /晏殊

一曲新词酒一杯[1]，去年天气旧亭台[2]。夕阳西下几时回？

无可奈何花落去[3]，似曾相识燕归来。小园香径独徘徊[4]。

【注释】

① 一曲新词酒一杯：此句化用白居易《长安道》诗意："花枝缺入青楼开，艳歌一曲酒一

杯。”②去年天气旧亭台：此句化用五代郑谷《和知己秋日伤怀》诗：“流水歌声共不回，去年天气旧池台。”③无可奈何：不得已，没有办法。④香径：两边开满鲜花的小路，或指落花散香的小路。

【译文】

听一曲新制的词，喝一杯美酒，和去年的天气一样，依旧是旧时的亭台。夕阳西下什么时候回来？

花儿落去谁又能奈何得了？燕子归来旧巢，但只是似曾相识。小园的花径上我独自徘徊。

浣溪沙/晏殊

一向年光有限身，等闲离别易销魂①。酒筵歌席莫辞频②。

满目山河空念远，落花风雨更伤春。不如怜取眼前人。

【注释】

①等闲：轻易。销魂：形容伤感到极点，如同魂魄离散躯壳。②莫辞频：谓不要频频推辞。

【译文】

时光易逝，生命有限，而别离又每每轻易发生，让人为之黯然销魂。因而应该及时行乐，不要频频推辞酒宴歌席。

面对山河空自怀念远人，看到风雨催落了繁花，更令人感伤春光易逝。不如好好怜惜眼前所爱的人。

蝶恋花/晏殊

槛菊愁烟兰泣露①，罗幕轻寒②，燕子双飞去。明月不谙离恨苦③，斜光到晓穿朱户。

昨夜西风凋碧树，独上高楼，望尽天涯路。欲寄彩笺兼尺素④，山长水阔知何处！

【注释】

①槛菊：栏杆旁的菊花。②罗幕：丝罗做的帷幕，此指屋内。③谙：知晓。④彩笺兼尺素：指书信、题诗。

【译文】

栏杆外，菊花被轻烟笼罩，好像含着愁怨；兰叶上挂着露珠，好像在哭泣。罗幕挡不住轻轻寒意，燕子双双飞走了。明月不知道离别的痛苦，斜斜的月光穿过朱红的窗户，直到天明。

昨天夜里，秋风吹落碧树的叶子，独自登上高楼，望尽天涯之路。想寄信给她，但山水迢迢，不知道她人在哪里！

离亭燕/张昪

一带江山如画，风物向秋潇洒①。水浸碧天何处断？霁色冷光相射②。蓼屿荻花洲③，掩映竹篱茅舍。

云际客帆高挂，烟外酒旗低亚④。多少六朝兴废事，尽入渔樵闲话。怅望倚层楼，寒日无言西下。

【注释】

①风物：景物。②霁（jì）色：雨后晴空的颜色。③蓼（liǎo）屿：生长着蓼草的岛屿。荻：多年生草本植物，生在水边，叶似芦苇，秋天开紫花。④低亚：低垂。

【译文】

（金陵）一带江山如画，秋来风景更为萧疏洒脱。江水浸润着蓝天哪里是尽头？雨后的晴光与水光相互映射。长满蓼草的岛屿与生长着荻花的小洲，掩映着竹篱茅舍。

云边旅客的船帆高挂，烟霭之外酒旗低低垂着。多少六朝兴衰之事，都入了渔夫樵夫的闲话。怀着怅惘的心情，倚楼眺望，寒冷的太阳无声西落。

木兰花/宋祁

东城渐觉风光好，縠皱波纹迎客棹①。绿杨烟外晓寒轻，红杏枝头春意闹。

浮生长恨欢娱少，肯爱千金轻一笑②？为君持酒劝斜阳，且向花间留晚照。

【注释】

①縠（hú）皱：形容水波纹如绉纱一样褶皱。②肯：怎肯。

【译文】

东城的风光渐渐让人感到美好，绉纱似的波纹迎接着游船的到来。碧绿如烟的杨柳，外面弥漫着清晨的微寒，红杏枝头春意喧闹。

常恨人生欢娱太少，怎肯吝惜千金而轻视这一霎的欢乐？我为你持着酒杯劝说夕阳，且在那百花丛中留下一抹晚霞。

踏莎行/欧阳修

候馆梅残[①]，溪桥柳细。草薰风暖摇征辔[②]。离愁渐远渐无穷，迢迢不断如春水。

寸寸柔肠，盈盈粉泪。楼高莫近危阑倚[③]。平芜尽处是春山[④]，行人更在春山外。

【注释】

①候馆：驿馆。②摇征辔（pèi）：指策马远行。③危阑：高楼上的栏杆。④平芜：绵延不断、向远方伸展的草地。

【译文】

驿馆中梅花凋残，溪桥边柳叶细细。青草飘香，春风和煦，目送爱人骑马远去。离愁随着心上人的远去也渐渐无穷，迢迢不断如春水一般。

寸寸柔肠，满眼的泪水。楼太高了，不要独自倚靠高处的栏杆。原野的尽头是青翠的山峰，远行的人还在那青山之外。

生查子/欧阳修

去年元夜时，花市灯如昼。月上柳梢头，人约黄昏后。

今年元夜时，月与灯依旧。不见去年人，泪湿春衫袖。

【译文】

去年元宵夜，花市灯光明亮如同白昼。月儿爬上柳梢头，佳人相约，在黄昏之后。

今年元宵夜，月儿与灯光依旧，却不见去年约会之人，眼泪打湿春衫袖。

玉楼春/欧阳修

尊前拟把归期说[①]，未语春容先惨咽。人生自是有情痴，此恨不关风与月[②]。

离歌且莫翻新阕[③]，　一曲能教肠寸结。直须看尽洛城花，始共春风容易别。

【注释】

① 拟把归期说：心中想把归期告诉对方。② 风与月：指风月美景。③ 离歌：樽前所演唱的离别的歌曲。阕：量词，一首歌为一阕。

【译文】

我在饯别宴席上打算说说自己归来的日期，正要说时她就愁容惨淡，无语哽咽了。人本身就是痴情之物，这离恨与风月无关。

且不要唱那新翻的离歌，一曲唱完能叫人愁肠百结。只需要将洛阳的花儿看尽，才容易与洛阳的春风分手。

浪淘沙/欧阳修

把酒祝东风，且共从容[①]。垂杨紫陌洛城东[②]，总是当时携手处，游遍芳丛。

聚散苦匆匆，此恨无穷。今年花胜去年红，可惜明年花更好，知与谁同？

【注释】

① 且共从容：意谓暂且一起悠闲一刻，不要急于离去。② 紫陌：指京城郊外的道路。

【译文】

我端起酒杯问候东风，你且和我从容宴饮。洛阳城东宽阔的街道两旁垂柳依依，也是在这里，我们携手相伴，游遍花丛。

苦于聚散太过匆忙，这离恨无穷无尽。今年的花比去年红，可惜明年的花会更好，但又怎能知道我将和谁一同欣赏呢？

蝶恋花/欧阳修

庭院深深深几许？杨柳堆烟，帘幕无重数。玉勒雕鞍游冶处[①]，楼高不见章台路[②]。

雨横风狂三月暮，门掩黄昏，无计留春住。泪眼问花花不语，乱红飞过秋千去。

【注释】

① 玉勒雕鞍：镶玉的马笼头和雕花的马鞍。游冶处：即冶游处。指歌楼妓馆。② 章台：妓女住所的代称。

【译文】

庭院幽深，不知道有多深。那里杨柳丛丛，堆叠着烟雾，那里帘幕重重，不知有多少层。豪华的车马停在寻欢作乐的地方，家中虽有高楼，却望不见章台路。

雨横风狂，这是三月的一个傍晚，门掩住黄昏的景色，没有法子将春留住。带着眼泪问花花儿不语，那纷乱的落花反而飞过秋千去。

西江月/司马光

宝髻松松挽就，铅华淡淡妆成[①]。青烟翠雾罩轻盈，飞絮游丝无定。

相见争如不见[②]，有情何似无情。笙歌散后酒初醒，深院月斜人静。

【注释】

① 铅华：铅粉。② 争：怎。

【译文】

她松松挽着一个发髻，脸上淡淡施了一点儿妆粉。如青烟翠雾一般的丝绸衣裳笼着她轻盈的身躯，她舞蹈起来就如飘飞的丝絮游离不定。

相见真不如不见，有情怎像无情。笙歌散尽后我酒意方醒，却是庭院深深，月斜人静。

好事近/郑獬

把酒问红梅，花小未经风力。何计不教零落，为青春留得。

故人莫问在天涯，尊前苦相忆。好把素香留取，寄江南消息。

【译文】

端起酒杯问红梅，花儿太小禁受不住风的吹袭。有什么办法不让它们被风吹落呢，只有春光能将它们留住。

不要问我在那遥远的地方怎么样，酒杯前我正苦苦将你们怀念。好把梅花的清香留住，寄给你们江南的消息。

清平乐/王安国

留春不住，费尽莺儿语。满地残红宫锦污[1]，昨夜南园风雨。
小怜初上琵琶，晓来思绕天涯。不肯画堂朱户，春风自在杨花。

【注释】

① 宫锦：宫中的锦绣，比喻落花。

【译文】

留春留不住，费尽了莺儿的话语。满地落花像宫锦一样，混着泥土，昨天夜里南园风雨又起。

小怜初次在众人面前弹奏琵琶，早晨起来思绪就飞到了天之涯。她不愿留在画堂朱户中，只愿像杨花一般在春风里自在飘扬。

卜算子/王观

水是眼波横，山是眉峰聚。欲问行人去那边？眉眼盈盈处[1]。
才始送春归，又送君归去。若到江南赶上春，千万和春住。

【注释】

① 盈盈：美好的样子。

【译文】

水如女子横斜的眼波，山是她们蹙拢的双眉。想问行人去哪里，行人回答说要去那眉眼盈盈的地方。

刚刚才送春归去，现在又送你离去。要是到江南遇上了春天，千万要拣那春意最浓的地方住下。

临江仙/晏几道

梦后楼台高锁，酒醒帘幕低垂。去年春恨却来时，落花人独立，微雨燕双飞。

记得小蘋初见[①]，两重心字罗衣[②]，琵琶弦上说相思。当时明月在，曾照彩云归[③]。

【注释】

① 小蘋：词人友人家的歌女。② 两重心字：两个篆书心字结成的连环图案，象征男女心心相印。③ 彩云：指小蘋。

【译文】

梦醒后只觉被高楼困锁，酒醉醒来帘幕低低垂落。去年春恨到来时，落花满地，我独自站立着，细雨里燕子双双飞翔。

记得与歌女小蘋初次相见，她穿着绣有两重心字的罗衣，通过弹奏琵琶诉说出自己的相思。当时的明月如今犹在，它曾照着彩云归去。

鹧鸪天/晏几道

彩袖殷勤捧玉钟[①]，当年拚却醉颜红[②]。舞低杨柳楼心月，歌尽桃花扇底风。

从别后，忆相逢，几回魂梦与君同[③]。今宵剩把银釭照[④]，犹恐相逢是梦中。

【注释】

① 彩袖：指穿彩衣的歌女。玉钟：珍贵的酒杯。② 拚（pàn）却：不顾惜。却，语气助词。③ 同：相聚。④ 釭（gāng）：灯。

【译文】

彩袖下一双玉手殷勤捧着玉钟（向我敬酒），当年我不惜喝得满脸通红。你纵情跳舞，直到楼顶的月亮低至柳梢，还尽兴唱歌，直唱到桃花扇底风尽。

自从离别后，总想着重逢，多少次在梦中与你相会。今夜我只是举着残灯将你来照，恐怕又是在梦中相逢。

清平乐/晏几道

留人不住，醉解兰舟去。一棹碧涛春水路[①]，过尽晓莺啼处。

渡头杨柳青青，枝枝叶叶离情。此后锦书休寄，画楼云雨无凭。

【注释】

① 棹（zhào）：船桨。

【译文】

留人留不住，她带着醉意，踏上兰舟离去。小船在碧波中一路前行，所经之处，清晨的黄莺鸣叫个不停。

渡头的杨柳十分清翠，一枝枝一叶叶都充满离情。以后不要再寄书信来，画楼上的欢情什么凭证也没有。

水调歌头/苏轼

丙辰中秋[①]，欢饮达旦，大醉，作此篇，兼怀子由[②]。

明月几时有？把酒问青天[③]。不知天上宫阙[④]，今夕是何年？我欲乘风归去，唯恐琼楼玉宇[⑤]，高处不胜寒。起舞弄清影[⑥]，何似在人间？

转朱阁[⑦]，低绮户[⑧]，照无眠。不应有恨，何事长向别时圆？人有悲欢离合，月有阴晴圆缺，此事古难全。但愿人长久，千里共婵娟[⑨]。

【注释】

① 丙辰：熙宁九年（1076年）。② 子由：苏轼的弟弟苏辙的字。③ 把酒：端起酒杯。④ 阙：皇宫门前两边供瞭望的楼。⑤ 琼楼玉宇：美玉砌成的楼宇，指想象中的仙宫。⑥ 弄：赏玩。⑦ 朱阁：朱红的楼阁。⑧ 绮户：雕花门窗。⑨ 婵娟：月亮的美称。

【译文】

明月从何时才有？我端起酒杯询问青天。不知道在天上的宫殿，今晚是哪年。我想要乘风回到天上，又怕居于月宫美玉砌成的楼阁中，禁受不住高耸九天的寒冷。我婆娑起舞玩赏着月下清影，这哪里像在人间呢？

月儿转过朱红色的楼阁，低挂在雕花的窗户间，照着无法入眠的人。明月不该心含怨恨吧，为何偏在人们离别时才圆呢？人有悲欢离合的变迁，月有阴晴圆缺的转换，自古以来莫不如此，难以周全。但愿亲人能平安健康，虽然相隔千里，也能共享这美好的月光。

水龙吟 次韵章质夫杨花词/苏轼

似花还似非花，也无人惜从教坠[①]。抛家傍路，思量却是，无情有思。萦损柔肠[②]，困酣娇眼[③]，欲开还闭。梦随风万里，寻郎去处，又还被，莺呼起[④]。

不恨此花飞尽，恨西园，落红难缀[⑤]。晓来雨过，遗踪何在？一池萍碎。春色三分，二分尘土，一分流水。细看来，不是杨花，点点是离人泪。

【注释】

①从教：任凭。②萦：萦绕、牵念。③娇眼：美人娇媚的眼睛，比喻柳叶。古人诗词中常称初生的柳叶为柳眼。④“梦随”三句：化用唐代金昌绪《春怨》诗“打起黄莺儿，莫教枝上啼。啼时惊妾梦，不得到辽西”语。⑤缀：连系。

【译文】

（杨花）像花又不像花，也没有人怜惜任由它飘落。离开本家，飘荡在路旁。细细思量，它看起来像是无情实则荡漾着情思。愁思萦绕，伤损柔肠，困顿朦胧的娇眼，刚要睁开又闭上。梦中她随风行万里，本想寻找夫君的去处，却又被黄莺啼声惊起。

不怨这花飞尽，只怨那西园，落花难重新缀上枝头。早晨一场雨过后，（杨花）遗踪何在？一池浮萍全被打碎。若把春色分三份儿，两份儿化作尘土，一份儿随流水而去。仔细看来，不是杨花，那一点一点都是离人的泪。

定风波/苏轼

常羡人间琢玉郎[①]，天应乞与点酥娘[②]。尽道清歌传皓齿，风起，雪飞炎海变清凉。

万里归来颜愈少，微笑，笑时犹带岭梅香。试问岭南应不好，却道：“此心安处是吾乡。”

【注释】

①琢玉郎：指王巩。卢仝《与马异结交诗》：“白玉璞里琢出相思心，黄金矿里铸出相思泪。”②点酥娘：指王巩歌伎柔奴。点酥，制作糕点时的一种裱花工艺。这里比喻柔美。

【译文】

我常常羡慕人间的琢玉郎，就是上天也怜惜他，把美丽的女子赐予给他。人人称道那好清歌从洁白的牙齿中传出，一阵风起，雪花霎时飘落使炎热的大海清凉。

(柔奴)从万里之外回来愈发变得年轻了，微笑着，笑的时候好像还带着岭南梅花的清香。我问岭南应该不是个好地方吧，她却说：这心安的地方就是我的故乡。

念奴娇 赤壁怀古/苏轼

大江东去，浪淘尽、千古风流人物①。故垒西边，人道是、三国周郎赤壁②。乱石穿空，惊涛拍岸，卷起千堆雪。江山如画，一时多少豪杰！

遥想公瑾当年，小乔初嫁了③，雄姿英发。羽扇纶巾④，谈笑间、樯橹灰飞烟灭⑤。故国神游，多情应笑我、早生华发。人生如梦，一樽还酹江月⑥。

【注释】

① 风流人物：杰出人物。② 周郎：周瑜。据《三国志·吴志·周瑜传》载，周瑜年二十四为中郎将，吴中皆呼为周郎。③ 公瑾：周瑜的字。小乔：周瑜的妻子。④ 羽扇纶（guān）巾：鸟羽做成的扇和青丝带做的头巾。⑤ 樯(qiáng)橹(lǔ)：桅杆与船橹。这里指曹军的船舰。⑥ 酹(lèi)：以酒洒地，用以敬月。

【译文】

滚滚长江向东流去，千百年来的英雄豪杰，都被滚滚的波浪冲刷掉了。旧营垒的西边，人们说，那是三国时周郎大破曹兵的赤壁。参差的石壁插入天空，惊人的巨浪拍打着江岸，卷起千堆洁白如雪的浪花。江山如画般美丽，那时期出了多少英雄豪杰啊！

遥想当年的公瑾，小乔刚刚嫁了过来，他姿态卓绝，意气风发。手里拿着羽毛扇，头上戴着青丝帛的头巾，谈笑之间，敌军的战船在烈火中烧成灰烬。神游故国(战场)，应该笑我太多愁善感，以致过早地生出白发。人生就如一场大梦，还是献杯酒给江上的明月吧。

定风波/苏轼

三月七日，沙湖道中遇雨①。雨具先去②，同行皆狼狈，余独不觉。已而遂晴，故作此。

莫听穿林打叶声，何妨吟啸且徐行。竹杖芒鞋轻胜马③，谁怕？一蓑烟雨任平生。

料峭春风吹酒醒，微冷，山头斜照却相迎。回首向来萧瑟处，归去，也无风雨也无晴。

【注释】

① 沙湖：在今湖北黄冈东南三十里。② 雨具先去：指带着雨具的人先走了。③ 芒鞋：草鞋。

【译文】

不要去听那穿林打叶的雨声，为什么不一边吟诗啸歌，一边悠然地行走呢。竹杖和草鞋轻便得更胜过马，怕什么？一身蓑衣，足够在风雨中过上一生。

略带寒意的春风将我的酒意吹醒，微微有些寒冷，山头的斜阳却殷勤相迎。回头望一眼刚刚走过的遇到风雨的地方，我信步归去，既无所谓风雨，也无所谓天晴。

卜算子/苏轼

缺月挂疏桐，漏断人初静。时见幽人独往来[1]，缥缈孤鸿影。

惊起却回头，有恨无人省。拣尽寒枝不肯栖，寂寞沙洲冷。

【注释】

① 幽人：幽隐之人。

【译文】

残月挂在枝叶稀疏的梧桐上，滴漏声断了，人们刚刚才安静下来。时时见到幽隐之人独自往来，还有那缥缈高飞的孤雁身影。

它突然惊起，回过头来张望，心里有恨却无人能懂。它拣遍了寒冷的树枝不肯栖息，沙洲寂寞，一片清冷。

洞仙歌/苏轼

仆七岁时[1]，见眉州老尼[2]，姓朱，忘其名，年九十岁。自言尝随其师入蜀主孟昶宫中[3]，一日大热，蜀主与花蕊夫人夜纳凉摩诃池上[4]，作一词，朱具能记之。今四十年，朱已死久矣，人无知此词者，但记其首两句，暇日寻味，岂《洞仙歌令》乎？乃为足之云。

冰肌玉骨，自清凉无汗。水殿风来暗香满。绣帘开，一点明月窥人，人未寝，欹枕钗横鬓乱。

起来携素手，庭户无声，时见疏星渡河汉。试问夜如何？夜已三更，金波淡，玉绳低转[5]。但屈指、西风几时来，又不道、流年暗中偷换。

【注释】

① 仆：旧谦称“我”。② 眉州：今四川眉山。③ 孟昶：后蜀末代皇帝。④ 花蕊夫人：后蜀主孟昶的慧贵妃，极富才情。⑤ 玉绳：《太平御览·天部五》引《春秋元命苞》曰：“玉衡北两星为玉绳。玉之为言沟，刻也。”宋均注曰：“绳能直物，故名玉绳。沟，谓作器。”玉衡，北斗第五星。秋夜半，玉绳渐自西北转，冉冉而降，时为夜深或近晓也。

【译文】

肌肤如冰般滑腻，骨似玉般温润，本来就很清凉没有汗。一阵风吹入水殿，香味暗自弥漫开来。绣帘撩开，明月一点，偷窥着佳人，人还没有睡去，倚着玉枕，金钗横堕，鬓发凌乱。

牵着白净的玉手起来散步，庭院中寂静无声，时而可见稀疏的流星渡过银河岸。试问夜已至何时？夜已至三更，月波淡淡，玉绳星随着北斗低旋。只是屈指掐算，秋风什么时候到来？又不知不觉，似水流年在暗中偷偷转换。

江城子 乙卯正月二十日夜记梦/苏轼

十年生死两茫茫[①]，不思量，自难忘。千里孤坟，无处话凄凉。纵使相逢应不识，尘满面，鬓如霜。

夜来幽梦忽还乡，小轩窗[②]，正梳妆。相顾无言，惟有泪千行。料得年年肠断处，明月夜，短松冈[③]。

【注释】

① 十年：词人妻子王弗于宋英宗治平二年（1065 年）去世，到写作此词已经十年。② 轩窗：门窗、窗。③ 短松冈：植满松树的小山冈。此指墓地。

【译文】

十年了，一生一死两处隔绝，茫茫渺远。不去思念你，却本来就难以忘情。你的孤坟距此千里之遥，没有办法跟你诉说心中的凄凉呀。即使相逢你也认不出我了吧，如今我已灰尘满面，鬓发如霜。

晚上忽然在幽闷的梦境中回到了家乡，你正在小窗前对镜梳妆。两人互相望着，脉脉无言，只有千行泪水。料想那每年令我断肠的地方，就是那被明月轻笼、上头生着短小松柏的孤坟。

江城子 密州出猎/苏轼

老夫聊发少年狂[①]，左牵黄，右擎苍[②]。锦帽貂裘，千骑卷平冈。为报倾城随太守，亲射虎，看孙郎[3]。

酒酣胸胆尚开张。鬓微霜，又何妨！持节云中，何日遣冯唐[4]？会挽雕弓如满月，西北望，射天狼[5]。

【注释】

①聊：姑且。②左牵黄，右擎苍：左手牵着黄狗，右臂擎着苍鹰。《梁书·张充传》："值充出猎，左手臂鹰，右手牵狗。"③孙郎：孙权，这里是词人自指。④持节云中，何日遣冯唐：《史记·张释之冯唐列传》载，汉文帝时，魏尚为云中（汉时的郡名，在今内蒙古自治区托克托县一带，包括山西西北部分地区）太守。他功勋卓著，匈奴远避。一次匈奴来犯，魏尚亲率车骑出击，所杀甚众。后因报功多六颗首级，被削职。经冯唐代为辩白后，认为判得过重，文帝就派冯唐"持节"（带着传达圣旨的符节）去赦免魏尚的罪，让魏尚仍然担任云中郡太守。此处词人以魏尚自许，希望能得到朝廷的重新任用。⑤天狼：星名，一称犬星，主侵掠，这里引指西夏。

【译文】

老夫我姑且发一发少年的狂热，左手牵着黄犬，右手举起苍鹰。戴上锦帽穿好貂皮裘，率领数千骑兵随从席卷平缓的山冈。为了报答全城的人跟随太守我出猎的热情，看我来亲自射杀猛虎犹如昔日的孙郎。

我虽醉意醺醺但却胸怀开阔，胆气横生，鬓边虽微染秋霜，但这又有何妨！什么时候像汉文帝派遣冯唐来云中一般朝廷派人手拿符节将我赦免？我将使尽力气拉满雕弓，朝着西北瞄望，奋勇射杀敌人。

蝶恋花/苏轼

花褪残红青杏小，燕子飞时，绿水人家绕。枝上柳绵吹又少[1]，天涯何处无芳草！

墙里秋千墙外道，墙外行人，墙里佳人笑。笑渐不闻声渐悄，多情却被无情恼。

【注释】

①柳绵：柳絮。

【译文】

花儿残红褪尽，树梢上长出了小小的青杏，燕子在天空飞舞，清澈的河流围绕着村落人家。柳枝上的柳絮已被风吹得越来越少，天涯路远，哪里没有芳草呢！

围墙里有位少女正荡着秋千，围墙外行人经过，听到了墙里佳人的笑声。笑声渐渐就听不到了，声音渐渐消散了。行人怅然，仿佛自己的多情被少女的无情所伤。

浣溪沙 /苏轼

徐门石潭谢雨[1]，道上作五首。潭在城东二十里，常与泗水增减清浊相应。

簌簌衣巾落枣花，村南村北响缫车[2]。牛衣古柳卖黄瓜[3]。

酒困路长惟欲睡，日高人渴漫思茶。敲门试问野人家。

【注释】

① 徐门：即徐州。② 缫车：抽丝之具。缫：把蚕茧浸在热水里，抽出蚕丝。③ 牛衣：蓑衣之类。这里泛指用粗麻织成的衣服。

【译文】

枣花簌簌落在衣巾上，村南村北都响起缫车的缫丝声。古老的柳树底下有一个穿牛衣的农民在叫卖黄瓜。

一身酒意，加之路途又遥远，不禁犯起困来，艳阳高照，口干舌燥，想随便去哪找点儿水喝。于是敲开野郊一户人家的大门问他家是否有茶。

卜算子 /李之仪

我住长江头，君住长江尾。日日思君不见君，共饮长江水。

此水几时休？此恨何时已？只愿君心似我心，定不负相思意。

【译文】

我住在长江上游，你住在长江下游。每天都思念你却见不到你，我们喝的都是长江水。

这江水什么时候能流尽？这恨什么时候能停止？只希望你的心与我的心一样，我一定不辜负你的相思情意。

调啸词 /苏辙

渔父，渔父，水上微风细雨。青蓑黄箬裳衣，红酒白鱼暮归。

暮归，暮归，归暮，长笛一声何处。

【译文】

渔父啊渔父，水上起着微风，飘着细雨。披着青色的蓑衣黄色的箬笠，喝酒钓鱼直到傍晚才回去。

傍晚回去，傍晚回去，回去已是傍晚，听到一阵悠扬的笛声。

水调歌头/黄庭坚

瑶草一何碧[①]，春入武陵溪。溪上桃花无数，枝上有黄鹂。我欲穿花寻路，直入白云深处，浩气展虹霓。只恐花深里，红露湿人衣。

坐玉石，欹玉枕，拂金徽[②]。谪仙何处[③]，无人伴我白螺杯。我为灵芝仙草，不为朱唇丹脸，长啸亦何为？醉舞下山去，明月逐人归。

【注释】

① 瑶草：仙草。② 金徽：琴上系琴弦之绳，此处借指琴。③ 谪仙：贺知章曾称李白为谪仙人。

【译文】

仙草多么碧绿！春光到了武陵溪。溪岸边有无数桃花，花上有黄鹂鸣叫。我想要穿过桃花寻找上山的路，直进入到白云深处，一吐胸中浩然之气，化作虹霓。又恐怕在百花深处，红露打湿了衣襟。

坐在玉石上，倚靠着玉枕，弹奏着瑶琴。谪仙人在哪里？没有人伴我一同饮酒。我是那灵芝仙草，不做那涂朱抹红的小丑，长啸又是为了什么？我带着醉意一路舞蹈着下山，明月随我一同归去。

满庭芳/秦观

山抹微云[①]，天连衰草，画角声断谯门[②]。暂停征棹，聊共引离尊[③]。多少蓬莱旧事[④]，空回首，烟霭纷纷。斜阳外，寒鸦数点，流水绕孤村。

销魂，当此际，香囊暗解[⑤]，罗带轻分[⑥]。谩赢得青楼薄幸名存。此去何时见也。襟袖上空惹啼痕。伤情处，高城望断，灯火已黄昏。

【注释】

① 抹：涂抹。② 谯门：谯楼，古代用于瞭望敌情的高楼。③ 引：举杯。④ 蓬莱旧事：指往昔的欢乐。⑤ 香囊暗解：悄悄解下香囊作为临别纪念。⑥ 罗带轻分：情人间解下罗带表示赠别。

【译文】

山巅浮着轻云，一片衰草连天，傍晚城楼上传来画角之声。将船暂停在岸边，姑且一同把酒话别。多少美好的往事，空自回望，只见得暮霭纷纷。斜阳之外，有数点寒鸦，一弯流水环绕那冷寂的孤村。

正是销魂时候，悄悄地解下香囊，轻轻地分开罗带。（光阴虚度）赢得一个青楼薄幸的虚名。这一去不知何时才能相见，衣袖上，白白地留下滴滴泪痕。正是感伤之时，站在高高的城池上望眼欲穿，家家亮起灯火，此时已是黄昏。

望海潮/秦观

梅英疏淡，冰澌溶泄[①]，东风暗换年华。金谷俊游[②]，铜驼巷陌[③]，新晴细履平沙[④]。长记误随车[⑤]。正絮翻蝶舞，芳思交加。柳下桃蹊[⑥]，乱分春色到人家。

西园夜饮鸣笳，有华灯碍月，飞盖妨花[⑦]。兰苑未空[⑧]，行人渐老，重来是事堪嗟[⑨]！烟暝酒旗斜。但倚楼极目，时见栖鸦。无奈归心，暗随流水到天涯。

【注释】

① 澌：解冻时流动的冰。② 金谷：金谷园，在今洛阳市东北。③ 铜驼：街名，在西晋都城洛阳皇宫前。④ 细履平沙：在沙地上缓步行走。⑤ 误随车：错跟别家女眷坐的车。⑥ 蹊：小路。⑦ 飞盖：指急行的马车。⑧ 兰苑：园林的美称，此指西园。⑨ 是事：凡事、事事。

【译文】

梅花稀疏淡雅，结冰的水已经融化，东风暗自将年华偷换。昔日在金谷园宴饮游玩，穿行在铜驼街巷间，趁新晴天气漫步在雨后沙滩上。总记得曾误追了人家香车。正是柳絮纷飞蝴蝶翩舞的时节，引得春思缭乱交加。柳荫下桃花小径，乱纷纷将春色送到千家万户。

夜里我们在西园饮酒，吹奏胡笳，华丽的彩灯遮掩了月色，飞驰的马车碰损了繁花。花园的花还没有落尽，游子却渐渐老去，旧地重游事事令人感慨嗟叹不已！暮霭里一面酒旗斜挂。倚着高楼纵目远眺，时而看见寻枝栖息的归鸦。无奈我的归心，已暗自随着流水到天涯。

鹊桥仙/秦观

纤云弄巧[①]，飞星传恨，银汉迢迢暗度。金风玉露一相逢[②]，便胜却人间无数。

柔情似水，佳期如梦，忍顾鹊桥归路！两情若是久长时，又岂在朝朝暮暮。

【注释】

①纤云弄巧：纤细的云彩变幻出许多美丽的花样来。②金风：秋风。玉露：晶莹如玉的露珠，指秋露。

【译文】

纤薄的云彩变幻出各种花巧，流星传递着离愁别恨，牛郎织女终于在七月七日夜里千里迢迢渡过银河来相会。秋风白露中一年一次的相逢，便胜过人间无数的儿女情长。

脉脉情意似水般温柔缠绵，短暂相会的美好时光宛如梦境，怎么忍心回头看鹊桥两边的归路！若是两人的爱情能天长地久，又何必在乎朝夕相守？

踏莎行/秦观

雾失楼台，月迷津渡，桃源望断无寻处[①]。可堪孤馆闭春寒[②]，杜鹃声里斜阳暮。

驿寄梅花，鱼传尺素，砌成此恨无重数。郴江幸自绕郴山[③]，为谁流下潇湘去[④]？

【注释】

①桃源：陶渊明《桃花源记》中所描绘的世外桃源。②可堪：哪堪。③郴江：水名，发源于湖南郴州黄岭山。④潇湘：湖南的潇水和湘水。

【译文】

雾色中，楼台依稀难辨，月光下，渡口模糊不可见，望眼欲穿，桃花源却依旧无处寻觅。怎能忍受得了孤寂的客馆中春寒紧锁，杜鹃声里夕阳西下。

朋友托驿使寄来的梅花，传递的书信，平添了我无数离恨。郴江啊，你绕着你的郴山流就得了，为什么偏偏要流到潇湘去呢？

青玉案/贺铸

凌波不过横塘路[1]，但目送、芳尘去。锦瑟华年谁与度[2]？月桥花院，琐窗朱户[3]，只有春知处。

飞云冉冉蘅皋暮[4]，彩笔新题断肠句。试问闲愁都几许？一川烟草，满城风絮，梅子黄时雨。

【注释】

①凌波：形容女子脚步轻盈，步行如同在水波上走路一般。②锦瑟华年：比喻青春年华。③琐窗：有锁链形纹饰的窗子。④冉冉：渐渐地。蘅皋：长满香草的高地。

【译文】

美人轻移莲步不再越过横塘路，我目送着她的倩影远去。谁与她一同度过她最美好的年华呢？除了赏月的楼台、花木环绕的妆楼、雕花的窗户、朱红的大门之外，只有一年一度的春天才会理解她内心的深处。

生长着香草的小洲上白云缓慢飘过，彩笔刚刚在纸上题了一首催人肠断的诗篇。试问闲愁有几多？一山淡烟弥漫的青草，满城随风飞舞的柳絮，梅子变黄时候的潇潇春雨。

六州歌头/贺铸

少年侠气，交结五都雄[1]。肝胆洞[2]，毛发耸。立谈中，死生同，一诺千金重。推翘勇[3]，矜豪纵，轻盖拥，联飞鞚[4]，斗城东。轰饮酒垆，春色浮寒瓮，吸海垂虹。间呼鹰嗾犬[5]，白羽摘雕弓，狡穴俄空。乐匆匆。

似黄粱梦，辞丹凤[6]，明月共，漾孤蓬。官冗从[7]，怀倥偬[8]，落尘笼，簿书丛[9]。鹖弁如云众[10]，供粗用，忽奇功。笳鼓动，渔阳弄[11]，思悲翁。不请长缨[12]，系取天骄种[13]，剑吼西风。恨登山临水，手寄七弦桐[14]，目送归鸿。

【注释】

①五都：泛指宋朝的各大都市。②肝胆洞：意思是真诚相待，肝胆相照。③翘勇：即骁勇。④飞鞚（kòng）：意思是马飞驰。鞚，马笼头，借指马。⑤嗾（sǒu）：人指使狗的声音。⑥丹凤：指京城。⑦冗从：散职侍从官。⑧倥偬：奔波劳苦。⑨簿书丛：指堆积的官府文书。⑩鹖（hé）弁（biàn）：以鹖羽为装饰的武士冠。⑪“笳鼓”二句：指边塞战事又起。渔阳，指安禄山自渔阳起兵反叛的事。⑫请长缨：指主动请缨。⑬天骄种：指胡族。⑭七弦桐：指琴。

【译文】

少年时有侠气，结交各大重镇的英雄豪杰。我们肝胆相照，毛发耸立。三言两语，便成生死之交，一诺抵过千金。我们推崇勇敢，以豪侠纵气为尚。驾着轻车，骑着骏马，比武于城东。酒楼上我们开怀畅饮，酒坛里浮现出诱人春色，喝酒如吸食海水垂虹。只听到群雄呼鹰使犬，摘箭搭弓，一会儿就将兽巢猎取一空，真是其乐无穷。

少年事真如黄粱一梦。辞别了汴京，同明月一道，一叶扁舟载我飘摇。混了个闲散官职，整日俗务缠身，落进尘世的樊笼里，繁杂的文牍堆中。像我这样戴着鹖帽的武官如云一般多，供人驱使，哪有机会建立奇功呢。胡人屡屡来犯，边境始终不安宁；想我这忧国忧民的老翁，不能请缨出战，缚住自称“天骄”的顽敌，腰间的宝剑都在西风中为我鸣不平。我只好恨恨地登山临水，将一腔悲愤都寄予琴弦，目送归雁远去。

盐角儿 亳社观梅/晁补之

开时似雪，谢时似雪，花中奇绝①。香非在蕊，香非在萼②，骨中香彻。

占溪风，留溪月，堪羞损、山桃如血③。直饶更、疏疏淡淡④，终有一般情别。

【注释】

① 奇绝：绝无仅有。② 萼：花萼。③ 堪羞损、山桃如血：可以使红得似血的山桃花羞愧地减损自己的容颜。④ 直饶：即使，尽管如此。

【译文】

梅花开的时候像雪，凋谢的时候也像雪，颜色为花中奇绝。它的香味不在花蕊，香味也不在花萼，它的香在骨子里。

梅花不仅占得溪上清风，留得溪间明月，更将那如血般殷红的山桃花羞怯惭愧得减损了几分颜色。纵然它枝叶稀疏，香味清淡，与其他花相比毕竟别有一番超俗情致。

迷神引/晁补之

黯黯青山红日暮，浩浩大江东注。余霞散绮①，向烟波路。使人愁，长安远，在何处？几点渔灯小，迷近坞。一片客帆低，傍前浦②。

暗想平生，自悔儒冠误。觉阮途穷③，归心阻。断魂素月，一千里、伤平楚④。怪竹枝歌，声声怨，为谁苦？猿鸟一时啼，惊岛屿。烛暗不成眠，听津鼓⑤。

【注释】

① 绮：锦缎。② 浦：水滨，临水近岸的地方。③ 阮：指三国魏诗人阮籍。这里作者以阮籍自居。④ 平楚：登高望远，见木林如平地，所以说“平楚”。楚，丛木。⑤ 津鼓：古代水上交通民俗。于客船上置鼓，舟人以鼓声为号令，指挥动止进退。诗词作品中称为津鼓。

【译文】

青山黯淡，红日西沉，浩浩大江向东流注。余霞散作满天美丽的图案，望向来时的烟波水路，使人生愁，长安渺远，它在哪里？几点小小的渔火闪烁不定，使得近处的船坞变得迷离恍惚。一片游子的船帆低挂，依傍着前浦。

暗想我的一生，悔恨自己被读书所误，今有阮籍途穷之感，归心受阻。看到素净的月色洒满千里平原，不禁魂断神凄。心中嗔怪那竹枝歌，声声哀怨，你在为谁而苦？猿猴、鸟儿一时间啼鸣起来，更使岛屿惊怵。蜡烛暗了下来，我却仍旧难以入眠，只听见津渡口传来声声更鼓。

金凤钩 送春/晁补之

春辞我，向何处？怪草草、夜来风雨①。一簪华发，少欢饶恨，无计殢春且住②。

春回常恨寻无路，试向我、小园徐步。一栏红药③，倚风含露。春自未曾归去。

【注释】

① 草草：匆匆忙忙。② 殢：殢留。③ 红药：红芍药。

【译文】

春辞别了我，向哪里去了？怪昨夜的风雨，草草将春掳去。一头白发，欢乐少而恨意多，没有办法将春留住。

常恨找不到春的归路，试着去我的小园子里散散步。一栏鲜艳的芍药花，临风而立，含露而开，春天自是没有回去。

清平乐/陈师道

秋光烛地，帘幕生秋意。露叶翻风惊鹊坠，暗落青林红子。

微行声断长廊，熏炉衾换生香[①]。灭烛却延明月，揽衣先怯微凉。

【注释】

① 衾换：即换衾，这里指把衣服披在身上。

【译文】

金色的秋光照耀大地，帘幕也生出阵阵秋意。秋风翻飞，带露的叶片被吹得噼啪响，惊动了树上的鹊儿，青林中的红叶暗自落下。

长廊里轻轻的脚步声没有了，熏炉里散发着木柴燃烧后的香气。灭了烛火，却有明月来相照，再加了件衣服，抵御秋寒。

兰陵王 柳/周邦彦

柳阴直，烟里丝丝弄碧。隋堤上、曾见几番[①]，拂水飘绵送行色。登临望故国[②]，谁识京华倦客？长亭路，年去岁来，应折柔条过千尺[③]。

闲寻旧踪迹，又酒趁哀弦，灯照离席。梨花榆火催寒食[④]。愁一箭风快，半篙波暖，回头迢递便数驿[⑤]，望人在天北。

凄恻，恨堆积！渐别浦萦回[⑥]，津堠岑寂[⑦]。斜阳冉冉春无极。念月榭携手[⑧]，露桥闻笛[⑨]。沉思前事，似梦里，泪暗滴。

【注释】

① 隋堤：汴京附近的汴河之堤，隋炀帝时所建，故称。是北宋时来往京城的必经之路。② 故国：这里指故乡。③ 柔条：柳枝。④ 榆火：唐代制度，清明时皇帝取榆柳之火赐给近臣。⑤ 迢递：遥远。⑥ 别浦：这里指送别的水边。⑦ 津堠（hòu）：渡口守望的高台。岑寂：清冷寂寥。⑧ 月榭：月光遍照的亭榭。⑨ 露桥：凝结露水的小桥。

【译文】

正午的柳荫连缀成直线，烟霭中柳丝拂动。在隋堤上，曾经多少次看见柳条拂水，柳絮飞舞，送别远去的行人。登高临远，眺望故乡，谁又认识我这个旅居京都的倦游之人？在那十里长亭的路上，随着时间一年一年过去，折下的柳条应有上千枝了吧。

我趁着闲暇寻找旧日的行踪，又是在哀怨的弦声中饮酒，华灯照耀离别的宴席。梨花和榆柳催促着寒食节的到来。我满怀愁绪看着船在风中像箭一样离开，竹篙一半插进了温暖的水波，等船上的客人回头再看，船已经过数个驿站，回首望去，送别之人已经远在天边。

我心中十分哀痛，离恨堆积。送别的河岸渐渐迂回曲折，渡口的土堡渐渐沉寂。夕阳冉冉落下，春天没有尽头。我不禁想起那次我们携手在月光下的水榭游玩，在多露的桥头，听到有人吹笛。回忆往事，似在梦中，泪水暗自滴落。

蝶恋花 早行/周邦彦

月皎惊乌栖不定，更漏将残[①]，辘轳牵金井[②]。唤起两眸清炯炯，泪花落枕红绵冷。

执手霜风吹鬓影，去意徊徨[③]，别语愁难听。楼上阑干横斗柄[④]，露寒人远鸡相应。

【注释】

① 更漏：古代夜间凭漏壶表示时刻用来报更，所以漏壶又叫更漏。② 辘轳：安在井上绞起汲水斗的器具。③ 徘徊：彷徨。④ 阑干：横斜。斗柄：北斗的勺柄。

【译文】

月光皎洁，惊得栖宿的乌鸦无法安睡。更漏快要滴尽，听见屋外摇动辘轳从井里汲水的声音。声音唤醒了睡着的人，她双眼清亮，泪水滴落在枕上，将枕里的红棉浸得又湿又冷。

紧握着对方的手，任由霜风吹着鬓发，欲行又止，徘徊不定，离别的话语满是忧愁，让人听不下去。高楼上北斗星横斜，风露寒冷，人已经走远，鸡鸣相应。

玉楼春/周邦彦

桃溪不作从容住[①]，秋藕绝来无续处。当时相候赤栏桥，今日独寻黄叶路。

烟中列岫青无数[②]，雁背夕阳红欲暮。人如风后入江云，情似雨余粘地絮[③]。

【注释】

① 桃溪：比喻因错误的行为而丧失爱情。典故出自《幽明录》。② 列岫：群山。③ 雨余：雨后。

【译文】

没有同爱人安安稳稳地长久居住在桃溪，（就像）秋天的莲藕折断后便无法再续上。当日在朱漆栏杆的小桥等候情人到来，今日却独自在黄叶遍地的路上寻觅旧梦。

烟霭中排列着无数青翠的山峦，大雁背着夕阳高飞，火红的太阳即将坠下。人像被风吹入江中的云彩（一去无踪），情似雨后粘在泥中的柳絮（无法挣脱）。

木兰花/苏庠

江云叠叠遮鸳浦[①]，江水无情流薄暮。归帆初张苇边风，客梦不禁篷背雨[②]。

渚花不解留人住[③]，只作深愁无尽处。白沙烟树有无中，雁落沧洲何处所[④]。

【注释】

① 鸳浦：鸳鸯栖息的水边。② 不禁：禁不住。③ 渚花：生长在水中小块陆地上的花。④ 所：住。

【译文】

江上云气重重叠叠，遮住了鸳浦，江水无情地向着越来越暗的暮色流去。归去的船帆刚刚被芦苇边的风张满，客梦（轻浅）禁不住雨水打在篷背上的声音。

江心小洲上的花儿不懂得将人留住，只是一味地含着无尽深愁（立在秋风中）。白沙上的树木被烟雾轻笼，似有若无，大雁飞落沧洲，不知在哪儿歇下。

江城子/谢逸

杏花村馆酒旗风。水溶溶，飏残红。野渡舟横，杨柳绿阴浓。望断江南山色远，人不见，草连空。

夕阳楼外晚烟笼。粉香融，淡眉峰。记得年时，相见画屏中。只有关山今夜月，千里外，素光同[①]。

【注释】

① 素光：洁白明亮的光辉，这里指月光。

【译文】

杏花村酒馆的酒旗在风中飘动。绿水荡漾，落花飞舞。野外的渡口横着一只小舟，杨柳成荫，绿荫浓暗。极目远眺，江南山色连绵无际，远至天边，不见所思之人，空见连天衰草。

夕阳西下，楼外晚烟笼罩。粉香融融，淡淡眉峰。记得去年，两人相见在画屏中。关山迢递，只有今夜一轮明月高悬，千里之外，（至少）洁净的月色是相同的。

临江仙/晁冲之

忆昔西池池上饮，年年多少欢娱。别来不寄一行书[①]。寻常相见了，犹道不如初。

安稳锦衾今夜梦，月明好渡江湖。相思休问定何如。情知春去后，管得落花无？

【注释】

① 不寄：不能寄。

【译文】

回忆昔年在西池上开怀畅饮，每年有多少欢愉，分别后却连一行字都不曾寄来。即便是平常再相见了，也说不如以前。

今夜安稳地卧于锦衾做着美梦，明月之夜正是飞渡江湖（与朋友相聚）的好时候。不要问别后究竟是如何相思。明知春天过去后，谁还管得了落花的命运呢？

点绛唇 县斋愁坐/葛胜仲

秋晚寒斋，藜床香篆横轻雾[①]。闲愁几许，梦逐芭蕉雨。

云外哀鸿，似替幽人语[②]。归不去，乱山无数，斜日荒城鼓。

【注释】

① 香篆：既是一种香料的名字，因其形似篆文而得名；又可指焚香时所起的烟缕，因其曲折似篆文而得名。词中是指烟缕。② 幽人：幽隐之人；隐士。

【译文】

深秋季节，傍晚时分，斋室中异常凄寒，藜茎床边的香炉中升起缕缕轻烟，如薄雾般缭绕在室内。有多少闲愁。魂梦追逐着雨打芭蕉的声音。

云层外那哀哀鸣叫的鸿雁，好像是在替幽隐之士诉说。回不去啊。远处散布着杂乱的山峰，斜阳照射在荒城上，不时响起数点鼓声。

江神子/葛胜仲

昏昏雪意惨云容，猎霜风，岁将穷。流落天涯，憔悴一衰翁。清夜小窗围兽火[①]，倾酒绿[②]，借颜红。

官梅疏艳小壶中，暗香浓，玉玲珑。对景忽惊，身在大江东。上国故人谁念我[③]，晴嶂远，暮云重。

【注释】

① 兽火：带有兽头笼盖的火盆。② 倾酒绿：新酿的酒还未滤清时，酒面上会浮起酒渣，所以色泽微绿（即绿酒），细如蚁（即酒的泡沫），称为"绿蚁"。后世偏用"蚁"来代称酒，也有偏用"绿"来代称酒的。③ 上国：这里指国都。

【译文】

天空昏暗，雪意沉沉，云容惨淡，霜风猎猎，一年就要结束了。孤身流落天涯，已经变成了一个憔悴的老翁。凄寒的夜里，蜷缩在小窗下的兽火旁，倒一杯酒，借此让衰老的容颜增加一点儿酡红。

几枝官衙中的梅花疏淡而又明艳地插在小小的壶中，暗香浓烈，玲珑如玉。对着这景致忽然惊觉自己正身在江东。远在国都的故人有谁会思念我呢？那里的晴峦叠嶂已经远离了我，而这里正是暮云低沉。

水调歌头/叶梦得

秋色渐将晚，霜信报黄花[①]。小窗低户深映，微路绕敧斜[②]。为问山翁何事[③]？坐看流年轻度，拚却鬓双华。徙倚望沧海[④]，天净水明霞。

念平昔，空飘荡，遍天涯。归来三径重扫[⑤]，松竹本吾家。却恨悲风时起，冉冉云间新雁，边马怨胡笳。谁似东山老，谈笑净胡沙[⑥]！

【注释】

① 黄花：菊花。② 敧：斜。③ 山公：作者自谓。④ 徙（xǐ）倚：徘徊，流连不去。⑤ 三径：王莽专权时，兖州刺史蒋诩辞官回家，于园中辟三径，唯与求仲、羊仲往来。后常用三径喻隐居生活。⑥ 谁似两句：东晋淝水之战晋军与前秦大军激战时，主将谢安却在与别人下棋，然而谈笑之间已打败了前秦百万雄师。

【译文】

秋色日渐变浓，金黄的菊花传报霜降的信息。小窗低户深深掩映在菊花丛中，小路盘山而上，曲折倾斜。询问山公到底有什么心事，（原来是不忍心）坐看时光轻易流逝而双鬓花白。在太湖边上徘徊凝望，天空澄澈，湖水映照着明丽的彩霞。

追忆往日，漂泊不定，走遍天涯海角，却毫无建树。归来后重新打扫庭院中的小路，松竹才是我的家。却恨悲凉的秋风不时吹起，南归的大雁缓缓地飞行在云间，哀怨的胡笳声和边马的悲鸣声交织在一起。谁能像东晋谢安那样，谈笑间就扑灭了胡人军马扬起的尘沙！

眼儿媚/赵佶

玉京曾忆昔繁华[①]，万里帝王家。琼林玉殿，朝喧弦管，暮列笙琶。

花城人去今萧索[②]，春梦绕胡沙。家山何处[③]，忍听羌笛，吹彻梅花。

【注释】

①玉京：北宋的都城汴京。②花城：指靖康之变以前的汴京。③家山：故乡。

【译文】

回忆汴京往昔的繁华，万里山河都属于帝王之家。奢华的宫殿园林，弦管笙琶的声音日夜不断。

花城早已是空寂无人、萧索冷落，虽然身处黄沙漫天的胡地，那繁华如春的汴京仍然时常萦绕在梦中。家乡在何处，怎么忍心听到那羌笛吹奏凄凉彻骨的《梅花落》。

一剪梅/李清照

红藕香残玉簟秋[①]，轻解罗裳，独上兰舟。云中谁寄锦书来？雁字回时，月满西楼。

花自飘零水自流。一种相思，两处闲愁。此情无计可消除，才下眉头，却上心头。

【注释】

①红藕：红色荷花。

【译文】

在红荷凋谢、竹席渐凉的秋天，我轻轻地解开罗裙（换上便装），独自登上了小舟。白云中是谁寄来了锦书？正是雁群排成"一"字或"人"字南归的时候，皎洁月光洒满了西边的高楼。

花儿空自凋零，水空自流逝，一种相思之情，牵动两处闲愁。这种感情无法消除，刚从眉间散开，又泛上了心头。

南歌子/李清照

天上星河转，人间帘幕垂。凉生枕簟泪痕滋[①]，起解罗衣聊问夜何其。

翠贴莲蓬小，金销藕叶稀。旧时天气旧时衣，只有情怀不似旧家时！

【注释】

①簟（diàn）：席子。

【译文】

天上星河移转，人间夜幕低垂。秋凉从枕席间透出来，泪痕浸湿了枕褥。起身解开罗衣，心下估量夜深沉已近清晨。

用翠线缝在罗衣上的莲蓬小了，用金线缝成的莲叶也有些稀疏了。天气如旧时，罗衣如旧时，只有人的情怀不似旧时了！

如梦令/李清照

常记溪亭日暮，沉醉不知归路。兴尽晚回舟，误入藕花深处。争渡，争渡，惊起一滩鸥鹭。

【译文】

经常记起在溪边的亭子游玩直到太阳落山，喝得酩酊大醉不知道回去的路。游兴满足了，天色已晚才想起往回划船，误入了荷花深处。争着划呀，争着划呀，栖息在荷塘深处的鸥鹭受到惊扰，全都飞了起来。

如梦令/李清照

昨夜雨疏风骤，浓睡不消残酒[①]。试问卷帘人[②]，却道海棠依旧。知否？知否？应是绿肥红瘦。

【注释】

①浓睡：指酒后酣睡。②卷帘人：指侍女。

【译文】

昨天夜里，雨点稀疏，晚风急猛，虽然酣睡了一宵，醉意依然没有消退。试问那卷帘的侍女（园中的海棠花怎么样了），她却说，海棠花还跟原先那样。你知道吗？知道吗？（一夜风雨过后）海棠应该是绿叶繁茂、红花凋零。

醉花阴/李清照

薄雾浓云愁永昼，瑞脑销金兽[1]。佳节又重阳，玉枕纱厨[2]，半夜凉初透。

东篱把酒黄昏后，有暗香盈袖。莫道不消魂，帘卷西风，人比黄花瘦。

【注释】

① 瑞脑销金兽：意谓香炉中的香快燃尽了。金兽，兽形的铜香炉。② 纱厨：纱帐。

【译文】

薄薄的雾气，浓厚的云层，总是烦恼白天太过悠长，兽形铜香炉中的香料渐渐燃尽。又到了重阳佳节，枕着玉枕睡在纱帐中，半夜阵阵凉意开始浸透。

黄昏后在菊圃里饮酒，有幽香飘来盈满衣袖。不要说我心中不黯然凄怆，西风卷起帘幕，人比菊花更加消瘦。

武陵春/李清照

风住尘香花已尽[1]，日晚倦梳头。物是人非事事休，欲语泪先流。

闻说双溪春尚好[2]，也拟泛轻舟。只恐双溪舴艋舟[3]，载不动许多愁。

【注释】

① 风住尘香：风停了，尘土里带有落花的香气。尘香，落花化为尘土，而芳香犹在。② 双溪：在浙江省金华市。东港、西港二水流至金华汇合，称婺港，又称双溪，唐宋时已成为文人骚客游赏吟咏的胜地。③ 舴（zé）艋（měng）舟：形似蚱蜢的小船。

【译文】

风停了，百花已落尽，只有尘土中还带着落花的香气，天色已晚，却懒于梳头。风物依旧是原样，但人已经不同，所有事情都已经消歇，想要说话，但眼泪已先行落下。

听说双溪的春色尚好，也打算前往泛舟游赏。只是恐怕双溪上的舴艋小舟，载不动自己这许多忧愁。

渔家傲/李清照

天接云涛连晓雾，星河欲转千帆舞[①]。仿佛梦魂归帝所[②]。闻天语，殷勤问我归何处。

我报路长嗟日暮[③]，学诗漫有惊人句。九万里风鹏正举。风休住，蓬舟吹取三山去[④]。

【注释】

① 星河：银河。② 帝所：天帝的住所。③ 我报路长嗟日暮：路长，化用屈原《离骚》"路漫漫其修远兮，吾将上下而求索"之意。日暮，隐括屈原《离骚》"欲少留此灵琐兮，日忽忽其将暮"之意。嗟，慨叹。④ 三山：传说中海上的三座仙山，即蓬莱、方丈、瀛洲。

【译文】

水天相接，蒙蒙晨雾连着云涛，银河欲转，千帆飘舞。梦魂仿佛回到了天庭，听到天帝传话，殷勤地问我归向何处。

我报说路太漫长，又嗟叹已经日暮，学诗空有惊人之句。长空九万里，大鹏冲天正高飞。风啊，千万别停息，将这一叶轻舟直吹送到蓬莱三岛去。

永遇乐/李清照

落日熔金[①]，暮云合璧[②]，人在何处？染柳烟浓[③]，吹梅笛怨[④]，春意知几许！元宵佳节，融和天气[⑤]，次第岂无风雨[⑥]？来相召，香车宝马[⑦]，谢他酒朋诗侣。

中州盛日[⑧]，闺门多暇，记得偏重三五[⑨]。铺翠冠儿[⑩]，捻金雪柳[⑪]，簇带争济楚[⑫]。如今憔悴，风鬟霜鬓[⑬]，怕见夜间出去。不如向、帘儿底下，听人笑语。

【注释】

① 熔金：形容落日余晖，如同熔化的黄金。② 合璧：像璧玉一样合成一块儿。③ 染柳烟浓：指柳树为浓雾所笼罩。④ 吹梅笛怨：指笛子吹出《梅花落》曲幽怨的声音。⑤ 融和：暖和。⑥ 次第：接着，转眼。⑦ 香车宝马：指华美的马车。⑧ 中州：这里指北宋都城汴京。⑨ 三五：指元宵节。⑩ 铺翠冠儿：饰有翠羽的女式帽子。⑪ 捻金雪柳：元宵节女子头上的装饰。⑫ 簇带：装扮之意。⑬ 风鬟霜鬓：这里形容头发花白且蓬松散乱。

【译文】

夕阳好像熔化的金块儿，暮云合成一片仿佛浑圆的玉璧，我如今到底身在何处？初生的柳叶如绿烟点染，听到幽怨的《梅花落》笛声，这时节到底还有多少春意？在这元宵佳节，恰是暖和的天气，转眼间难道就没有风雨降临？那些诗朋酒友驾着华丽的车马前来相召，我只能婉言谢绝这番好意。

都城汴京繁盛的岁月里，闺门中多暇日，记得特别看重三五上元节。帽子上装饰着翠羽，头上插着金线捻丝所制的雪柳做装饰，（一个个都）穿戴得整整齐齐。如今却容颜憔悴，头发蓬松花白，害怕晚上出去。不如从帘儿底下，听一听别人的笑语。

点绛唇/李清照

蹴罢秋千[①]，起来慵整纤纤手[②]。露浓花瘦，薄汗轻衣透。

见客人来，袜刬金钗溜[③]。和羞走。倚门回首，却把青梅嗅。

【注释】

① 蹴（cù）：踏。② 慵：懒、困倦。③ 袜刬（chǎn）：没来得及穿鞋子，只穿着袜子。

【译文】

刚刚荡完秋千，起来懒懒地舒整了一下纤纤素手。花丛中的花儿含苞待放，花蕾上缀着圆圆的露珠，微微沁出的汗珠将薄衣都沾透了。

突然看见客人走过来，顿时又惊又羞，（顾不得穿鞋）只穿着袜子就朝屋里跑去，金钗也在急走中滑落了。（等行至门前）却倚在门上，假装嗅青梅，边嗅边回头偷觑。

声声慢/李清照

寻寻觅觅，冷冷清清，凄凄惨惨戚戚。乍暖还寒时候，最难将息[①]。三杯两盏淡酒，怎敌他晚来风急。雁过也，正伤心，却是旧时相识。

满地黄花堆积，憔悴损，如今有谁堪摘？守着窗儿，独自怎生得黑？梧桐更兼细雨，到黄昏、点点滴滴。这次第[②]，怎一个愁字了得。

【注释】

① 将息：将养休息。② 次第：情形，景况。

【译文】

独自寻寻觅觅，眼前却是冷冷清清，凄凉、惨痛、悲戚之情一齐涌来。（秋季）骤热或骤冷的时候，最难将养休息。饮下的几杯薄酒，怎么能抵御晚上的急风寒意。天空中有大雁飞过，却是老相识了，于是更感到伤心。

地上到处是零落的黄花，憔悴枯损，如今还有谁能与我共同摘取？整天守在窗边，独自一人怎么才能挨到天黑？更兼黄昏时下起了绵绵细雨，一点点、一滴滴洒落在梧桐叶上（发出凄楚的声音）。这种境况，一个“愁”字怎么能够说尽！

采桑子/吕本中

恨君不似江楼月，南北东西。南北东西，只有相随无别离。

恨君却似江楼月，暂满还亏。暂满还亏，待得团圆是几时？

【译文】

恨你不似这江楼明月，无论从南到北，从东到西，都能形影相随，永不分离。

恨你恰似这江楼明月，刚圆了就缺，刚圆了就缺，要等到何时才能团圆？

南歌子/吕本中

驿路侵斜月，溪桥度晓霜。短篱残菊一枝黄，正是乱山深处过重阳。

旅枕元无梦①，寒更每自长。只言江左好风光②，不道中原归思转凄凉。

【注释】

① 元：原来，本来。② 江左：江东，泛指东南地区。

【译文】

斜月照着驿路，清晨寒霜铺在溪桥上。矮矮的篱笆边，只有一枝快要枯萎的黄色菊花孤零零地开放，此时我正是在乱山深处独自度过重阳。

躺在旅舍的枕头上原本就无法入梦，阵阵凄清的更鼓声显得夜晚更加漫长。人们只说江东的风光秀丽美好，不说中原之思，心情顿时转为凄凉。

兰陵王 春恨/张元干

卷珠箔①，朝雨轻阴乍阁②。阑干外，烟柳弄晴，芳草侵阶映红药。东风妒花恶，吹落梢头嫩萼。屏山掩、沉水倦熏，中酒心情怕杯勺。

寻思旧京洛③。正年少疏狂④，歌笑迷著。障泥油壁催梳掠⑤。曾驰道同载[⑥]，上林携手[⑦]。灯夜初过早共约，又争信飘泊?

寂寞，念行乐。甚粉淡衣襟，音断弦索，琼枝璧月春如昨。怅别后华表，那回双鹤。相思除是，向醉里、暂忘却。

【注释】

① 箔：竹帘。② 阁：同“搁”，停止。③ 旧京洛：指北宋汴京、洛阳。④ 疏狂：豪放，不受拘束。⑤ 障泥：挂在马腹两边，用来遮挡尘土的马具。这里指代马。油壁：用油漆涂饰车壁的华丽车辆。⑥ 驰道：秦代专供帝王行驶车马的道路。这里指京城的大道。⑦ 上林：秦、汉时苑名，专供帝王行猎的场所，这里泛指京都园林。

【译文】

卷起珠帘，清晨绵绵的阴雨刚刚停止。栏杆外，烟柳在晴光中摇曳，台阶上长着芳草，碧色映衬得芍药更加艳红。可恶的东风嫉妒娇美的花朵，无情地将梢头上娇嫩的花萼吹落了。我掩上屏风，懒得去熏沉水香。因为喝酒会醉，于是总怕看见酒杯。

回想从前在汴京洛阳，正是年少疏狂的时代，沉迷歌舞，纵情欢笑。备好华丽的车马，催促美人快快梳妆。曾经同乘一车奔驰在宽广的大道上，也曾携手在京都园林里一起游赏。元宵之夜刚过，又早早地共同约定佳期再相见，又怎么会相信今日四处漂泊?

孤独寂寞，不由得思念起当日相伴行乐的情人。时间已久，恐怕她衣襟上的香粉已经淡了，琴弦久不弹奏，琴音已断，容貌却依然美丽。怅恨分别后，人间沧桑，世事无常，不知何时能化作一只仙鹤飞回故乡。相思之情只有在酒醉的时候才能暂时忘却。

石州慢 已酉秋吴兴舟中作/张元干

雨急云飞，惊散暮鸦，微弄凉月。谁家疏柳低迷，几点流萤明灭。夜帆风驶，满湖烟水苍茫，菰蒲零乱秋声咽[①]。梦断酒醒时，倚危樯清绝。

心折，长庚光怒[②]，群盗纵横，逆胡猖獗。欲挽天河，一洗中原膏血。两宫何处?塞垣只隔长江，唾壶空击悲歌缺[③]。万里想龙沙[④]，泣孤臣吴越[⑤]。

【注释】

① 菰(gū)：多年生草本植物，生长在浅水里。② 长庚：金星的别名。③ 唾壶空击悲歌缺：典出《世说新语·豪爽》：“王处仲（敦）每酒后辄咏‘老骥伏枥，志在千里。烈士暮年，壮心不已’。以如意打唾壶，壶口尽缺。”此处借用来抒发作者恢复中原的壮志以及长期遭受压抑、有志难伸的愤慨。④ 龙沙：泛指沙塞，这里指徽宗、钦宗二帝被掳囚居之处。⑤ 孤臣：不被君王重视的臣子，这里是词人自指。

【译文】

急风暴雨，乌云飞过，惊散了黄昏的乌鸦，在微凉的月光下飞舞。谁家稀疏的柳树模模糊糊，只有几点流萤的光亮忽明忽灭。夜风吹送船帆，满湖水汽弥漫，一片苍茫，零落的菰、蒲在秋风中瑟瑟作响，仿佛在低声呜咽。梦断酒醒的时候，独自倚靠着船桅，满心悲切。

伤心到了极点。长庚星光出现芒角，盗贼纵横肆虐，胡人猖獗无忌。想要挽下银河，一洗中原被夺之耻。徽、钦二帝在何处？两国的边界，仅仅隔着一条长江，只能空自将唾壶敲出缺口，引吭悲歌。想到万里之外（囚禁着二帝）的沙漠，我这个孤臣只能在吴越哭泣。

好事近/吕渭老

飞雪过江来，船在赤栏桥侧。为报布帆无恙[①]，著两行亲札。

从今日日在南楼[②]，鬓自此时白。一咏一觞谁共[③]，负平生书册。

【注释】

① 布帆无恙：《晋书·顾恺之传》载："（殷）仲堪在荆州，恺之尝因假还，仲堪特以布帆借之。至破冢，遭风大败。恺之与仲堪牋曰：'地名破冢，真破冢而出。行人安稳，布帆无恙。'"指旅途平安，没有发生事故。② 南楼：泛指好友欢聚之处，这里指词人在南方的住处。③ 一咏一觞：指赋诗饮酒。

【译文】

大雪纷飞的时候，从江北渡船而来，船停靠在赤栏桥边。为了向友人报告自己平安渡江的消息，匆匆亲笔写下一封简短的信札。

从今日起，每天都要在南楼（居住）了，鬓发从此时开始花白。还有谁能与我一同赋诗饮酒？真是辜负了自己平生所读的书册。

点绛唇/朱翌

流水泠泠[①]，断桥横路梅枝桠。雪花飞下，浑似江南画。

白璧青钱[②]，欲买春无价。归来也，风吹平野，一点香随马。

【注释】

① 泠泠：形容声音清越。② 青钱：青铜钱。

【译文】

流水发出泠泠的声响，梅树的枝丫横在断桥旁的路上。（梅花好似）雪花飘飞而下，宛如一幅清新淡雅的江南风景画。

想用白璧和青钱将春色买下，可是春天无价（想买也买不到）。归来的时候，春风吹过平川旷野，只有一点儿清香随着马（被带回家）。

柳梢青/杨无咎

茅舍疏篱，半飘残雪[①]，斜卧低枝。可更相宜，烟笼修竹，月在寒溪。

宁宁伫立移时[②]，判瘦损[③]，无妨为伊[④]。谁赋才情，画成幽思[⑤]，写入新诗？

【注释】

① 残雪：指飘落的梅花瓣。② 宁宁：静静地。移时：历时。③ 判：同“拚”。④ 伊：指梅花。⑤ 幽思：郁结于心的思想感情。

【译文】

简陋的茅舍，稀疏的篱笆，梅花正如残雪一般飘零，它枝干低压如悠闲斜卧。当轻烟笼罩在它旁边的修竹，当月光洒在它身下的寒溪时，（这一景色）与梅花正好相配。

静静地伫立在那里，长时间地观赏梅花。为了你，我拼却憔悴瘦损。谁来赋予我才情，让我画出梅花所蕴藏的幽思，并将它写入新诗。

饮马歌/曹勋

此腔自虏传至边，饮牛马即横笛吹之，不鼓不拍，声甚凄断。闻兀术每遇对阵之际，吹此则鏖战无还期也。

边头春未到，雪满交河道[①]。暮沙明残照，塞烽云间小。断鸿悲[②]，陇月低[③]，泪湿征衣悄。岁华老。

【注释】

①交河：河名，在今新疆境内。②断鸿：失群的孤雁。③陇月：关陇（关中和甘肃东部一带）之月。

【译文】

边塞气候严寒，春天还没有到，大雪满地，封住了交河河道。日暮时分，残阳照在黄沙上反射出一片亮光，边塞的烽火在旷野白云间更显微小。失群的孤雁在悲鸣，陇月低低地垂挂在天边。泪水悄悄地浸湿了战袍，因为年华已老。

小重山/岳飞

昨夜寒蛩不住鸣[1]，惊回千里梦，已三更。起来独自绕阶行，人悄悄，窗外月胧明。

白首为功名，旧山松竹老[2]，阻归程。欲将心事付瑶琴，知音少，弦断有谁听？

【注释】

①蛩（qióng）：蟋蟀。②旧山：旧日家乡的山，既指岳飞故乡河南汤阴，又指当时已经落入外族之手的中原地区。

【译文】

昨天夜里，受寒的蟋蟀不断哀鸣，惊醒了驰骋千里疆场的梦境，那时已经是三更了。我起来后独自绕阶而行，人们都在悄然安睡，窗外的月光柔和明亮。

一生都在为建功立业、名垂青史而奋斗，直到头发花白，家乡的松竹长大了，回家的路却被阻断。想要将心事寄托在瑶琴上，然而知音太少，即使琴弦弹断了又有谁去听？

满江红/岳飞

怒发冲冠，凭栏处，潇潇雨歇。抬望眼，仰天长啸，壮怀激烈。三十功名尘与土，八千里路云和月。莫等闲，白了少年头，空悲切。

靖康耻[1]，犹未雪。臣子恨，何时灭？驾长车，踏破贺兰山缺[2]。壮志饥餐胡虏肉，笑谈渴饮匈奴血。待从头，收拾旧山河，朝天阙。

【注释】

①靖康耻：指靖康二年徽、钦二帝被掳入北廷之事。②贺兰山：在今内蒙古、宁夏境内，此

代金人基地。

【译文】

愤怒得头发直竖将帽子顶起，倚靠栏杆之时，急骤的风雨刚刚停歇。抬起头放眼远望，仰面朝天放声长啸，豪壮的情怀剧烈激荡。三十年来建立的功名犹如尘土，八千里的漫长征途上只有云和月相随。好男儿要抓紧时间为国建功立业，不要空空将青春消磨，到老时徒自伤悲。

靖康之变的奇耻大辱，至今尚未洗雪。为人臣子的愤恨，什么时候才能泯灭？驾着战车踏破贺兰山的重重险关。满怀壮志，饿了就吃敌人的肉；谈笑间，渴了就喝敌人的血。等我重新收复了旧日的河山，再去朝拜天子的宫阙。

好事近/高登

饮兴正阑珊，正是挥毫时节。霜干银钩锦句[1]，看壁间三绝[2]。

西风特地飒秋声，楼外触残叶。匹马翩然归去，向征鞍敲月[3]。

【注释】

①霜干：霜皮，指多年的古柏树干，这里指傲霜挺立的古柏。银钩：形容书法遒劲有力。锦句：辞藻富丽的诗句。②三绝：指画、书、诗都是绝代佳作，故称“三绝”。③征鞍：长途跋涉的马匹。敲月：这里是踏月的意思。

【译文】

临别时饮酒将尽，但气氛正热烈，正是提笔挥毫的绝佳时节。凌霜挺立的古柏、遒劲多姿的书法、辞藻富丽的诗句，看罢这高悬在墙壁上的三绝，不由得高声喝彩。

西风吹过，发出飒飒的声音，卷扫着楼外的残叶。独自骑着马翩然归去，马蹄嘚嘚，好像在敲打着月光。

青玉案/黄公度

邻鸡不管离怀苦，又还是、催人去。回首高城音信阻。霜桥月馆，水村烟市，总是思君处。

裛残别袖燕支雨[1]，漫留得、愁千缕。欲倩归鸿分付与[2]。鸿飞不住。倚阑无语，独立长天暮。

【注释】

①裛：同“浥”，沾湿。残：一部分。燕支雨：意思是泪落如雨，冲掉了脸上的胭脂，连落下的

泪水也变成了红色。燕支，即胭脂。② 倩：请、托。

【译文】

邻家的公鸡才不管离别的痛苦，还是不停地啼叫，像是在催人离去。回望高城，音信却受到阻隔。严霜覆盖的小桥、月光笼罩的驿馆、流水环绕的村庄、烟雾蒙蒙的城市，无一不是思念你的地方。

分别时，溶有胭脂的泪水纷落如雨，沾湿了衣袖，却留下了千万缕哀愁。想请归鸿捎去我的思念，但是（冷漠无情的）鸿雁却不肯停留，展翅渐飞渐远。我倚着栏杆，默然无语，独自伫立在暮色笼罩的长空之下。

霜天晓角 题采石蛾眉亭/韩元吉

倚天绝壁，直下江千尺。天际两蛾凝黛，愁与恨，几时极？

暮潮风正急，酒阑闻塞笛。试问谪仙何处？青山外，远烟碧。

【译文】

蛾眉亭踞于绝壁之上，仿佛倚天而立；（站在亭中低头俯瞰）绝壁垂直千尺有余。夹江而立的东、西梁山横亘天际，恰似用黛石涂抹过的两弯蛾眉，黛眉紧蹙，好似含愁凝恨，这愁与恨，什么时候才是尽头呢？

傍晚时江潮汹涌，风正狂急，酒醒时却听见边防军中传来苍凉笛声。试问谪仙李白如今在何处？在那青山之外，烟波苍茫、苍翠碧绿之地。

谒金门 春半/朱淑真

春已半，触目此情无限。十二阑干闲倚遍[①]，愁来天不管。

好是风和日暖，输与莺莺燕燕。满院落花帘不卷，断肠芳草远[②]。

【注释】

① 十二阑干：比喻愁思之广。 阑干，即栏杆。② 芳草：《楚辞·招隐士》有："王孙游兮不归，春草生兮萋萋。"在古代诗词中多象征所思念的人。

【译文】

春已过半，目光所及，心中悲愁无限。（愁绪无处排遣只能整日倚栏杆远眺）将各处栏杆都倚遍了，春愁绵绵不断地袭来，（这愁由春而来）天却不管。

在风和日暖的大好春光中，却觉得还不如那双双对对的莺莺燕燕。残花落满了庭院，不愿卷起帘幕。芳草蔓延，远至天边，真令人伤心断肠。

蝶恋花 送春/朱淑真

楼外垂杨千万缕，欲系青春，少住春还去。犹自风前飘柳絮，随春且看归何处。

绿满山川闻杜宇①，便做无情，莫也愁人苦②。把酒送春春不语，黄昏却下潇潇雨。

【注释】

① 杜宇：杜鹃。② 莫也：岂不也。

【译文】

楼外杨柳垂下千万缕枝条，想要把青天系住，然而春天只是稍稍逗留便匆匆离去。柳絮犹自随风飘舞，意欲跟随春天看看自己会归于何处。

满眼的山川都变得碧绿，听见杜鹃凄厉的叫声，杜鹃即便心中无情，岂不也感受到人的愁苦。举起酒盏为春送行，然而春天缄口不语，却在黄昏时洒下潇潇细雨。

眼儿媚/朱淑真

迟迟春日弄轻柔①，花径暗香流。清明过了，不堪回首，云锁朱楼。

午窗睡起莺声巧，何处唤春愁？绿杨影里，海棠亭畔，红杏梢头。

【注释】

① 迟迟：阳光温暖、光线充足的样子。

【译文】

春光融融，春风轻抚着柔嫩的柳条，花香在小径上暗暗流动。清明已过，（往事）不堪回首，云雾笼罩着朱楼。

午睡醒来，听到窗外莺声巧啭，莺儿到底是在何处唤起人的春愁？是在绿杨影里，是在海棠亭畔，还是在红杏梢头？

踏莎行 山居/张抡

秋入云山①，物情潇洒②，百般景物堪图画。丹枫万叶碧云边，黄花千点幽岩下。

已喜佳辰[3]，更怜清夜，一轮明月林梢挂。松醪常与野人期[4]，忘形共说清闲话。

【注释】

①云山：指山势高峻，耸入云端。②物情：指山中景物的情态。潇洒：这里形容清爽秀丽的样子。③佳辰：指中秋。④松醪：用松膏酿制的酒。野人：山野之人。

【译文】

秋天入于白云掩映的山林，山中景物的情态显得清爽而明丽，这么多景物正适合用图画加以描绘。万片火红的枫叶好像铺展到了蓝天白云边，清幽的山岩下盛开着千点金黄的菊花。

中秋佳节已经让人欣喜，清爽的秋夜更惹人怜爱，一轮明月高挂在树梢。常常携带自酿的松酒与山野之人相约聚饮，忘情地说闲语。

鹧鸪天 煮茧/王千秋

比屋烧灯作好春[1]，先须歌舞赛蚕神[2]。便将簇上如霜样[3]，来饷尊前似玉人[4]。

丝馅细，粉肌匀。从它犀箸破花纹[5]。殷勤又作梅羹送[6]，酒力消除笑语新。

【注释】

①比屋：一屋挨一屋。烧灯：点灯过元宵节。②赛蚕神：江南旧俗以正月十五为祈蚕之祭。③簇：通“蔟”，蚕山，蚕在上面做茧用的东西，通常用稻草扎成。霜样：指白色的蚕茧。④饷：供养。⑤犀箸：犀角筷子。⑥梅羹：汤名。

【译文】

正月十五夜里，一家接着一家点起花灯来过灯节，先必须载歌载舞来祭祀蚕神。用蚕山上如霜般雪白的蚕茧来供养如花似玉的美人。

（汤圆）馅儿细如丝，外皮宛如粉嫩匀净的肌肤。用犀牛角制作的筷子划破花纹精致的美食，又殷勤地制作了梅羹送上来，消除了酒力，笑脸盈盈地谈论新的一年。

瑞鹤仙/袁去华

郊原初遇雨。见败叶零乱，风定犹舞。斜阳挂深树。映浓愁浅黛，遥山媚妩。来时旧路，尚岩花、娇黄半吐。到而今唯有，溪边流水，见人如故。

无语。邮亭深静，下马还寻，旧曾题处。无聊倦旅。伤离恨，最愁苦。纵收香藏镜[①]，他年重到，人面桃花在否？念沉沉，小阁幽窗，有时梦去。

【注释】

①收香藏镜：指自己对爱情忠贞不贰。收香，用的是晋代贾充之女贾午窃其父所藏奇香赠给韩寿，最后结为夫妇的典故，见《晋书·贾充传》。藏镜，用的是南朝陈亡后，驸马徐德言与妻子乐昌公主因各执半面镜子而得以重新团聚的典故，见孟棨《本事诗·情感》。

【译文】

郊外的原野上刚刚下过一场雨，看见残败的树叶零落散乱，风停了还在飘舞。夕阳挂在丛密的树林上空，映照着黛青色的远山，宛如含着浓愁的双眉，妩媚动人。沿着来时走过的路寻觅，（还记得）生长在岩石旁的花儿半吐出娇嫩的黄色，到如今只有溪边的流水像从前一样。

默然无语，邮亭幽深静谧，（在邮亭前）翻身下马，寻觅曾经题过字的地方。旅居在外让人觉得疲倦而无聊。离恨最令人伤心愁苦。即使收香藏镜（作为信物），来年重到故地，那张如桃花般娇艳醉人的笑脸还在吗？思念沉沉，有时会在梦中去往（她居住的）幽静小楼。

卜算子 咏梅/陆游

驿外断桥边[①]，寂寞开无主[②]。已是黄昏独自愁，更著风和雨[③]。
无意苦争春[④]，一任群芳妒[⑤]。零落成泥碾作尘[⑥]，只有香如故。

【注释】

①驿：驿站，古代传递公文的人中途换马匹休息、住宿的地方。②无主：无人过问。③更著：又遭受。著，接触。④苦：尽力，竭力。⑤一任：任凭。群芳：指百花。⑥零落：凋谢。碾：轧碎。

【译文】

驿站外的断桥边，梅花寂寞地开着，无人过问。黄昏时分，梅花无依无靠，已经够愁苦的了，却又遭到了风雨的摧残。

无心去苦苦争夺春光，任凭百花嫉妒。凋谢后飘落在地成了泥，又被碾作微尘，那股清香却依然如旧。

秋波媚 七月十六日晚登高兴亭望长安南山/陆游

秋到边城角声哀，烽火照高台。悲歌击筑[1]，凭高酹酒[2]，此兴悠哉！

多情谁似南山月，特地暮云开。灞桥烟柳，曲江池馆，应待人来。

【注释】

①筑：古击弦乐器，演奏时，以左手握持，右手以竹尺击弦发音。②酹（lèi）酒：将酒倒在地上，表示祭奠或立誓。

【译文】

秋天来到边城，画角声勾起哀思，烽火照着高台。击筑悲歌，站在高处将酒洒在地上祭奠阵亡将士，一行人都兴致高昂。

谁像南山上的明月一样多情，特地将暮云冲开。灞桥的如烟柳色，曲江的池苑馆台，正等待人们的到来。

钗头凤/陆游

红酥手[1]，黄縢酒[2]，满城春色宫墙柳。东风恶，欢情薄，一怀愁绪，几年离索。错，错，错！

春如旧，人空瘦，泪痕红浥鲛绡透[3]。桃花落，闲池阁，山盟虽在，锦书难托。莫，莫，莫！

【注释】

①红酥手：红润白嫩的双手。②黄縢酒：黄纸封坛的美酒。③浥（yì）：浸湿。鲛（jiāo）绡：丝帕。

【译文】

红润洁白的手，捧着黄纸封坛的美酒，满城春色盎然，宫墙旁边柳色依依。东风是多么可恶，把浓郁的欢情吹得稀薄，满怀愁绪，分别的几年间总是感到萧索，回忆往事不由感叹：错，错，错！

春色和旧日一样，人却（因为相思而）空自消瘦，胭脂尽数溶在泪水中，将丝帕都浸透了。桃花已经凋落，池塘亭阁也冷落了。从前的山盟海誓虽然还在，可是想要托人捎封信给她都很困难，只能沉痛而无奈地长叹道：莫，莫，莫！

诉衷情/陆游

当年万里觅封侯，匹马戍梁州[①]。关河梦断何处？尘暗旧貂裘[②]。

胡未灭，鬓先秋[③]，泪空流。此生谁料，心在天山[④]，身老沧洲[⑤]。

【注释】

① 梁州：在今陕西汉中一带。陆游四十八岁时在汉中川陕宣抚使署任职，过了一段军旅生活。
② 尘暗旧貂裘：意谓貂裘上积满了尘土，颜色也因日久而改变。暗，形容词作动词，变得暗淡。
③ 鬓先秋：意谓鬓发早已斑白如秋霜。④ 天山：祁连山脉，在今甘肃境内，此处指代抗金前线。
⑤ 身老沧洲：陆游晚年退隐于故乡绍兴镜湖边的三山。沧洲，古时隐士所居之处。

【译文】

当年奔赴万里之外的边疆，寻找建功封侯的机会，单枪匹马戍守梁州。从保卫边疆的梦境中醒来，我身在何处？在军中穿过的貂皮裘衣已经积满了灰尘，变得又暗又旧。

胡人还未消灭，双鬓却早已斑白如秋霜，只能任由眼泪白白流淌。谁能料到我这一生，心始终在天山，人却终老于沧洲！

钗头凤/唐婉

世情薄，人情恶，雨送黄昏花易落。晓风干，泪痕残。欲笺心事，独语斜阑。难，难，难！

人成个，今非昨，病魂常似秋千索[①]。角声寒，夜阑珊[②]。怕人寻问，咽泪装欢。瞒，瞒，瞒！

【注释】

① 秋千索：吊着秋千的绳子。② 阑珊：将尽。

【译文】

世情凉薄，人情险恶，黄昏时的雨中花儿最易凋落。晨风吹干了泪水，泪痕还残留在脸上，想要写下心事，独自倚着栏杆，哀叹：难，难，难！

两人各自离散，今非昔比，染了重病的身体好似摇摇荡荡的秋千索。愁听清寒的号角声，直到长夜将尽。因为怕人寻问，还要咽下泪水强装欢笑，只有：瞒，瞒，瞒！

水调歌头 闻采石战胜/张孝祥

雪洗虏尘静，风约楚云留[①]。何人为写悲壮[②]，吹角古城楼？湖海平生豪气[③]，关塞如今风景，剪烛看吴钩。剩喜然犀处[④]，骇浪与天浮。

忆当年，周与谢[⑤]，富春秋。小乔初嫁[⑥]，香囊未解[⑦]，勋业故优游。赤壁矶头落照，肥水桥边衰草[⑧]，渺渺唤人愁。我欲乘风去，击楫誓中流[⑨]。

【注释】

① 风约楚云留：作者当时在抚州，抚州古时为楚地。所以说是被楚地的风云所阻留。② 写：通“泻”，意为宣泄。③ 湖海平生豪气：此句取用《三国志·陈登传》中许汜的话：“陈元龙（登）湖海之士，豪气不除。”④ 剩喜：甚喜、非常的欣喜。剩，通“甚”。然犀处：指采石战场。《晋书·温峤传》载：苏峻兵反，温峤奉命平乱，平定后回师至牛渚矶（采石矶），水深不可测，当地人说下面有怪物。温峤点燃犀角往水下照，“须臾见水族覆火，奇形异状，或乘马车着赤衣”。此句将金人比喻为妖怪。然，通“燃”。⑤ 周与谢：指东汉末年赤壁之战的主帅周瑜和东晋时淝水之战的主帅谢玄。⑥ 小乔初嫁：取自苏轼《念奴娇》一词中的“遥想公瑾当年，小乔初嫁了”。⑦ 香囊未解：谢玄少年时喜佩香囊。此句是说，谢玄当时正值壮年（四十一岁），少年时佩带的香囊尚未解下。⑧ 肥水：淝水。在安徽境内，是东晋谢玄击败前秦苻坚大军的地方。⑨ 击楫誓中流：《晋书·祖逖传》载：祖逖统兵北伐，渡江，中流击楫而誓曰：“祖逖不能清中原而复济者，有如大江！”辞色壮烈，众皆慨叹。

【译文】

大雪洗净了金虏扬起的战尘，风云却把我阻留在楚地。何人为了宣泄悲壮，而在古城楼上吹奏号角？平生有廓清江湖的豪气，（面对）关河要塞如今的风景，（禁不住）剪亮烛光，把视吴钩宝剑。十分喜欢当年燃犀的采石矶，惊涛骇浪与天一同沉浮。

回忆当年，周瑜、谢玄正值年富力强。小乔刚娶进门，香囊尚未解下，就从容悠然地建立了不世的功勋。赤壁矶头落日残照，淝水桥边草木衰萧，不禁唤起茫茫忧愁。我欲乘风而去，在大江中流击楫而誓！

◎念奴娇 过洞庭/张孝祥

洞庭青草[①]，近中秋、更无一点风色。玉鉴琼田三万顷[②]，着我扁舟一叶。素月分辉，明河共影，表里俱澄澈。悠然心会，妙处难与君说。

应念岭表经年[③]，孤光自照，肝胆皆冰雪。短发萧骚襟袖冷[④]，稳泛沧浪空阔。尽挹西江，细斟北斗，万象为宾客[⑤]。扣舷独啸，不知今夕何夕。

【注释】

① 洞庭青草：洞庭湖在岳阳市西南，青草湖在洞庭之南，二湖相通，总称洞庭湖。② 玉鉴琼田：形容月下湖水晶莹如玉。③ 岭表：指两广之地。④ 短发萧骚：头发稀少。襟袖冷：谓两袖清风，廉洁清贫。⑤“尽挹西江”三句：舀尽长江水当酒浆，以北斗做酒器盛酒，大地万物当作宾客。挹，舀。西江，指长江。

【译文】

洞庭湖连着青草湖，临近中秋时，湖面上没有一点儿风色。三万顷的湖面就像美玉良田，载着我一叶扁舟。皎月的光辉散在湖面，银河的影像掩映在水间。湖水与天色都清莹澄澈。悠悠然用心会意，妙处难和你说。

想起在岭南的几年，只有月光照鉴我心，一腔肝胆像冰雪那样莹洁。（如今）鬓发短而稀疏，衣衫单薄而不保暖，却安稳地泛舟于空阔的沧浪之中。要吸尽西江水(当美酒)，以北斗星座做酒杯，万物都充当我的宾客。拍打船舷独自吟啸，不知今夜是怎样的夜晚。

西江月 题溧阳三塔寺/张孝祥

问讯湖边春色，重来又是三年。东风吹我过湖船，杨柳丝丝拂面。
世路如今已惯，此心到处悠然。寒光亭下水连天[1]，飞起沙鸥一片。

【注释】

①寒光亭：在三塔寺内。

【译文】

（我来）问候一下春湖丽景，重来此地已是三年后。东风吹送我渡湖的船只，（船行中）丝丝杨柳随风飘摆，轻拂我的脸颊。

如今已经看惯了世态人心，心中坦然，到处悠然自在。寒光亭下水天一色，飞起一片沙鸥。

西江月 阻风三峰下/张孝祥

满载一船秋色，平铺十里湖光。波神留我看斜阳，放起鳞鳞细浪[①]。

明日风回更好，今宵露宿何妨。水晶宫里奏霓裳[②]，准拟岳阳楼上[③]。

【注释】

①放：同“翻”。②霓裳：《霓裳羽衣曲》的略称。③准拟：一定。

【译文】

满载着一船的秋色，（眼前）平铺着十里的湖光。水神挽留我欣赏夕阳（丽景），（夕阳照着水面）闪动着粼粼波浪，泛起波光。

明天能转为顺风就更好了，今夜露宿（在江边）又有什么关系？水晶宫里正演奏着《霓裳羽衣曲》，一定要登上岳阳楼（远望雄伟壮阔的洞庭湖风光）。

临江仙 暮春/赵长卿

过尽征鸿来尽燕[①]，故园消息茫然。一春憔悴有谁怜？怀家寒食夜[②]，中酒落花天。

见说江头春浪渺，殷勤欲送归船。别来此处最萦牵。短篷南浦雨[③]，疏柳断桥烟。

【注释】

①征鸿：远飞的大雁。②寒食：节令名，一般在清明节前两天。③南浦：江淹《别赋》：“送君南浦，伤如之何。”此借指送别之地。

【译文】

鸿雁飞尽了，燕子不再来了，故园还是一点儿消息也没有。整个春天都憔悴不堪，有谁怜惜呢？寒食之夜独自怀家，落花时节借酒浇愁。

听说江头春潮高涨，（江水有情，似乎在）殷勤送我的归船返回家乡。离别以后，这里会是最让我魂牵梦萦的地方。南浦风雨中一叶短篷小舟，断桥轻烟中疏柳婆娑。

◎青玉案 元夕/辛弃疾

东风夜放花千树[①]，更吹落，星如雨[②]。宝马雕车香满路[③]。凤箫声动[④]，玉壶光转[⑤]，一夜鱼龙舞[⑥]。

蛾儿雪柳黄金缕[⑦]，笑语盈盈暗香去[⑧]。众里寻他千百度，蓦然回首，那人却在，灯火阑珊处[⑨]。

【注释】

①花千树：形容灯火之多如千树花开。②星如雨：比喻满天的焰火。一说指灯火之盛。③宝马雕车：装饰精美华丽的马车。④凤箫声动：指音乐演奏。《神仙传》卷四曾记载弄玉吹箫引凤的故事，故称箫为“凤箫”。⑤玉壶：花灯的一种。一说为月亮。⑥鱼龙舞：指玩鱼灯、龙灯。⑦蛾儿雪柳：都是古代妇女于元宵节插戴在头上的用绢或纸制成的应时饰物。黄金缕：此处指以金为饰的雪柳，雪柳有丝绦垂下，故云“黄金缕”。⑧盈盈：仪态美好。暗香：幽幽的香气。暗香去，指美人离去。⑨阑珊：零落、稀疏。

【译文】

东风起，黑夜中绽放出千树银花，还吹得星星似的焰火如雨点般洒落下来。华贵的马车经过，整条路上都弥漫着香气。悠扬的凤箫声响起，玉壶光芒流转，鱼形和龙形的彩灯彻夜都在舞动。

姑娘们头戴着饰品，佩着黄金缕，说说笑笑，娇媚轻盈，醉人的幽香随之而去。我在众人之中千百遍地寻找她，忽然回过头，那个人却正站在灯火零落的幽暗之处。

清平乐 村居/辛弃疾

茅檐低小[①]，溪上青青草。醉里吴音相媚好[②]，白发谁家翁媪[③]。

大儿锄豆溪东[④]，中儿正织鸡笼。最喜小儿无赖[⑤]，溪头卧剥莲蓬[⑥]。

【注释】

①茅檐：茅屋的屋檐 。②吴音：作者当时住在江西东部的上饶，这一带古时是吴国的领土，所以称这一带的方言为吴音。相媚好：这里指使自己感到亲切。③翁媪（ǎo）：老头、老太太。泛指老人。④锄豆：锄掉豆田里的草。⑤无赖：这里意思是指顽皮、淘气。⑥卧：趴。

【译文】

茅屋的屋檐又低又小，溪边长满翠绿的青草。酣醉时听见有人用吴地的方言互相逗趣儿取乐，那是谁家白发苍苍的老头老太？

大儿子在小溪东边的豆地里锄草，二儿子正忙于编织鸡笼。最令人欢喜的是顽皮淘气的小儿子，正趴在溪头草丛，剥着刚刚采下的莲蓬。

西江月 夜行黄沙道中/辛弃疾

明月别枝惊鹊，清风半夜鸣蝉。稻花香里说丰年，听取蛙声一片。

七八个星天外，两三点雨山前。旧时茅店社林边[1]，路转溪桥忽见[2]。

【注释】

① 社林：土地庙附近的树林。社，土地神庙。古时，村有社树，为祀神处，故曰“社林”。② 见：同“现”。

【译文】

明亮的月光惊起了枝头的乌鹊，夜半时分，清风送来阵阵蝉鸣。（农人在）稻花的清香中谈论丰收，青蛙的叫声连成一片。

七八个星星点缀着夜空，两三点雨滴落在山前。从前落过脚的社林边的茅店，在转过小路的溪桥边倏然出现。

破阵子 为陈同甫赋壮词以寄/辛弃疾

醉里挑灯看剑，梦回吹角连营。八百里分麾下炙[1]，五十弦翻塞外声[2]。沙场秋点兵。

马作的卢飞快[3]，弓如霹雳弦惊。了却君王天下事[4]，赢得生前身后名。可怜白发生！

【注释】

①“八百里”句：八百里，广布八百里的军队。麾下，将旗之下。② 五十弦：瑟。③ 的卢：三国时期刘备的坐骑，其奔跑的速度飞快。④ 君王天下事：抗金复国的大业。

【译文】

酒醉中挑亮油灯抽剑细看，梦中仿佛又回到了号角彻响的军营。广布八百里的军营将士都能分到犒劳的烤牛肉，乐器奏起了边塞的歌曲，（这是）秋天在战场上阅兵。

战马跑得像的卢一样飞快，弓弦声音很大，如霹雳惊雷一般。为君王了结了天下大事，博得生前死后的美名。只可惜白发已生！

丑奴儿 书博山道中壁/辛弃疾

少年不识愁滋味，爱上层楼，爱上层楼，为赋新词强说愁。
而今识尽愁滋味，欲说还休，欲说还休，却道天凉好个秋！

【译文】

少年时不知道愁的滋味儿，爱登高楼，爱登高楼，为了新作首词而勉强说愁。

现在尝尽了愁的滋味儿，想说却说不出，想说却说不出，最后却只能说道："好一个凉爽的秋日啊！"

永遇乐 京口北固亭怀古/辛弃疾

千古江山，英雄无觅，孙仲谋处[①]。舞榭歌台，风流总被，雨打风吹去。斜阳草树，寻常巷陌，人道寄奴曾住[②]。想当年，金戈铁马，气吞万里如虎[③]。

元嘉草草，封狼居胥，赢得仓皇北顾[④]。四十三年[⑤]，望中犹记，烽火扬州路。可堪回首，佛狸祠下[⑥]，一片神鸦社鼓[⑦]。凭谁问，廉颇老矣，尚能饭否[⑧]？

【注释】

①孙仲谋：三国时的吴王孙权，字仲谋，曾建都京口。②寄奴：南朝宋武帝刘裕小名。刘裕（363—422），字德舆，小名寄奴，先祖是彭城（今江苏徐州市）人，后来迁居到京口（江苏镇江市）。南北朝时期宋朝的建立者，史称宋武帝。中国历史上杰出的政治家、军事家、统帅。③"想当年"三句：刘裕曾两次领晋军北伐，收复洛阳、长安等地。④"元嘉草草"三句：元嘉是刘裕子宋文帝刘义隆年号。草草，轻率。刘义隆好大喜功，仓促北伐，却反而让北魏主拓跋焘抓住机会，骑兵南下，兵抵长江北岸而返，遭到对手的重创。封狼居胥，公元前119年（汉武帝元狩四年）霍去病远征匈奴，歼敌七万余，封狼居胥山而还。狼居胥山，在今蒙古国境内。词中用"元嘉北伐"失利事，影射南宋"隆兴北伐"。⑤四十三年：作者于1162年（宋高宗绍兴三十二年）南归，到写该词时正好为四十三年。⑥佛（bì）狸祠：北魏太武帝拓跋焘小名佛狸。公元450年，他曾反击刘宋，两个月的时间里，兵锋南下，五路远征军分道并进，从黄河北岸一路穿插到长江北岸。在长江北岸瓜步山建立行宫，即后来的佛狸祠。⑦神鸦：指在庙里吃祭品的乌鸦。社鼓：祭祀时的鼓声。⑧廉颇：战国时赵国名将。《史记·廉颇蔺相如列传》记载，廉颇被免职后，跑到魏

国，赵王想再用他，派人去看他的身体情况，廉颇之仇人郭开贿赂使者，使者看到廉颇，廉颇为之米饭一斗，肉十斤，被甲上马，以示尚可用。使者回来报告赵王说："廉颇将军虽老，尚善饭，然与臣坐，顷之三遗矢（通假字，即屎）矣。"赵王以为廉颇已老，遂不用。

【译文】

江山千古长存，但像孙仲谋那样的英雄却无处可找了。昔日的舞榭歌台还在，风流繁华却被（历史的）风雨吹打散尽了。夕阳照在草丛树木上，平平常常的街巷，有人说这是寄奴曾经住过的地方。想当年他带领金戈铁马，气吞万里有如猛虎。

刘义隆却草率地率领军队(想像霍去病一样北伐建立奇功，封狼居胥山而还），最后落得仓皇南逃，频频回首北望。（距离我南归已经过去）四十三年了，在眺望对岸时，依旧清楚地记得扬州路上烽火连天的景象。往事怎忍再回顾？佛狸祠下，乌鸦啄着祭品，祭祀的人擂着大鼓。还有谁会问：廉颇老了，还能吃饭吗？

点绛唇 丁未冬过吴松作/姜夔

燕雁无心[①]，太湖西畔随云去。数峰清苦，商略黄昏雨[②]。

第四桥边[③]，拟共天随住[④]。今何许[⑤]？凭阑怀古，残柳参差舞。

【注释】

①燕雁：指北方幽燕一带的鸿雁。②商略：商量、酝酿。③第四桥：吴松城外的甘泉桥。④天随：唐代陆龟蒙，自号天随子。⑤何许：何处，何时。

【译文】

燕地的大雁本就是无心之物，（它们）随着太湖西畔上空的流云飞去。几座山峰寥落清寂，好像正在酝酿着黄昏时下场雨。

本打算留在第四桥畔，与陆龟蒙相伴同住。但如今（他）又在何处？倚着栏杆悬想往古，（只看见）残败的杨柳在寒风中高低飘舞。

踏莎行/姜夔

自沔东来[①]，丁未元日，至金陵[②]江上，感梦而作。

燕燕轻盈，莺莺娇软，分明又向华胥见[③]。夜长争得薄情知，春初早被相思染。

别后书辞，别时针线，离魂暗逐郎行远。淮南皓月冷千山，冥冥归去无人管[④]。

【注释】

① 沔东：唐、宋州名，今湖北汉阳（属武汉市），姜夔早岁流寓此地。② 元日：正月初一。③ 华胥：指梦。④ 冥冥归去无人管：指离魂在夜里归去，孤苦伶仃，无人照管。

【译文】

燕子轻盈，莺儿娇软，（我们）分明又在华胥国相见。（她说）：“长夜寂寂，薄情郎哪知（我的）清苦，虽是初春时节，却早早染上相思之病。”

（看着）别后的书信，（穿着）离别时缝制的衣裳，（她的）魂魄仿佛也暗暗跟随着我去远方。淮南明月下群山冷寂，（她的）魂魄在寂夜中黯然离去，（孤苦伶仃），无人照料。

扬州慢/姜夔

淳熙丙申至日[①]，予过维扬[②]，夜雪初霁，荠麦弥望[③]。入其城，则四顾萧条，寒水自碧。暮色渐起，戍角悲吟，予怀怆然，感慨今昔，因自度此曲，千岩老人以为有黍离之悲也[④]。

淮左名都[⑤]，竹西佳处[⑥]，解鞍少驻初程。过春风十里[⑦]，尽荠麦青青。自胡马窥江去后[⑧]，废池乔木[⑨]，犹厌言兵。渐黄昏[⑩]，清角吹寒[⑪]，都在空城。

杜郎俊赏[⑫]，算而今、重到须惊。纵豆蔻词工[⑬]，青楼梦好[⑭]，难赋深情。二十四桥仍在[⑮]，波心荡、冷月无声。念桥边红药[⑯]，年年知为谁生。

【注释】

① 淳熙丙申：淳熙三年（1176）。至日：冬至。② 维扬：扬州。《尚书·禹贡》有“淮海维扬州”句，后遂以“维扬”为扬州的别称。③ 荠麦：荠菜和麦子。弥望：满眼。④ 千岩老人：南宋诗人萧德藻，字东夫，因居湖州弁山之千岩，故以为号。黍离之悲：《黍离》，《诗经·王风》篇名。周平王东迁后，周大夫经过西周故都见“宗室宫庙，尽为禾黍”，遂赋《黍离》诗志哀。后世即用“黍离”来表示亡国之痛。⑤ 淮左：扬州宋时属淮南东路，淮东亦称淮左。而扬州又是宋代淮南东路的首府，故称“淮左名都”。⑥ 竹西佳处：杜牧《题扬州禅智寺》诗：“谁知竹西路，歌吹是扬州。”宋人于此筑竹西亭。这里指扬州。⑦ 春风十里：杜牧《赠别》诗：“春风十里扬州路，卷上珠帘总不如。”这里用以借指扬州。⑧ 胡马窥江：指 1161 年金主完颜亮南侵，攻破扬州，直抵长江边的瓜洲渡。到淳熙三年姜夔过扬州已十六年。⑨ 废池：废毁的池台。乔木：残存的古树。二者都是乱后余物，表明城中荒芜，人烟萧条。⑩ 渐：向，到。⑪ 清角：凄清的号角声。⑫ 杜郎：杜牧。唐文宗大和七年到九年，杜牧在扬州任淮南节度使掌书记。俊赏：俊逸清赏。钟嵘《诗品序》：“近彭城刘士章，俊赏才士。”⑬ 豆蔻：形容少女美艳。豆蔻词工：杜牧《赠别》：“娉娉袅袅十三余，豆蔻梢头二月初。”⑭ 青楼梦好：杜牧《遣怀》诗：“十年一觉扬州梦，赢得青楼薄幸名。”⑮ 二十四桥：杜牧《寄扬州韩绰判官》诗：“二十四桥明月夜，玉人何处教吹箫。”二十四

桥，有二说：一说唐时扬州城内有桥二十四座，皆为可纪之名胜。见沈括《梦溪笔谈·补笔谈》。一说专指扬州西郊的吴家砖桥（一名红药桥）。“因古之二十四美人吹箫于此，故名。”见《扬州画舫录》。⑯ 红药：芍药。

【译文】

扬州是淮河东边著名的都会，在竹西亭最优美的地方，我解下马鞍，暂停我初次的旅程。走过春风十里扬州路，都是青青荠麦。自从金兵践踏过长江沿岸回去以后，荒废了的池苑和乔木，至今还讨厌说起旧日的战争。到了黄昏，凄清的号角在寒冷中吹响，这都是在被洗劫一空的扬州城。

杜牧有着非同寻常的鉴赏能力，料想今天他重来此地，一定会大吃一惊。即使他有着那“豆蔻”般的精妙词工，青楼的动人美梦，恐怕也难以写出他的一片深情了吧。二十四桥仍然还在，水中央波光荡漾，一轮冷月寂静无声。想着那桥边的红芍药，年年不知为谁而生。

念奴娇/姜夔

闹红一舸[①]，记来时尝与鸳鸯为侣。三十六陂人未到[②]，水佩风裳无数[③]。翠叶吹凉，玉容销酒，更洒菰蒲雨。嫣然摇动，冷香飞上诗句。

日暮青盖亭亭，情人不见，争忍凌波去[④]？只恐舞衣寒易落，愁入西风南浦。高柳垂阴，老鱼吹浪，留我花间住。田田多少，几回沙际归路。

【注释】

① 舸：大船，也泛指船。② 陂：池塘。③ 水佩风裳：本指美人装饰，代指荷叶荷花。④ 争：怎么，如何。

【译文】

乘着一艘小船在红荷盛开的湖中游赏，记得来时曾经有鸳鸯相伴。这里有许多池塘，人所不到之处，有无数以水作佩饰、以风为衣裳的荷花。翠绿的荷叶吹来清凉，（荷花宛如）美人酒意初消的面容，更有降在菰蒲上的雨点飘洒过来。（荷花）嫣然摇动，一股冷香飞来，入了诗句。

日暮时分，青翠的荷叶亭亭如盖，没有见到情人，怎么舍得踏着波浪离去。只怕舞衣在寒冷中容易凋落，因而愁绪飞入西风吹拂的南浦。高大的柳树垂下阴影，老鱼吹起细浪，挽留我在花间住下。有多少茂盛绵密的荷叶，几次在沙间回去的路上依恋徘徊。

双双燕 咏燕/史达祖

过春社了[①]，度帘幕中间，去年尘冷。差池欲住[②]，试入旧巢相并。还相雕梁藻井[③]，又软语商量不定。飘然快拂花梢，翠尾分开红影。

芳径，芹泥雨润[④]。爱贴地争飞，竞夸轻俊。红楼归晚[⑤]，看足柳昏花暝。应自栖香正稳，便忘了天涯芳信。愁损翠黛双蛾[⑥]，日日画阑栏独凭。

【注释】

① 春社：古代风俗，农村于立春后、清明前祭神祈福，称“春社”。② 差池：张舒尾翼。《诗经·邶风·燕燕》：“燕燕于飞，差池其羽。” ③ 相（xiàng）：端看、仔细看。藻井：装饰成井栏形、绘有菱荷藻类的天花板。古人以为借此能镇住火灾。④ 芹泥：水边长芹草的泥土。⑤ 红楼：富贵人家所居处。⑥ 翠黛双蛾：指闺中少妇。

【译文】

祭神祈福的日子已经过了，燕子穿飞在帘幕中间，旧巢中灰尘清冷。一双燕子舒张尾翼，想要停下，试着一同飞入原来的窠臼双宿双栖。它们又飞去仔细看房顶上雕凿过的横梁和天花板，低声细细商量着在哪里共筑新巢。燕子飘飘然轻快地掠过花梢，如剪的翠尾分开了花影。

在草绿花香的小路上，水边的泥土里长着茂密的芹草，被春雨滋润过后，泥土更加湿润松软。燕子们喜爱贴着地面低低飞翔，竞相夸耀自己的轻巧。成双成对回到居住处，天色已晚，柳树与鲜花的暗影尽入眼帘。归到新巢中，相依相偎睡得香甜，便忘了传递天涯游子的信件。于是闺中少妇终日愁眉不展，天天独自在栏杆边等候郎君的音信。

霜天晓角 仪真江上夜泊/黄机

寒江夜宿，长啸江之曲。水底鱼龙惊动，风卷地，浪翻屋。

诗情吟未足，酒兴断还续。草草兴亡休问，功名泪、欲盈掬[①]。

【注释】

① 掬（jū）：双手捧起，形容泪水之多。

【译文】

夜泊寒江，在江水弯曲处仰天长啸，惊动了水底的鱼龙，狂风席卷地面，巨浪翻转房屋。

诗情还没有吟够，酒兴似断还续，不要再问故土轻易沦丧的事了，为收复故土、建功扬名所流的眼泪，将要盈满捧起的双手。

◎玉楼春 春思/严仁

春风只在园西畔，荠菜花繁蝴蝶乱。冰池晴绿照还空[1]，香径落红吹已断。

意长翻恨游丝短，尽日相思罗带缓[2]。宝奁明月不欺人[3]，明日归来君试看。

【注释】

①晴绿：清澈碧绿的池水。②缓：此指衣带宽松。③宝奁（lián）：梳妆镜匣。

【译文】

春风只在小园西畔，荠菜花开得繁茂，引得蝴蝶纷飞。水面光洁如冰、清澈碧绿，在太阳的照射下显得无比透明，飘着芳香的小路旁，枝头花朵都已被吹落。

情意绵绵常恨游丝太短，整日被相思缠绕，罗带逐渐显得宽松。梳妆镜匣里的圆镜不会欺骗人，明日归来之时你就可以看到（消瘦的容颜）。

卜算子/刘克庄

片片蝶衣轻[1]，点点猩红少[2]。道是天公不惜花，百种千般巧。

朝见树头繁，暮见枝头少。道是天公果惜花，雨洗风吹了。

【注释】

①蝶衣：指花瓣。②猩红：指花朵。

【译文】

片片花瓣好似蝴蝶的翅膀一般轻盈，点点花朵小而鲜艳。要说天公不爱惜花儿，那花儿却有千百种姿态，风流灵巧。

早上还看见枝头上花朵繁盛，晚上枝头上就所剩不多了。要说那天公果然爱惜花儿，风雨却将花儿全吹落（枝头）。

谒金门/李好古

花过雨，又是一番红素。燕子归来愁不语，旧巢无觅处。

谁在玉关劳苦？谁在玉楼歌舞？若使胡尘吹得去，东风侯万户。

【译文】

花朵经过一夜的雨水后，又是一番花开柳新的景象。燕子归来，带着愁怨默默无语，旧巢无处找寻。

是谁在边塞辛劳作战？又是谁在玉楼中歌舞作乐？若是东风能将北方少数民族的战马扬起的尘土吹去，那么东风也可封侯万户了。

湘春夜月/黄孝迈

近清明，翠禽枝上消魂[①]。可惜一片清歌，都付与黄昏。欲共柳花低诉，怕柳花轻薄，不解伤春。念楚乡旅宿，柔情别绪，谁与温存？

空樽夜泣，青山不语，残照当门[②]。翠玉楼前，惟是有一波湘水，摇荡湘云。天长梦短，问甚时重见桃根？这次第，算人间没个并刀[③]，剪断心上愁痕。

【注释】

① 翠禽：翠鸟。② 残照：残月。③ 并刀：剪刀。

【译文】

临近清明的时候，翠鸟在枝头上分外愁苦。可惜它那清丽婉转的歌声，都付与了寥落的黄昏。想要对柳花低声倾诉衷情，但恐怕柳花天性轻薄，不懂得人的伤春之心。念及我孤独地漂泊在南国楚乡，满怀柔情别恨，谁能给我一点儿温存！

空空的酒杯仿佛在夜里哭泣，青山默默无语，半轮残月正与我的门相对。翠玉楼前，只有那一片悠悠的湘水，摇荡着倒映水中的湘云。夜是那般漫长，梦境却短得可怜，什么时候才能和恋人见面？这光景，就算整个人间，也没有一把刀剪，可能把我心中的愁绪剪断。

长相思/陈东甫

花深深，柳阴阴。度柳穿花觅信音。君心负妾心。
怨鸣琴，恨孤衾。钿誓钗盟何处寻？当初谁料今！

【译文】

繁花如锦，柳树成荫，我穿行在柳树和花丛之间寻觅你的音信。你辜负了我的一片真情！

怨恨孤鸣的琴，怨恨单条的棉被，曾经的海誓山盟何处寻觅？当初谁又能料得到今天！

浣溪沙/吴文英

门隔花深梦旧游，夕阳无语燕归愁，玉纤香动小帘钩[①]。
落絮无声春堕泪，行云有影月含羞，东风临夜冷于秋。

【注释】

① 玉纤：似玉一般的纤手。

【译文】

门隔着深深的花丛，我的梦魂又回到那旧游之地，夕阳脉脉无语，归来的燕子仿佛带着忧愁。她那纤纤玉指扯起了小小的帘钩，一股幽香浮动。

坠落的柳絮静静无声，好像春天飘零的泪滴，行云投下暗影，仿佛是明月带着些羞涩。夜里东风吹拂，竟让人觉得比秋风还冷。

八声甘州 灵岩陪庾幕诸公游/吴文英

渺空烟四远，是何年青天坠长星？幻苍崖云树，名娃金屋[①]，残霸宫城[②]。箭径酸风射眼，腻水染花腥。时靸双鸳响[③]，廊叶秋声。

宫里吴王沉醉，倩五湖倦客[④]，独钓醒醒。问苍波无语，华发奈山青。水涵空、阑干高处，送乱鸦、斜日落渔汀。连呼酒，上琴台去[⑤]，秋与云平。

【注释】

① 名娃：指西施。② 残霸：指吴王夫差。③ 时靸（sǎ）：拖鞋。在这里当动词用。双鸳：鸳鸯履，女鞋。④ 五湖倦客：指范蠡。⑤ 琴台：在灵岩山上。

【译文】

纵目四望，空烟杳渺，一望无际，不知是何年，一颗巨大的彗星从天而降，幻化出这座苍翠的山崖，高耸入云的树木，幻化出吴王夫差藏娇的金屋，幻化出吴国霸主残败的宫城。如箭一般的采香径上，秋风凄冷，直刺人眼，含有宫人胭脂花粉的水冲上了岸，沾染得岸上的花儿都带了香气。向时廊上有西施踏着木屐的行走声，而今只听得秋风吹叶的飒飒之声。

宫中吴王耽溺于酒色，唯有那泛舟于五湖之上的范蠡，独自垂钓，头脑清醒。我向那苍茫的水波问话，水波无语，我满头银丝，奈何山却依旧青翠。江水浩瀚连着辽阔的天空，我凭倚高栏，目送乱鸦斜日落于渔汀。我连声呼唤着快取酒来，登上琴台，看秋光与云齐平（的壮观景象）。

唐多令 惜别/吴文英

何处合成愁？离人心上秋[①]。纵芭蕉不雨也飕飕[②]。都道晚凉天气好，有明月，怕登楼。

年事梦中休[③]，花空烟水流。燕辞归，客尚淹留[④]。垂柳不萦裙带住[⑤]，漫长是，系行舟[⑥]。

【注释】

① 心上秋："心"上加"秋"字，即合成"愁"字。② 飕（sōu）：形容风雨的声音。这里指风吹蕉叶之声。③ 年事：指年华。④"燕辞归"二句：曹丕《燕歌行》："群燕辞归鹄南翔，念君客游多思肠。慊慊思归恋故乡，君何淹留寄他方。"此用其意。客，词人自指。淹留：停留。⑤ 萦：旋绕，系住。裙带：指燕，指别去的女子。⑥ 漫：空，徒然。

【译文】

怎样合成一个愁字？在离人心上加一个秋。纵使芭蕉未被雨水淋过，也能（被风）吹出嗖嗖声。都说晚凉时天气最好，有明月的夜里，我却害怕登上高楼。

往年的欢聚在梦中消逝，如花落烟消水流般一去不复返。燕子已归去，游子尚淹留他乡。垂柳不将你的裙带系住，而久久地拴住了我的行舟。

清平乐 宫怨/黄昇

珠帘寂寂，愁背银釭泣[①]。记得少年初选入，三十六宫第一。

当年掌上承恩，而今冷落长门[②]。又是羊车过也[③]，月明花落黄昏。

【注释】

①釭：灯。②长门：汉宫名。汉武帝的皇后陈阿娇被废后，迁居于此。后长门宫便成为了冷宫的代名词。③羊车：指帝王所乘之车。

【译文】

珠帘寂静地低垂着，满怀愁绪，独自背对着银灯哭泣。记得年轻时初选入宫中，为三十六宫第一。

当年备受皇帝宠爱，而今却被冷落在长门。又是（皇帝）乘着羊车经过（我的住所），黄昏时分，月儿明亮，花儿变黄飘零。

贺新郎 游西湖有感/文及翁

一勺西湖水。渡江来百年歌舞[①]，百年酣醉。回首洛阳花石尽，烟渺黍离之地。更不复新亭堕泪[②]。簇乐红妆摇画舫，问中流击楫何人是[③]？千古恨，几时洗？

余生自负澄清志[④]。更有谁磻溪未遇[⑤]，傅岩未起[⑥]。国事如今谁倚仗，衣带一江而已。便都道江神堪恃。借问孤山林处士[⑦]，但掉头笑指梅花蕊。天下事，可知矣！

【注释】

①百年：词人写这首词距宋室南渡的时间是一百二十年，这里举整数。②新亭堕泪：晋室南渡后，士大夫常在新亭宴饮。一次周颢在席上叹息说："风景不殊，举目有山河之异。"众皆相视流泪。③中流击楫：晋王室大乱，戎狄之人趁机南犯，祖逖带领自己私家的军队共一百多户人家渡过长江，在江中敲打着船桨说："祖逖如果不能使中原清明而光复成功，就像大江一样有去无回！"后以中流击楫比喻立志奋发图强的人。④澄清志：《后汉书·范滂传》载："滂登揽辔，慨然有澄清天下之志。"此处词人以范滂自比。⑤磻溪：据传姜太公隐居磻溪，后为周文王发现，提拔为辅佐之臣，终助武王灭商。⑥傅岩：相传傅说在傅岩筑墙，殷高宗发现了他，提拔他做了宰相，辅佐治理天下。⑦处士：有德才而隐居不愿做官的人。

【译文】

西湖水小如一勺。渡江一百年来，南宋王朝日日歌舞，日日酣饮。回首北望洛阳，那儿的名花异石已经没有了，那烟雾笼罩，渺远难辨的地方，该是起黍离之悲的故都，更没有谁在新亭堕泪。在西湖奏着音乐，带着美人，摇着画舫的人中，谁是击楫中流之人呢？（国土沦丧的）千古大恨何时才能洗刷尽！

我自来就有澄清天下的伟大志向，还有谁，如我一般像垂钓磻溪的姜尚，像隐居傅岩的傅说，还未遇明主。国事如今倚仗谁呢？不过依傍着如衣带一根的长江而已！人们普遍都相信江神可以依靠。去问问那隐居山林的处士，他们只是掉过头去，笑指着梅花。天下之事，由此可以知道了。

柳梢青 春感/刘辰翁

铁马蒙毡[1]，银花洒泪，春入愁城。笛里番腔[2]，街头戏鼓，不是歌声。

那堪独坐青灯，想故国高台月明。辇下风光[3]，山中岁月，海上心情。

【注释】

① 毡：加工羊毛或其他动物毛而成的块片状材料。② 番：旧指外国或外族的。③ 辇：古代用人拉着走的车子，后多指天子或王室坐的车子。

【译文】

铁马蒙着毡子，银烛抛洒眼泪，春来到了这座愁城。笛声里是异族的腔调，街头的鼓吹杂戏，简直不能成为歌声。

怎么能忍受独自面对青灯，想着故国，高台宫殿笼罩在一片明月之下。亡国前的风光那么美好，我虽身处寂寞的山中，心中却牵念着海上的抗争。

兰陵王 丙子送春/刘辰翁

送春去，春去人间无路。秋千外，芳草连天，谁遣风沙暗南浦。依依甚意绪？漫忆海门飞絮。乱鸦过，斗转城荒，不见来时试灯处。

春去谁最苦？但箭雁沉边，梁燕无主。杜鹃声里长门暮。想玉树凋土，泪盘如露。咸阳送客屡回顾，斜日未能度。

春去尚来否？正江令恨别，庾信愁赋，苏堤尽日风和雨。叹神游故国，花记前度。人生流落，顾孺子，共夜语。

【译文】

欲送春归去，可人间却没有春的归路。秋千之外，无边芳草连接着天幕，是谁让那风沙遮暗了南浦。心中恨依依，究竟是怎样的意绪？徒然忆起海门飘飞的柳絮。乱鸦飞过，转眼间临安就成了一座荒城，看不见以往的试灯之处。

春归去，谁的心中最感凄苦？只有那中箭的大雁落在荒寂的边土，梁间的燕子没有故主，于那凄切的杜鹃声中，旧时宫阙迎来了日暮。想到那珍贵的玉树一定凋落成了泥土，承露盘中也定落满如露的泪珠。咸阳城里，送春之人屡屡回顾，不知道怎么度过夕阳西落的黄昏。

春已归去，还会回来吗？此刻正是那江淹恨别之时，正是那庾信赋愁之时，苏堤上整日风兼着雨。叹惜故国的美好时光，只能在梦境中再去游历。那美好的花朵，也只能把它以前的芳姿倩影记住。人生流落至此，只能看着儿子，在深夜里共语。

西江月 新秋写兴/刘辰翁

天上低昂似旧[①]，人间儿女成狂。夜来处处试新妆，却是人间天上。

不觉新凉似水，相思两鬓如霜。梦从海底跨枯桑[②]，阅尽银河风浪。

【注释】

① 低昂：起伏升降。② “梦从”句：用《神仙传》沧海屡变为桑田的典故，比喻世事变化很大。

【译文】

天上日月起伏升降，一如以前，人间儿女欢欣成狂。夜间处处都见人们在试新妆，却是人间天上。

不知不觉间，感到初生的寒意微凉似水，由于思念故国，两鬓已斑白如霜。我梦见自己从海底跨过枯桑，看尽银河的风浪。

酹江月 和友《驿中言别》/文天祥

乾坤能大[①]，算蛟龙、元不是池中物[②]。风雨牢愁无着处，那更寒虫四壁[③]。横槊题诗，登楼作赋[④]，万事空中雪。江流如此，方来还有英杰。

堪笑一叶漂零，重来淮水，正凉风新发。镜里朱颜都变尽，只有丹心难灭。去去龙沙，江山回首，一线青如发。故人应念，杜鹃枝上残月。

【注释】

① 能：同“恁”，如许、这样。② 蛟龙：比喻豪杰。《三国志·周瑜传》：“刘备以枭雄之姿，而有关羽、张飞熊虎之将，恐蛟龙得云雨，终非池中物也。” ③ 寒蛩：蟋蟀。④ 登楼作赋：汉末中原大乱，王粲南下依附刘表，登当阳城楼，作《登楼赋》怀乡。

【译文】

天地如此之大，想那蛟龙本不是池中之物。风雨之中，牢笼之愁没处着落，更加上四面蟋蟀哀鸣。曹操横陈长矛吟诵诗歌，王粲登楼作赋，万事都化作空中的飞雪。江水奔腾不息，以后将有无数英雄豪杰。

可笑我如树叶一般飘零，如今重来淮水，凉风才起。镜子里年轻的容颜已经老去，只有一片爱国丹心难以磨灭。如今我往塞外而去，回望江山，只见远远一线青山，细如丝发。当看到残月下，杜鹃立在枝头的时候，友人应叨念起我。

眉抚/王沂孙

渐新痕悬柳①，淡彩穿花，依约破初暝。便有团圆意②，深深拜③，相逢谁在香径？画眉未稳④。料素娥、犹带离恨。最堪爱、一曲银钩小，宝帘挂秋冷⑤。

千古盈亏休问。叹慢磨玉斧，难补金镜⑥。太液池犹在⑦，凄凉处、何人重赋清？故山夜永，试待他、窥户端正⑧。看云外山河，还老桂花旧影⑨。

【注释】

①新痕：初生的月亮。②团圆意：牛希济《生查子》词："新月曲如眉，未有团圆意。"此处反用其意。③拜：指拜月。古代有妇女拜新月的风俗，以祈求团圆。④"画眉"句：陈叔宝《有所思》三首之一："初月似愁眉。"李商隐《嫦娥》诗："嫦娥应悔偷灵药，碧海青天夜夜心。"此处化用其意。未稳，未完；未妥。⑤"一曲"二句：刘瑗《新月》诗："仙宫云箔卷，露出玉帘钩。"沈佺期《和洛州康士曹庭芝望月有怀》诗："台前疑挂镜，帘外似垂钩。""宝帘"原本作"宝奁"，据别本改。⑥"叹慢磨"二句：以缺月难补比喻残破山河难以收拾。曾觌《壶中天慢》词："何劳玉斧，金瓯千古无缺。"此处反用其意。金镜，比喻月亮。⑦"太液池"句：陈师道《后山诗话》载，宋太祖赵匡胤于后池赏新月，学士卢多逊应诏赋《咏月》诗云："太液池头月上时，晚风吹动万年枝。何人玉匣开新镜，露出清光些子儿。"此处暗用其事，感叹宋时盛世难以重现。太液池，汉、唐宫中池名，借指宋宫池苑。⑧端正：指圆月。⑨"看云外"句：感叹国土沦丧，时光虚掷。陆游《桃源忆故人》词："云外华山千仞，依旧无人问。"桂花影，月影。"还老尽，桂花影"，原本作"还老桂花旧影"，据别本改。

【译文】

渐渐地，一轮新月悬挂在柳梢上，淡淡的月影穿过花丛，隐隐约约冲破了刚刚降临的暮色。纵然月儿有团圆的意思，（我）深深下拜，却又与谁在花径中相逢呢？蛾眉没有画好，料想嫦娥仍然带着离恨。最可爱的是新月像一弯小小的银钩，将天幕如宝帘一般挂在寒冷的秋夜里。

不要问千万年来月儿为什么会有圆缺的变化，可叹的是玉斧磨得太慢，难以将那破损的金镜修好。太液池至今还在，它如此凄凉，谁再来这儿重新吟赏清景呢？故国的青山，夜晚如此漫长，试待月儿团圆、清光窥户之日，再看那云外的大好河山，月中的桂树也老去了吧。

青玉案/黄公绍

年年社日停针线[①]。怎忍见，双飞燕？今日江城春已半。一身犹在，乱山深处，寂寞溪桥畔。

春衫著破谁针线？点点行行泪痕满。落日解鞍芳草岸。花无人戴，酒无人劝，醉也无人管。

【注释】

① 社日：古代农人祭祀土地神的节日。汉以前只有春社，汉以后开始有秋社。自宋代起，以立春、立秋后的第五个戊日为社日。这里是指春社。

【译文】

每年春社之日妇女们停止针线。（我）如何忍心看那成双成对的燕子？如今江城的春天已经过去了一大半，（我）依然孤身一人，独宿在乱山深处，徘徊在寂寞的水溪桥畔。

（我的）春衣已经穿破，有谁来为我缝补？衣上已经被点点行行的泪水沾满了。落日下（我）在芳草萋萋的岸边解下马鞍歇息，（娇艳的）花没有人来佩带，喝酒也没有人来相陪相劝，喝醉了更是没有人来照管。

一剪梅 舟过吴江/蒋捷

一片春愁待酒浇，江上舟摇，楼上帘招。秋娘渡与泰娘桥[①]，风又飘飘，雨又萧萧。

何日归家洗客袍？银字笙调，心字香烧。流光容易把人抛，红了樱桃，绿了芭蕉。

【注释】

① 秋娘渡与泰娘桥：吴江的两处地名。均以唐代著名歌伎命名。

【译文】

绵绵伤春之愁等待酒来浇灭，江面上舟子摇荡，楼上酒帘招摇。船过了秋娘渡与泰娘桥，东风飘飘，春雨潇潇。

什么时候能够回到家中清洗旅途中穿的衣服，调弄有银字的笙，烧起心形的香。流逝的时光容易将人抛却，樱桃才红，芭蕉又绿了。

虞美人 听雨/蒋捷

少年听雨歌楼上，红烛昏罗帐[①]。壮年听雨客舟中，江阔云低，断雁叫西风[②]。

而今听雨僧庐下，鬓已星星也[③]。悲欢离合总无情，一任阶前，点滴到天明。

【注释】

①昏：昏暗。此处借指烛光。②断雁：失群孤雁。③星星：白发如星，形容白发很多。

【译文】

年少的时候在歌楼上听雨，红烛摇曳，昏暗了罗帐。中年在异乡的小舟上听歌，广阔的江面上白云低垂，一只离群的大雁在细风中哀鸣。

而今在僧庐下听雨，两鬓已经斑白。感叹悲欢离合总是那么无情，任由阶前雨滴滴到天明。

梅花引 荆溪阻雪/蒋捷

白鸥问我泊孤舟，是身留，是心留[①]？心若留时，何事锁眉头？风拍小帘灯晕舞，对闲影，冷清清，忆旧游。

旧游旧游今在否？花外楼，柳下舟。梦也梦也，梦不到，寒水空流。漠漠黄云[②]，湿透木棉裘[③]。都道无人愁似我，今夜雪，有梅花，似我愁。

【注释】

①“是身留”两句：身留，因被雪所阻，不能动身而羁留下来。心留，自己心里情愿留下。②漠漠：浓密。黄云：指昏黄的天色。③木棉裘：棉衣。

【译文】

白鸥问我将小舟停泊在此，是被雪所阻不得已留下来，还是自己心中情愿留下来？要是有心留在这里，为什么又双眉紧皱呢？风拍打着小小的帘栊，吹得灯火闪烁不定，对着跟前的影子，在冷冷清清中，回忆旧时欢游。

旧日的游伴，你们现在还在吗？花丛外的酒楼，柳树下的小舟，我梦呀梦呀，却梦不到，只见寒水空自流淌。天空阴云密布，雪花湿透了棉大衣。都说没人像我一般忧愁，今天夜里的大雪中，有梅花如我一般愁苦。

八声甘州/张炎

辛卯岁，沈尧道同余北归，各处杭、越。逾岁，尧道来问寂寞，语笑数日，又复别去。赋此曲，并寄赵学舟。

记玉关踏雪事清游，寒气脆貂裘。傍枯林古道，长河饮马，此意悠悠。短梦依然江表[①]，老泪洒西州[②]。一字无题处，落叶都愁。

载取白云归去，问谁留楚佩[③]，弄影中洲？折芦花赠远，零落一身秋。向寻常野桥流水，待招来，不是旧沙鸥。空怀感，有斜阳处，却怕登楼。

【注释】

①江表：江南。②西州：古城名，在今南京西。③“楚佩”两句：《九歌·湘君》：“遗余佩兮澧浦。”“蹇谁留兮中洲？”词人借此说有人眷恋，盼他早日归去。

【译文】

记得（我俩）曾在玉关踏雪清游，寒气将我们身上的貂裘都冻得脆硬。我们沿着枯林古道缓缓前行，又在黄河边饮马，意气悠闲从容。短梦醒来依旧身在江南，老泪遍洒西州。一个字都写不出来，落叶似乎也在发愁。

载一片白云归去，问谁将楚佩留给了我，在中州对影徘徊？折一枝芦花赠给将要去往远方的你，我孤独零落染了一身秋意。走在寻常的野桥头，水在底下流，等到招来的，不是旧日的沙鸥。我徒然地怀想着过往的一切，有夕阳映照的地方，却不敢登楼。

清平乐/张炎

候蛩凄断，人语西风岸。月落沙平江似练，望尽芦花无雁。

暗教愁损兰成，可怜夜夜关情。只有一枝梧叶，不知多少秋声！

【译文】

蟋蟀的啼鸣声凄切欲绝，西风正紧的江岸上有人说话。月儿向平坦的沙岸落去，江水似绸缎，望尽芦花丛，不见一只大雁。

暗暗愁煞庾信，可怜我每一夜都在思念着故乡。只有一枝梧桐叶，却不知响起多少秋声。